Ольга Токарчук

Бегуны

МОСКВА
2019

УДК 821.162.1-31
ББК 84(4Пол)-44
Т51

Перевод с польского *И. Адельгейм*

Художественное оформление *М. Коняевой*

Токарчук, Ольга.
Т51 Бегуны / Ольга Токарчук ; [пер. с пол. И. Адельгейм]. — Москва : Эксмо, 2019. — 384 с.

ISBN 978-5-04-098520-3

Откуда мы родом?
Откуда пришли сюда?
Куда мы идем?

В романе одного из самых оригинальных мировых писателей Ольги Токарчук размышления о путешествиях переплетаются с загадочными историями, связанными между собой темами смерти, движения, продлевания жизни и тайны человеческого тела. Мы все путники в этом мире: кто-то странствует с целью, кто-то без. Кто-то движется сквозь время, кто-то сквозь пространство. Что значит — быть путником, путешественником, бегуном? Завораживающий и потрясающий воображение роман Ольги Токарчук — настоящий шедевр.

УДК 821.162.1-31
ББК 84(4Пол)-44

ISBN 978-5-04-098520-3

Я существую

Я совсем маленькая. Сижу на подоконнике, вокруг разбросаны игрушки — опрокинутые башни из кубиков, куклы с вытаращенными глазами. В доме темно, воздух в комнатах медленно остывает, меркнет. Никого нет; все ушли, скрылись, вдали еще звучат голоса, шарканье, эхо шагов и приглушенный смех. За окном — пустой двор. Тьма мягко стекает с неба. Оседает повсюду черной росой.

Мучительнее всего неподвижность: густая, зримая — холодные сумерки и слабый свет натриевых ламп, что тонет во мраке уже в радиусе метра.

Ничего не происходит, надвигающаяся темнота замирает на пороге, предвечерний гомон стихает, застывает густой пенкой, словно на кипяченом молоке. Силуэты домов на фоне неба растягиваются до бесконечности, мало-помалу сглаживаются острые углы, края, изломы. Угасая, свет уносит с собой и воздух — становится душно. Теперь мрак просачивается сквозь кожу. Звуки свернулись клубочком, втянули внутрь улиточьи глазки; распрощавшись, исчез в парке оркестр мира.

Этот вечер — кромка мира, я случайно, сама того не желая, нащупала ее во время игры. Обнаружила, ненадолго оставленная одна, без защиты. Я понимаю, что попалась, ловушка захлопнулась. Совсем маленькая, я сижу на подоконнике, смотрю на остывший двор. Уже погас свет в школьной кухне, там никого нет. Бетонные плиты двора напитались мраком и растаяли. Закрыты двери, опущены шторы, задернуты занавески. Хочется выйти из дому, но некуда. Только контуры моего присутствия становятся все более четкими, дрожат, колышутся, причиняя мне боль. В мгновение ока я осознаю: пути назад нет, я — существую.

Мир в голове

Первое путешествие я совершила по полям, пешком. Исчезновение мое обнаружили не сразу, так что я успела зайти довольно далеко. Прошла весь парк, а потом — проселочными дорогами, через кукурузу и влажные луга, усыпанные калужницей, нарезанные на квадраты мелиорационными канавами, — добралась до самой реки. Впрочем, река в этой низине повсюду напоминала о своем присутствии, просачивалась сквозь травяной покров, облизывала поля.

Взобравшись на дамбу, я увидела движущуюся ленту, дорогу, уходившую за пределы кадра, за пределы мира. Если повезет, можно было увидеть баржи, большие плоские суда, которые скользили по реке — одни туда, другие обратно, не замечая берегов, деревьев, стоящих на дамбе людей, которые, вероятно, казались им изменчивыми, недостойными внимания ориентирами, свидетелями их исполненного грации движения. Я мечтала, когда вырасту, работать на такой барже, а еще лучше — самой в нее превратиться.

Река была невелика, всего-навсего Одра; но ведь и я в то время была маленькой. В иерархии рек она занимала свое место (позже я проверила по картам) — далеко не главное, но достойное, этакая провинциальная виконтесса при дворе королевы Амазонки. Однако меня это устраивало, мне Одра казалась огромной. Она текла как хотела, уже давно никем не регулируемая, склонная к разливам, непредсказуемая. Местами, на мелководье, цеплялась за какие-то подводные препятствия, образуя водовороты. Струилась, шествовала, устремленная к недоступной взору цели, где-то далеко на севере. На ней невозможно было остановить взгляд — река увлекала его за линию горизонта, вызывая головокружение.

Одра не обращала на меня внимания — занятая собой, изменчивая, кочевая вода, в которую, как я узнала впоследствии, нельзя войти дважды.

Каждый год она взимала обильную дань за то, что таскала на своем хребте баржи: каждый год кто-нибудь в ней тонул — то ребенок, купавшийся в жаркий летний день, то пьяный, загадочным образом потерявший равновесие и, несмотря на ограждение, упавший с моста в воду. Поиски утопленников всегда были долгими, шумными и держали в напряжении всю округу. Прибывали водолазы и армейские моторки. Как следовало из подслушанных разговоров взрослых, тела находили раздувшимися и бледными — вода вымывала из них всю жизнь, смазывая черты лица настолько, что близкие с трудом опознавали трупы.

Стоя на дамбе, вглядываясь в течение реки, я осознала, что — вопреки всем опасностям — движение всегда предпочтительнее покоя; перемены благороднее постоянства; обездвиженное неминуемо подвергнется распаду, выродится и обратится в прах, тогда как подвижное, возможно, пребудет вечно. В тот момент река иглой пронзила мой надежный устойчивый пейзаж — парк, теплицы, в которых застенчивыми рядками всходили овощи, бетонные плиты тротуара, на которых мы играли в классики. Проколола его насквозь, продырявила, обозначив вертикаль третьего измерения; детский мир обратился в резиновую игрушку, из которой со свистом выходил воздух.

Мои родители принадлежали к племени не вполне оседлому. Они не раз меняли место жительства, пока наконец не застряли в провинциальной школе, вдали от автострады и железной дороги. Путешествие начиналось сразу за околицей, достаточно было отправиться в соседний городок. Покупки, оформление документов в районной администрации, на рыночной площади перед ратушей — неизменный парикмахер в неизменном халате, тщетно застирываемом и отбеливаемом, потому что краска для волос оставляла на нем каллиграфические пятна, китайские иероглифы. Мама красила волосы, а отец ждал ее в кафе «Нова», на террасе с двумя столиками. Он читал местную газету, самой занимательной рубрикой которой всегда оказывались «Происшествия» — там сообщалось о похищенных из очередного подвала банках с повидлом и корнишонами.

Эти их отпускные экспедиции, опасливые, в битком набитой «Шкоде»! К поездкам долго готовились, планировали — вечерами, в канун весны, едва сойдет снег, но прежде, чем очнется земля; в ожидании, пока наконец она отдаст свое тело плугам и мотыгам, позволит себя оплодотворить и потом уж заставит родителей работать весь день напролет.

Они принадлежали к поколению, что странствовало с кемпинговым прицепом, волочило за собой временный дом. Газовую плитку, складные столики и стулья. Нейлоновую веревку — развешивать белье на стоянках, деревянные прищепки. Клеенки на стол, непромокаемые. Туристический набор для пикника: разноцветные пластиковые тарелки, приборы, солонки и рюмки. Где-то по дороге, на очередном блошином рынке, которые родители обожали посещать (если только не фотографировались на фоне какого-нибудь костела или памятника), отец купил армейский чайник — медную посудину с трубой внутри: бросаешь горсть щепочек и поджигаешь. И хотя в кемпингах можно было пользоваться электричеством, отец кипятил воду в этом чайнике, разводя дым и грязь. Садился на корточки возле горячего сосуда и с гордостью прислушивался к бульканью кипятка, которым заливал пакетики с чаем, — истинный кочевник.

Они останавливались в специально отведенных местах, на площадках кемпингов, всегда в обществе себе подобных, болтали с соседями, окруженные носками, что сушились на тросиках палаток. Прокладывали маршруты с помощью путеводителя, тщательно разрабатывая план развлечений. До обеда — купание в море или озере, после — паломничество в древний мир достопримечательностей, увенчанное ужином, который обычно готовился из консервов: гуляш, котлеты, фрикадельки в томатном соусе. Оставалось только сварить макароны или рис. Вечная экономия, хилый злотый, медный грошик мира. Искали места, где можно подключиться к электросети, потом нехотя собирались в дальнейший путь — никогда, правда, не выходивший за пределы метафизической домашней орбиты. Родители не были настоящими путешественниками, ведь они уезжали, чтобы вернуться. И возвращались с облегчением, с чувством выполненного долга. Возвращались к скопившимся на комоде письмам и счетам. К большой стирке. К украдкой позевывающим над фотографиями друзьям. Это мы в Каркасоне. Вот жена, на заднем плане — Акрополь.

Потом весь год они вели оседлый образ жизни — то диковинное существование, когда утром возвращаешься к делам, что были прерваны вечером, одежда пропитывается запахом собственной квартиры, а ноги неутомимо протаптывают тропку на ковре.

Это не для меня. Во мне, видимо, отсутствует ген, который позволяет укорениться в любом месте, едва остановившись. Я пробовала, но корни всякий раз оказывались слишком слабы, и малейший порыв ветра вырывал меня из земли. Я не умею пускать ростки, лишена этого растительного дара. Не питаюсь земными соками, я — анти-Антей.

Мою энергию порождает движение — тряска автобусов, рокот самолетов, покачивание паромов и поездов.

Я удобна, невелика, компактна и хорошо оснащена. У меня маленький, нетребовательный желудок, сильные легкие, плоский живот и крепкие мышцы рук. Я не принимаю никаких лекарств, не ношу очки, не нуждаюсь в гормонах. Волосы стригу машинкой раз в три месяца, косметикой почти не пользуюсь. У меня здоровые зубы, может, не слишком ровные, но целые, всего одна старая пломба, кажется, в нижней левой шестерке. Печень — в норме. Поджелудочная — в норме. Почки, правая и левая, — в превосходном состоянии. Брюшной отдел аорты — в норме. Мочевой пузырь — правильной формы. Гемоглобин — 12,7. Лейкоциты — 4,5. Гематокрит — 41,6. Тромбоциты — 228. Холестерин — 204. Креатинин — 1,0. Билирубин 4,2 и так далее. Мой IQ — если считать, что это имеет значение, — 121; сойдет. Хорошо развитое пространственное воображение, почти эйдетическое[1], а вот латеризация[2] плохая. Профиль личности — неустойчивый, видимо, полагаться на него не стоит. Возраст — психологический. Пол — грамматический. Книги я покупаю, как правило, в мягком переплете, чтобы не жалко было оставить их на перроне, для других глаз. Ничего не коллекционирую.

Я окончила университет, но, по сути, никакой профессией не овладела, о чем очень сожалею; мой прадед ткал полотно, белил его — раскладывал на пригорке, подставлял палящим лучам солнца. Вот это по мне — сплe-

---

[1] Способность «видеть» образ предмета, несмотря на его фактическое отсутствие. При этом мысленный образ является точным отображением реальности, а не реконструкцией с использованием навыков памяти. Среди взрослых это умение встречается довольно редко, но относительно распространено у детей (примерно 5% детей обладают эйдетическим воображением). (*Здесь и далее — прим. пер.*)

[2] Процесс, посредством которого различные функции и процессы связываются с одним или другим полушарием.

тать основу и уток, однако переносных ткацких станков не бывает, ткачество — ремесло оседлых народов. В дороге я вяжу. К сожалению, в последнее время некоторые авиакомпании запрещают брать на борт самолета спицы и крючок. Как уже говорилось, никакому делу я не обучена, и все же, несмотря на опасения родителей, мне удалось выжить, хватаясь то за одно, то за другое и ни разу не скатившись на дно.

Вернувшись в город после двадцатилетнего романтического эксперимента, утомленные засухами и морозами, здоровой едой, что всю зиму хворает в подвале, шерстью от собственных овец, старательно заталкиваемой в глотки подушек и одеял, родители выдали мне небольшую сумму, и я впервые отправилась в путь.

Я устраивалась на временную работу там, где оказывалась. На окраине мегаполиса собирала антенны для эксклюзивных яхт на интернациональной мануфактуре. Там было много таких, как я. Нанятых нелегально, без лишних расспросов о происхождении и планах на будущее. Зарплату выдавали в пятницу, и если что кого не устраивало — в понедельник можно было просто не приходить. Сюда стекались вчерашние школьники: между выпускными и вступительными экзаменами. Иммигранты с их вечной мечтой об идеальной, справедливой западной стране, где люди живут как братья и сестры, а сильное государство окружает их отеческой заботой; беглецы, удравшие от своих семейств — жен, мужей, родителей; несчастные влюбленные, рассеянные, меланхоличные и вечно зябнущие. Должники, не выплатившие кредит и преследуемые законом. Бродяги, перекати-поле. Психи, которых после очередного приступа безумия увозили в больницу, а оттуда — согласно невразумительным правилам — депортировали на родину.

Только один индус работал здесь постоянно, уже многие годы, но, честно говоря, его положение ничем не отличалось от нашего. У него не было медицинской страховки, ему не полагался отпуск. Он работал молча, терпеливо, размеренно. Никогда не опаздывал, никогда не просил отгулов. Я уговорила нескольких человек организовать профсоюз (то были времена «Солидарности») — хотя бы ради этого индуса, — но оказалось, что ему это не нужно. Растроганный моим вниманием, он каждый день угощал меня острым карри, которое приносил в судках. Сейчас я даже не помню, как его звали.

Я побывала официанткой, горничной в роскошном отеле и нянькой. Продавала книги, продавала билеты. На один сезон устроилась в маленький театр костюмершей и целую долгую зиму провела среди плюшевых кулис, тяжелых костюмов, атласных пелерин и париков. После университета я еще работала педагогом, консультантом в наркологическом центре, а в последнее время — библиотекаршей. Поднакопив немного денег, отправлялась дальше.

Голова в мире

Психологию я изучала в большом и мрачном коммунистическом городе, факультет занимал здание, где во время войны располагался штаб СС. Район выстроен на руинах гетто, и человек наблюдательный без труда заметит, что уровень земли здесь примерно на метр выше, чем везде в городе. Метр развалин. Мне всегда было там не по себе; среди многоэтажек и убогих скверов вечно гулял ветер, а морозный воздух казался особенно колючим, щипал лицо. Это место, хотя на нем стояли жилые дома, по сути, все еще принадлежало мертвецам. Здание факультета снится мне до сих пор — широкие, будто бы вырубленные в скале коридоры, отполированные множеством ног, стертые края ступеней, выглаженные ладонями перила, — следы, отпечатавшиеся в пространстве. Вероятно, поэтому к нам и наведывались призраки.

Когда мы запускали крыс в лабиринт, всегда находилась одна, которая опровергала своим поведением теорию и плевать хотела на наши хитроумные гипотезы. Она вставала на задние лапки, совершенно не интересуясь наградой на финише экспериментальной трассы; безразличная к привилегиям рефлекса Павлова, она обводила нас взглядом, а потом возвращалась обратно или же принималась неспешно обследовать лабиринт. Что-то искала в ответвлениях коридора, старалась привлечь к себе внимание. Растерянно пищала, и тогда девочки, нарушая инструкции, вытаскивали ее из лабиринта и держали в руках.

Мышцы мертвой распяленной лягушки сокращались и расслаблялись, повинуясь электрическим импульсам, но не так, как описывал учебник, а намекая на что-то: в движениях конечностей явственно читались угроза и издевка, опровергавшие святую веру в механическую непорочность физиологических рефлексов.

Нас учили здесь, что мир можно описать и даже объяснить с помощью простых ответов на умные вопросы. Что по сути своей он хаотичен и мертв, подчиняется нехитрым закономерностям, которые следует растолковать и наглядно представить — желательно с использованием диаграмм. От нас требовали проведения экспериментов. Формулировки гипотез. Их верификации. Нас посвящали в тайны статистики, полагая, что она поможет успешно справиться с описанием мироустройства и что девяносто процентов всегда перевесят пять.

Но сегодня я уверена в одном: ищущий порядка да бежит психологии. Лучше избрать физиологию или теологию, которые хотя бы способны обеспечить устойчивую почву под ногами — материю или дух, — чтобы не поскользнуться на психике. Психика — весьма туманный объект исследования.

Правы были те, кто утверждал, будто на факультет этот идут не ради будущей профессии, интереса или стремления нести людям помощь, — причина совсем иная, очень простая. Подозреваю, что все мы имели некий глубоко скрытый дефект, хотя, вероятно, производили впечатление умных и здоровых молодых людей — замаскировав, ловко закамуфлировав свой изъян на вступительных экзаменах. Клубок эмоций, плотно переплетенных, свалявшихся, — вроде тех диковинных опухолей, которые порой обнаруживаются в человеческом теле и которые можно увидеть в любом мало-мальски приличном патологоанатомическом музее. Но, вполне возможно, наши экзаменаторы были подобны нам и хорошо отдавали себе отчет в своих действиях. А следовательно, мы — их преемники. На втором курсе, изучая функционирование защитных механизмов и с восторгом открывая могущество этой сферы психики, мы начинали понимать, что без рационализации[1], сублимации, вытеснения, без всех этих фокусов, которыми мы себя тешим — умей мы взглянуть на мир с открытым забралом, честно и бесстрашно, — умерли бы от разрыва сердца.

В процессе обучения мы узнали, что состоим из оборонительных сооружений, щитов и доспехов, подобны городам, чье архитектурное разнообразие ограничивается стенами, башнями да укреплениями, — этакое государство бункеров.

Все тесты, опросы и обследования мы опробовали друг на друге, и после третьего курса я была уже в состоянии назвать то, что меня беспокоило, — мне как будто открылось собственное сокровенное имя, используемое лишь для обряда инициации.

---

[1] Механизм психологической защиты, за счет которого в мышлении используется только та часть воспринимаемой информации и делаются только те выводы, благодаря которым собственное поведение предстает как хорошо контролируемое и не противоречащее объективным обстоятельствам. Термин был предложен З. Фрейдом, в дальнейшем понятие развила его дочь А. Фрейд.

Я недолго занималась тем, чему меня обучили. В одной из поездок, застряв без гроша в большом городе и устроившись в гостиницу горничной, начала писать книгу. Это была повесть, которую хорошо читать в дороге, в поезде, — я словно бы писала ее для самой себя. Книга-тартинка — целиком умещается во рту, не приходится откусывать.

Мне удавалось хорошенько сосредоточиться и сконцентрироваться, на некоторое время обратившись в гигантское ухо, что прислушивается к шорохам, эху и шелесту; к далеким голосам, доносящимся откуда-то из-за стены.

Но я так и не стала настоящей писательницей или, лучше сказать, писателем — мужской род придает этому слову весомость. Жизнь вечно ускользала от меня. Я обнаруживала только ее следы, жалкие личиночные шкурки. Стоило мне засечь ее координаты, как она меняла местоположение. Я находила лишь знаки, вроде надписи на дереве в парке: «Здесь был я». На листе бумаги жизнь оборачивалась незаконченными историями, сновидческими новеллами, туманными сюжетами, зависала на горизонте вверх ногами или в поперечном сечении, не позволяя охватить целое.

Каждый, кто когда-либо пытался написать роман, знает, сколь мучителен этот труд — хуже занятия просто не придумаешь. Ты обречен на постоянное заточение внутри себя, в одиночной камере. Это контролируемый психоз, паранойя и мания, приспособленные к полезному делу, а потому лишенные перьев, турнюров и венецианских масок, по которым их можно было бы опознать, — скорее уж нацепившие фартук мясника и резиновые сапоги, с тесаком в руках. С такой писательской перспективы, как из подвала, видны разве что ноги прохожих, слышен стук каблуков. Порой кто-нибудь остановится, наклонится и заглянет внутрь, тогда есть шанс увидеть человеческое лицо и даже обменяться с незнакомцем парой фраз. Однако на самом деле разум занят игрой, которую ведет сам с собой в поспешно сооруженном паноптикуме, расставляет фигурки на эфемерной сцене: автор и герой, повествовательница и читательница, та, что описывает, и та, что описана; ноги, туфли, каблуки и лица случайных прохожих рано или поздно становятся частью этой игры.

Я не жалею, что выбрала это специфическое занятие, — профессия психолога не для меня. Я не умела истолковывать, выкликать из тьмы разума семейные фотографии. Чужие исповеди... Нередко — признаюсь с грустью — они навевали на меня скуку. По правде говоря, зачастую мне хотелось поменяться с пациентом ролями и рассказать о себе. Я с трудом удерживалась, чтобы внезапно не схватить его за рукав и не прервать на полуслове: «Да что вы! А у меня совершенно иное ощущение! А мне вот что приснилось! Послушайте...» Или: «Да что вы можете знать о бессоннице! Это, по-вашему, паническая атака? Вы, наверное, шутите. Вот я недавно такое пережила...»

Я не умела слушать. Выходила за рамки, совершала переносы[1]. Не доверяла статистике и апробированным теориям. На мой вкус, тезис «одна личность — один человек» отдает минимализмом. У меня была склонность затуманивать бесспорное, подвергать сомнению веские доказательства — привычка, извращенная йога для мозга, изысканная роскошь внутреннего движения. Подозрительное разглядывание всякой точки зрения, смакование ее и, наконец, предсказуемое открытие: ни одно суждение не есть истина, любое — фальшивка, подделка. Мне не хотелось обзаводиться твердыми взглядами: ненужный балласт. В спорах я становилась то на одну

[1] Психологический феномен, заключающийся в бессознательном переносе ранее пережитых чувств и отношений, проявлявшихся к одному лицу, на другое лицо.

сторону, то на другую — и знаю, что собеседникам это не нравилось. Я замечала происходящее в моей голове странное явление: чем больше находилось аргументов «за», тем больше возникало всевозможных «против», и чем сильнее я прикипала душой к первым, тем сильнее влекли меня вторые.

Как я могла обследовать других, если сама мучилась с каждым тестом? Личностные опросники, анкеты, колонки вопросов и шкалы ответов казались мне слишком сложными. Я быстро обнаружила в себе этот изъян, поэтому в университете, когда мы, практикуясь, опрашивали друг друга, давала случайные ответы, наобум. В результате получались диковинные профили — кривые, вычерченные на оси координат. «Уверена ли ты, что лучшее решение — то, которое легче всего изменить?» Уверена ли я? Какое решение? Изменить? Когда? Насколько легче? «Войдя в комнату, ты остановишься в центре или сбоку?» В какую комнату? В какой момент? Пустая она, или вдоль стен стоят красные плюшевые диваны? А окна — какой из них открывается вид? Вопрос о книге: предпочту ли я книгу вечеринке, или это зависит от книги и от вечеринки?

Что за методы! Подразумевающие, что человек себя не знает, но стоит подсунуть ему хитроумный вопросник — и он тут же прозреет. Сам задаст себе вопрос и сам же на него ответит. По рассеянности выдаст самому себе тайну, о которой понятия не имеет.

И второй тезис, смертельно опасный: будто мы неизменны, а наши реакции — предсказуемы.

Синдром

История моих путешествий — не более чем история болезни. Синдром, которым я страдаю, вы без труда отыщете в любом справочнике клинических синдромов;

как утверждают авторы медицинских трудов, в наши дни он встречается все чаще. Я бы рекомендовала старое (семидесятых годов) издание «The Clinical Syndromes»[1]. Это своего рода энциклопедия синдромов, а для меня — просто-таки неисчерпаемый источник вдохновения. Кто еще осмелится дать столь целостное, панорамное и объективное описание человека? Уверенно оперируя понятием личности? Претендуя на убедительную типологию? Полагаю, никто и никогда. Понятие синдрома идеально подходит для психологии путешествий. Синдром компактен, мобилен, не привязан к громоздкой теории, эпизодичен. Им можно воспользоваться для объяснения того или иного факта, а после — выбросить в мусорную корзину. Одноразовый инструмент познания.

Мой синдром именуется персеверативной[2] детоксикацией. В буквальном, непритязательном переводе — настойчивое обращение сознания к определенным представлениям, вплоть до судорожного их поиска. Это разновидность Коэффициента злого мира (The Mean World Syndrome) — специфического инфицирования средствами массовой информации, в последние годы достаточно подробно описанного в литературе по нейропсихологии. Недуг сей носит, в сущности, весьма обывательский характер. Пациент проводит долгие часы перед телевизором, щелкая пультом и выискивая каналы с самыми страшными новостями: о войнах, эпидемиях и катастрофах. Завороженный этими картинами, человек не в силах оторваться от экрана.

Сами по себе эти симптомы не опасны и никак не мешают нормальному течению жизни — при условии сохранения дистанции. Этот досадный недуг неизлечим,

---

[1] Клинические синдромы (*англ.*).

[2] Персеверация (*лат.* perseveratio — настойчивость, упорство) — устойчивое повторение какой-либо фразы, деятельности, эмоции, ощущения.

науке в данном случае остается лишь с горечью констатировать сам факт наличия синдрома. Когда человек, устрашившись себя самого, наконец попадает к психиатру, тот рекомендует ему уделить внимание «гигиене» жизни: отказаться от кофе и алкогольных напитков, хорошо проветривать спальню, заняться садоводством, вязанием или ткачеством.

Наблюдаемый у меня комплекс симптомов связан с тягой ко всему искаженному, несовершенному, дефектному, ущербному. Меня влекут погрешности в деле творения, небрежность форм, тупиковые пути. То, что по каким-то причинам осталось в зачаточном состоянии или, напротив, хватило через край. Все неправильное, слишком маленькое или слишком большое, перезревшее или недоразвитое, чудовищное и отталкивающее. Формы, не ведающие симметрии, множащиеся, наращивающие бока, ветвящиеся или, наоборот, отказавшиеся от разнообразия в пользу единства. Меня не интересуют события повторяющиеся, учтенные статистикой, обряды, вызывающие на лицах участников довольные фамильярные улыбки. Моя чувствительность носит характер тератологический[1], монструозный. Меня не оставляет мучительная уверенность, что именно здесь выплескивается на поверхность и обнаруживает свою природу истинное бытие. Внезапное, случайное оголение. Стыдливое «чпок», краешек нижней юбки, выглядывающий из-под тщательно заутюженных складок. Уродливый металлический каркас, внезапно показывающийся из-под бархатной обивки; извержение пружины плюшевого кресла, бесстыдно обнажающее иллюзорность любой мягкости.

---

[1] Тератология (*греч.* teras — чудовище) — наука, изучающая врожденные уродства отдельных органов и целых организмов; стиль средневекового графического искусства, основанный на нагромождении чудовищно-фантастических образов.

Кунсткамера

Я никогда не была любительницей художественных галерей и, будь моя воля, охотно променяла бы их на кунсткамеры, где собрано и выставлено редкое и неповторимое, диковинное и жутковатое. Бытующее в тени сознания и исчезающее из поля зрения, едва обращаешь на него взгляд. Да, я наверняка страдаю этим проклятым синдромом. Меня привлекают не те коллекции, что экспонируются в центре города, а скромные больничные собрания, зачастую перенесенные в подвал как недостойные солидных витрин и выдающие сомнительные пристрастия прежних собирателей. Саламандра о двух хвостах в овальной банке, мордочкой кверху, ожидающая Судного дня, когда воскреснут наконец все препараты на свете. Почка дельфина в формалине. Череп овцы, аномалия чистой воды, двойной набор глаз, ушей и ртов, прекрасный, словно лик многозначного древнего божества. Человеческий плод, украшенный бусами и снабженный каллиграфической подписью: «Fetus Aethiopis 5 mensium»[1]. Годами коллекционируемые капризы природы, двуглавые и безголовые, так и не рожденные, сонно плавающие в растворе формальдегида. Или Cephalothoracopagus Monosymmetro[2], по сей день экспонируемый в музее в Пенсильвании: патологическая морфология плода с одной головой и двумя телами опровергает основы логики: 1 = 2. И, наконец, трогательный домашний кулинарный препарат: яблоки урожая 1848 года, спящие в спирту, все диковинные, необычной формы; видимо, кто-то решил, что эти казусы заслуживают бессмертия и что вечно пребудет лишь уникальное.

Именно к этому я терпеливо продвигаюсь в своих странствиях, выискивая просчеты и осечки творения.

[1] Плод эфиопа пятимесячный (*лат.*).

[2] Моносимметричный цефалоторакопаги (*лат.*).

Я научилась писать в поездах, отелях и залах ожидания. На откидном столике в самолете. Я делаю пометки под столом во время обеда или в туалете. Пишу на музейной лестнице, в кафе, в машине, припаркованной на обочине. Записываю на клочках бумаги, в блокнотах, на почтовых открытках, на ладони, на салфетках, на полях книг. Чаще всего это короткие фразы, сценки, но иногда и выдержки из газет. Бывает, соблазнившись какой-нибудь выхваченной из толпы фигурой, я меняю свой маршрут и некоторое время следую за этим человеком, готовясь начать повествование. Метод хороший; я его совершенствую. С каждым годом мне, как всякой женщине, все больше помогает возраст — я сделалась невидима, прозрачна. Могу двигаться подобно привидению, заглядывать через плечо, подслушивать, как люди ссорятся, и наблюдать, как они спят, подложив под голову рюкзак, как разговаривают, не догадываясь о моем присутствии, только шевеля губами, формулируя слова, которые я собираюсь произнести от их имени.

Видеть значит ведать

Цель всякого моего паломничества — другой паломник. На сей раз дефектный, расчлененный.

Вот тут, например, собраны кости, но все до одной пораженные болезнью; искривленные позвоночники, полоски ребер явно извлечены из таких же искривленных тел, препарированы, высушены и вдобавок покрыты лаком. Крошечные циферки помогают отыскать описание болезни в почти истлевших инвентарных списках. Что такое бумажный век по сравнению с долголетием костей? Надо было писать прямо на костях.

Вот, к примеру, бедренная кость, которую кто-то, движимый любопытством, распилил вдоль, чтобы посмотреть, что сокрыто внутри. Вероятно, увиденное его разочаровало: он связал две половинки конопляной веревкой и, размышляя уже о чем-то другом, положил обратно под стекло.

В этой витрине — несколько десятков людей, незнакомых друг с другом, разделенных временем и пространством и теперь покоящихся в комфортабельной могиле, просторной, сухой и хорошо освещенной, обреченных на музейную вечность; им наверняка завидуют кости, уставшие от вечной борьбы с землей. Возможно, иные из них, кости католиков, тревожатся: как они отыщут друг друга на Страшном суде, как, разрозненные, вновь составят тело, совершавшее дурные и благие поступки?

Черепа с наростами самого разного вида, простреленные, продырявленные, выщербленные. Косточки кисти, искореженные ревматизмом. Плечо, сломанное в нескольких местах, сросшееся как попало, неправильно; окаменелость многолетней боли.

Слишком короткие длинные кости и слишком длинные — короткие, изъеденные туберкулезом, словно источенные жучком.

Бедные человеческие черепа в подсвеченных викторианских витринах щерятся, демонстрируя челюсти. Вон у того, например, посреди лба здоровенная дыра, зато зубы красивые. Интересно, оказалось ли это отверстие смертельным. Необязательно. Одному человеку, инженеру-путейцу, пробило голову металлическим прутом, и он прожил с этой раной еще долгие годы, чем принес очевидную пользу нейропсихологии, во всеуслышание заявлявшей, что наш мозг есть наше бытие. Тот инженер не умер, но очень изменился. По словам окружающих, стал совершенно другим человеком. Раз нашу суть определяет мозг, поскорее направимся к соответствующим витринам. Вот они! Кремовые актинии в растворе, большие и маленькие, гениальные и те, что не умели сложить два и два.

Однако дальше перед нами открывается отдел экспозиции, отведенный человеческим плодам. Куколки, фигурки; все такое миниатюрное, что человечек целиком умещается в маленькой баночке. Самые младшие, эмбрионы, почти неразличимы — крошечные рыбки, лягушки, подвешенные на конском волосе в формалиновых просторах. Те, что побольше, демонстрируют строение человеческого тела, его чудесную оболочку. Крошки-недочеловеки, малыши-полугоминиды, их существование так и не преодолело магической грани потенциального. Обретя форму, они не доросли до духа — быть может, его наличие как-то зависит от размеров? Здесь материя с вялым упорством начала структурироваться в жизнь, собирать ткани, формировать группы органов, устанавливать связи между ними; вот уже заложена основа глаза и подготовлены легкие, хотя до света и воздуха далеко.

В следующем ряду те же органы, но уже зрелые, довольные, что обстоятельства позволили им обрести нужный размер. Нужный? Откуда им знать, до какого момента следует расти, когда остановиться? А вот некоторые как раз и не знали — эти кишки все росли и росли, ученые с трудом отыскали подходящую банку. Еще труднее представить себе, как умещались они в животе того мужчины, что фигурирует на этикетке в виде инициалов.

Сердце. Все его тайны разгаданы окончательно — вот этот бесформенный предмет размером с кулак, грязно-кремовый. Это и есть цвет нашего тела, серо-кремовый, серо-коричневый, некрасивый — надо его запомнить. Мы бы не стали жить в комнате с такими стенами, не купили бы машину такого цвета. Это цвет нутра, темноты, места, которого не достигают солнечные лучи, влажного убежища, в котором материя прячется от чужих глаз, а следовательно, ей уже нет нужды играть на публику. Только кровь придает ей яркость; кровь призвана служить предостережением, ее красный цвет — сигнал тревоги, что раковина нашего тела оказалась вскрыта. Целостность тканей — нарушена.

На самом деле изнутри мы бесцветны. Если сердце как следует прополоскать от крови, именно так оно выглядит — словно комок слизи.

Семь лет путешествия

— Каждый год — одно путешествие, вот уже семь лет, с тех пор, как мы поженились, — рассказывал попутчик — молодой мужчина в длинном черном элегантном пальто, с твердым черным портфелем, напоминающим роскошный футляр для столовых приборов.

У нас множество фотографий, говорил он, все разложено по порядку. Южная Франция, Тунис, Турция, Италия, Крит, Хорватия и даже Скандинавия. Мужчина объяснил, что обычно они смотрят фотографии несколько раз: с родственниками, с коллегами, потом с друзьями, а затем снимки годами хранятся в неприкосновенности, упакованные в пластиковые конверты, словно улики в сейфе у следователя: что мы там побывали!

Он задумался и выглянул в окно, за которым бежали уже опоздавшие куда-то пейзажи. Возможно, задумался: а что, собственно, значит — «побывали»? Куда подевались те две недели во Франции, которые сегодня умещаются в пару воспоминаний: внезапное чувство голода у стен средневекового города и вечерние мгновения в ресторанчике под увитой виноградом крышей? Что сделалось с Норвегией? От нее остался лишь холод озерной воды да день, что никак не кончался, а еще радость, что успели купить пиво перед самым закрытием магазина, и впервые открывшийся ошеломительный вид фиорда.

— Увиденное мною принадлежит мне, — подытожил тот человек, внезапно оживившись, и звонко шлепнул себя по колену.

Гадание по Чорану

Другой человек, застенчивый и милый, в каждую командировку брал книгу Чорана, один из его сборников очень коротких текстов. В гостинице он всегда клал Чорана на тумбочку возле кровати, а проснувшись, сразу открывал наобум, в поисках формулы для наступающего дня. Он считал, что в европейских гостиницах Библию следует срочно заменить на Чорана. От Румынии до Франции. Мол, Библия для гадания уже не годится. Что нам с таких, к примеру, строк, откройся они по неосторожности в апрельскую пятницу или декабрьскую среду: «Все принадлежности скинии для всякого употребления в ней, и все колья ее, и все колья двора — из меди» (Исход 27:19). Как это понимать? Впрочем, почему обязательно Чоран? Поглядев на меня с вызовом, он предложил:

— Пожалуйста, назовите что-нибудь другое.

Мне ничего не приходило в голову. Тогда он вынул из рюкзака тонкий потрепанный томик, открыл наугад, и лицо его прояснилось.

— «Вместо того чтобы обращать внимание на лица прохожих, я посмотрел на их ноги, и суетливость всех этих людей оказалась сведенной к торопливым шагам, устремленным... куда? И мне показалось очевидным, что наше предназначение состоит в том, чтобы топтаться в пыли в поисках некой тайны, лишенной всякого серьезного значения»[1], — прочитал он удовлетворенно.

Куницкий. Вода I

Позднее утро; сколько точно времени, он не знает — не посмотрел на часы, — но вряд ли прошло больше пятнадцати минут. Он поудобнее устраивается на сиде-

[1] Пер. О. Акимовой.

нье и прикрывает глаза; тишина пронзительна, словно высокий, навязчивый звук — не дает сосредоточиться. Он еще не понимает, что это сигнал тревоги. Отодвигает кресло подальше от руля и вытягивает ноги. Голова тяжелая, и тело поддается этой тяжести, сползает в белый нагретый воздух. Надо посидеть спокойно, подождать.

Он наверняка успел выкурить сигарету, а может, даже две. Через несколько минут вышел из машины и помочился в канаву. Кажется, мимо никто не проезжал, но теперь он уже не уверен. Потом вернулся в салон и попил воды из пластиковой бутылки. И только тогда забеспокоился. Резко посигналил, и оглушительный звук подхлестнул волну злости, которая почти привела его в чувство. С этого момента Куницкий помнит свои действия более отчетливо: он пошел вслед за ними по тропинке, рассеянно соображая, что скажет: «Чем ты здесь, черт возьми, занимаешься столько времени? Что еще за фокусы?»

Оливковая роща, совершенно высохшая. Трава шуршит под ногами. Среди выкрученных оливковых деревьев растет дикая ежевика; молодые побеги норовят выскользнуть на тропку и ухватить его за ногу. Повсюду мусор: бумажные платочки, мерзость женских прокладок, оккупированные мухами человеческие экскременты. Другие тоже останавливаются на обочине по нужде. Лень зайти поглубже в заросли, все спешат, даже здесь.

Нет ветра. Нет солнца. Белое неподвижное небо — словно полотнище палатки. Пàрит. Частички воды заполняют воздух, и повсюду ощущается запах моря — наэлектризованный, озоновый, рыбный.

Он замечает движение, но не там, среди деревьев, а здесь, под ногами. На тропинку выходит огромный черный жук; несколько секунд шевелит усиками, исследуя воздух, приостанавливается — наверное, обнаружил присутствие человека. Белое небо молочным пятном отражается в его безупречном панцире, и на мгновение

Куницкому кажется, что с земли на него взирает диковинный глаз — существующий вне тела, своенравный и бесстрастный. Куницкий проводит носком сандалии по земле. Шелестя сухими травинками, жук перебегает тропку. Исчезает в ежевике. Всё.

Чертыхнувшись, Куницкий возвращается к машине и, пока идет, еще надеется, что она и мальчик уже там — вернулись каким-то окольным путем; ну разумеется, они вернулись, как же иначе? Он скажет: «Я вас уже битый час ищу! Что еще за фокусы, черт побери?»

Она сказала: «Остановись». Куницкий притормозил, она вышла и открыла заднюю дверцу. Отстегнула малыша, взяла его за руку, и они ушли. Куницкому не хотелось вылезать из машины, он вдруг почувствовал сонливость, усталость, хотя проехали они всего несколько километров. Он только взглянул на жену и сына — вскользь, рассеянно, он ведь не знал, что надо смотреть внимательно. Теперь Куницкий пытается восстановить ту смазанную картинку, навести ее на резкость, увеличить и сохранить в памяти. Он видит их со спины — вот они шагают по шуршащей тропке. Жена, кажется, в светлых полотняных брюках и черной майке, малыш — в трикотажной футболке со слоником, но это он помнит потому, что утром сам одевал сына. Они разговаривают, слов не разобрать, он ведь не знал, что надо прислушиваться. Жена и сын исчезают среди олив. Куницкий не знает, сколько прошло времени, но не очень много. Четверть часа, может, чуть больше, он теряется, он ведь не смотрел на часы. Не знал, что надо следить за временем. Куницкий терпеть не может этот ее вопрос: «О чем ты думаешь?» «Ни о чем», — отвечал он, а жена не верила. Говорила, что так не бывает, обижалась. А вот и бывает — Куницкий испытывает своего рода удовлетворение: он и в самом деле может ни о чем не думать. Умеет.

Однако потом он вдруг останавливается посреди ежевичных зарослей, замирает, словно его тело, потянувшись к корневищу ежевики, случайно обрело новый центр тяжести. Тишине аккомпанируют жужжание мух и шум в голове. На мгновение Куницкий видит себя сверху: мужчина в брюках сафари, в каких ходят все туристы, и белой рубашке, с небольшой лысиной на макушке, среди островков зарослей, посторонний, гость в чужом доме. Человек, стоящий под обстрелом, забытый во время краткого перемирия в поединке раскаленного неба и запекшейся земли. Куницкого охватывает страх; ему хочется поскорее укрыться, спрятаться в машине, но тело не слушается — он не может шевельнуть ногой, не может сдвинуться с места. Сделать шаг — он и не подозревал, что это так трудно; электрическая цепь разорвана. Нога в сандалии — якорь, удерживающий его на земле, — за что-то зацепился. Сделав сознательное усилие, недоумевающий Куницкий приводит ногу в движение. Иначе ему не вырваться из этого разогретого бесконечного пространства.

Они приехали 14 сентября. Паром из Сплита был полон — много туристов, но больше местных. Они ездят на материк за покупками — там дешевле. Острова не слишком плодородны. Распознать туристов несложно: едва солнце начало неотвратимо клониться к воде, они все столпились на правом борту и нацелили свои объективы. Паром медленно проплывал мимо многочисленных островков, потом Куницкому вдруг показалось, что они вышли в открытое море. Неприятное ощущение, краткий момент паники, как будто чуть понарошку.

Они легко отыскали свой пансион под названием «Посейдон». Хозяин, бородач Бранко, в футболке с изображением морской раковины, перешел на «ты» и, панибратски похлопывая Куницкого по плечу, проводил их с женой на второй этаж узкого каменного дома, стоявшего на самом берегу, и с гордостью показал апартаменты. В их распоряжении — две спальни и маленькая угловая кухонька с традиционным гарнитуром из ламинированного ДСП. Окна выходят на пляж и открытое море. Под одним из окон как раз расцвела агава — цветок, венчающий мощный стебель, триумфально возносился над водой.

Куницкий достает карту острова и мысленно перебирает варианты. Она могла заблудиться и просто выйти к шоссе в другом месте. Теперь, небось, ждет его где-нибудь, а может, остановит попутку и поедет — куда? Судя по карте, шоссе извилистой линией проходит через весь остров: можно кататься по кругу, не выезжая к морю. Именно так они осматривали Вис[1] несколько дней назад. Куницкий кладет карту на пассажирское сиденье, на сумочку жены, и трогается. Едет медленно, высматривая их среди олив. Но через несколько километров пейзаж меняется: вместо оливковой рощи — каменистые пустоши, поросшие выгоревшей травой и ежевикой. Белые известковые камни щерятся, словно огромные зубы, выпавшие из пасти какого-то дикого существа. Куницкий проезжает пару километров и возвращается. Теперь справа от него — неправдоподобно зеленые виноградники и, изредка, маленькие каменные сарайчики для инструментов — пустые и мрачные. В лучшем случае она заблудилась — а вдруг потеряла сознание, она сама или малыш, ведь сейчас так душно и жарко? Может, им нужна помощь, а он, вместо того чтобы действовать, разъезжает по шоссе. Ну да, какой же он дурак, что только теперь подумал об этом. Сердце у Куницкого начинает биться сильнее. Может, у нее солнечный удар. Или нога сломана.

[1] Остров и одноименный город в Хорватии.

Он возвращается на прежнее место и несколько раз сигналит. Проезжают две машины с немецкими номерами. Сколько прошло времени? Около полутора часов, значит, паром уже ушел. Заглотнул машины, закрыл ворота и двинулся в море — мощный белый корабль. С каждой минутой их разделяет все более широкая полоса равнодушного моря. Куницкому чудится что-то недоброе, от чего пересыхает во рту, что-то, ассоциирующееся с этим мусором на обочине, с мухами и человеческими отходами. Теперь ему все ясно. Они пропали. Исчезли, оба. Куницкий уже понимает, что не найдет их среди олив, но все равно бежит туда по сухой тропке и кричит, не надеясь услышать ответ.

Пора послеобеденной сиесты, городок почти пуст. На пляже, у самой дороги, три женщины запускают синего воздушного змея. Паркуясь, Куницкий отлично их видит. На одной — светлые кремовые брюки, обтягивающие толстые ягодицы.

Бранко он обнаруживает за столиком небольшого кафе. С ним двое мужчин. Они пьют пелинковац[1] — со льдом, точно виски. Увидев Куницкого, Бранко удивленно улыбается.

— Что-то забыл? — спрашивает хозяин.

Мужчины пододвигают ему стул, но Куницкий не садится. Он хочет рассказать все по порядку, переходит на английский, одновременно, словно бы другой частью мозга, соображая — как в кино, — что́ полагается делать в подобных ситуациях. Говорит, что они пропали — Ягода и малыш. Говорит когда и где. Говорит, что искал, но не нашел. Тогда Бранко спрашивает:

— Вы поссорились?

[1] Горькая настойка на полыни и других травах.

Куницкий отвечает, что нет, это правда. Двое мужчин допивают пелинковац. Куницкий бы тоже не отказался. Он ощущает во рту сладковато-пряный вкус. Бранко медленно берет со стола пачку сигарет и зажигалку. Мужчины тоже встают — медленно, словно собираясь с силами перед боем, а может, им просто хочется посидеть еще в тени маркизы. Вся троица готова ехать на место происшествия, но Куницкий настаивает, чтобы сначала сообщили в полицию. Бранко колеблется. Его черная борода простегана лучиками седых волос. На желтой футболке — красная ракушка и надпись «Shell».

— А может, она на море пошла?

Может, и пошла. Решено: Бранко и Куницкий вернутся на шоссе, двое остальных пойдут в полицию — звонить в Вис. Бранко объясняет, что в Комиже только один полицейский, а настоящее отделение — в Висе. На столике остаются стаканы, в них тает лед.

Куницкий без труда находит тот маленький пятачок у обочины, где он тогда остановился. Ему кажется, что это было сто лет назад, время теперь течет иначе — густое и терпкое, состоящее из ряда эпизодов. Из-за белых туч выглядывает солнце, вдруг становится жарко.

— Погуди, — говорит Бранко, и Куницкий сигналит.

Звук протяжный, жалобный, словно голос какого-то зверя. Он затихает и раскалывается на крошечные эха цикад.

Время от времени перекликаясь, Бранко с Куницким идут по зарослям олив. Встречаются они только у виноградника и, мгновение посовещавшись, решают поискать здесь. Шагают в тени лоз, окликая пропавшую женщину: «Ягода, Ягода!» Куницкий вдруг осознает значение имени жены, он совсем забыл о нем, но теперь ему кажется, будто все это какой-то древний ритуал, таинственный, гротескный. С лоз свисают набухшие темно-фиолетовые грозди — извращенно-многократно умноженные соски, а он плутает в лиственных лабиринтах, выкрикивая: «Ягода, Ягода». К кому он обращается? Кого зовет?

Куницкий на мгновение останавливается — закололо в боку; стоя между рядами виноградных лоз, он сгибается пополам. Погружает голову в тенистую прохладу, голос Бранко, приглушенный листвой, затихает, и теперь Куницкий слышит жужжание мух — привычную основу ткани тишины.

За этим виноградником начинается следующий, отделенный всего лишь узкой тропкой. Куницкий и Бранко останавливаются, Бранко звонит по мобильному. Он повторяет два слова — «žena» и «djete»[1], ничего больше Куницкому разобрать не удается. Солнце делается оранжевым; огромное, опухшее, оно слабеет на глазах. Еще мгновение — и можно будет заглянуть ему в лицо. Теперь виноградники приобретают насыщенный темно-зеленый цвет. Две беспомощные фигурки стоят в этом зеленом полосатом море.

К наступлению сумерек на шоссе уже несколько автомобилей и группа мужчин. Куницкий сидит в машине с надписью «Полиция» и с помощью Бранко отвечает на сумбурные, как ему кажется, вопросы крупного потного полицейского. Говорит он на простом английском. «We stopped. She went out with her child. They went right, here[2], — он машет рукой. — I was waiting, let's say, fifteen minutes. Then I decided to go and look for them. I couldn't find them. I didn't know what has happened»[3]. Куницкому дают тепловатой минеральной воды, он жадно пьет. —

---

[1] Жена (женщина), ребенок (*хорв.*).

[2] Мы остановились. Она вышла вместе с ребенком. Они пошли направо, сюда (*англ.*).

[3] Я ждал минут пятнадцать. Потом я решил пойти поискать их. Я не смог их найти. Я не знал, что случилось (*англ.*).

«They are lost»[1]. И еще раз повторяет: «lost»[2]. Полицейский звонит куда-то по мобильному. «It is impossible to be lost here, my friend»[3], — говорит он Куницкому. Потом отзывается рация. Только через час они неровной цепью трогаются в глубь острова.

Распухшее солнце тем временем опускается на виноградники, а к тому моменту, когда они добираются до вершины холма, оранжевый диск уже касается моря. Они оказываются невольными свидетелями этого по-театральному торжественного заката. Наконец зажигаются фонари. Уже в темноте группа выходит на высокий, обрывистый берег — они проверяют две из множества маленьких бухточек; там стоят каменные домики — жилище наиболее эксцентричных туристов, избегающих отелей и готовых доплатить за отсутствие проточной воды и электричества. Готовят они на каменных плитах, некоторые привозят газовые баллоны. Ловят рыбу — прямо из моря та попадает на решетку гриля. Нет, женщину с ребенком никто не видел. Люди собираются ужинать — на столах появляются хлеб, сыр, оливки и несчастная рыба, еще сегодня днем предававшаяся своим бездумным морским занятиям. Время от времени Бранко звонит в Комижу, в пансион — по просьбе Куницкого, которому кажется, что жена просто заблудилась и разминулась с ним. Но после каждого звонка Бранко лишь похлопывает его по плечу.

Около полуночи Куницкий замечает, что группа мужчин поредела, среди оставшихся он видит тех мужчин, что сидели с Бранко за столиком. Теперь, на прощание, они представляются: Драго и Роман. Все идут к машине. Куницкий благодарен им за помощь, но не знает, как это выразить, — забыл, как будет по-хорватски «спаси-

---

[1] Они потерялись (*англ.*).

[2] Потерялись (*англ.*).

[3] Здесь невозможно потеряться, дружище (*англ.*).

бо»; наверное, что-нибудь вроде «дякую», «дякуе», как-то так. Собственно, при большом желании они могли бы все вместе разработать некий славянский койне[1], набор схожих славянских слов первой необходимости, используемый без грамматики, — вместо того чтобы барахтаться в неловкой, упрощенной версии английского.

Ночью к его дому подплывает лодка. Жителей эвакуируют: наводнение. Вода поднялась уже до второго этажа. Просачивается через щели между кафельными плитками кухни, теплыми струйками вытекает из розеток. Разбухают от влаги книги. Куницкий открывает одну и видит, что буквы стекают, словно макияж, оставляя после себя пустые мутные страницы. Оказывается, все уже уплыли, остался только он.

Сквозь сон Куницкий слышит перестук лениво капающей с неба воды, в следующее мгновение превращающейся в короткий сильный ливень.

Benedictus, qui venit[2]

Апрель на автостраде, полосы красного солнца на асфальте, мир, тщательно глазурованный недавним дождем, — пасхальный кулич. Я еду на машине, страстная пятница, сумерки, то ли Бельгия, то ли Голландия — точно сказать не могу, потому что границы нет: никому не нужная, она совершенно стерлась. По радио передают «Реквием». Вторя «Benedictus», вдоль автострады загораются фонари, словно спешат узаконить нечаянно снизошедшее на меня по радио благословение.

---

[1] Язык повседневного общения носителей родственных языков или диалектов, возникший на основе наиболее распространенного из них и вобравший черты других языков или диалектов.

[2] Благословен идущий (*лат.*). «Benedictus» — католическое песнопение, раздел мессы (полностью: «Benedictus qui venit in nomine Domini» — «Благословен грядущий во имя господне»).

На самом деле это могло значить только одно: я уже на территории Бельгии, в которой, на радость путешественникам, все автострады освещаются.

Паноптикум

Паноптикум и вундеркамера — прочитала я в путеводителе по музею — предшественники музеев. Выставки всевозможных курьезов, привезенных из дальних и ближних путешествий.

Однако не будем забывать, что паноптикумом Бентам назвал свою гениальную систему охраны узников[1]; он стремился конфигурировать пространство таким образом, чтобы каждый заключенный всегда оставался в зоне видимости.

Куницкий. Вода II

— Остров не так уж велик, — говорит утром Джурджица, жена Бранко, и наливает Куницкому густого крепкого кофе.

Все повторяют это, словно мантру. Куницкий понимает, что́ они хотят сказать, он и сам знает, что остров слишком мал, чтобы на нем можно было заблудиться. В длину чуть более десяти километров, всего два крупных населенных пункта — города Вис и Комижа. Их можно обшарить — тщательно, сантиметр за сантиметром, словно ящик письменного стола. Да и жители обоих городков

---

[1] Иеремия Бентам (1748–1832) — английский философ, занимавшийся вопросами этики, политической экономии, государства, права и пенитенциарии. Бентам предлагал реформировать пенитенциарную политику таким образом, чтобы с минимальными расходами добиться «устрашения» и даже «исправления» преступников. С этой целью он разработал проект «образцовой» тюрьмы — паноптикума, где один стражник мог наблюдать сразу за многими заключенными в камерах, расположенных вокруг его «рабочего места».

хорошо знают друг друга. Ночи теплые, винограда много, и инжир уже почти созрел. Даже если Ягода с малышом заблудились, ничего с ними не случится: от голода или холода они не погибнут, дикие звери здесь не водятся. Переночуют под оливой, на сухой, прогретой солнцем траве, под сонный шум волн. До дороги из любой точки — не больше трех-четырех километров. На полях стоят каменные домики с бочками для вина, виноградными прессами, в некоторых имеются даже съестные припасы и свечи. На завтрак съедят кисть зрелого винограда или раздобудут что-нибудь у отдыхающих, в одной из бухточек.

Они спускаются к отелю, где уже ждет полицейский, но не вчерашний, а другой, помладше. Мгновение Куницкий надеется, что он принес добрые вести, но полицейский лишь просит показать паспорт. Он тщательно переписывает данные, говорит, что Ягоду с малышом будут искать и на материке, в Сплите. И на соседних островах.

— Она могла идти по берегу, — объясняет полицейский.

— У нее не было денег. No money[1]. Всё здесь, — Куницкий показывает сумочку жены и вынимает оттуда кошелек — красный, расшитый бусинками. Открывает и показывает полицейскому. Тот пожимает плечами и переписывает их адрес в Польше.

— Сколько лет ребенку?

— Три, — отвечает Куницкий.

Они снова едут по серпантину на то место, день обещает быть жарким и ясным, засвеченным, словно фотопленка. В полдень с нее исчезнут все изображения. Куницкому приходит в голову, что хорошо бы поискать

[1] Нет денег (*англ.*).

сверху, с вертолета, ведь остров совершенно гол. Еще он думает о чипах, которые вживляют животным, перелетным птицам, аистам и журавлям, а людям почему-то нет. Вот бы всем такой чип, ради нашей же безопасности — тогда через Интернет можно было бы отслеживать каждое движение: траектории, места отдыха, плутание. Скольких смертей удалось бы избежать! Куницкий представляет себе картинку на мониторе: вычерчиваемые людьми цветные черточки, сплошные линии, пунктиры. Круги и эллипсы, лабиринты. А может, бесконечные восьмерки, неудавшиеся, внезапно прерванные спирали.

Приводят собаку, черную овчарку; дают ей понюхать свитер Ягоды, лежавший на заднем сиденье. Пес обследует землю вокруг машины, потом идет по тропинке между оливами. Куницкий вдруг оживляется: вот, сейчас все выяснится. Люди бегут следом за собакой. Овчарка замирает там, где Ягода с малышом, видимо, остановились по нужде, хотя никаких следов не видно. Пес стоит, довольный собой. Но этого мало, пес! Где люди, куда они пошли?! Овчарка не понимает, чего от нее добиваются, но идет дальше, медленно, в сторону, параллельно шоссе, удаляясь от виноградников.

— Значит, она пошла вдоль дороги, — думает Куницкий, — должно быть, по ошибке. Может, вышла на шоссе дальше и ждала его в нескольких сотнях метров отсюда? Но ведь он сигналил — неужели она не слышала? А дальше что? Может, кто-нибудь их подвез, но раз они не появились в пансионе, то куда этот кто-то мог их увезти? Кто-то. Смутная, расплывчатая фигура, широкие плечи. Мощный затылок. Похищение. Оглушил и спрятал в багажнике? Потом на пароме перевез на материк, теперь они в Загребе или Мюнхене, а может, еще где-нибудь. Но как ему удалось провезти два тела через границу?

Но тут пес сворачивает к протянувшемуся наискосок от дороги заросшему оврагу, длинному кремнистому пролому, сбегает по камням вниз. Там начинается старый заброшенный виноградник, совсем небольшой; они видят похожий на киоск каменный домик, крытый старым шифером. Перед дверью лежит кучка сухой виноградной лозы — видимо, ее собирались сжечь. Овчарка кружит вокруг дома, потом возвращается к двери. Однако домик, как ни удивительно, заперт на висячий замок. Ветром к порогу нанесло щепок. Сюда явно никто не заходил. Полицейский смотрит в грязное окошко, потом раскачивает его, сильнее и сильнее, наконец высаживает. Все заглядывают внутрь, в ноздри бьет вездесущий запах затхлости и моря.

Шумит рация, собаке дают попить, снова велят понюхать свитер. Теперь овчарка трижды обегает дом, возвращается на дорогу и нерешительно идет к голым, лишь кое-где поросшим сухой травой скалам. С обрыва видно море. Там стоят остальные спасатели. Лицом к морю.

Собака теряет след, бежит обратно, наконец ложится посреди тропки.

— To je zato jer je po noći padala kiša[1], — говорит кто-то по-хорватски, и Куницкий без труда понимает, что речь идет о ночном дожде.

Появляется Бранко, приглашает его на поздний ланч. Полиция остается на месте происшествия, а они едут в Комижу. Почти всю дорогу молчат. Куницкий догадывается, что Бранко, вероятно, не знает, что сказать, да еще на чужом языке, по-английски. Ну и ладно, так даже лучше. В ресторане на берегу моря они заказывают жареную рыбу; собственно, это не ресторан, а кухня, которую держат знакомые Бранко. Все тут — его знакомые, они даже чем-то похожи друг на друга — более резкие черты лица, словно бы исхлестанные ветром, племя морских

[1] Это потому, что ночью шел дождь (*хорв.*).

волков. Бранко наливает Куницкому вина, уговаривает выпить. Сам тоже залпом опрокидывает стакан. Сам платит по счету. Раздается звонок.

— They manage to get a helicopter, an airplane. Police[1], — сообщает Бранко.

Они договариваются пройти на лодке Бранко вдоль берега. Куницкий звонит в Польшу, родителям, слышит привычно хрипловатый отцовский голос, объясняет, что им придется задержаться еще на три дня. В чем дело, не объясняет. Мол, все в порядке, просто придется задержаться. Еще он звонит на работу и просит на три дня продлить отпуск: возникли небольшие проблемы. Почему именно три, он и сам не знает.

Куницкий ждет Бранко на пристани. Тот появляется в своей футболке с красной раковиной, но это другая футболка, свежая, чистая, — видимо, у него таких несколько. Среди пришвартованных лодок они находят маленький катер. Голубые буквы, не слишком искусно выведенные на борту, сообщают имя судна — «Нептун». Тогда Куницкий вспоминает, что паром, на котором они сюда приплыли, назывался «Посейдон». Тут многое — бары, магазины, лодки — именуется Посейдоном. Или Нептуном. Оба имени море выбрасывает на берег, словно ракушки. Интересно, какая у них с этим богом договоренность насчет авторских прав? Чем они ему платят?

Они садятся на катер, маленький и тесный, скорее это даже моторка с кое-как сколоченной дощатой каютой. Бранко держит там бутылки, с водой и пустые. И белое вино со своего виноградника — хорошее, крепкое. У всех тут виноградники и свое вино. Бранко вытаскивает из каюты мотор, ставит. Заводится он с третьей попытки, теперь приходится кричать. Шум невообразимый, но

[1] Они могут раздобыть вертолет, самолет. Полиция (*англ.*).

через несколько секунд мозг привыкает к нему, словно к плотной зимней одежде, отъединяющей тело от окружающего мира. Этот грохот постепенно обволакивает все уменьшающуюся картинку залива и порта. Куницкий видит дом Бранко, даже окна кухни и цветок агавы, отчаянно выстреливающий в небо — окаменевшим фейерверком, триумфальной эякуляцией.

Все на глазах съеживается и сливается: дома — в темную кривую, порт — в белое расплывчатое пятно, простеганное черточками мачт; зато над городком вырастают горы — голые, серые, с зелеными пятнышками виноградников. Они растут, становятся огромными. Изнутри, с шоссе, остров казался маленьким, теперь видна его мощь: монументальная трапеция скал, торчащий из воды кулак.

Они поворачивают налево и выходят из бухты в открытое море, отсюда берег кажется обрывистым, опасным.

Единственный источник движения — белые гребни волн, бьющихся о скалы, и потревоженные лодкой птицы. Когда Бранко заводит мотор, испуганные птицы исчезают. Еще — вертикаль реактивного самолета, разрывающая небо на два полотнища. Самолет летит на юг.

Они плывут дальше. Бранко закуривает две сигареты и протягивает одну Куницкому. Курить неудобно, из-под носа лодки летят, обрызгивая все вокруг, крошечные капельки воды.

— На воду смотри! — кричит Бранко. — На все, что плавает на поверхности!

Уже приближаясь к бухте с пещерой, они замечают вертолет — он летит в противоположном направлении. Бранко встает, машет руками. Куницкий смотрит на вертолет, он почти счастлив. Остров небольшой — думает он в сотый раз, — от взгляда гигантской механической стрекозы ничто не укроется, все видно, как на тарелке.

— Поплыли к «Посейдону», — кричит Куницкий Бранко, но тот колеблется.

— Там нет прохода, — выкрикивает он в ответ.

Однако катер поворачивает и замедляет ход. Заглушив мотор, они проплывают между двумя скалами.

Эта часть острова тоже должна называться «Посейдон», как и все тут, думает Куницкий. Здесь бог собственноручно возвел храмы во славу себя самого: нефы, подземные крипты, колонны и хоры. Линии непредсказуемы, ритм неправильный, неровный. Черные магмовые скалы блестят от воды, словно покрыты каким-то редким темным металлом. Сейчас, в сумерках, эти конструкции пронзительно печальны, это квинтэссенция одиночества — здесь никто никогда не молился. Куницкому вдруг приходит в голову, что он видит прообраз людских соборов: именно сюда следует водить экскурсии, прежде чем отправляться в Реймс и Шартр. Он хочет поделиться своим открытием с Бранко, но слишком шумно, чтобы говорить. Появляется другая лодка, побольше, с надписью: «Полиция. Сплит». Она идет вдоль крутого берега. Судна сближаются, Бранко разговаривает с полицейскими. Ничего не нашли, никаких следов. Такой вывод, во всяком случае, делает Куницкий, потому что рокот мотора заглушает голоса. Видимо, они понимают друг друга по движениям губ и едва заметному беспомощному пожатию плечами, плохо сочетающемуся с белыми полицейскими рубашками и погонами. Полицейские знаками велят возвращаться: вот-вот стемнеет. Куницкий слышит только это слово: «Возвращайтесь». Бранко жмет на газ, раздается звук, похожий на взрыв. Вода словно бы застывает, затем от лодки расходятся волны, мелкие, точно мурашки на теле.

Возвращение на остров происходит совершенно иначе, чем днем. Сначала становятся видны искрящиеся огни, которые, постепенно расступаясь, образуют ряды.

В опускающейся тьме они растут, разделяются, обнаруживая различия: одни оказываются огоньками пришвартованных на набережной яхт; другие — освещенными окнами домов; третьи — неоновыми вывесками; четвертые — подвижными автомобильными фарами. Безопасная картина одомашненного мира.

Наконец Бранко глушит мотор, и лодка пристает к берегу. Днище вдруг скребет по камням — они приплыли на маленький городской пляж, у самого отеля, далеко от пристани. Теперь Куницкий догадывается почему. У причала, почти на пляже, стоит полицейская машина, двое мужчин в белых рубашках явно поджидают их.

— Видимо, хотят с тобой поговорить, — говорит Бранко и бросает якорь. Куницкий вдруг чувствует дурноту, он боится того, что может услышать. Вдруг они нашли тела. Вот что его пугает. На подгибающихся ногах он подходит к полицейским.

Слава богу, это простая формальность. Нет, ничего нового полиция не выяснила. Однако история затягивается, дело, похоже, серьезнее, чем они думали поначалу. Куницкого все по тому же, единственному на острове, шоссе везут в Вис, в отделение полиции. Уже совсем темно, но полицейские, видимо, хорошо знают дорогу, потому что на поворотах даже не сбавляют скорость. Проносятся мимо того места.

В отделении Куницкого ждут новые лица. Переводчик, высокий красивый мужчина, польским владеющий, мягко говоря, не слишком хорошо, — его специально привезли из Сплита — и офицер. Они как-то равнодушно задают дежурные вопросы, и Куницкий понимает, что стал одним из подозреваемых.

Полицейская машина подвозит его к самому пансиону. Куницкий делает вид, что собирается войти внутрь. Однако он только притворяется. Стоя в темном коридорчике, ждет, пока они отъедут, пока затихнет шум мотора, и снова выходит на улицу. Идет к самому большому скоплению огней, к приморскому бульвару, где сосредоточены все кафе и рестораны. Пятница, но уже поздно, час ночи, а то и два, народу мало. Среди редких посетителей Куницкий взглядом ищет Бранко, но не находит — нигде не видно футболки с изображением ракушки. Итальянцы, многочисленное семейство, уже заканчивающее трапезу, пожилая пара — потягивая через соломинку какой-то напиток, супруги рассматривают шумную итальянскую компанию. Две блондинки, погруженные в беседу, доверительно склонившиеся друг к другу. Местные, рыбаки, еще одна пара. Как хорошо, что никто не обращает на него внимания... Куницкий идет по краю тени, у самой набережной, ощущая запах рыбы и теплое, соленое дуновение морского ветра. Ему хочется свернуть в одну из улочек, поднимающихся в гору, к дому Бранко, но он не смеет — там, небось, уже все спят. Поэтому Куницкий присаживается за крайний столик. Официант его игнорирует.

Куницкий рассматривает мужчин, устраивающихся за соседним столиком. Их пятеро, приходится поставить еще один стул. Прежде чем подойдет официант, прежде чем будут заказаны коктейли, они уже связаны невидимыми ниточками.

Разного возраста, двое — с густой бородой, но все различия моментально тают в том кругу, который невольно образует эта компания. Мужчины разговаривают, но дело не в словах — такое ощущение, будто они собираются петь хором, пробуют голоса. Пространство внутри круга заполняется смехом — анекдоты, даже всем известные, не раздражают, а веселят. Басистый смех вибрирует, окутывает все вокруг и заставляет умолкнуть сидящих за соседним столиком туристок — вид у этих немолодых женщин вдруг делается испуганный. Смех привлекает любопытные взгляды.

Они подготавливают публику. Появление официанта — увертюра, а сам молодой парень с коктейлями на подносе невольно оказывается в роли конферансье. При виде его мужчины оживляются, чья-то рука поднимается и указывает место — вот сюда, мол. Мгновение тишины — и вот уже стеклянные края плывут по направлению к губам. Кто-то, самый нетерпеливый, не удержавшись, прикрывает глаза, совсем как в костеле, когда ксендз торжественно кладет белую облатку на высунутый язык. Мир готов перевернуться вверх тормашками, только кажется, что пол — под ногами, а потолок — над головой, тело уже не принадлежит безраздельно хозяину, становится частью живой цепи, частью живого круга. Вот стаканы движутся к губам, сам момент опорожнения почти незаметен, оно совершается с мимолетной сосредоточенностью, с минутной серьезностью. Теперь уже стаканы будут удерживать мужчин в состоянии равновесия. Сидящие за столиком тела начнут колыхаться, макушки — описывать в воздухе круги, сперва поменьше, потом побольше. Они будут пересекаться, вычерчивая все новые окружности. В конце концов взметнутся вверх руки: сперва опробуют свою силу в воздухе, с помощью вторящих словам жестов, потом поплывут навстречу рукам приятелей, их плечам и спинам, похлопывая и одобряя. Почти любовные прикосновения. В братании рук и спин — ни грана беспардонности, оно подобно танцу.

Куницкий смотрит на них с завистью. Ему бы хотелось выйти из тени и присоединиться к этой компании. Такого рода энергия ему чужда. Куницкому ближе север, где мужские сообщества носят более сдержанный характер. Но на юге, где солнце и вино заставляют тела обнажаться быстрее и бесстыднее, этот танец выглядит совершенно естественным. Спустя час первое тело обмякает и падает на спинку стула.

Ночной бриз теплой лапой шлепает Куницкого по спине, подталкивает к столикам, точно уговаривая: «Ну иди же, иди». Ему хочется пойти с этой компанией — куда-нибудь, куда угодно. Если бы они взяли его с собой...

По неосвещенной стороне набережной, стараясь не выходить за границу тьмы, он возвращается к пансиону. Прежде чем подняться по узкой и душной лестнице, набирает полные легкие воздуха и мгновение стоит неподвижно. Затем поднимается, нащупывая в темноте ступеньки, и сразу, не раздеваясь, падает на кровать — на живот, раскинув руки, словно кто-то выстрелил ему в спину, а он, прежде чем умереть, еще секунду рассматривал сразившую его пулю.

Через несколько часов — два или три (на улице еще темно) — он встает, ощупью спускается вниз, садится в машину. Тявкает сигнализация, соскучившийся автомобиль заговорщицки подмигивает. Куницкий вынимает вещи — все до одной. Втаскивает по лестнице чемоданы, бросает на пол, в кухне и в комнате. Два чемодана и множество пакетов, сумок, корзинок, в том числе с едой, приготовленной в дорогу, комплект ласт в пластиковом футляре, маски, зонтик, пляжные коврики и ящик с купленными на острове винами и айваром — той пастой из паприки, которая так им понравилась, и еще банки с оливками. Куницкий повсюду зажигает свет и сидит посреди этого хаоса. Потом берет сумку жены и осторожно вытряхивает содержимое на кухонный стол. Усаживается и рассматривает жалкую кучку, словно играет в бирюльки и теперь должен вытянуть одну, не задев остальные. Поколебавшись мгновение, он берет помаду и откручивает крышечку. Помада темно-красная, почти новая. Ягода редко ею пользовалась. Куницкий подносит ее к носу. Пахнет приятно, трудно сказать чем. Осмелев, он по очереди берет каждую вещь в руки и откладывает в сторону. Паспорт — старый, в синей обложке, на фотографии жена значительно моложе, с длинными распущенными волосами, с челкой. Подпись на последней странице размыта — пограничники вечно придираются. Черный блокнот, с застежкой-резинкой. Куницкий открывает его, перелистывает — какие-то заметки, фасон жакета, колонка цифр, визитка бистро в Полянице, на последней страничке — номер телефона, прядка темных волос, даже не прядка, а просто несколько десятков отдельных волосков. Куницкий откладывает их в сторону. Потом посмотрит внимательнее. Косметичка из экзотической индийской ткани, внутри нее: темно-зеленый карандаш, пудреница (почти пустая), зеленая тушь для ресниц в завинчивающемся тюбике, пластмассовая точилка, блеск для губ, пинцет и разорванная почерневшая серебряная цепочка. Еще он обнаруживает билет в музей в Трогире, на обороте что-то написано — какое-то незнакомое слово; Куницкий подносит бумажку к глазам и с трудом разбирает: καιροξ видимо, это читается «КА-И-РОС», но он не уверен, ему это ничего не говорит. На дне косметички полно песку.

Мобильник, почти разрядившийся. Куницкий проверяет последние звонки — в основном высвечивается его собственный номер, но есть и другие, незнакомые, два или три. «Полученные сообщения»: только одно — от него, когда они разминулись в Трогире. «Я у фонтана на главной площади». «Отправленные сообщения» — пусто. Он возвращается в главное меню, на маленьком экране высвечивается какой-то узор и тут же гаснет.

Вскрытая пачка бумажных платочков. Карандаш, две ручки, одна желтая, «Бик», вторая с надписью «Hotel Mercure»[1]. Мелкие монеты, гроши и евроценты. Портмоне, внутри — хорватские купюры, несколько штук, и десять польских злотых. Карта «Виза». Блок клейких

---

[1] Отель «Меркурий» (*англ.*).

оранжевых листочков, испачканный. Медная заколка с каким-то античным узором, похоже, сломанная. Две кофейные карамельки. Фотоаппарат, цифровой, в черном футляре. Гвоздь. Белая скрепка. Золотистая обертка от жевательной резинки. Крошки. Песок.

Все эти предметы Куницкий аккуратно раскладывает на черной матовой столешнице, на равном расстоянии друг от друга. Подходит к крану, пьет воду. Возвращается к столу и закуривает. Потом берет ее фотоаппарат и начинает снимать, каждую вещь отдельно. Фотографирует медленно, торжественно, с максимальным приближением, со вспышкой. Жалеет только об одном — что этот маленький аппарат не может снять его самого. Он ведь тоже является уликой. Потом Куницкий идет в прихожую, где стоят сумки и чемоданы, фотографирует их. Но и это еще не все: он распаковывает чемоданы и начинает снимать каждый предмет одежды, каждую пару обуви, каждый тюбик крема, каждую книгу. Детские игрушки. Даже грязное белье — вытаскивает из пакета и снимает эту бесформенную кучу.

Находит маленькую бутылку ракии, залпом, не выпуская аппарата из рук, выпивает, потом фотографирует пустую бутылку.

Когда он на машине отправляется в Вис, уже светает. С собой у Куницкого бутерброды, приготовленные женой в дорогу — теперь уже засохшие. На жаре масло растаяло, пропитав хлеб блестящим жирным слоем, сыр стал твердым и полупрозрачным, словно пластик. Куницкий съедает два бутерброда на выезде из Комижи; вытирает руки о штаны. Он едет медленно и осторожно, внимательно следя за дорогой, — помнит, что немного выпил. Но на самом деле чувствует себя сильным и надежным, точно автомат. Назад Куницкий не смотрит, хотя знает, что там, за его спиной, метр за метром вырастает море. Воздух так прозрачен, что с вершины горы, наверное, можно разглядеть итальянский берег. Пока что он останавливается в каждой бухте и обследует все вокруг — даже мусор, не пропуская ни одной бумажки. Вооружившись подзорной трубой Бранко, Куницкий осматривает горы. Перед ним каменистые склоны, выстланные выжженной, посеревшей травой, кусты бессмертной ежевики, потемневшей от солнца, судорожно цепляющейся за камни длинными побегами. Жалкие, одичавшие оливы с выкрученными стволами, каменные ограды — остатки заброшенных виноградников.

Примерно через час медленно, словно патрулирующий окрестности полицейский, Куницкий начинает спускаться к Вису. Проезжает маленький супермаркет, где они покупали продукты — в основном вино, — и через пару минут оказывается в городе.

К набережной уже причалил паром. Огромный, словно дом, — плавучая многоэтажка. «Посейдон». Большие ворота уже раскрылись, к этой зияющей пещере выстроилась очередь из машин и заспанных людей; вот-вот начнут пускать. Куницкий останавливается у барьера и разглядывает тех, кто покупает билеты. Некоторые с рюкзаком, например, красивая девушка в цветном тюрбане; Куницкий смотрит на нее, не в силах отвести глаз. Рядом с девушкой — высокий красавец скандинавского типа. Женщины с детьми, похоже, местные, без багажа, какой-то человек в костюме, с портфелем. Пара: она стоит, прильнув к его груди и прикрыв глаза, словно надеясь отоспаться после слишком короткой ночи. Несколько автомобилей: один с немецкими номерами, набитый по самую крышу, два итальянских. Местные грузовички — с хлебом, овощами, почтой. У острова свои потребности. Стараясь не привлекать внимания, Куницкий заглядывает в машины.

Наконец очередь начинает двигаться, паром заглатывает людей и автомобили, никто не протестует, все идут покорно, как телята. Подъезжают еще французы на мотоциклах, пятеро, и тоже послушно исчезают в пасти «Посейдона». Больше никого.

Куницкий ждет, пока ворота, лязгнув, закроются. Билетер захлопывает окошко и выходит покурить. Оба наблюдают, как паром, внезапно зарокотав, отчаливает.

Куницкий объясняет, что ищет женщину и ребенка, вынимает из кармана паспорт Ягоды, сует билетеру под нос.

Тот смотрит на фотографию, склоняется над ней. Говорит по-хорватски что-то вроде:

— Полиция уже расспрашивала о ней. Никто ее тут не видел. — Он затягивается и добавляет: — Это небольшой остров, мы бы запомнили.

Вдруг он кладет Куницкому руку на плечо, словно они старые знакомые:

— Кофе? Хочешь кофе? — и кивает на только что открывшееся кафе возле порта.

Да, кофе... Почему бы и нет?

Куницкий садится за маленький столик, через мгновение билетер приносит двойной эспрессо. Они молча пьют.

— Не волнуйся, — успокаивает его билетер. — Здесь невозможно потеряться. Мы тут все как на ладони. — Говоря это, он показывает открытую ладонь, вспаханную несколькими толстыми бороздами. Потом приносит Куницкому булку с котлетой и салат. Наконец уходит, оставив его наедине с недопитым кофе. Когда билетер исчезает, из груди у Куницкого вырывается короткое рыдание — похожее на кусок булки, он проглатывает его, не чувствуя вкуса.

Из головы у него не выходит выражение «как на ладони». У кого? Кто смотрит на них на всех, на этот остров в море, на нитки асфальтовых дорог от порта к порту, на тысячи людей, местных и туристов, плавящихся от жары, находящихся в постоянном движении. Мысленным взором он видит кадры спутниковых фотографий — говорят, на них можно разглядеть даже этикетку спичечного коробка. Неужели это правда? Тогда, наверное, оттуда видна и его макушка с наметившейся лысиной. Огромное холодное небо, заполненное подвижными глазами беспокойных спутников.

Через маленькое кладбище возле собора Куницкий идет к машине. Все могилы обращены к морю, словно в амфитеатре, так что мертвые наблюдают неспешный, повторяющийся ритм портовой жизни. Наверное, радуются белому парому, возможно, даже принимают его за архангела, сопровождающего души в этой поднебесной переправе.

Куницкий замечает, что фамилии на плитах повторяются. Люди здесь, должно быть, как кошки — без конца скрещиваются, вращаются в колесе нескольких родов, редко покидая их пределы. Останавливается он только раз — увидев маленькую могилу с двумя рядами букв.

Зорка 9 II 21–17 II 54
Сречан 29 I 54–17 VII 54

Куницкий на несколько секунд задумывается, пытаясь отыскать в этих датах некий алгебраический порядок, — они похожи на шифр. Мать и сын. Неведомая трагедия, заключенная в даты, расписанная на этапы. Эстафета.

Вот и окраина города. Куницкий устал, солнце в зените, пот заливает глаза. Когда на машине он снова взбирается на возвышенность в центре острова, то видит, до чего безжалостное солнце уродует это райское место. Жара тикает, точно бомба с часовым механизмом.

В полиции его угощают холодным пивом, словно надеются скрыть под белой пеной собственную беспомощность. «Никто их не видел», — говорит толстый полицейский и любезно поворачивает к Куницкому вентилятор.

— Что мне делать? — спрашивает тот, стоя на пороге.

— Отдохните, — отвечает полицейский.

Но Куницкий торчит в отделении, прислушиваясь ко всем телефонным разговорам, к полному скрытых смыслов треску рации; наконец появляется Бранко и уводит его обедать. Они почти не разговаривают. Потом Куницкий просит отвезти его в отель — он чувствует слабость и, не раздеваясь, ложится на кровать. Ощущает запах собственного пота — отвратительный запах страха.

Он лежит на спине, одетый, среди выброшенных из сумок вещей. Взгляд внимательно исследует их констелляции, взаимное расположение, указываемые векторы, образуемые фигуры. Быть может, они что-то означают. Быть может, это адресованное ему послание — касающееся жены и ребенка, но в первую очередь его самого. Куницкому незнакомы этот почерк и эти знаки, они явно не начертаны человеческой рукой. Между ними есть какая-то связь, важен сам факт, что он на них смотрит; то, что он их видит, — непостижимая загадка; загадка, что он вообще может смотреть и видеть, загадка — что он существует.

Везде и нигде

Отправляясь в путь, я исчезаю с карт. Никто не знает, где я нахожусь. В точке, из которой вышла, или в точке, к которой устремилась? Существует ли некое «между»? Или я подобна дню, утраченному при перелете на восток, и ночи, обретенной при перелете на запад? Распространяется ли на меня закон, составляющий гордость квантовой физики: частица может существовать одновременно в двух местах? Или другой, пока нам неведомый и недоказанный: в одном и том же месте можно не существовать вдвойне?

Думаю, нас таких много. Исчезнувших, отсутствующих. Вдруг возникающих в зале прилета и начинающих существовать в тот момент, когда пограничник ставит в паспорт штамп или любезный портье вручает ключ от номера. Эти люди, вероятно, уже обнаружили собственную неустойчивость и зависимость от места, времени суток, языка или города с его микроклиматом. Текучесть, мобильность, иллюзорность — вот что значит быть цивилизованным человеком. Варвары не путешествуют, они просто идут к цели или совершают набеги.

Подобной точки зрения придерживается женщина, угощающая меня травяным чаем из термоса: мы дожидаемся автобуса, который доставит нас с вокзала в аэропорт; кисти рук у нее разрисованы хной — причудливый узор, который с каждым днем становится все неразборчивее. В автобусе она читает мне лекцию о времени. Говорит, что оседлые, аграрные народы предпочитают прелести циклического времени, когда каждое событие возвращается к своему началу, сворачивается в эмбрион и повторяет процесс созревания и смерти. Однако кочевники и торговцы, отправляясь в путь, вынуждены были изобрести для себя иное время, лучше приспособленное для путешествия. Это время линейное, более практичное, поскольку является мерилом стремления к цели и обрастания процентами. Каждое мгновение отлично от другого и никогда не повторится, а следовательно, благоприятствует риску и жажде жить на полную катушку, пользуясь всякой оказией. На самом деле открытие это оказалось горьким: поскольку смена времени неизбежна, утрата и траур становятся повседневным опытом. Поэтому с уст этих людей не сходят такие слова, как «тщетный» и «исчерпанный».

— Тщетные усилия, исчерпанные ресурсы, — смеется женщина и закидывает раскрашенные руки за голову. Она говорит, что единственный способ выжить в таком растянутом линейном времени — соблюдать дистанцию, совершать танец, каждое движение которого приближает и отдаляет: шаг вперед — шаг назад, влево-вправо, такие движения легко запомнить. Чем больше расширяется мир, тем бóльшую дистанцию можно завоевать таким танцем — эмигрировать за семь морей, за два языка, за целую религию.

Однако я на этот счет придерживаюсь иного мнения. Время путешественника неоднородно, это великое множество времен внутри одного времени. Это время островное, архипелаги порядка в океане хаоса, время, вырабатываемое вокзальными часами, — в каждой точке свое собственное, условное, меридианное, а потому не стоит воспринимать его всерьез. Часы тают в летящем самолете — в мгновение ока светает, а в затылок уже дышат полдень и вечер. Гектическое[1] время крупных городов, где задерживаешься на мгновение, отдаваясь в рабство случайному вечеру, и ленивое — безлюдных равнин, увиденных в иллюминатор.

Еще мне кажется, что мир у нас внутри, в извилине мозга, в шишковидной железе, он стоит в горле, этот глобус. В сущности, откашлявшись, его можно было бы выплюнуть.

Аэропорты

Вот большие аэропорты, которые собирают нас, приманивая пересадкой на другой самолет; это система расписаний рейсов, подчиненная движению. Но даже если в ближайшие несколько дней мы никуда не собираемся, любой аэропорт стóит того, чтобы познакомиться с ним поближе.

Когда-то они располагались на окраине, служа дополнением к городу, наподобие вокзала. Однако сегодня аэропорты уже обретают собственное лицо. Скоро можно

[1] Продолжительное, привычное (*греч.* hektikos).

будет утверждать, что это города являются их придатками, обеспечивающими рабочие и спальные места. Ведь известно, что подлинная жизнь и есть движение.

Чем сегодняшние аэропорты хуже обычных городов? Там проходят интересные выставки, есть конференц-залы, в которых устраиваются фестивали и просмотры. Есть сады и променады, осуществляются просветительские проекты. В Схипхоле[1] можно увидеть прекрасные копии Рембрандта, а в одном азиатском аэропорту имеется отличный музей религии. Есть и приличные отели, и всевозможные рестораны с барами. Маленькие лавочки, супермаркеты и торговые центры, в которых можно не только купить все необходимое для путешествия, но и сразу приобрести сувениры, чтобы потом, на месте, не тратить на это время. Есть фитнес-клубы, салоны классического и восточного массажа, работают парикмахеры и торговые менеджеры, представительства банков и сотовых компаний. Наконец, удовлетворив физические потребности, мы можем получить духовную поддержку в многочисленных часовнях и комнатах для медитации. В некоторых аэропортах проходят литературные и авторские вечера. Где-то в рюкзаке у меня до сих пор хранятся программки: «Психология путешествий: история и основная проблематика», «Развитие анатомии в XVII веке».

Все прекрасно организовано; траволаторы помогают пассажирам перебираться из одного терминала в другой, затем те перемещаются из аэропорта в аэропорт (иные из которых разделяет десять с лишним часов лету!), а неприметная служба порядка контролирует безупречное функционирование этого огромного механизма.

Это уже больше, чем аэродром, это — особая разновидность города-государства, местоположение которого постоянно, а граждане переменны. Аэро-республики,

---

[1] Аэропорт в Амстердаме.

члены Всемирного союза аэропортов, пока не имеющего представительства в ООН, но это вопрос времени. Пример государственного устройства, при котором внутренняя политика менее важна, чем связи с другими аэропортами-членами Союза — поскольку они являются единственным оправдывающим их существование. Пример экстравертного строя; конституция напечатана на каждом билете, а единственным удостоверением личности является посадочный талон.

Число жителей здесь неустанно меняется и колеблется. Интересно, что население растет в туман и в грозу. Чтобы повсюду чувствовать себя комфортно, гражданам рекомендуется не привлекать к себе внимания. Порой, когда стоишь на траволаторе, а мимо проплывают братья и сестры по путешествию, может показаться, что все мы — анатомические препараты, глазеющие друг на друга из стеклянных сосудов с формалином. Персонажи, вырезанные из иллюстраций в журнале, фотографий в путеводителе. Наш адрес — место в самолете: скажем, 7D или 16А. Огромные транспортеры развозят нас в противоположных направлениях: кто-то в шубе и шапке, кто-то — в футболке с пальмами и бермудах, у этих глаза выцвели от снега, у тех — прикрыты темными очками; одни пропитались северной сыростью, запахом гнилой листвы и размокшей земли, другие несут в сандалиях песок пустынь. Одни — смуглые, подгоревшие, закопченные, другие — ослепительно-белые, флюоресцирующие. Те, кто бреет голову, и те, кто никогда не стрижется. Высокие и грузные — вроде этого мужчины, и миниатюрные, как статуэтки — вроде той женщины, ему по пояс.

И музыка здесь особая. Симфония самолетных двигателей, набор бесхитростных звуков, распростертых в лишенном ритма пространстве. Ортодоксальный двухмоторный хор, мрачный, минорный, инфракрасный, инфрачерный, largo, основанное на одном аккорде, что сам себе наскучил. Реквием с мощным introitus[1] старта и заходящим на посадку «аминь» в финале.

Путешествие к истокам

На хостелы следует подать в суд за эйджизм — дискриминацию по возрасту. По каким-то причинам они предоставляют ночлег только молодежи; возрастной потолок устанавливается произвольно, но сорокалетнему уж точно ничего не светит. Отчего молодым такие преимущества? Разве сама биология и без того не осыпает их привилегиями?

Взять хотя бы этих бэкпекеров[2], которые заполняют большинство хостелов: сильные и высокие — и мужчины, и женщины, — светлокожие здоровяки, редко курят или принимают какую-нибудь пакость, разве что изредка позволят себе косячок-другой. Пользуются экологически безвредным транспортом — сухопутным; их перевозят ночные поезда, битком набитые автобусы дальнего следования. В некоторых странах еще удается воспользоваться автостопом. Вечером они добираются до очередного такого хостела и за ужином задают друг другу Три Вопроса Путешественника: Откуда ты родом? Откуда приехал? Куда едешь? Первый вопрос обозначает вертикаль, два другие — горизонтали. Создав таким образом что-то вроде системы координат, они размещают друг друга на этой карте и спокойно засыпают.

Человек, которого я встретила в поезде, путешествовал, как почти все они, в поисках своих корней. Путь ему предстоял непростой. Бабка по матери — российская ев-

---

[1] Псалом, который исполнял хор, пока священник переходил из ризницы к алтарю.

[2] «Самостоятельные» путешественники — в отличие от организованных туристов (*англ.* backpack — рюкзак).

рейка, дед — поляк из Вильно (покинул Россию вместе с армией генерала Андерса[1], после войны осел в Канаде); дед по отцу — испанец, а бабушка — индианка из племени, названия которого я не запомнила.

Он только начинал свое странствие и, похоже, был несколько растерян.

Дорожная косметика

В наше время каждый уважающий себя парфюмерный магазин предлагает покупателям специальную серию дорожной косметики. Иные торговые сети даже отводят под нее отдельную витрину. Здесь можно приобрести все, что пригодится в дороге: шампунь, тюбик жидкого мыла для стирки белья в гостиничной ванной, зубные щеточки, складывающиеся пополам, крем от солнца, спрей от комаров, влажные салфетки для обуви (вся цветовая гамма), средства интимной гигиены, крем для ног, крем для рук. Отличительная черта всех этих товаров — размер: это мини-копии, тюбики, баночки и бутылочки размером с большой палец; микроскопический набор швейных принадлежностей включает в себя три иголки, пять моточков ниток разного цвета, по три метра каждый, две белые аварийные пуговицы и английскую булавку. Очень полезная штука — лак для волос, малюсенький спрей умещается в ладони.

Похоже, косметическая промышленность признала феномен путешествия миниатюрным слепком оседлой жизни, его забавной, немного игрушечной микрокопией.

---

[1] Армия Андерса (2-й Польский корпус) — польское войсковое формирование, созданное генералом Владиславом Андерсом в 1941–1942 гг. на территории СССР по соглашению с Польским правительством в изгнании из польских граждан, попавших в советский плен в результате Советско-польской войны 1939 г., а также польских граждан, которые были депортированы и заключены в лагеря ГУЛАГа; в 1943–1946 гг. в качестве польского корпуса в составе британской армии.

La mano di Giovanni Battista[1]

Мира слишком много. Его бы уменьшить — вместо того, чтобы расширять и множить. Вновь запереть в маленькую коробочку, переносной паноптикум и позволить людям заглядывать туда только в субботу после обеда, когда с домашними делами уже покончено, чистое белье приготовлено, а рубашки распялены на спинках стульев, когда полы вымыты, а на подоконнике остывает песочный пирог. Заглядывать туда через отверстие, словно в фотопластикон[2], дивиться каждой детали.

Увы, наверное, уже поздно.

Похоже, нам остается только научиться постоянно делать выбор. Стать как тот путешественник, с которым я познакомилась в ночном поезде. Он говорил, что время от времени непременно должен пойти в Лувр и постоять перед единственной картиной, которая, с его точки зрения, достойна внимания. Остановиться перед Иоанном Крестителем и взглянуть туда, куда указывает его палец.

Оригинал и копия

Один человек в музейном буфете рассказал мне, что наибольшее удовлетворение приносит ему соприкосновение с оригиналом. Еще он утверждал, что чем больше на свете копий, тем больше сила оригинала — порой подобная той, которой обладают святые мощи. Важна ведь их уникальность, всегда находящаяся под угрозой. Словно подтверждая его слова, группа туристов с набожной сосредоточенностью взирала на полотно Леонардо да

---

[1] Рука Джованни Батиста (*итал.*).

[2] Устройство для одновременного просмотра стереодиапозитивов 24 или 25 зрителями, созданное в начале 1880-х гг. германским изобретателем А. Фурманном.

Винчи. Изредка кто-нибудь не выдерживал напряжения, и тогда раздавался громкий щелчок фотоаппарата, словно «аминь» в переводе на новый — цифровой — язык.

Поезд трусливых

Существуют поезда, специально предназначенные для того, чтобы в них спать. Весь состав — сплошь спальные вагоны плюс один вагон-бар (даже не ресторан, это лишнее). Такой поезд курсирует, например, на трассе Щецин – Вроцлав. Уходит в 22.30 и прибывает в 7.00, но расстояние невелико, всего 340 километров, которые можно преодолеть за пять часов. Однако быстрее — не всегда лучше, фирма заботится о комфорте пассажиров. Поезд останавливается среди полей и замирает в ночном тумане; спокойная гостиница на колесах. Нет смысла бегать наперегонки с ночью.

Есть вполне приличный поезд Берлин — Париж. И Будапешт — Белград. А также Бухарест — Цюрих.

Я полагаю, изобрели их для тех, кто боится летать самолетами. Стыдно признаваться, что ты — из числа подобных пассажиров. Впрочем, такие поезда особо и не рекламируют. Они — для постоянных клиентов, для той несчастной части человечества, которая при взлете и посадке всякий раз умирает от страха. Для тех, у кого потеют руки, кто беспомощно комкает бесчисленные платочки и хватает стюардессу за рукав.

Эти составы скромно прибывают на отдаленные платформы, не бросаются в глаза. (Например, тот, что следует из Гамбурга в Краков, поджидает пассажиров в Альтоне[1], укрывшись за рекламами и стендами.) Новичкам придется поплутать по вокзалу, чтобы отыскать свой поезд. Пассажиры спешат поскорее войти в вагон.

---

[1] Район Гамбурга.

В боковых карманах дорожных сумок лежат пижамы и тапочки, косметички, беруши. Одежда аккуратно развешивается на специальных плечиках, а на микроскопические умывальники, спрятанные в шкафчиках, выкладываются зубные щетки и тюбики с пастой. Скоро кондуктор спросит, что подать на завтрак. Кофе или чай — эрзац железнодорожной свободы выбора. Купи пассажир авиабилет со скидкой — через час был бы уже на месте, да и вышло бы дешевле. «Сэкономил» бы ночь, чтобы провести ее в объятиях истосковавшейся возлюбленной, поужинать в ресторане на рю Бле-бле, где подают такие вкусные устрицы. Моцартовский концерт в соборе. Прогулка по набережной. А так они вынуждены полностью отдаться времени путешествия по рельсам, подобно многим поколениям предков лично преодолеть каждый километр, проехать в этом земном странствии каждый мост, виадук и туннель. Ничего не удастся обойти, перескочить. Колесо коснется каждого миллиметра пути, на мгновение обратив его в свою касательную, и всякий раз конфигурация будет неповторимой — сочетание колеса и рельса, времени и места, единственное во вселенной.

Едва этот поезд трусливых почти без предупреждения тронется в ночь, бар мгновенно заполнится. Туда потянутся мужчины в костюмах — опрокинуть пару рюмок, выпить кружку пива, чтобы крепче спалось; принаряженные геи, стреляющие глазками, точно кастаньетами; растерянные болельщики какого-то клуба, отколовшиеся от основной группы, что полетела самолетом, робкие, словно отбившиеся от стада овцы; подружки не первой молодости, которые, оставив дома зануд-мужей, отправились на поиски приключений.

Вот уже не осталось свободных мест, пассажиры ведут себя как гости на многолюдной вечеринке, со временем симпатичные бармены начинают их знакомить: «Этот человек ездит с нами раз в неделю», «Тэд — он всегда уверяет, что не станет ложиться, а сам заваливается спать первым», «Этот пассажир каждую неделю катается к жене — должно быть, очень любит», «Мадам Никогда-больше-не-поеду-поездом».

Посреди ночи, когда поезд медленно вползает в бельгийские или мазурские равнины, когда ночной туман густеет и размывает все вокруг, в баре появляется вторая смена: пассажиры, измученные бессонницей, не стесняющиеся своих тапочек на босу ногу. Эти присоединяются к остальным так, словно отдаются фатуму: будь что будет.

Однако я считаю, что их ждет только хорошее. Ведь они находятся в подвижной точке, перемещаются в черном пространстве, увлекаемые ночью. Никого не знать и никем не быть узнанным. Выйти из собственной жизни, а после вернуться — целым и невредимым.

Покинутая квартира

Квартира не понимает, что случилось. Квартира думает, что хозяин умер. После того как захлопнулась дверь и в замке проскрежетал ключ, все звуки доходят сюда приглушенными — смутные пятна без теней и контуров. Пространство густеет, никем не востребованное, не тревожимое сквозняками, колыханием занавесок, и в этой неподвижности начинают робко кристаллизоваться пробные формы, на мгновение зависающие в прихожей между полом и потолком.

Конечно, ничего нового здесь не возникнет, да и откуда бы? Это лишь имитации уже известных форм, сплетенные в пузырчатые клубки, лишь на краткий миг сохраняющие контуры. Отдельные эпизоды, движения, не более того, например, беспрестанное возникновение и исчезновение (всегда в одном и том же месте) отпечатка ступни. Или рука, выводящая буквы в воздухе над столом, — движение совершенно непонятное, ибо совершается без участия пера, бумаги, почерка и остального тела.

Книга злодеяний

Не подруга, нет. Мы познакомились в Стокгольме, в единственном на свете аэропорту с деревянными полами: красивый паркет черного дуба, тщательно подогнанные, до блеска натертые дощечки — навскидку несколько гектаров северных лесов.

Она сидела рядом, вытянув ноги и подложив под них черный рюкзак. Не читала, не слушала музыку — сложив руки на животе, смотрела прямо перед собой. Мне понравился ее покой, полная сосредоточенность на процессе ожидания. Я посмотрела на нее более внимательно, ее взгляд скользил по этому натертому полу. Чтобы завести беседу, я пробормотала что-то вроде «жаль тратить лес на паркет для аэропорта».

Женщина ответила:

— Говорят, при строительстве аэропорта нужно принести в жертву какое-нибудь живое существо. Чтобы избежать авиакатастроф.

Стюардессы за стойкой были чем-то встревожены. Оказывается, самолет перегружен — так они объявили по громкой связи нам, ожидавшим посадки. По странному стечению обстоятельств список пассажиров оказался слишком длинным. Ошибка компьютера — фатум наших дней. Два человека, которые согласятся лететь завтра, получат по двести евро, номер в отеле аэропорта и талон на ужин.

Люди нервно переглядывались. Кто-то предложил: давайте бросим жребий! Раздался смех, затем воцарилось напряженное молчание. Задерживаться никому не хотелось, да это и понятно, ведь мы живем не в пустыне: на завтрашний день уже назначены деловые встречи, запланирован визит к стоматологу, а вечером должны прийти гости.

Я опустила глаза. Мне не к спеху. Никто и нигде меня не ждет. Пускай лучше время присматривает за мной, а не наоборот. И потом: мало ли как можно зарабатывать себе на хлеб; это похоже на новое измерение работы, за которым, быть может, будущее — быть может, именно здесь наше спасение от безработицы и перепроизводства мусора. Постоять в сторонке, переночевать в гостинице, оплата поденная, утром — кофе и шведский стол с богатым ассортиментом йогуртов. Почему бы и нет? Я встала и направилась к взволнованным стюардессам. Женщина, сидевшая рядом, двинулась следом.

— Почему бы и нет? — бросила она.

К сожалению, наш багаж уже улетел. Пустой автобус отвез нас в отель, мы получили два небольших уютных номера по соседству друг с другом. Распаковывать нечего, зубная щеточка да чистое белье — неприкосновенный запас. Еще крем для лица и толстая увлекательная книга. Блокнот. Будет время все записать — записать эту женщину:

Высокая, хорошо сложена, бедра довольно широкие, руки небольшие. Пышные вьющиеся волосы она стягивает в хвост, но те не слушаются и порхают вокруг серебристым ореолом — совершенно седые. А лицо молодое, светлое, веснушчатое. Небось, шведка — они не красят волосы.

Мы договорились встретиться внизу, в баре — вечером, после того как не спеша примем душ и пощелкаем пультом телевизора.

Заказали белое вино и, обменявшись стандартным набором любезностей и ответив на три основных вопроса путешественников, перешли к сути дела. Сперва я принялась рассказывать ей о своих странствиях, но вскоре мне показалось, что моя новая знакомая слушает только из вежливости. Я умолкла, догадавшись, что у нее есть история поинтереснее.

Она собирает свидетельства — даже получила грант от Евросоюза, но на билеты его все равно не хватает, и ей пришлось занять у отца, который тем временем умер. Моя собеседница отвела со лба пружинку седых волос (а я убедилась, что ей никак не больше сорока пяти), мы заказали салат (по выданным авиакомпанией талонам нам полагался только ницццкий).

Рассказывая, она прикрывала глаза, что придавало ее словам слегка иронический оттенок, — видимо, поэтому в первые мгновения я не могла понять, следует ли принимать сказанное всерьез. Итак, она утверждала, что мир лишь на первый взгляд поражает разнообразием. Разные люди, экзотические культуры, города, выстроенные по разным проектам и из разных материалов. Непохожие друг на друга крыши, окна и дворы. Наколов на вилку кусочек брынзы, моя собеседница описывала им в воздухе круги.

— Однако не стоит обманываться: это разнообразие — фикция, павлиний хвост. Повсюду одно и то же — животные... то, как человек с ними обращается.

Невозмутимо, словно повторяя заученный урок, она принялась перечислять: измученные жарой цепные псы, ожидающие плошки с водой, словно манны небесной; сидящие на короткой цепи щенки с больными лапами; овцы, ягнящиеся в заснеженных полях (единственное, чем утруждают себя фермеры, — вызывают грузовики, чтобы вывезти замерзших ягнят); омары в ресторанных аквариумах, которых указующий перст клиента обрекает на смерть в кипятке; собаки, которых разводят другие рестораторы, поскольку их мясо способствует улучшению потенции; курицы в клетках, чья судьба зависит от количества снесенных яиц, — их жизнь, и так достаточно короткая, искусственно подстегивается при помощи всякой химии; организация собачьих боев; прививаемые обезьянам вирусы; кролики, на которых опробуют косметические средства; еще не родившиеся ягнята, с которых сдирают шкурку... — моя собеседница перечисляла все это бесстрастно, поедая оливки.

Я запротестовала. Нет, я не хочу это слушать.

Тогда из висевшей на спинке стула тряпичной сумки она достала стопку ламинированных листочков — черные строчки ксерокопий — и протянула мне через столик. Я неохотно пролистала — потемневшие страницы, текст в две колонки, точно в энциклопедии или Библии. Мелкий шрифт, сноски. «Отчеты о злодеяниях» и адрес сайта. Едва взглянув, я поняла, что читать это не буду. Но все же аккуратно положила в рюкзак.

— Вот чем я занимаюсь, — сказала женщина.

Позже, за второй бутылкой вина, она рассказала мне, как во время экспедиции в Тибет заболела высотной болезнью[1] и чуть не умерла. Вылечила ее местная жительница — отпаивала травами и била в бубен.

Легли мы поздно — наши языки, согретые вином, развязались в тот вечер на полную катушку, дорвавшись до длинных фраз и сюжетов.

На следующее утро, за завтраком, Александра — так звали эту воинственную женщину — перегнулась ко мне через стоявшие на столе круассаны и сказала:

— Животное и есть истинный Бог. Бог — в животных, он так близко, что мы его и не замечаем. Он ежедневно жертвует собой ради нас, умирает вновь и вновь, питает нас своим телом, согревает своей кожей, позволя-

---

[1] Высотная болезнь — нарушения функций и структуры органов и систем, возникающие в условиях пребывания человека на высоте.

ет тестировать на себе лекарства, чтобы мы могли жить дольше и лучше. Так он проявляет свою милость, дарит нам дружбу и любовь.

Я замерла, не в силах отвести взгляд от ее губ, — потрясенная не столько этим откровением, сколько невозмутимостью, с которой оно было высказано. Нож равнодушно размазывал масло по пышной мякоти круассана.

— Доказательство хранится в Генте.

Она выудила из тряпичной сумки открытку и бросила на мою тарелку.

Я взяла картинку и попыталась отыскать смысл в изобилии деталей; вероятно, тут требуется лупа.

— Его может увидеть каждый, — сказала Александра. — В центре города стоит собор, в его алтаре есть большая красивая картина. На ней изображено поле — зеленая равнина, и на ней — простое возвышение. А вот, — она указала кончиком ножа, — вот Животное — белый вознесенный агнец.

Да, я узнала эту картину. Я видела ее много раз, на всевозможных репродукциях. «Поклонение Агнцу»[1].

— Люди поняли, кто он, — светлая лучезарная фигура агнца привлекает взгляды, заставляет преклоняться перед божественным величием, — Александра рассказывала, указывая ножом на ягненка. — Отовсюду движутся процессии — все жаждут воздать ему честь, взглянуть на этого униженного Бога, скромнейшего из скромных. Вот, смотри, сюда стремятся владыки, кесари и короли, соборы, парламенты, партии, цеха; идут матери с детьми, старцы и подростки...

— Зачем тебе это нужно? — спросила я.

Разумеется, она собиралась написать большую книгу,

[1] «Поклонение Агнцу» (1432) Яна ван Эйка в Кафедральном соборе св. Бавона в Генте — одна из центральных панелей знаменитого Гентского алтаря.

в которой не будет упущено ни одно злодеяние начиная со дня творения. Это будет исповедь человечества. Александра уже изучила древнегреческие источники и сделала выписки.

Путеводители

Описание — подобно использованию — разрушает; цвета стираются, контуры размываются, описанное постепенно блекнет, исчезает. Особенно это касается пространства. Чудовищные опустошения сеют тексты путеводителей — это экспансия, подлинная эпидемия. Путеводители навсегда уничтожили бóльшую часть планеты: изданные миллионными тиражами на разных языках, они ослабили пространство, пригвоздили к одной точке, поименовали и размыли контуры.

В своей юношеской наивности я также пыталась описывать пространство. Вернувшись спустя некоторое время в то или иное место, попытавшись глубоко вдохнуть и вновь захлебнуться его мощным присутствием, заново прислушаться к его шепоту, я переживала шок. Правда страшна: описать — значит уничтожить.

Поэтому следует соблюдать осторожность. Лучше избегать названий, хитрить и лукавить, с осторожностью раздавать адреса — так, чтобы никого не соблазнить на путешествие. Что найдет путешественник? Омертвелость, пыль, засохший огрызок.

В уже упоминавшемся справочнике клинических синдромов описан, в частности, Парижский синдром, которым страдают в первую очередь посещающие французскую столицу японцы. Для него характерны психологический шок и ряд вегетативных расстройств, таких как поверхностное дыхание, сердцебиение, испарина и перевозбуждение. Возможны также галлюцинации. В этом случае прописывают транквилизаторы и рекомендуют вернуться домой. Причина этого недуга — разочарование: Париж, в который попадают туристы, совершенно не похож на тот, который они знают по путеводителям, фильмам и телепередачам.

Новые Афины

Путеводитель стареет быстрее любой другой книги (на радость издателям). В своих путешествиях я неизменно храню верность двум, которые предпочитаю всем прочим, хоть и написаны они очень давно. Дело в том, что они порождены подлинной страстью и стремлением описать мир.

Первая из этих книг вышла в Польше в начале XVIII века — в Европе пробудившийся Разум предпринимал тогда подобные попытки, возможно, более успешные, чем эта, но, безусловно, уступающие ей по прелести. Автор — каноник Бенедикт Хмелевский, родом с Волыни. Иосиф Флавий окутанной туманом провинции, Геродот окраин мира. Подозреваю, что он страдал тем же синдромом, что и я, но, в отличие от меня, так и не покинул дом.

В главе с длинным названием «О прочих чудесных и особенных людях на свете: а именно ацефалах, то есть безглавых, о киноцефалах, то есть псоглавцах; и других удивительного обличья людях» он пишет:

«...обитает племя, зовущееся блемии, Исидором же именуемое Лемнос, обладая приятной оку человеческой фигурой и симметрией, они вовсе лишены головы, имея лишь лицо посреди груди. [...] Плиний, величайший естественных вещей исследователь, подтверждает сведения о ацефалах, то есть безглавых, полагая, что живет это племя близ Троглодитов, в Эфиопии, или в Негритянском государстве. В пользу сведений этих Авторов говорит важный oculatus Testis [т.е. очевидец] Св. Августин, странствовавший по тем Краям (будучи епископом Иппонским в Африке, что довольно близко) и сеявший Святой Христианской веры семена. В Проповеди своей, называемой «О граде божьем», утверждает недвусмысленно: [...] будучи уже епископом Иппонским, я в сопровождении нескольких слуг Божьих отправился в Эфиопию, намереваясь провозглашать св. Евангелие Иисуса Христа; и там мы видели множество мужчин и женщин без головы, но имеющих огромные глаза на груди, прочие же их члены напоминают наши. Солин, многократно упоминаемый Автор, пишет, что в индийских горах обитают люди с головами псов и собачьими голосами, то есть лающие. Марко Поло, исследовавший Индию, утверждает, что на острове Ангаман живут люди с собачьими головами и зубами; об этом пишет также Одорик; Элиан же полагает, что племена эти населяют пустыни, в том числе Египетскую. Плиний сих чудовищ людских называет Cynanalogos, Авл, Гелий и Исидон — Cynocephalos, то есть псоглавцами. [...] Князь Миколай Радзивилл в своих «Путешествиях» сообщает в Письме третьем, что взял с собой двух Cynocephalos, то есть псоглавцев, которых везет теперь в Европу.

Tandem oritur question [Наконец встает вопрос]: Обладают ли подобные чудовища душой? Ответ на него дает Святой Августин: Истинно, что если родится где какой-либо человек, то есть смертное и наделенное разумом животное, то сколь бы неправомерным он ни казался нашим чувствам своим телом, или цветом, или способом передвижения, или издаваемыми звуками, или каким-нибудь свойством, или каким-нибудь членом, или какой-нибудь чертою естества, однако ни один верующий не должен сомневаться в том, что оный ведет свой род от того самого первозданного человека».

Второй путеводитель — «Моби Дик» Мелвилла.

Если при этом есть возможность время от времени заглядывать в «Википедию», больше вам ничего и не потребуется.

«Википедия»

Она представляется мне наиболее честным познавательным проектом человечества. «Википедия» — наглядное свидетельство того, что все наши знания о мире — порождение человеческой головы, подобно тому как Афина родилась из головы божественной. Люди заносят в «Википедию» все, что знают сами. Если проект удастся реализовать, то энциклопедия, все еще находящаяся в процессе создания, явится величайшим чудом света. В нее войдет все, что мы знаем, каждая вещь, определение, событие, проблема, привлекшая наш разум; мы будем цитировать источники и давать ссылки. И, таким образом, начнем сплетать собственную версию мира, окутав земной шар собственным повествованием. Мы уместим в эту энциклопедию всё. За работу! Пусть каждый напишет хотя бы одну фразу о том, в чем разбирается лучше всего.

Но порой я все же сомневаюсь в успехе этого предприятия. Ведь туда можно включить только то, что мы в состоянии сформулировать, то, для чего найдены слова. В этом смысле наша энциклопедия никогда не будет полной.

Поэтому для равновесия необходим еще один свод знаний — то, чего мы не знаем, исподняя, левая сторона, изнанка, которую не объять никаким оглавлением, не охватить никакой поисковой системой; чей массив невозможно преодолеть при помощи слов — приходится ступать между ними, увязая в глубоких межпонятийных трещинах. Всякий раз нога соскальзывает, и мы летим вниз.

Мне кажется, что единственное возможное направление — это движение вглубь.

Материя и антиматерия.

Информация и антиинформация.

Граждане мира, за перо!

Ясмин, симпатичная мусульманка, с которой мы однажды проговорили целый вечер, рассказала мне о своем проекте: она хочет уговорить всех жителей своей страны писать книги. Ясмин твердила: чтобы написать книгу, нужно так немного: чуть-чуть свободного времени после работы, можно даже обойтись без компьютера. Стоит рискнуть — вдруг получится бестселлер, и тогда усилия автора вознаградит еще и общественное признание. Это лучший способ вырваться из нищеты, утверждала Ясмин. Вот бы мы все читали книги друг друга... — вздыхала она. Ясмин организовала в Интернете форум. В нем, кажется, принимают участие уже несколько сотен человек.

Мне очень по душе концепция чтения книг как братского и сестринского морального долга по отношению к ближнему.

Психология путешествий
Lectio brevis I[1]

В последние полтора года я встречаю в аэропортах пары ученых, которые в дорожном гаме, между объявлениями отлетов и прилетов читают небольшие лекции. Один человек объяснил мне, что это какой-то всемирный (а может, всего лишь евросоюзный) информационный проект. Так что, увидев в зале ожидания экран и группу зевак, я остановилась.

— Уважаемые господа, — начала молодая женщина, немного нервно поправляя цветастую шаль; ее коллега, мужчина в твидовом пиджаке с кожаными заплатками на локтях, вешал на стену экран. — Психология путешествий изучает человека странствующего, человека, на-

[1] Краткий отрывок I (*лат.*).

ходящегося в движении, а следовательно, противостоит традиционной психологии, которая всегда рассматривала человеческую личность в постоянном контексте, в состоянии устойчивости и покоя — например, через призму биологической структуры, семейных связей, социального положения и так далее. Для психологии путешествий эти проблемы имеют меньшее, второстепенное значение.

Если мы стремимся к правдоподобному описанию человека, то должны привести его в движение, направить из одной точки в другую. Сам факт наличия такого количества неубедительных описаний стабильного, неизменного человека ставит, как нам представляется, под сомнение понятие безотносительного «я». Поэтому с некоторых пор в области психологии путешествий популярны идеи превосходства, согласно которым единственная психология, имеющая право на существование, — это психология путешествий.

Немногочисленные слушатели беспокойно зашевелились. Дело в том, что мимо проследовала шумная группа высоких парней, помеченных цветными шарфиками какого-то спортивного клуба, — болельщики. Одновременно к нам то и дело подходили люди, привлеченные видом экрана на стене и расставленных двумя рядами стульев. Они присаживались на минутку по пути к выходу на посадку или во время ленивой прогулки по магазинам. На многих лицах читались усталость и потерянность во времени; они бы явно с удовольствием вздремнули и, видимо, не знали, что совсем рядом, за ближайшим углом, есть удобный зал ожидания с креслами, в которых можно спать. Когда женщина заговорила, несколько пассажиров остановились. Какая-то юная пара, обнявшись и нежно поглаживая друг друга по спине, внимательно слушала.

Женщина сделала небольшую паузу и продолжила:

— Важным понятием психологии путешествий является желание: именно оно приводит личность в движение и определяет вектор, а также пробуждает тягу к чему-либо. Само по себе желание ненаполненно, то есть указывает лишь направление, но не цель, ибо цель всегда остается эфемерной и туманной: чем она ближе, тем более загадочна. Достичь цели, удовлетворив тем самым желание, невозможно. Предлог «к» — понятие, наглядно демонстрирующее этот процесс. «Стремление к чему-то».

Тут женщина посмотрела на слушателей поверх очков, обвела их внимательным взглядом, словно ожидая подтверждения, что ее слова не пропали втуне. Это не понравилось семейству с двумя детьми в коляске: переглянувшись, родители покатили свой багаж дальше — рассматривать фальшивого Рембрандта.

— Психология путешествий не отрицает своей связи с психоанализом... — продолжала женщина, а мне сделалось жаль этих молодых лекторов. Они обращались к случайной аудитории, которую все это явно не слишком интересовало. Я отошла к автомату с кофе, бросила в стакан несколько кусочков сахара, для бодрости, а вернувшись, обнаружила, что слово взял мужчина.

— ...стержневым, — говорил он, — является понятие констеллятивности, это же — первый тезис психологии путешествий: в жизни, в противоположность науке (хотя и в науке многое притянуто за уши), не существует никакого философского primum. То есть невозможно ни выстроить логичную причинно-следственную цепочку аргументов, ни создать повествование, в котором события четко следовали бы одно за другим и вытекали одно из другого. Это было бы аппроксимацией[1], подобно тому как сетка меридианов и параллелей является приблизительной копией поверхности шара. Напротив: для возможно более точного отражения нашего опыта следует сложить целое

[1] Научный метод, состоящий в замене одних объектов другими, в том или ином смысле близкими к исходным, но более простыми.

из фрагментов, концентрически распределенных в одной плоскости и имеющих примерно одинаковое значение. Констелляция, а не последовательность является носителем истины. Поэтому психология путешествий описывает человека в схожих ситуациях, не стремясь изобразить его жизнь хоть сколько-нибудь непрерывной. Человеческая жизнь состоит из ситуаций. Тем не менее в поведении человека можно заметить определенную склонность к повторению поступков. Такого рода закономерности, однако, не дают нам права придавать жизни видимость какого-либо последовательного целого.

С некоторым беспокойством мужчина взглянул поверх очков на слушателей, вероятно, желая удостовериться, что они действительно слушают. Мы внимательно слушали.

В этот момент мимо пронеслась группа пассажиров с детьми; похоже, они опаздывали на пересадку. Это немного отвлекло нас — некоторое время мы рассматривали их раскрасневшиеся лица, тростниковые шляпы, сувенирные барабаны и маски, ожерелья из ракушек. Мужчина несколько раз кашлянул, призывая слушателей к порядку, набрал воздуха в легкие, но, взглянув на нас еще раз, выдохнул и промолчал. Перелистнул пару страниц в своих записях и наконец сказал:

— Что касается истории... Несколько слов об истории психологии путешествий. Эта дисциплина сложилась после войны (в пятидесятые годы прошлого века) как раздел авиапсихологии, порожденной развитием гражданской авиации. Сперва она занималась специфическими проблемами, связанными с пассажирским движением, такими как действия целевых групп в ситуации опасности, психологическая динамика полета; позже ее интересы распространились на организацию аэропортов и отелей, освоение новых территорий, межкультурные аспекты путешествия. Со временем выделились отдельные специальности, такие как психогеография, психотопология. Возникли также клинические дисциплины...

Я перестала слушать — лекция затянулась. Им следует выдавать эту информацию меньшими порциями.

Я заинтересовалась человеком плохо одетым, помятым — видимо, его путешествие затянулось. Он нашел черный зонтик и внимательно его рассматривал. Оказалось однако, что зонтик уже никуда не годится. Спицы были сломаны, и черный купол никак не желал раскрываться. Тогда, к моему удивлению, мужчина начал аккуратно отцеплять ткань от спиц и возился довольно долго. Он делал это сосредоточенно, неподвижный в плывущей мимо толпе пассажиров. Закончив, сложил материю в квадратик, спрятал в карман и исчез в людском потоке.

Я отвернулась и тоже пошла по своим делам.

Удачное время и место

Многие верят, что есть в системе координат мира некая идеальная точка, в которой время и место достигают гармонии. Быть может, именно это заставляет людей покидать свои дома — они полагают, что даже хаотическое движение увеличивает вероятность найти такую точку. Попасть в нужный момент в нужное место, воспользоваться шансом, ухватить мгновение за хвост — и вот уже шифр замка взломан, выигрышная комбинация цифр найдена, истина открыта. Не упустить, скользить по волнам случая, стечения обстоятельств, предначертания судьбы. Делать ничего не нужно — только прибыть, оказаться в этом неповторимом сочетании времени и места. Там можно найти большую любовь, счастье, выигрыш в лотерею или разгадку тайны, над которой столетиями тщетно бьется человечество, а возможно, и собственную смерть. Бывает, поутру вдруг покажется — момент этот уже близок: не исключено, что он настанет уже сегодня.

Инструкция

Мне снилось, что я листаю американский журнал с фотографиями водных резервуаров и бассейнов. Я видела все очень подробно. Буквы «a», «b», «c», тщательно описывающие каждый элемент схемы или плана. Я с любопытством принялась читать статью под названием «Как построить океан. Инструкция».

Великопостная вечеря

— Зовите меня Эрик, — неизменно заявлял он вместо приветствия, входя в маленький бар, который в это время года отапливался только камином, и все доброжелательно улыбались ему, а кое-кто даже делал приглашающий жест рукой: присаживайся, мол, к нам. Эрик, в общем-то, был неплохим мужиком, и — несмотря на все чудачества — его любили. Но поначалу, пока не выпьет свою норму, он выглядел мрачным и сидел в самом холодном углу, подальше от камина. Эрик и не нуждался в его тепле — закаленный здоровяк, он согревал себя сам.

— Остров... — заказывая первую огромную кружку пива, вздыхал Эрик — для затравки, словно бы ни к кому не обращаясь, но так, чтобы все слышали, явно провоцируя публику. — До чего же убог здешний разум. Жопа мира.

Окружающие вряд ли догадывались, о чем он, но понимающе гоготали.

— Эй, Эрик, когда на китобойное судно? — громко интересовались они, багровея от тепла и выпивки.

В ответ Эрик разражался витиеватым ругательством (высокая поэзия, никто не мог с ним сравниться) — это входило в ежевечерний ритуал. Ибо каждый день плыл, точно паром на тросах, от одного берега к другому, каждый раз минуя по дороге одни и те же красные буйки, призванные лишить воду ее монополии на бесконечность, сделать измеримой, то есть создать иллюзию подконтрольности.

После очередной кружки Эрик уже был готов присоединиться к прочей публике — так обычно и случалось, — но в последнее время чем больше он пил, тем мрачнее становился. Сидел с саркастической ухмылкой. Не травил свои байки про дальние морские путешествия — те, кто знал его давно, мог убедиться, что Эрик никогда не повторяется или, во всяком случае, всякий раз украшает истории новыми подробностями. Но теперь он рассказывал все реже и только допекал других. Злобный Эрик...

Бывало, накатит на него, и он делался так несносен, что приходилось вмешиваться Хендрику, хозяину этого маленького бара.

— Вы все наняты на корабль, — орал Эрик, тыча пальцем в каждого по очереди. — Все до единого! И я должен выходить в море с такой командой дикарей, почти не перенявших человеческих черт от смертных своих матерей. Ублюдки, порожденные свирепой морской пучиной! О жизнь! Настал час, когда душа повержена, пригвожденная к сознанию — словно дикая ничейная тварь в поисках добычи!

Хендрик примирительно оттаскивал его в сторону и дружески похлопывал по плечу, а те, что помладше, гоготали, слушая эти странные речи.

— Успокойся, Эрик. На неприятности нарываешься? — успокаивали его те, что постарше, знавшие Эрика как облупленного, но он продолжал свое.

— Эй, подай-ка в сторону, старина. Я и солнца не побоюсь, осмелься оно меня оскорбить.

В таких случаях оставалось только надеяться, что он не осыплет бранью кого-нибудь из приезжих — свои-то на

Эрика не обижались. Чего ждать от человека, глаза которого словно затянуты матовой полиэтиленовой пленкой; судя по отсутствующему взгляду, Эрик уже давно ушел в плаванье по своим внутренним морям: фок-мачта поставлена, и единственное, что можно сделать, — пожалеть его и отбуксировать домой.

— Так слушай же, жалкий ты человечишка, — продолжал бормотать Эрик, тыча пальцем собеседнику в грудь, — ибо и к тебе я обращаюсь...

— Идем, Эрик. Ну, давай же.

— Вы ведь уже зачислены в команду, верно? Подпись поставлена? Ну что ж, что написано, то написано, а чему быть, того не миновать, то и сбудется, а может, и не сбудется все-таки... — бормотал он и уже от порога снова возвращался к стойке, требуя еще одну, последнюю, кружку, «на посошок», как он выражался, хотя никто не понимал, что это значит.

Так он донимал посетителей бара, пока кто-нибудь, улучив момент, не тянул Эрика за полу форменного кителя и не усаживал на место — дожидаться такси.

Однако не всегда он бывал настроен столь воинственно. Куда чаще Эрик уходил пораньше, потому что до дома шагать ему было четыре километра, и марш-бросок этот он, по его собственным словам, ненавидел. Монотонный путь, вдоль шоссе, по обе стороны которого тянулись лишь мрачные заброшенные пастбища, заросшие сорняками и стлаником. Порой, в светлую ночь, маячил вдали силуэт ветряной мельницы, которая уже давно бездействовала и которой интересовались разве что туристы, обожавшие фотографироваться на ее фоне.

Отопление включалось примерно за час до прихода Эрика (он экономил электричество), и во мраке двух комнат еще таились клубы холода — влажного, пропитанного морской солью.

Питался Эрик одним-единственным блюдом, ибо все прочие давно ему наскучили. Приготовленная в чугунке картошка — нарезанная кружочками, переложенная кусочками грудинки и лука, сдобренная майораном и перцем, как следует посоленная. Гастрономическое совершенство — идеальные пропорции питательных веществ: жиры, углеводы, крахмал, белок и витамин С. За ужином Эрик включал телевизор, который его страшно раздражал, так что рано или поздно он откупоривал бутылку водки и приканчивал ее к тому моменту, когда приходило время ложиться спать.

Что за кошмарное место — этот остров! Ветреный, мокрый; его словно бы затолкали подальше на север, как в темный ящик стола. Почему-то люди по-прежнему жили здесь, отнюдь не торопясь перебраться в теплые, светлые города. Сидели в своих маленьких избушках, выстроившихся вдоль шоссе, — заасфальтированное по второму разу, оно приподнялось, обрекая жителей на вечное мельчание.

Обочина шоссе доведет вас до маленького порта, который весь состоит из нескольких обшарпанных корпусов, пластиковой билетной будки да убогого яхт-клуба, в это время года пустующего. Возможно, летом здесь появится пара-тройка яхт каких-нибудь эксцентричных туристов, уставших от гомона южных вод, лазурных лагун и раскаленных пляжей. Или случайно забредет в это безрадостное место кто-нибудь вроде нас — беспокойный, вечно жаждущий новых приключений, с рюкзаком, набитым дешевыми китайскими супами в пакетиках. И что увидит? Край света, где, оттолкнувшись от безлюдной набережной, время разочарованно поворачивает обратно к материку и без сожаления покидает это место, столь упорно длящее свое существование. Чем год 1946-й отличается здесь от 1976-го, а тот, в свою очередь, — от 2000-го?

Эрик осел здесь много лет назад, пережив до этого множество славных и бесславных приключений. Еще раньше, давным-давно, он бежал из своей страны — одного из этих серых, плоских, коммунистических государств — и, будучи молодым эмигрантом, нанялся на китобойное судно. Тогда в его распоряжении имелось несколько английских слов, в диапазоне от «yes» до «no»[1]: ровно столько, сколько требуется для нехитрых возгласов, какими обмениваются суровые матросы. «Бери», «тяни», «режь». «Быстро» и «крепко». «Хватай» и «вяжи». «Блядь» и «ебать». Для начала достаточно. Как достаточно оказалось сменить имя на простое и всем понятное — Эрик. Избавиться от того шипящего трупа — все равно такие звуки никто не в состоянии выговорить правильно. Как достаточно оказалось выбросить в море папку с документами, аттестатами зрелости, дипломами, свидетельствами об окончании курсов и прививках — здесь они без надобности, в лучшем случае могут смутить других моряков, вся биография которых укладывается в пару долгих рейсов да похождения в портовых кабаках.

Жизнь на судне полощется не в соленой морской воде и не в пресной дождевой — и даже не в солнечных лучах, а в адреналине. Нет времени предаваться раздумьям над тем, чего уже не исправить. Страна, где родился Эрик, была далекой и не слишком приморской: доступ к морю она получала редко, от случая к случаю. Морские порты лишь тревожили ее покой, она предпочитала города, расположенные по берегам безопасной, скованной мостами реки. Сам Эрик совсем не тосковал по родным краям, ему куда больше нравилось здесь, на севере. Он планировал поплавать пару лет, подзаработать, а потом выстроить деревянный дом, взять в жены какую-нибудь Эмму или Ингрид с льняными волосами и воспитывать сыновей —

[1] Да, нет (*англ.*).

то есть мастерить вместе с ними поплавки и разделывать морскую форель. А еще позже, когда накопится ладная стопка приключений, начать писать воспоминания.

Эрик и сам не понимал, как вышло, что годы помчались по его жизни напрямик, невесомые и призрачные, не оставляя следов. Они запечатлевались разве что в его теле, особенно в печени. Но это было позже. После первого же рейса Эрик на три с лишним года угодил в тюрьму: бесчестный капитан втравил команду в контрабанду — их взяли с контейнером сигарет и крупной партией кокаина. Но и в тюрьме, вдали от дома, Эрик был поглощен делами морскими и китобойными. В тюремной библиотеке нашлась только одна книга на английском языке — видимо, оставленная кем-то из осужденных много лет назад. Это было старое издание, начала века, с хрупкими, пожелтевшими страницами и многочисленными следами повседневной жизни его читателей.

Эрик, можно сказать, обеспечил себе три с лишним года (приговор и так нельзя было назвать слишком суровым, — учитывая закон, действовавший всего в ста морских милях от места, где застукали команду: там им всем грозила бы смерть через повешение) бесплатного совершенствования языка, курс английского для продолжающих — литературно-китовый, психология и путешествия в одном учебнике. Отличная методика, не позволяющая слишком разбрасываться. Спустя пять месяцев наш герой уже декламировал приключения Измаила на память, с любого места, и говорил словами Ахава, что доставляло Эрику особое удовольствие, поскольку сей способ самовыражения показался ему наиболее естественным и адекватным, словно чудная и старомодная, зато удобная одежда. Какая удача, что эта книга оказалась в этом месте и в руках этого человека! Это явление, психологами путешествий именуемое синхроничностью, есть доказательство осмысленности мира. Доказательство того, что в этом волшебном хаосе повсюду протянуты нити значений, сети диковинной логики, а те, кто верит в Бога, могут увидеть в них причудливые следы папиллярных линий Его перста. Так полагал Эрик.

Итак, в далекой экзотической тюрьме по вечерам, когда тропическая духота не давала вздохнуть, а разум терзали тревога и тоска, Эрик погружался в чтение книги, сам словно бы превращаясь в закладку между ее страницами, испытывая совершенно особое наслаждение. Без этого романа он бы не выдержал тюремного заключения. Сокамерники, контрабандисты вроде него, часто слушали, как он читает вслух, и вскоре приключения китобоев увлекли их. Пожалуй, выйдя из тюрьмы, они бы даже могли продолжить изучение истории китобойного промысла, писать диссертации о гарпунах и оснастке парусников. А самые способные — достичь высшей ступени посвящения: специализироваться в клинической психологии в области различного рода персевераций. Вся эта троица — Матрос с Азорских островов, Матрос-португалец и Эрик — любила переговариваться на им одним известном языке. Они даже ухитрялись обсуждать на нем низкорослых и узкоглазых стражников:

— Кровь и гром! Парень что надо! — восклицал, к примеру, Матрос с Азорских островов, когда один из тюремщиков тайком передавал им пачку подмокших сигарет.

— Я разделяю твое мнение. Небеса неизреченные да благословят его.

Им это нравилось, потому что новички поначалу мало что понимали и выступали в роли чужаков: таким образом создавалась иллюзия жизни в социуме, без этого элемента невозможная.

У каждого в книге были свои излюбленные фрагменты, и, согласно установившемуся ритуалу, Эрик ежевечерне их декламировал, а публика хором подсказывала концы фраз.

Однако главной темой бесед на их все более совершенствуемом языке оставались море, путешествие, отплытие и препоручение себя воде, являющейся (к такому выводу пришли сокамерники после многодневной дискуссии, достойной пресократиков) важнейшей стихией земного шара. Товарищи Эрика уже намечали маршруты, которые приведут их к дому, воображали картины, которые увидят в пути, мысленно слали родственникам телеграммы. А как заработать на хлеб? Все трое наперебой делились идеями, но, по правде говоря, все они так или иначе касались одного, ибо сокамерники Эрика, сами того не осознавая, оказались заражены, инфицированы, встревожены мыслью о белом ките. Они знали, что не все страны отказались от китобойного промысла, и хотя труд этот утратил описанный Измаилом романтический ореол, лучше все равно не найти. Говорят, можно наняться к япошкам. Что такое ловля трески да селедки по сравнению с охотой на китов... Все равно что плотник супротив столяра...

Тридцати восьми месяцев достаточно, чтобы во всех деталях обсудить с товарищами будущую жизнь: подробно, пункт за пунктом. Споры возникали только по пустякам.

— Глаза твои на лоб! Вспомни, что я тебе говорил про торговый флот. Трижды осел, и мул, и баран! Я тебе объяснил, что такое китобойный промысел, — чтó, передумал уже? — орал Эрик.

— Да что ты видел на этом свете? — вопил в ответ Матрос-португалец.

— Я прошел вдоль и поперек Северное море и Балтийского хлебнул. Атлантические течения знаю, как собственные жилы...

— Чересчур ты самоуверен, старина.

Так они пикировались — скорее для порядка.

Десять лет заняло возвращение Эрика домой, причем ему явно повезло больше, чем товарищам. Эрик шел кружными путями, через периферийные моря, по самым узким проливам и самым широким заливам. Бывало, устьем реки он уже лизал открытое море, уже всходил на корабль, который должен был доставить его домой, но тут вдруг подворачивалась оказия — как правило, в противоположном направлении, — и, после минутного размышления, Эрик неизменно приходил к выводу, что Земля круглая и не стоит об этом забывать, придавая направлениям слишком большое значение. По-своему он был прав: для человека Ниоткуда каждое движение есть возвращение, ведь нет ничего притягательнее пустоты.

За эти годы он успел поплавать под панамским, австралийским и индонезийским флагом. На чилийском грузовом судне перевозил в Штаты японские автомобили. Пережил крушение южноафриканского танкера у берегов Либерии. Перебрасывал рабочих с Явы в Сингапур. Заболев желтухой, валялся в каирском госпитале. Когда в Марселе ему в пьяной драке сломали руку, несколько месяцев капли в рот не брал, зато потом в Малаге надрался до потери пульса и сломал вторую.

Не будем углубляться в детали. Нас не интересуют перипетии морских скитаний Эрика. Лучше взглянем, как он ступает наконец на берег острова, который позже возненавидит, и нанимается на маленький примитивный паром, курсирующий между островками. От этой унизительной — по его собственным словам — работы Эрик высох и словно бы поблек. Темный загар навсегда исчез с его лица, оставив после себя коричневые пятна. Виски поседели, морщины сделали взгляд пронзительнее и резче. После этой инициации — весьма болезненного удара по самолюбию — Эрика перевели на более ответственную должность: его новый паром связывал остров с материком, не был скован тросами, а широкая палуба вмещала целых шестнадцать автомобилей. Служба давала постоянный заработок, медицинскую страховку и возможность спокойно существовать на этом северном острове.

Утром Эрик вставал, умывался холодной водой и пятерней расчесывал седую бороду. Затем облачался в темно-зеленую форму общества «Объединенные северные паромы» и пешком отправлялся в порт, где бросил якорь накануне вечером. Вскоре кто-нибудь из береговой обслуги, Роберт или Адам, открывал ворота, и вот уже первые автомобили выстраивались в очередь, чтобы по железному трапу въехать к Эрику на паром. Места хватало всем, случалось даже, что паром пустовал — чистый, легкий, задумчивый. Тогда Эрик забирался в свою кабину, подвешенную высоко над палубой, сидел в этом застекленном «вороньем гнезде», и ему казалось, что другой берег совсем рядом. Не лучше ли выстроить мост, чем заставлять людей суетиться и мотаться туда-сюда?

Все дело в состоянии духа. В распоряжении Эрика их было два. Одно ощущение — пронзительное и болезненное, — будто он хуже всех, лишен того, чем обладает любой другой человек, в сущности, извращенец, сам не догадывающийся, что с ним, черт возьми, не так. Он чувствовал себя одиноким изгоем, словно наказанный ребенок, который сидит у окна и наблюдает игры счастливых товарищей. Эрику казалось, что судьба отвела ему слишком мелкую роль в хаотических странствиях человечества по суше и по морю, а теперь, на острове, выяснилось, что он и вовсе статист.

Пребывая же во втором расположении духа, Эрик ощущал себя лучшим из лучших, единственным, выдающимся. Казалось, ему одному дано почувствовать и понять истину, ему одному суждено бытие нетривиальное и исключительное. В этом позитивном душевном состоянии ему порой удавалось продержаться часы и даже дни — тогда он бывал, можно сказать, до некоторой степени счастлив. Но это настроение кончалось, словно алкогольное опьянение. Похмелье приносило ужасную мысль: чтобы в собственных глазах выглядеть достойным уважения человеком, ему приходится постоянно дурачить людей при помощи двух этих способов, и — что всего хуже — однажды правда раскроется и выяснится, что он, Эрик, — пустое место.

Эрик сидел в застекленной кабине и наблюдал за погрузкой на первый утренний рейс. В основном это были хорошо знакомые ему местные жители. Вот семья Р. в сером «Опеле»: отец работает в порту, мать — в библиотеке, дети, мальчик и девочка, школьники. Вот четверо подростков, учатся в лицее, на том берегу их заберет автобус. А вот Элиза, воспитательница детского сада, с маленькой дочкой, которую она, разумеется, берет с собой на работу. Отец малышки скрылся в неизвестном направлении года два назад и по сей день не дает о себе знать. Эрик подозревал, что парень плавает где-нибудь на китобойном судне. Вот старик С., у которого больные почки и которому два раза в неделю приходится ездить в больницу на диализ. Они с женой пытались продать свой деревянный, почти вросший в землю домик и перебраться поближе к больнице, но ничего не вышло. Грузовик магазина «Экологическое питание» — едет на материк за товаром. Какой-то незнакомый черный автомобиль — видимо, гости к Режиссеру. Желтый фургончик братьев Альфреда и Альбрехта, которые с холостяцким упорством разводят овец. Пара озябших велосипедистов. Фургон автомастерской — наверное, за запчастями. Эдвин помахал Эрику. Этого уж ни с кем не перепутаешь ни на одном острове — всегда в клетчатой рубашке на искусственном меху. Эрик знал их всех, даже если видел впервые — знал, зачем эти люди сюда приехали, а зная цель путешествия, можно догадаться о многом.

Причин, заставлявших людей переправляться с материка на остров, было три. Во-первых, человек мог попросту жить здесь, во-вторых, мог быть приглашен Режиссером, в-третьих — хотел сфотографироваться на фоне мельницы.

Поездка занимала двадцать минут. Некоторые пассажиры вышли из машины и курили, хотя, вообще-то, это запрещалось. Другие стояли, навалившись на перила, и просто смотрели в воду, пока их укачанные взгляды не привлекал другой берег. Еще минута, и, возбужденные запахом суши, своими суперважными планами и обязательствами, они исчезнут в улочках, отходящих от набережной, растают, словно девятый вал, который, забравшись дальше всех, впитывается в землю и уже никогда не возвращается обратно в море. На их место придут другие. Ветеринар в элегантном пикапе (стерилизация котов приносит ему неплохой доход). Экскурсия школьников — под руководством учителя природоведения они будут изучать флору и фауну острова. Фургон с бананами и киви. Телевизионщики, которые должны взять интервью у Режиссера. Семья Г., навещавшая бабушку. Еще одна пара заядлых велосипедистов — вместо тех, утренних.

Во время разгрузки и погрузки, занимавших почти час, Эрик выкуривал несколько сигарет и пытался не поддаваться панике. Потом паром возвращался на остров. И так восемь раз, с двухчасовым обеденным перерывом — обедал Эрик всегда в одном и том же баре, предпочитая его двум другим, располагавшимся по соседству. После работы он покупал картошку, лук и грудинку. Сигареты и алкоголь. Старался не пить до полудня, но к шестому рейсу уже порядочно набирался.

Прямые линии — до чего же они унизительны... Как уродуют разум... Что за коварная геометрия, превращающая нас в идиотов, — туда и обратно, пародия на путешествие. Сдвинуться с места, чтобы тут же вернуться. Разогнаться, чтобы немедленно притормозить.

Так случилось и с браком Эрика, коротким и бурным. Мария была разведена, работала в магазине и имела сына-школьника, жившего в городе, в интернате. Эрик переехал к ней, в ее симпатичный, уютный домик с большим телевизором. Мария отличалась красивой фигурой, пышноватыми формами, светлой кожей и носила обтягивающие легинсы. Она быстро научилась готовить картошку с грудинкой, сдабривая ее майораном и мускатом. Эрик же все свободное время с энтузиазмом рубил дрова для камина. Это продолжалось полтора года; потом его стал раздражать постоянный шум телевизора, яркий свет, тряпка возле входной двери, на которую полагалось ставить грязную обувь, и, наконец, мускат. Несколько раз, напившись, он стал витийствовать и угрожать матросам, после чего Мария прогнала его, а затем переехала к сыну на материк.

* * *

Первое марта, первый день Великого поста. Открыв глаза, Эрик увидел серый рассвет и мокрый снег, оставлявший на стеклах смазанные следы. Он подумал о своем прежнем имени. Эрик почти совсем его забыл. Произнес вслух — такое чувство, будто его позвал другой человек. Голову после вчерашней выпивки стягивал хорошо знакомый обруч.

Да будет вам известно, что каждый китаец имеет два имени. Одно дают родные — им пользуются, чтобы подозвать ребенка, отругать, отчитать, приласкать. Но повзрослев, ребенок получает новое имя — внешнее, для большого мира, имя-личность. Он надевает это имя, словно униформу, стихарь, тюремную робу, парадный костюм. Это имя должно быть практичным и легко запоминающимся. Теперь оно становится визитной карточкой человека. Удобнее всего — имена универсальные, всем понятные, всеми узнаваемые. Долой местный колорит, долой Олдржихов, Сунг Инь, Казимежей и Иржиков; долой Блажен, Лиу и Милиц. Да здравствуют Майкл, Джудит, Анна, Ян, Сэмюэл и Эрик!

Но сегодня, когда прежнее имя окликнуло его, Эрик отозвался:

— Я здесь.

Никто не знает этого имени, так что и я не стану его называть.

Мужчина, которого называли Эрик, надел зеленую форму с эмблемой «Объединенных северных паромов», пригладил пятерней бороду, выключил отопление в своем, почти вросшем в землю, домике и зашагал вдоль шоссе. Потом, сидя в кабине-аквариуме и ожидая, пока закончится погрузка, а солнце наконец взойдет, он выпил банку пива и выкурил первую сигарету. Помахал сверху Элизе и ее дочке — приветливо, словно бы желая вознаградить их за то, что сегодня они не попадут в детский сад.

Паром отплыл от острова, он был уже на полпути к материку и вдруг, качнувшись, двинулся в открытое море.

Почти никто не понял сразу, что произошло. Некоторые пассажиры так привыкли к рутине прямой линии, что глядели на тающий вдали берег равнодушно и тупо, самым решительным образом подтверждая пьяную теорию Эрика насчет того, что использование паромов выпрямляет извилины. Но через некоторое время кто-то заметил неладное.

— Эрик, что ты вытворяешь? Немедленно возвращайся! — крикнул Альфред, а Элиза добавила высоким писклявым голосом:

— Люди же на работу опоздают...

Альфред хотел подняться к Эрику в кабину, но тот ее предусмотрительно запер.

Сверху он видел, как все одновременно достали мобильники и принялись звонить, нервно жестикулируя и что-то возмущенно восклицая в пустоту. Эрик догадывался, что́ говорят люди. Мол, они опоздают на работу, и кто, интересно, компенсирует им моральный ущерб, и вообще, нельзя брать на работу таких пьяниц, они всегда знали, что добром это не кончится, рабочих мест для своих не хватает, а тут всякие иммигранты — даже если язык хорошо выучат, все равно...

Все это Эрика совершенно не волновало. Он с удовлетворением отметил, что через некоторое время люди успокоились, разошлись по своим местам и стали наблюдать, как проясняется небо, а из промежутков между тучами льются в море волшебные снопы света. Беспокоило его только одно — ярко-синее пальто Элизиной дочки: любой морской волк знает, что это дурная примета. Однако Эрик поморгал и перестал об этом думать. Он взял курс на океан и принес пассажирам ящик кока-колы и шоколадных батончиков, которые заранее припас для такого случая. Это, видимо, их успокоило: дети притихли, всматриваясь в удаляющийся остров, а взрослые стали проявлять интерес к путешествию.

— Какой у нас курс? — профессионально поинтересовался младший из братьев Т., икнув после кока-колы.

— Сколько времени нам понадобится, чтобы выплыть в открытое море? — хотела знать Элиза, воспитательница детского сада.

— Горючего хватит? — любопытствовал старик С., тот, у которого были больные почки.

Во всяком случае, Эрику казалось, что они так говорят. Он старался не смотреть на пассажиров и не волноваться. Взгляд Эрика цеплялся за линию горизонта — темнее, чем вода, и светлее, чем небо, — и теперь она рассекала надвое его зрачок. Впрочем, люди тоже успокоились. Надвинули на лоб шапки, потуже завязали шарфы. Они плыли почти в полной тишине, пока ее не разорвал рокот вертолета и вой полицейских моторок.

* * *

— Есть вещи, которые происходят сами собой, есть путешествия, начинающиеся и заканчивающиеся во сне, есть путешественники, отзывающиеся на смутный сигнал внутренней тревоги. Именно такой человек сегодня предстал перед вами... — так начал свою речь защитник на коротком судебном заседании по делу Эрика. Увы, его проникновенная речь не произвела должного впечатления, и некоторое время наш герой снова провел в тюрьме; надеюсь, не без пользы для себя. Для него ведь все равно нет другой жизни, кроме этой — колышущейся, взятой взаймы у моря и его неисповедимых приливов и отливов.

Но это уже не наше дело.

Однако если бы в заключение этой истории кто-нибудь пожелал развеять свои сомнения относительно всей правды и только правды... Если бы схватил меня за руку, нетерпеливо дернул и воскликнул: — Заклинаю тебя, скажи — по твоему глубочайшему убеждению, правдива ли эта история? Прошу извинить мою излишнюю настойчивость... — я бы извинила и ответила: — Да поможет мне Бог; честью своей клянусь, что история, которую я поведала вам, дамы и господа, правдива по сути и в общих чертах. Я точно знаю, что произошла она на нашем земном шаре, более того — я сама стояла на палубе этого парома.

Полярные экспедиции

Мне вспоминается то, что вспоминал как-то Борхес — будто бы он где-то вычитал, что пасторы в период становления Датской империи объявляли в храмах: душа участника экспедиции на Северный полюс легче обретет спасение. А поскольку желающих было маловато, добавляли, что предприятие это долгое и трудное, не каждому по плечу, только смельчакам. Но добровольцев все равно больше не находилось. Тогда, чтобы сохранить хорошую мину при плохой игре, священнослужители уточнили свой призыв: в сущности, полярной экспедицией можно считать любое путешествие, даже небольшую прогулку или поездку — к примеру, на городском извозчике.

А сегодня, вне всяких сомнений, — даже поездку на метро.

Психология острова

Согласно психологии путешествий, остров представляет собой наиболее архаический, наиболее ранний — досоциальный — этап развития человека, когда личность уже достаточно индивидуализировалась, чтобы достичь определенного уровня самосознания, но еще не вступила в полноценные отношения с себе подобными. Состояние острова — не нарушенное внешними воздействиями пребывание в границах своего «я», род аутизма и нарциссизма. Самостоятельное удовлетворение всех потребностей. Реальность в этом случае представлена одним лишь «я»; «ты» и «они» — смутные фантомы, летучие голландцы, на краткий миг показывающиеся вдали, на горизонте, — не более того. Возможно, это просто аберрация взгляда, воспитанного на прямой линии, симметрично разделяющей поле зрения на верх и низ.

Подчистка карты

Я вымарываю со своих карт то, что причиняет мне боль. С них исчезают места, где я споткнулась, упала, где меня ударили, задели за живое, где у меня что-нибудь болело. Таким манером я стерла несколько больших городов и одну провинцию. Возможно, однажды мне придется стереть целую страну. Карты воспринимают это с пониманием, они тоскуют по белым пятнам, по своему безмятежному детству.

Порой, если мне случалось вновь оказаться в этих исчезнувших местах (я стараюсь не быть злопамятной), я обращалась в глаз, передвигающийся в призрачном городе подобно привидению. Небольшое усилие — и я могла бы просунуть ладонь в самый мощный бетон, пройти по самой многолюдной улице, сквозь ряды машин — целой и невредимой, бесшумно.

Я не делаю этого, принимая правила игры местных жителей. Стараюсь не открывать им территории иллюзии, в которой бедолаги пребывают — стертые. Буду улыбаться и поддакивать. Зачем морочить людям голову — уверять, что они не существуют.

Устремиться за ночью

Я плохо спала, если оставалась в чужом городе всего на одну ночь. Мегаполис медленно остывал, затихал. Я застряла в отеле авиалиний — стоимость номера была включена в цену билета. Ждала утра.

На тумбочке лежала голубая пачка презервативов. У кровати — Библия и изречения Будды. К сожалению, вилка электрочайника не подходила к розетке — что ж, обойдусь без чая. Впрочем, может, сейчас пора пить кофе? Мое тело понятия не имело, что означает время на часах радиоприемника, стоявшего на тумбочке, хоть цифры и международные, пусть даже арабские. Желтое зарево за окном — занимающийся рассвет или скорее сумерки, сгущающиеся в ночь? Трудно сообразить, что такое эта часть мира, над которой вот-вот появится или только что зашло солнце, — восток или запад. Я сосредоточенно подсчитывала часы в самолете, помогая себе картинкой, которую однажды видела в Интернете: земной шар и линия ночи, движущаяся с востока на запад, словно огромный рот, методично заглатывающий мир.

Площадь перед отелем была пуста, вокруг закрытых лотков перелаивались бездомные псы. Должно быть, середина ночи, решила я наконец и, не выпив чаю и не приняв душ, улеглась в постель. Однако в моем личном времени, времени, которое я вожу в своем мобильнике, был ранний вечер. Поэтому не стоило наивно рассчитывать, будто мне удастся уснуть.

Завернуться в одеяло и включить телевизор — без звука, пускай себе шелестит, пульсирует, бормочет, жалуется. Выставить вперед пульт, словно дуло пистолета, и палить в центр экрана. Каждый выстрел убивает один канал, порождая другой. Но моя игра заключается в том, чтобы следовать за ночью, выбирать только те программы, которые транслируются оттуда, где сейчас царит мрак. Представлять себе земной шар и темный шрам на его плавной покатости, доказательство древнего преступления; шрам от дерзкого разделения сиамских близнецов — света и тьмы.

Ночь никогда не кончается, всегда властвует над какой-нибудь частью мира. За ней можно следить с помощью телевизионного пульта, можно искать станции, находящиеся в зоне тени, в темной впадине ладони, которая поддерживает землю, час за часом сдвигаясь на запад — страна за страной. И тогда обнаружится интересный феномен.

Первый выстрел в гладкое бездумное чело телевизора открыл канал 348 Holy God. Передо мной возникла сцена распятия, фильм шестидесятых годов. Брови у Богоматери были аккуратно выщипаны, а у Марии Магдалины под блекло-голубым сермяжным платьем явно надет корсет — видно, что это неудачно раскрашенный черно-белый фильм. Большая грудь — коническая, неестественно высокая; осиная талия. Уродливые воины, смеясь, делили одежды Иисуса, потом пошли кадры со всевозможными природными катаклизмами — казалось, их вырезали из программ о природе и как есть вмонтировали в фильм. Вот тучи, стремительно сгущавшиеся, молнии и небеса, устремленная к земле воронка, смерч, перст божий, принявшийся выписывать на поверхности суши завитушки. Потом разъяренные волны бились о берег, обезумевшие воды в щепки разбивали парусники (весьма убогие декорации). Извержения вулканов, огненная эякуляция, наверняка способная оплодотворить небо, но, увы, лава лишь бессильно стекала по склонам. Пламенный экстаз обернулся обычной ночной поллюцией.

Хватит. Следующий выстрел. Канал 350 Blue Line TV: мастурбирующая женщина. Кончики пальцев скрывались между стройными бедрами. Женщина с кем-то беседовала по-итальянски, говорила в микрофон, закрепленный на ухе: длинный язычок слизывал с ее уст каждое итальянское слово, каждое «si, si» и «prego»[1].

354 — Sexsatelita 1: на сей раз мастурбацией занимались две скучающие девушки, их смена, видимо, подходила к концу, потому что они даже не скрывали усталости. Одна с помощью пульта настраивала снимавшую их камеру, в этом смысле девушки были абсолютно самодостаточны. Время от времени они, похоже, вспоминали, что́ от них требуется, и тогда на лицах появлялась грима-

[1] Да, да, пожалуйста (*ит.*).

са — глаза прикрыты, губы полуоткрыты, — но всего на мгновение. И опять они становились унылы, рассеянны. Никто им не звонил, несмотря на призывные арабские титры.

А вот откуда ни возьмись — кириллица: Книга Бытия кириллицей. Слова, возникшие внизу экрана, явно были проникнуты пафосом. Иллюстрацией служили горы, море, облака, растения и животные. По 358-му показывали избранные сцены с участием какой-то порнозвезды, молодца по имени Рокко. Я задержалась там на мгновение, заметив у него на лице каплю пота. Выполняя фрикционные движения над какими-то безвестными ягодицами, он уперся рукой в бок — казалось, парень старательно разучивает движения самбы или сальсы: и-раз, и-два.

На 288-м — Oman TV — читали Коран. Так я думаю. Красивый, совершенно непонятный узор арабских букв плавно бежал по экрану. Хотелось взять его в руку, потрогать, прежде чем задумываться о смысле. Расправить спутанные завитушки, разгладить эти письмена, превратить в безмятежную прямую.

Очередной выстрел — и моему взору предстал ораторствующий темнокожий священник, которому паства с энтузиазмом вторила: «Аллилуйя».

Ночь заставила стихнуть шумные и агрессивные информационные, метео- и киноканалы, отстранила дневную суету мира и принесла облегчение, какое дает простейшая система координат: секс и религия. Тело и Бог. Физиология и теология.

Прокладки

На каждой упаковке купленных в аптеке прокладок имелась краткая занятная информация.

Слово «летологика» означает неспособность подобрать нужное слово.

Ропография — живописный термин, обозначающий пристрастие художника к деталям и нюансам.

Рипарография — рисование скверны, безобразного.

Леонардо да Винчи изобрел ножницы.

В ванной, где я открыла новую упаковку с этими необычными словарными статьями, меня вдруг осенило: это же часть проекта гигантской открытой энциклопедии, призванной охватить всё и вся. Я вернулась в магазин и отыскала на полках изделия сей странной фирмы, что решила совместить необходимое с полезным. Какой смысл изображать на бумаге цветочки или клубнички — ведь она задумывалась как носитель идеи. Оберточная бумага — расточительство, ее следует запретить. Если уж упаковывать — то исключительно в романы и поэмы, да непременно так, чтобы налицо была связь между содержимым и упаковкой.

После тридцати человек начинает медленно скукоживаться.

От копыт лягающегося осла за год погибает людей больше, чем в авиакатастрофах.

Со дна колодца даже днем можно увидеть звезды.

Знаешь ли ты, что в день твоего рождения появилось на свет еще девять миллионов человек?

Самая короткая война в истории человечества произошла между Занзибаром и Англией в 1896 году. Она продолжалась всего тридцать восемь минут.

Будь угол наклона земной оси всего на один градус больше, Земля была бы необитаема, поскольку на территориях, прилегающих к экватору, оказалось бы слишком жарко, а вокруг полюсов — слишком холодно.

Вследствие вращения земного шара любой предмет, брошенный на запад, пролетит больше, чем тот, что брошен на восток.

Тело среднестатистического человека содержит достаточно серы, чтобы убить собаку.

Арахибутирофобия — боязнь того, что арахисовое масло прилипнет к нёбу.

Однако больше всего меня поразило вот что:

Самая сильная мышца человеческого тела — язык.

Святые мощи. Peregrinatio ad loca sancta[1]

В 1677 году в пражском соборе Святого Вита можно было увидеть: грудь святой Анны — целехонькую, закупоренную в хрустальный сосуд, голову мученика Стефана, голову Иоанна Крестителя. В монастыре святой Терезы любопытствующим показывали монахиню, умершую тридцатью годами ранее, — она сидела за решеткой, тело прекрасно сохранилось. Иезуиты же демонстрировали публике голову святой Урсулы, а также шляпу и палец святого Ксаверия.

За сто лет до этого один польский путешественник писал из Валетты на Мальте, что местный священник показал ему ряд достопримечательностей, в том числе: «palmam dextram integram (всю правую ладонь) святого Иоанна Крестителя, свежайшую, словно бы только что отсеченную от тела; священник откупорил хрустальный сосуд и позволил моим недостойным устам припасть к ней, что я, грешник, почитаю за величайшее благо Господне, какое мне довелось познать за всю свою жизнь. Кроме того, он разрешил мне поцеловать нос этого святого, ногу святого Лазаря Четверодневного, целехонькую, пальцы святой Магдалины, часть головы святой

[1] Паломничество в Святую землю (*лат.*).

Урсулы (последнее привело меня в изумление, ибо ранее в Кельне на берегах Рейна я видел эту голову целиком и даже касался ее недостойными устами своими)».

Танец живота

После ужина официант поспешно подал кофе, а затем отступил в глубь зала, за стойку; ему тоже хотелось посмотреть.

Мы невольно понизили голос: свет медленно гас, и в зал выбежала девушка — минут пятнадцать назад я видела, как она курила у входа в кафе. Теперь танцовщица остановилась среди сидевшей за столиками публики, тряхнула черной гривой волос. Глаза у нее были сильно накрашены; вышитый блестками лиф ослепительно переливался всеми цветами радуги — на радость любому ребенку, особенно девочке. Браслеты на руках позванивали и позвякивали. Длинная юбка стекала с бедер к босым ступням. Девушка была очень красивой, зубы сияли неправдоподобной белизной, а под ее дерзким взглядом было невозможно усидеть на месте — хотелось встать, начать двигаться, хотя бы закурить. Девушка танцевала под звуки бубнов, и бедра ее красовались, обещая дать отпор каждому, кто посмеет усомниться в их чарах.

Наконец кто-то из туристов принял вызов и смело присоединился к танцу; шорты мужчины плохо сочетались с блестящим нарядом девушки, но он старался, упоенно крутил бедрами, а приятели, оставшиеся за столиком, возбужденно топали и свистели. Потом встали и пошли танцевать еще две девушки — обе в джинсах, худые как щепки.

Этот танец в дешевой забегаловке был священнодействием. Так нам показалось — мне и той женщине, моей спутнице.

Когда зажегся свет, оказалось, что мы обе смущенно смахиваем с глаз слезы. Подвыпившие мужчины посмеивались над нами. Но я уверена, что женское умиление ближе к пониманию этого танца, чем мужское возбуждение.

Меридианы

Женщина по имени Ингеборг путешествовала вдоль нулевого меридиана. Сама она родом из Исландии, а экспедицию свою начала на Шетландских островах. Ингеборг сетовала, что, разумеется, ей приходится отклоняться от прямой: маршрут целиком и полностью зависит от дорог, курсов кораблей и железнодорожных путей. Но она старалась придерживаться принципа «все время на юг» и зигзагами лавировала вокруг этой линии.

Ингеборг говорила так живо, с таким энтузиазмом, что я не посмела спросить, зачем ей все это. Впрочем, известно, чтó отвечают в таких случаях: мол, почему бы и нет?

Слушая ее, я представляла себе каплю, скатывающуюся по поверхности земного шара.

И все же затея эта меня тревожит. Ведь меридиана не существует.

Unus mundus[1]

У меня есть подруга, поэтесса, которой, увы, никогда не удавалось заработать на хлеб своей поэзией. Кто протянет на одни стихи? Поэтому она пошла работать в турагентство: блестяще зная английский, стала возить группы американских туристов. Это получалось у нее

[1] Единый мир (*лат.*).

великолепно, даже самые требовательные клиенты оставались довольны. Встречала группу в Мадриде, летела с ней в Малагу, затем плыла на пароме в Тунис. Туристов обычно бывало немного — человек девять.

Она радовалась этим поездкам — раз в две-три недели. Любила хорошенько выспаться в шикарном отеле. Экскурсии водила сама, поэтому ей приходилось много читать. Писала она украдкой. Знала, что, если в голову пришла какая-нибудь особенно интересная мысль, фраза или ассоциация, ее следует немедленно записать, иначе та исчезнет навсегда. С возрастом память начинает подводить, в ней образуются дыры. Моя подруга вставала и шла в туалет — записывала там, сидя на унитазе. Порой писала на ладони — пользуясь мнемотехникой, только первые буквы слов.

Она не была специалистом по арабским странам и их культуре, но утешала себя тем, что ее туристы, мол, тоже не профессионалы.

— Не стоит мудрить, — говорила моя подруга. — Мир — един.

Да специалистом быть и не требовалось; достаточно иметь воображение. Порой, когда в путешествии возникала заминка — например, в джипе обрывался тросик — и они застревали в какой-нибудь дыре, группу надо было чем-нибудь занять. И моя подруга принималась рассказывать туристам всякие истории. Все ждали этих минут с нетерпением. Одни байки она заимствовала из Борхеса — слегка приукрашивая их, драматизируя. Другие — из сказок «Тысячи и одной ночи» (но и тут непременно добавляла что-нибудь от себя). Говорила, что нужно найти историю, которую не успели экранизировать, — оказывается, такие еще остались. Моя подруга всему придавала арабский колорит, в мельчайших деталях описывала одежду, блюда, масть верблюдов. Вероятно, ее слушали не слишком внимательно: когда пару раз она напутала с историческими фактами, никто не обратил внимания, поэтому в конце концов она перестала придавать им значение.

Гарем (рассказ Менчу)

Никакие слова не способны описать лабиринты гарема. А раз слова бессильны, то, может, нам помогут соты в улье, извилистая система кишок, человеческие внутренности, слуховые ходы; спирали, тупики, аппендиксы, мягкие округлые туннели, заканчивающиеся на пороге тайной комнаты.

Центр упрятан глубоко, словно в муравейнике: это покои султанши, устланные перламутром ковров, окуренные благовониями, охлаждаемые водой, которая превращает подоконники в русла ручейков. Рядом — комнаты сыновей-подростков; они ведь, по сути, тоже еще женщины — прильнув к женской стихии, дожидаются, пока меч инициации рассечет жемчужный околоплодный пузырь. Дальше открываются внутренние дворики со сложной иерархией клетушек для наложниц: женщины наименее желанные возносятся наверх, словно их забытые мужчинами тела загадочным образом обращаются в ангельские; старухи — те обитают под самой крышей: их души скоро окажутся на небесах, а тела, некогда столь привлекательные, ссохнутся, точно корень имбиря.

Среди этого множества коридоров, прихожих, таинственных ниш, крылечек, двориков расположены спальни молодого владыки; при каждой — царская ванная, где в подобающих роскоши и покое совершается царская дефекация.

Каждое утро юный султан выходит из объятий матушек и нянюшек в мир, словно переросток, делающий первые шаги. Облаченный в парадное платье, он играет свою роль, а ближе к вечеру с облегчением возвращается к своему телу, своим кишкам, к мягким вагинам наложниц.

Он приходит из палат старейшин, откуда правит пустынной страной — принимает делегации и тщетно пытается руководить политикой маленького захиревшего периферийного государства. Новости удручающие. Кровавая схватка трех великих держав не оставляет сомнений: пора, как в рулетке, рискнуть и поставить на одну из них. Чем при этом руководствоваться — непонятно: то ли ностальгическими воспоминаниями об учебе в университете, то ли близостью культуры, то ли звучанием языка? Гости, которых султан принимает каждое утро, только усиливают сомнения. Деловые люди, купцы, консулы, какие-то подозрительные советники, они рассаживаются перед юношей на узорчатых подушках, отирают пот со лба, который, вечно прикрытый пробковым шлемом, напоминает своей поразительной белизной подземный клубень — стигмат дьявольского происхождения этих людей. Другие, в тюрбанах и чалмах, теребят длинные бороды, не догадываясь, что сей жест выдает их лживость и плутовство. У каждого к молодому владыке какое-нибудь дело, каждый предлагает посредничество в переговорах, уговаривает сделать единственно правильный выбор. От всего этого у султана начинает болеть голова. Государство невелико — несколько десятков селений в оазисах каменистой пустыни, из природных богатств — лишь соляные копи. Ни выхода к морю, ни порта, ни стратегических мысов или проливов. Жительницы этой маленькой страны разводят чечевицу, кунжут и шафран. Их мужья сопровождают караваны путешественников и купцов через пустыню, на юг.

Молодой султан никогда не рвался в политику, он вообще не понимает, что в ней такого притягательного, почему его великий отец посвятил ей всю жизнь. Сам он ничуть не похож на отца, который десятилетиями, в борьбе с кочевниками, создавал в пустыне это небольшое государство. Имея многочисленных братьев, наследником стал именно он только потому, что мать была, во-первых, старшей женой, во-вторых, женщиной честолюбивой. Мать привела его к власти, в праве на которую отказала ей природа. Его брата, наиболее серьезного конкурента, постигло несчастье — он умер от укуса скорпиона. Сестры не в счет, да он их толком и не знает. Глядя на женщин, молодой султан всегда помнит, что каждая из них может быть его сестрой, и это наполняет его удивительным покоем.

В совете старейшин, этой мрачной компании бородатых мужчин, у него нет друзей. Когда он входит в зал заседаний, они внезапно умолкают, и юноше всегда кажется, что против него готовится заговор. Да это наверняка так и есть. Потом, после приветственных ритуалов, они начинают обсуждать дела и, хотя жаждут одобрения своих слов, на него поглядывают с едва скрываемыми презрением и неприязнью. Порой у молодого султана возникает ощущение — увы, все чаще, — что сквозящая в этих мимолетных взглядах недоброжелательность имеет почти материальную природу, сродни острию ножа; юноше кажется, что на самом деле им вовсе не требуется его «да» или «нет», они просто хотят проверить, вправе ли он все еще занимать это привилегированное место в центре зала, сумеет ли на сей раз пробормотать хоть что-нибудь.

Чего они ждут от него? У султана нет сил вслушиваться в их возбужденные возгласы, следить за логикой их рассуждений. Он больше рассматривает красивый шафрановый тюрбан одного из старейшин (кажется, это министр запасов пресной воды), замечает, как плохо выглядит другой — нездоровая бледность его лица, окаймленного большой окладистой седой бородой, просто-таки бросается в глаза. Он явно болен и скоро умрет.

«Умереть» — при этом слове на молодого владыку накатывает волна глубокого отвращения; зря он об этом подумал: теперь рот наполняется слюной, а горло сжимает спазм — предательский оргазм наоборот. Надо бежать отсюда.

Более того, он уже решил, как будет действовать, но с матерью своим планом не делится.

Однако та сама приходит поздним вечером; прежде чем попасть к султану, даже ей полагается предстать перед евнухами Гогом и Магогом, двумя верными стражниками цвета черного дерева. Мать появляется в тот момент, когда сын наслаждается обществом своих маленьких друзей — она усаживается на красивую расшитую подушку у него в ногах, встряхивает звонкими браслетами. При каждом движении от матери исходит пряная волна благовоний, которыми умащивают ее старое тело. Мать говорит, что все знает и поможет ему подготовить побег, если сын пообещает взять ее с собой. Иначе она обречена на верную гибель, неужели он не понимает?

— В пустыне у нас есть преданные родственники, они не откажут нам в помощи. Я уже послала гонца с весточкой. Там мы переждем самые трудные времена, а потом, переодевшись и забрав свои драгоценности и золото, двинемся на запад, к портам, и убежим отсюда навсегда. Осядем в Европе, но не слишком далеко, так, чтобы в ясную погоду видеть африканский берег. Я еще стану развлекать твоих детей, сынок, — говорит мать, причем если в возможность бегства она действительно верит, то в игры с внуками — уж точно нет.

Что ему остается — поглаживая шелковистые детские головки, сын соглашается.

Однако улей не знает тайн, вести гексагонально[1] расходятся по пчелиным сотам — через трубы, уборные, коридоры и дворики. Их рассеивает теплый воздух, подни-

[1] Гексагональный — шестиугольный, сотовый.

мающийся из чугунных тазов, в которых жгут древесный уголь, чтобы как-то перетерпеть зимние холода (ветер, прилетающий с гор, из глубины материка, бывает столь морозен, что моча в майоликовых ночных горшках покрывается ледяной коркой). Слухи разносятся по покоям наложниц, и все, даже те, что обитают на верхних этажах — без пяти минут ангелы, — принимаются паковать свой немудреный скарб. Перешептываются, заранее делят между собой места в караване.

В последующие дни во дворце наблюдается оживление: давно уже здесь не было так шумно. Поэтому наш владыка удивляется, отчего Шафрановый тюрбан и Седая борода ничего не замечают.

Владыка полагает, что они глупее, чем он считал.

И старейшины думают точно так же: что их повелитель оказался более туп, чем им казалось. Тем меньше они его жалеют. С запада, с воды и с суши, наступает огромная армия, перешептываются они. Говорят, там множество людей. Говорят, они объявили миру священную войну и собираются нас захватить. Говорят, они стремятся в Иерусалим, где покоятся останки их пророка. Они непобедимы — алчны и непреклонны. Грабят и поджигают наши дома, насилуют женщин, оскверняют мечети. Попирают все законы и договоры, капризны и ненасытны. Им, без сомнения, нужна не только эта могила — да мы бы и другие отдали: пожалуйста, у нас их много. Хотят кладбищ — пускай берут. Но уже ясно, что это лишь предлог: они пришли за живыми, а не за мертвыми. Говорят, едва пристав к нашим берегам, выбеленные за долгую дорогу солнцем, выцветшие от морской соли, которая покрыла их кожу тончайшим серебристым слоем, они издадут громкие шероховатые возгласы, поскольку не умеют ни говорить по-человечески, ни понимать человеческое письмо, и устремятся к нашим городам — высаживать двери домов, бить кувшины с оливковым маслом, грабить наши кладовые и запускать руки — тьфу! — в шаровары наших женщин. Они не могут ответить на наши приветствия, только смотрят тупым взглядом, а светлые глаза их кажутся застиранными и бессмысленными. Кто-то рассказывал, будто племя это родилось на дне морском и взращено волнами да серебристыми рыбами; пришельцы и впрямь напоминают выброшенные на берег обломки дерева, кожа их — цвета костей, которыми слишком долго играло море. Но другие твердят, что это неправда, ибо как же иначе их владыка, человек с красной бородой, мог утонуть в реке Селеф?[1]

Итак, подданные возбужденно шушукаются, а затем начинают роптать. Не повезло, мол, нам с этим правителем. Вот его отец — да, тот был что надо, он бы сразу выставил тысячу наездников, укрепил стены, обеспечил нас водой и зерном на случай осады. А этот... — кто-то сплевывает, выговаривая его имя, и умолкает, испугавшись слов, которые уже готовы сорваться с губ.

Наступает долгое молчание. Кто-то поглаживает бороду, кто-то разглядывает причудливую мозаику на полу — керамический лабиринт. Кто-то ласкает ножны, искусно инкрустированные бирюзой. Палец трогает мелкие изгибы, двигается туда-сюда. Сегодня уже ничего не зависит от мудрых советников и министров. Во дворе выстроились могучие стражники, дворцовое войско.

Этой ночью в головах подданных начинают проклевываться идеи: с растительным упорством тянутся вверх, молниеносно созревают, обещают вскоре расцвести и дать плоды. Утром к султану большой державы отправляют всадника — с униженной просьбой принять во вла-

[1] Фридрих Барбаросса участвовал в третьем Крестовом походе во главе армии немецких крестоносцев, которая шла в авангарде. 10 июня 1190 года на пути в Иерусалим, после ряда блестящих побед над сарацинами, он утонул при форсировании реки Селеф.

дение это маленькое, всеми забытое государство; вновь созданный совет старейшин во имя блага всех верных и преданных Аллаху указом отстраняет бездарного владыку (картина карающего меча в сознании юноши становится все четче) и просит оказать помощь, защитить от неверных, наступающих с запада, бесчисленных, словно песчинки в пустыне.

Той же ночью мать вытаскивает сына из-под шкур и ковров, из-под детских тел, среди которых спит молодой правитель; тормошит его, сонного, велит одеваться.

— Все готово, верблюды ждут, две твои верховые лошади стоят у крыльца, шатры свернуты и приторочены к седлам.

Сын стонет, хнычет: как же он обойдется в пустыне без тазов и тарелок, без угольных печей и ковров, на чем станут спать он и дети? А как же его туалет, вид на площадь и фонтаны с кристально прозрачной водой?

— Ты погибнешь, — шепчет мать, хмурится, и на лбу у нее появляется вертикальная морщинка, острая, как стилет. Материнский шепот — точь-в-точь шипение мудрой змеи у колодца. — Вставай же!

За стенами слышатся шаги, жены уже упаковали свой скарб: младшие — побольше, старшие — поменьше, чтобы не вызвать недовольства. Робкий узелок, только ценные шали, серьги, браслеты. Теперь они сидят на корточках у дверей, перед ширмой, ждут, пока их позовут, а когда ожидание затягивается, начинают нетерпеливо выглядывать в окна, где на востоке уже занимается над пустыней розовое зарево. Но они не видят величия пустыни, чьи шершавые языки лижут дворцовые лестницы, — их окна выходят во внутренний дворик.

— Палка, служившая основанием шатра для твоих предков, была осью мира, его центром. Где ты разобьешь свой шатер, там и будет твое царство, — говорит мать и подталкивает молодого султана к выходу. Раньше она бы нипочем не посмела прикоснуться к сыну подобным образом, и жест этот лишний раз подтверждает: шафранное государство больше ему не подчиняется.

— Каких жен ты возьмешь с собой? — спрашивает мать, а сын долго молчит, прижимая к себе детей — мальчиков и девочек, ангелочков, чьи худые нагие тельца согревают его по ночам; старшему не больше десяти, младшей — четыре года.

Жены? Никаких жен, ни старых, ни молодых; они хороши во дворце. Да он никогда в них особо и не нуждался, спал с ними лишь по той причине, по которой каждое утро взирал на бородатые физиономии советников. Ему никогда не доставляло удовольствия раздвигать их роскошные бедра, проникать в мясистые закоулки их лон. Наибольшее отвращение вызывали в молодом правителе волосатые подмышки и мощные выпуклости грудей. Поэтому он следил, чтобы в эти убогие сосуды не упала ни одна капля ценного семени — чтобы ни одна капля жизнетворной жидкости не оказалась потрачена зря.

Владыка свято верил, что, сдерживая соки, черпая во сне силу от худых детских тел, ощущая на лице их сладкое дыхание, он в конце концов обретет бессмертие.

— Возьмем детей, моих деточек, дюжину ангелочков, пусть одеваются, помоги им, — просит он мать.

— Идиот, — шипит та, — ты собираешься взять детей? Да с ними нам не протянуть в пустыне и нескольких дней. Слышишь за каждой стеной шорохи и шепоты? У нас нет ни секунды. Найдешь себе других детей — там, где мы остановимся, еще больше найдешь. А этих брось, ничего с ними не случится.

Но видя, что сын будет стоять на своем, мать в ярости всхлипывает и загораживает ему проход. Султан приближается к матери; они меряются взглядами. Дети окружают их полукругом, некоторые держатся за полы его платья. Они смотрят спокойно и равнодушно.

— Или я, или они, — неосторожно бросает мать, и когда эти слова срываются с ее губ, она вдруг видит их со стороны и пытается затолкать языком обратно, но — поздно.

Сын резко бьет мать кулаком в живот, который много лет назад служил ему первым пристанищем — мягкие покои, выстланные багрянцем и пурпуром. В кулаке у него зажат нож. Старуха клонится вперед, из морщины на лбу стекает на ее лицо тьма.

Надо спешить. Гог и Магог усаживают детей на верблюдов (малышей — в корзинках, словно птиц). Приторачивают сокровища, драгоценные ткани, скатанные в рулоны и для маскировки завернутые в грубое полотно, и к тому моменту, когда над горизонтом поднимается тоненький солнечный серп, они уже далеко. Сперва пустыня дарит им роскошь длинных теней, соскальзывающих с бархана на бархан и оставляющих след, увидеть который могут лишь посвященные. Потом тени постепенно тают и, когда караван обретает долгожданное бессмертие, исчезают вовсе.

Еще одна история Менчу

Одно кочевое племя столетиями жило в пустыне среди христианских и мусульманских поселений, переняв у них множество обычаев. Во время голода, засухи, опасности им приходилось просить убежища у оседлых соседей. Но сперва кочевники всегда посылали вперед гонца, который, прячась в зарослях, подглядывал за жителями — чтобы по звукам, запахам и одежде распознать, мусульмане там обитают или христиане. С этой вестью он возвращался к своим, кочевники извлекали из мешков нужный реквизит и входили в оазис, притворяясь братьями по вере. Им ни разу не отказали в помощи.

Менчу клялась, что это правда.

Клеопатры

В автобусе со мной ехали женщины — человек десять, — с ног до головы закутанные в черное. В узкую прорезь были видны только глаза — и я поразилась тщательности и искусности макияжа. Поистине глаза Клеопатр. Мусульманки очаровательно пили минеральную воду с помощью пластиковых трубочек; трубочка исчезала в складках черной материи, где-то там, очевидно, отыскивая губы. В рейсовом автобусе пустили фильм, чтобы скрасить нам путешествие, — «Лару Крофт». Мы любовались этой гибкой девушкой с блестящими руками и ногами, ловко бравшей верх над вооруженными до зубов мужчинами.

Очень долгая четверть часа

В самолете, с 8.45 до 9.00. По моим подсчетам, она продолжалась час, а может, и дольше.

Осел Апулей

Эту историю мне поведал человек, разводивший ослов.

Дело в том, что ослики — бизнес не дешевый, прибыли ждать приходится долго, а труда вкладывать много. Не в сезон, когда нет туристов, нужны деньги, чтобы кормить животных, чистить и вычесывать. Вот этот, темно-коричневый, — самец, отец семейства. Апулей — так его окрестила одна туристка. А вон Жан-Жак, хотя на самом деле это самка. Самый светлый — Жан-Поль. У меня еще несколько есть, они с другой стороны дома. Сейчас, не в сезон, работают только два. А так я обычно привожу осликов еще до прибытия автобусов, на рассвете.

Хуже всего американцы, потому что большинство из них имеет лишний вес. Иногда даже Апулею тяжело их возить. Американцы весят в два раза больше других людей. Осел — умное животное, он способен моментально оценить вес человека и, вероятно, нервничает, увидев, как из автобуса высаживаются американцы — мокрые, в футболках с пятнами пота, в штанах до колен. Мне кажется, он их просто-таки по запаху распознает и начинает капризничать, даже если в смысле габаритов турист приличный. Осел лягается, кричит, явно манкирует своими обязанностями.

— Но, вообще-то, у меня хорошие животные, воспитанные. Мы стараемся, чтобы у клиента остались добрые воспоминания. Сам я не христианин, но понимаю, что для туристов это кульминационный момент экскурсии. Они приезжают сюда, чтобы верхом на моих осликах посетить место, где какой-то Иоанн окрестил их пророка речной водой. Откуда они знают, что это произошло именно здесь? Видимо, так написано в их книге.

Представители СМИ

Утром был совершен теракт. Один человек погиб, несколько ранено. Тело уже увезли. Полиция оцепила это место бело-красной пластиковой лентой, за ней виднелись огромные пятна крови, над которыми кружили мухи. Брошенный мотоцикл, рядом переливается радугой лужа бензина; тут же пакет с фруктами, разбросанные мандарины, грязные, закопченные, дальше какие-то тряпки, сандалия, кепка неопределенного цвета, фрагмент мобильника; там, где был раньше экран, зияет дыра.

У ограждения толпились люди и смотрели на это с ужасом. Говорили мало, полушепотом.

Полиция медлила и не убирала место трагедии — ждали журналиста с какого-то важного телеканала, он должен сделать репортаж. Вроде бы ему непременно надо снять пятна крови. Вроде бы он уже едет.

Реформы Ататюрка

Как-то под вечер, когда, усталая, я уже лежала в постели — целый день ходила, смотрела и слушала, — мне вспомнилась Александра с ее книгой злодеяний. Я вдруг почувствовала, что скучаю по ней. Представила себе, что она в том же городе — спит в серебристом ореоле своих волос, поставив сумку возле кровати. Апостольша Александра Справедливая. Я нашла в рюкзаке ее адрес и записала для нее одно злодеяние, о котором узнала здесь.

В двадцатые годы прошлого века, когда Ататюрк проводил свои смелые реформы, в Стамбуле водилось множество полуодичавших собак. Вывелась даже особая порода — средней величины, короткошерстные, со светлым подшерстком, белые, кофейные или с пятнами двух этих цветов. Собаки жили в портовых доках, возле кафе и ресторанов, на улицах и площадях. С наступлением ночи они отправлялись на охоту в город; дрались, рылись в помойках. Никому не нужные, вели себя как их древние предки, как задумала природа: подобно волкам и шакалам сбивались в стаи, выбирали вожака.

Однако Ататюрк решил сделать Турцию цивилизованной. В несколько дней специальные команды переловили тысячи собак и вывезли на близлежащие островки — безлюдные и голые. Там животных выпустили. Лишенные пищи и пресной воды, они на протяжении трех или четырех недель поедали друг друга, а жители Стамбула, особенно те, чьи балконы выходили на Босфор, и посетители рыбных ресторанов, которых много на набережной, слышали доносившийся с островов вой, а позже страдали от ужасного смрада.

Ночью я продолжала припоминать всевозможные человеческие злодеяния, так что меня бросило в пот. Например, щенок, замерзший в перевернутой жестяной ванне, куда его поместили вместо будки...

Калиюга[1]

Мир делается все темнее, — твердили сидевшие рядом со мной мужчины (насколько я поняла, они летели в Монреаль на конгресс океанографов и физиков). Якобы с шестидесятых годов интенсивность солнечной радиации уменьшилась на четыре процента. В среднем свет на планете гаснет со скоростью около 1,4 процента в десятилетие. Явление не такого масштаба, чтобы его можно было заметить невооруженным глазом — об этом стало известно из показаний радиометров. Например, количество солнечной радиации, достигавшей территории СССР в 1960–1987 годы, уменьшилось на одну пятую.

В чем причина? Точно неизвестно. Говорят, загрязнение воздуха, сажа и аэрозоли.

Я заснула, и мне приснился жуткий сон: из-за горизонта появляется огромная туча — примета величайшей, вечной, далекой войны, жестокой и беспощадной, уничтожающей мир. Но не волнуйтесь: мы — пока что — на счастливом острове: лазурное море, синее небо. Под ногами — теплый песок и выпуклые костяшки ракушек.

---

[1] В ведийской и индуистской мифологии четвертая эра в развитии человечества, «темный», «грешный» век.

Но это Бикини[1]. Сейчас все погибнет, сгорит, сгинет, в лучшем случае — подвергнется чудовищным мутациям. Выжившие породят детей-монстров, сиамских близнецов — сросшиеся головы, один мозг в двойном теле, два сердца в одной грудной клетке. Возникнут дополнительные органы чувств: ощущения нехватки, вкуса отсутствия, дар специфического предвидения. Знать, чего не случится. Носом чуять несуществующее.

Багровое зарево, небо делается коричневым, темнеет.

Собрание восковых фигур

Цель паломничества — другой паломник. На сей раз — восковой.

Вена, Йозефинум[2] — собрание анатомических восковых муляжей, только что отреставрированных. Кроме меня в дождливый летний день сюда пришел еще один путешественник, в очках без оправы, — однако он интересовался лишь одной моделью, которой посвятил четверть часа, после чего исчез с загадочной улыбкой. Мне же хотелось посмотреть коллекцию как следует. Я вооружилась блокнотом и фотоаппаратом, запаслась кофейными карамельками и шоколадным батончиком.

Медленно, мелкими шажками, чтобы не пропустить ни одного экспоната, я двигалась среди застекленных витрин.

Модель номер 59. Двухметровый мужчина, без кожи. Его тело соткано из мышц и сухожилий — красивое, ажурное. В первый момент шокирует; это, наверное, рефлекторная реакция: вид тела без кожи причиняет

---

[1] Атолл в Тихом океане, 1 марта 1954 г., во время испытания водородной бомбы, подвергшийся разрушению. Около 840 жителей умерли от раковых и других заболеваний.

[2] Музей истории медицины в Вене, где хранится уникальная коллекция медицинских восковых фигур XVIII в.

боль, щиплет и печет, как в детстве, когда из разбитой коленки проглядывала живая плоть. Одно плечо модели отведено назад, правая рука поднята и, как на античных статуях, прикрыты глаза — словно человек смотрит вдаль, на солнце. Мы знаем этот жест по живописным полотнам — так принято смотреть в будущее. Модель номер 59 могла бы украсить расположенную неподалеку художественную галерею: непонятно, почему ее стыдливо заперли в Музей анатомии. Ей место в лучших выставочных залах, это произведение искусства в квадрате: во-первых, гениальное воплощение в воске (без сомнения, величайшее достижение натурализма), во-вторых — сама идея! Кто автор?

Модель номер 60 также демонстрирует мускулы и сухожилия, но наше внимание привлекает прежде всего плавная лента кишок с их совершенными пропорциями. В гладкой поверхности отражаются музейные окна. Лишь в следующее мгновение я с изумлением обнаруживаю, что это женщина: внизу живота — нотка извращенности — приклеен кусочек серого меха, в котором не без доли вульгарности намечена длинная щель. Видимо, автор модели стремился показать несведущему в анатомии зрителю, что тот лицезреет именно женские кишки. Волосатая печать, фирменный знак пола, логотип женщины. Кровеносная и лимфатическая системы представлены в модели номер 60 как окружающий кишки ореол. Сосуды большей частью опираются на мышцы, но некоторым придан смелый вид зависшей в воздухе сетки — и мы можем как следует разглядеть фрактальное чудо этих красных нитей.

Дальше — руки, ноги, желудки и сердца. Каждый экспонат покоится на блестящем лоскутке шелка жемчужного цвета. Почки вырастают из мочевого пузыря, словно пара анемонов. «Нижняя конечность и ее кровеносные сосуды», — гласит надпись на трех языках. Сеть лимфатических сосудов нижней части живота, лимфатические узлы, звездочки, брошки, которыми неведомая рука разукрасила монотонный рисунок мышц. У сетки лимфатических сосудов могли бы заимствовать узоры ювелиры.

В центре этой восковой коллекции — модель номер 244, самая красивая, та, что так заинтересовала мужчину в очках без оправы, а в следующее мгновение на целых полчаса привлечет и мое внимание.

Это лежащая женщина, тело ее почти не нарушено: вскрыт только живот, демонстрирующий нам, паломникам, размещенную под диафрагмой систему размножения, матку в чепце яичников. Тут тоже проставлена меховая печать пола — и совершенно напрасно. Кто бы усомнился, что это женщина? Холмик лона старательно прикрыт имитацией волос, а ниже скрупулезно воспроизведено отверстие вагины, которое трудно разглядеть, разве что кто-нибудь очень настойчивый не поленится присесть на корточки рядом с маленькими ступнями с розовыми пальчиками — вот, например, как тот мужчина в очках. — Хорошо, что он ушел, — думаю я, — теперь моя очередь.

Светлые волосы разметались, веки опущены, губы полуоткрыты, так что видны кончики зубов. На шее — нитка жемчуга. Меня поражает абсолютная невинность ее легких — гладких, шелковистых, расположенных почти под самым жемчугом; явно незнакомых с сигаретным дымом. Эти легкие могли бы принадлежать ангелу. Рассеченное поперек сердце открывает свою двойную природу, оба желудочка устланы красным велюром, подготовлены для монотонной работы. Печень накрывает желудок большими полнокровными губами, видны почки, мочеточники, напоминающие опирающийся на матку корень мандрагоры. Матка — приятная глазу мышца, ладная и гармоничная, трудно себе представить, чтобы она блуждала по телу, вызывая истерию, как некогда считалось. Не подлежит сомнению: органы тщательно упакованы в тело, приготовлены для долгого путешествия. И рассеченная вдоль вагина также открывает свою тайну: короткий туннель, заканчивающийся тупиком и кажущийся совершенно бесполезным, поскольку не ведет дальше внутрь тела. В конце его — замкнутая полость.

Я присела на жесткую скамью у окна, оглядела молчаливую толпу восковых моделей и, утомленная, позволяю себе растрогаться. Что за мышца обручем стискивает мне горло, как она называется? Кто придумал человеческое тело и — следовательно — имеет на него вечные авторские права?

Путешествия доктора Блау I

Волосы с проседью, седая бородка; он летит на конференцию, посвященную консервации анатомических препаратов, в первую очередь — созданию пластинатов[1] человеческих тканей. Блау поудобнее устраивается в кресле, надевает наушники и слушает кантаты Баха.

У девушки на снимках, которые он напечатал и взял с собой в поездку, смешная прическа: сзади, на затылке, волосы ровно подстрижены, а спереди оставлены длинные прядки, касающиеся обнаженных плеч и кокетливо заслоняющие лицо, — видна лишь четко очерченная терракотовая полоска губ, нарисованных на гладкой поверхности лица. Блау все это очень понравилось — и губы, и тело: небольшое, крепкое, с маленькой грудью, аккуратными сосками, рельефно выделяющимися на бархатистой плоскости грудной клетки. Худые бедра и довольно массивные ляжки. Его всегда привлекали крепкие ноги.

---

[1] Тело, обработанное путем пластинации — метода в анатомии, созданного для сохранения внешнего вида тела или органов живых существ.

«Сила — в ляжках» — это могла бы быть его персональная, 65-я гексаграмма[1]. Женщина с мощными ляжками подобна Щелкунчику, — думает доктор Блау. — Входя внутрь, не рискуешь быть раздавленным. Входя внутрь, не чувствуешь себя сапером.

Это его возбуждает. Сам он субтилен, худощав. Рискует жизнью.

Когда Блау фотографировал обнаженную девушку, его охватило возбуждение. Поскольку он тоже был раздет, это постепенно делалось заметно и даже вполне очевидно. Но доктор Блау нисколько не был смущен — лицо его скрывал фотоаппарат, отчего профессор ощущал себя этаким механическим минотавром с лицом-объективом, одноглазой линзой на стебельке, которая — послушная движению зума — то выдвигается вперед, то возвращается обратно, подобно механическому хоботку.

Девушка заметила происходящие с телом доктора Блау изменения, и это придало ей уверенности в себе. Она подняла руки и сплела их на затылке, открыв беззащитные подмышки — не прорезавшиеся промежности. Грудь приподнялась, став почти плоской, мальчишеской. Не отводя аппарат от лица, Блау на коленях подполз к девушке и сделал еще один снимок — снизу. Профессора била дрожь. Ему казалось, что кустик черных волос, которым бритва придала форму полоски, оптически делающей бедра еще уже, и притягательной, словно восклицательный знак, вот-вот царапнет объектив. Эрекция была уже довольно сильной, девушка пригубила белого вина (кажется, греческой рецины) и уселась на пол, скрестив

---

[1] 64 графические фигуры, составляющие наиболее ранний слой «И цзин» («Книги Перемен»), древнекитайского памятника письменности, который первоначально использовался при гадании и затем вошел в конфуцианский канон, символы, иллюстрирующие универсальный круговорот в космосе и в то же время определяющие нормы поведения для человека.

ноги и скрыв то место, которое так взволновало доктора. Он догадался, что означает это движение: девушка стремилась к горизонту их совместного вечера.

Но ему хотелось другого. Продолжая фотографировать, Блау отошел к окну, худые голые ягодицы на мгновение коснулись холодного подоконника. Очередной акт, теперь в положении сидя, был запечатлен. Девушка, совсем юная козочка, улыбнулась: ей было лестно, что тело доктора демонстрирует такую готовность, ведь это значило, что она способна воздействовать на расстоянии — подумать только, какая мощь! Еще несколько лет назад, ребенком, она играла в колдунью и придумала, что может одной волей передвигать вещи. Порой какая-нибудь ложечка или булавка действительно сдвигалась на миллиметр. Но еще никогда ни один предмет не подчинялся ее воле столь очевидно и недвусмысленно.

А вот перед Блау встала сложная задача. Невозможно остановить неотвратимое — их тела уже дрейфуют по направлению друг к другу. Девушка позволяет ласкать себя, он укладывает ее на спину. Нежными движениями пальцев обезвреживает мину. Гексаграмма ляжек может быть интерпретирована произвольно. Щелчок фотоаппарата.

Таких фотографий у Блау целая коллекция — десятки, а может, уже и сотни: женские тела на фоне стены. Стены отличаются, поскольку дело происходит в разных местах — отелях, пансионах, кабинете Блау в Академии, наконец, в его квартире. Тела же, в сущности, схожи — это всем известно.

Но только не вагины. Они подобны папиллярным линиям — эти недооцененные полицией, застенчивые органы можно было бы использовать для идентификации: они абсолютно неповторимы. К тому же красивы, словно орхидеи, форма и цвет которых, как известно, привлекают насекомых. Странная мысль — будто этот ботанический механизм каким-то образом сохранился вплоть до эпохи формирования человека. Более того — он явно оказался эффективным. Такое ощущение, что природа охотно приняла эту идею с лепестками. Настолько охотно, что продолжала воплощать понравившийся проект, видимо, не догадываясь, что человек окажется одарен также и психикой, которая слегка выйдет из-под контроля и скроет то, что было так волшебно задумано. Под бельем, за недоговоренностями, в молчании.

Фотографии вагин доктор хранит в картонных узорчатых коробках, которые покупает в «ИКЕЕ»; от десятилетия к десятилетию менялся лишь орнамент — в зависимости от моды: крикливая вульгарность восьмидесятых, девяностые с их лаконизмом серого и черного и, наконец, винтаж, поп-арт, этно наших дней. Поэтому даже нет необходимости писать на коробках даты — доктор распознаёт их с первого взгляда. Однако мечтает о настоящей коллекции, не фотографической.

Ни одна часть человеческого тела не заслуживает забвения. Каждое тело достойно бессмертия. Ужасно, что оно столь хрупко и нежно. Ужасно, что его обрекают на разложение под землей или отдают на откуп пламени, сжигают точно мусор. Будь на то воля доктора Блау, он сотворил бы мир иначе — душу сделал бы смертной, ведь, в конце концов, чтó нам душа, а вот тело... тело должно быть бессмертно. Мы никогда не узнàем, насколько разнообразен человеческий род, насколько неповторим каждый индивидуум, если станем столь поспешно истреблять тела, — думал доктор Блау. — В прошлом это было объяснимо — не хватало ни средств, ни знаний. Бальзамирование могли себе позволить лишь очень богатые люди. Но сейчас наука пластинации развивается семимильными шагами, методы ее постоянно совершенствуются. Уже сегодня каждый желающий может сохранить свое тело от уничтожения и поделиться его красотой и тайной с другими людьми. — Взгляните, вот чудесная система моих мышц, — скажет спринтер, чемпион мира по стометровке. Посмотрите, как они действуют. — Вот мой мозг, — воскликнет гениальный шахматист. — В нем есть две уникальные извилины, назовем их «изломами ферзя». — Вот мой живот, из которого появились на свет двое детей, — гордо заявит мать. Такого рода фантазии посещали Блау. Так он представлял себе справедливый мир, в котором люди перестанут столь поспешно уничтожать то, что священно от природы. И сам профессор прилагал все усилия для воплощения своей мечты.

Ну и что здесь такого сложного? У нас, у протестантов, уж точно не должно быть проблем. Да и католикам не следует поднимать по этому поводу шум: ведь имеются древние свидетельства, собрания реликвий, более того — покровителем искусства пластинации может стать сам Иисус Христос, демонстрирующий нам свое красное мясистое сердце.

* * *

Приглушенный гул двигателей придавал неожиданную глубину хору, звучавшему в наушниках. Самолет летел на запад, так что ночь в положенное время не закончилась, а капризно длилась. Блау несколько раз приподнимал шторку — надеялся разглядеть сзади, где-нибудь на горизонте, белое зарево, свечение нового дня, новых шансов. Однако ничего не происходило. Экраны погасли, фильм закончился. Время от времени высвечивалась географическая карта, на которой с черепашьей скоростью преодолевал игнорируемое ею расстояние маленький силуэт самолета. Можно было даже подумать, что карту изобрел Зенон Элейский[1]: мол, всякое расстояние само по себе бесконечно, всякая точка открывает новые, непреодолимые пространства, всякое движение является иллюзией — и путешествуем мы, не сходя с места.

Невообразимый холод снаружи, невообразимая высота, невообразимый феномен парения тяжелой машины в разреженном воздухе. «Wir danken dir, Gott»[2], — пели в наушниках ангелы доктора Блау.

Он взглянул на руку женщины, сидевшей слева, и с трудом удержался, чтобы ее не погладить. Женщина спала, прижавшись к плечу своего спутника. Справа от Блау дремал пухлый мальчик. Его рука бессильно свисала с подлокотника, почти касаясь штанины доктора Блау. И эти пальцы ему тоже захотелось погладить.

Профессор сидел в продолговатом туловище самолета, зажатый в своем кресле среди двух сотен людей, дышал с ними одним воздухом. Именно поэтому доктору так нравилось путешествовать: дорога вынуждает людей к совместному пребыванию, телесной близости, словно цель путешествия — это другой путешественник.

Но каждое из этих существ, в обществе которых он пробудет еще (Блау проверил) четыре часа, казалось монадическим, гладким и блестящим, словно шар для игры

---

[1] Зенон Элейский (ок. 490—ок. 430 до н.э.) — древнегреческий философ, ученик Парменида. Знаменит своими апориями, доказывающими невозможность движения, пространства и множества. «Ахилл и черепаха» — одна из апорий Зенона. Быстроногий Ахилл никогда не догонит черепаху, если в начале движения черепаха находится впереди на некотором расстоянии от него. Допустим, Ахилл бежит в десять раз быстрее, чем черепаха, и находится от нее на расстоянии в 1 километр. За то время, за которое Ахилл пробежит этот километр, черепаха проползет 100 метров. Когда Ахилл пробежит 100 метров, черепаха проползет еще 10 метров и так далее. Процесс будет продолжаться до бесконечности, Ахилл так никогда и не догонит черепаху.

[2] Благодарим тебя, Господи (*нем.*).

в боулинг. Поэтому единственный вид общения, на который давали «добро» природные алгоритмы доктора Блау, — это поглаживание; касание кончиком пальца, подушечкой, ощущение плавных, прохладных изгибов. Ладони уже потеряли надежду нащупать там какую-нибудь царапину, он тысячи раз проверял это на девичьих телах: не существует никакой зазубрины, никакого тайного клапана, который можно было бы осторожно подцепить ногтем и послушно проникнуть внутрь — никакой выпуклости, волшебного рычажка, кнопки, при нажатии на которую сработала бы пружинка, что-нибудь щелкнуло и отскочило, открывая взгляду вожделенное замысловатое нутро. А может, вовсе и не замысловатое, может, очень даже простое — всего-навсего обратная сторона поверхности, только вывернутая наизнанку, спираль, поглощенная самой собой. Поверхность этих монад скрывает бездонные тайны — нипочем не догадаешься о существовании потрясающего богатства искусно, мастерски упакованных структур (даже самому опытному путешественнику не под силу столь виртуозно сложить свой рюкзак): во имя порядка, безопасности и эстетики органы отделены друг от друга оболочками брюшины, амортизированы жировой тканью. Доктор Блау продолжал увлеченно фантазировать в беспокойной самолетной полудреме.

Все хорошо. Блау чувствует себя счастливым. Что может быть прекраснее? Глядеть на мир сверху, видеть его прекрасный безмятежный порядок. Этот порядок стерилен. Он заключен в ракушках и пещерах, в песчинках и регулярных авиарейсах, в симметрии, ведь неслучайно испокон века правое соответствует левому и наоборот, в красноречивом сиянии информационных табло и вообще в лучах света. Доктор Блау натянул на свое худое тело плед, кусок флиса, принадлежащий авиакомпании, и крепко уснул.

* * *

Блау был ребенком, когда отец — инженер, долгие годы восстанавливавший вместе с другими строителями из социалистических стран разрушенный Дрезден, — отвел его в Музей гигиены[1]. Там взору маленького Блау явился Glasmensch — Стеклянный человек, созданный Францем Тшакертом в учебных целях. Двухметровый голем без кожи был искусно составлен из стеклянных органов и частей: прозрачное тело, казалось, ничего не скрывало. Своеобразный памятник природе — той, что спроектировала это совершенство. В нем ощущались легкость и изобретательность, чувство пространства и хороший вкус, красота и игра с симметрией. Волшебный механизм с удобными, обтекаемыми формами, автор которого не побоялся решений остроумных (вроде строения уха), а порой и эксцентричных (как строение глаза).

Стеклянный человек подружился с маленьким Блау, во всяком случае, в фантазиях мальчика. Иногда он приходил в гости, усаживался в детской, клал ногу на ногу и позволял себя рассматривать. Порой любезно наклонялся, чтобы Блау мог получше разглядеть ту или иную деталь, понять, каким образом стеклянная мышца нежно обхватывает кость и куда уходит нерв. Он стал приятелем мальчика, его молчаливым стеклянным спутником. Говорят, многие дети придумывают себе друзей.

Иногда в мечтах Блау Стеклянный человек оживал, но редко, можно сказать, случайно. Уже в молодости Блау испытывал неприязнь (во всяком случае, до некоторой степени) ко всему живому. Когда в детской гасили

---

[1] Музей гигиены, или Музей человека, в Дрездене был основан как народный учебный центр гигиены в 1912 году немецким фабрикантом К. А. Лингнером после I Международной выставки по вопросам гигиены (1911).

свет, они беззвучно беседовали под одеялом, в темноте, до поздней ночи. О чем? Теперь уже и не вспомнить. А днем Стеклянный человек служил его ангелом-хранителем и всегда оказывался рядом — оставаясь невидимкой, — в школьных драках готовый, в фантазиях мальчика, дать сдачи классному задире, во время коллективных экскурсий в ботанический сад, скучных и утомительных, заключавшихся главным образом в ожидании, пока наберется группа. Группа — эту форму общения Блау особенно ненавидел.

На Рождество отец подарил ему маленькую пластмассовую копию Стеклянного человека, которая, конечно, не шла ни в какое сравнение с оригиналом, но напоминала о существовании подлинного божества.

У маленького Блау было отлично развито пространственное воображение, что позже помогло ему в занятиях анатомией. Эта способность позволяла мальчику делать своего друга более или менее прозрачным. Блау умел высветить в теле Стеклянного человека то, что в данный момент казалось ему наиболее достойным внимания, скрыв прочее — незначительное. Поэтому стеклянная фигура могла предстать состоящей из сухожилий и мышц, без кожи и лица — сплошное сплетение мускулов, натянутых, вздувшихся от напряжения тетив. Так, незаметно для себя самого, маленький Блау изучил анатомию. Его отец, обладавший точным и требовательным умом, с гордостью наблюдал за сыном, в мечтах уже видя его врачом, ученым. На день рождения мальчик получил великолепно раскрашенные анатомические таблицы, а пасхальный зайчик преподнес ему человеческий скелет в натуральную величину.

В юности — в студенческие годы и после окончания университета — Блау много путешествовал. Он осмотрел почти все известные анатомические коллекции. Точно фанат какой-нибудь рок-группы, таскался за фон Хагенсом[1] с его демонической экспозицией и в конце концов познакомился с мастером лично. В своих странствиях Блау описывал круги, возвращался к исходной точке, пока не осознал, что цель его — совсем рядом, внутри тела.

Блау изучал медицину, но быстро к ней охладел. Его не интересовали болезни, а тем более их лечение. Мертвое тело не страдает. Блау оживлялся только на занятиях по анатомии и первым вызывался делать то, от чего воротили нос испуганно повизгивавшие студентки. Он написал работу по истории анатомии и женился на однокурснице, специализировавшейся по педиатрии и все свободное время проводившей в своей больнице, что молодого супруга очень устраивало. К тому моменту, когда жена, вопреки его воле, родила дочку, Блау стал адъюнктом Академии и начал ездить на многочисленные конференции и стажировки. Супруга тем временем познакомилась с гинекологом и, прихватив малышку, перебралась в его просторный дом, в цокольном этаже которого был устроен кабинет. Таким образом этой паре удалось охватить целую область человеческого размножения.

Блау написал блестящую диссертацию «Сохранение патологических проб с помощью силиконовой пластинации. Новаторское дополнение к курсу патологоанатомии». Прозванный студентами Формалином, он занялся историей анатомических препаратов и консервации тканей. Изъездил десятки музеев в поисках материалов и, в конце концов, осел в Берлине, где получил хорошую должность в создававшемся тогда Музее истории медицины[2] — ему поручили каталогизировать коллекцию.

---

[1] Гюнтер фон Хагенс (р. 1945, Польша) — немецкий анатом, изобретший технику пластификации с целью сохранения живых организмов. Является создателем знаменитой «Body Worlds» — выставки человеческих тел и их частей.

[2] Музей истории медицины — медико-исторический и патолого-анатомический музей крупнейшей берлинской клиники Шарите, университетской клиники Берлинского университета

Личную жизнь он организовал ловко и необременительно. Блау предпочитал жить в одиночестве; сексуальные потребности удовлетворял со своими студентками — предварительно осторожно приглашая их на чашечку кофе. Он знал, что это против правил, но убеждал себя, что с социобиологической точки зрения университет является естественной зоной его обитания, а студентки, в конце концов, — женщины взрослые и сами за себя отвечают. Выглядел Блау хорошо — красивый, опрятный, гладко выбритый (время от времени доктор отпускал строгую бородку), а девушки были любопытны как сороки. Влюбляться Блау не умел, всегда пользовался презервативом, а потребности его были весьма умеренны, поскольку большая часть либидо самопроизвольно сублимировалась. Итак, в сей области Блау не испытывал никаких проблем — его не терзали ни мрачные тени, ни чувство вины.

Первое время он воспринимал свою музейную должность как отдых от работы со студентами. Входя во двор комплекса зданий клиники Шарите, с ухоженными газонами, причудливо подстриженными деревцами, Блау ощущал вневременной (в своем роде) характер этого места. Клиника находилась в самом центре мегаполиса, но сюда не доносились ни шум, ни суета. Блау беспечно посвистывал.

Почти все свободное время он проводил в огромных музейных подвалах, соединявшихся с подвалами других больничных корпусов. Большая часть этих переходов была заставлена стеллажами, старыми запыленными витринами, сейфами, в которых раньше хранили бог

им. Гумбольдта и Свободного университета Берлина. Наряду с медицинскими инструментами, историческими медицинскими приборами и аппаратами, ценными книгами и микроскопами коллекция содержит примерно 900 ценных и редких патолого-анатомических препаратов.

знает что и которые в конце концов (неизвестно когда) опустели и оказались здесь... Но кое-где можно было пройти, и со временем Блау, заказав для себя несколько ключей, научился передвигаться по всему подземелью. Именно таким путем он каждый день добирался до буфета.

Работа его заключалась в том, чтобы извлекать из пыльных и мрачных бездн музейных хранилищ сосуды с препаратами (или экспонаты, законсервированные другим образом) и описывать их. Помогал ему старик Кампа, давно уже достигший пенсионного возраста, — однако договор с ним ежегодно продлевали, поскольку больше никто не умел ориентироваться на этом гигантском складе.

Они приводили в порядок полку за полкой. Сперва господин Кампа тщательно очищал банку от грязи, стараясь при этом не повредить этикетку. Они с Блау научились разбирать старинный, с красивым наклоном почерк. Обычно на этикетке значилось латинское название части тела или болезни, а также инициалы, пол и возраст того, кому принадлежали данные органы. Порой указывалась и профессия. Таким образом они узнавали, что вот эта, например, огромная опухоль кишок была обнаружена в животе портнихи, А.В., 54 лет от роду. Но чаще всего надпись оказывалась полустертой и неточной. Порой, если лак, которым запечатывали крышки, начинал крошиться, в спиртовые препараты попадал воздух, отчего жидкость мутнела и окутывала плавающий в ней экземпляр густым туманом; такие препараты приходилось уничтожать. Собиралась комиссия, в состав которой входили Блау, Кампа и двое служащих с верхних этажей музея, составлялся акт. Затем господин Кампа относил извлеченные из банок испорченные фрагменты человеческих тел в больничный крематорий.

Некоторым препаратам требовался особый уход (если банка была уже немного повреждена). Такие экспонаты Блау нес в свою маленькую лабораторию, с величайшей осторожностью промывал, а затем, тщательно исследовав и взяв пробы (которые замораживал), помещал в новый герметичный сосуд с самым современным, собственноручно изготовленным раствором. Таким образом, он если не даровал препаратам бессмертие, то, во всяком случае, значительно продлевал им жизнь.

Разумеется, здесь были не только препараты в банках. Попадались также ящики с неподписанными фрагментами костей, почечными камнями, какими-то окаменелостями; обнаружили Блау с господином Кампа и мумифицированного броненосца, и других животных в очень плохом состоянии. А также маленькую коллекцию головок маори, маски из человеческой кожи — две, самые жуткие, тоже окончили свои дни в крематории.

Были найдены и подлинные раритеты. Например, четыре экспоната из разрозненной и частично затерявшейся знаменитой коллекции Рюйша[1] рубежа XVII–XVIII веков. Увы, один из них — Acardius hemisomus[2], сегодня украсивший бы любую тератологическую коллекцию, — пришлось (из-за трещины в стеклянной банке) отправить в крематорий: спасти его не удалось. Комиссия, однако, при виде уже начавшего разлагаться препарата задумалась: не следует ли в подобных случаях устраивать своего рода похороны.

Последняя находка Блау очень обрадовала, поскольку позволила произвести тщательный анализ знаменитого

---

[1] Фредерик Рюйш (1638–1731) — нидерландский анатом, предложивший методы бальзамирования трупов и изготовления анатомических препаратов, создавший анатомический музей, коллекция которого была в 1717 г. куплена Петром I.

[2] Недоразвитие одной половины тела и врожденное отсутствие сердца (*лат.*).

liquor balsamicus — состава для бальзамирования — Фредерика Рюйша, нидерландского анатома конца XVII века. По тем временам жидкость давала прекрасные результаты — сохраняла естественный цвет препарата, не приводя к его разбуханию, в отличие от большинства консервирующих жидкостей эпохи Рюйша. Блау обнаружил, что в состав liquor balsamicus, помимо нантского бренди и черного перца, входила также вытяжка из корня имбиря. Доктор написал статью, включившись, таким образом, в давнюю дискуссию о происхождении этой воды из реки Стикс, погружение в которую должно было обеспечить бессмертие хотя бы телу. С тех пор господин Кампа стал называть их подземную коллекцию пикулями.

Они с господином Кампа (именно он однажды утром принес этот экземпляр) обнаружили нечто поразительное — Блау потом возился несколько месяцев, стремясь во всех деталях разобраться в составе и действии консервирующей жидкости. Это была мужская рука, крепкая (бицепс — 54 сантиметра в охвате), длиной 47 сантиметров, аккуратно отсеченная от тела, явно с целью показать татуировку — разноцветного, виртуозно изображенного кита, выныривающего из морской пучины (белые гребешки волн были выписаны по-барочному тщательно и красочно) и пускающего к небесам фонтан. Рисунок был выполнен превосходно, особенно небо, которое с внешней стороны руки казалось ярко-голубым, а чем ближе к подмышке, тем более темным. Эту игру красок прозрачная жидкость прекрасно сохранила.

Этикетка на препарате отсутствовала. Банка напоминала те, что производили в Нидерландах в XVII веке, то есть имела цилиндрическую форму: стеклянные параллелепипеды в то время делать еще не умели. Препарат, прикрепленный к сланцевой крышке конским волосом, казалось, парил в жидкости. Но более всего поражала как раз сама жидкость... Это был уже не спирт, хотя поначалу Блау полагал, что имеет дело с препаратом, изготовленным в Нидерландах в начале XVII века. Анатом использовал смесь воды и формалина с небольшим количеством глицерина. Состав можно назвать весьма современным — он близок используемой в наши дни смеси «Kaeserling III». Сосуд уже не требовалось герметически закупоривать, поскольку такая смесь, в отличие от спирта, не испарялась. На воске, слегка герметизирующем крышку, Блау обнаружил отпечаток папиллярных линий и очень растрогался. Он представил себе человека, коллегу, которому принадлежали эти тоненькие волнообразные полоски — природная печать в виде лабиринта.

Об этой руке и этом рисунке Блау заботился, можно сказать, любовно. Он не стал выяснять, кто был обладателем руки с татуировкой и кто отправил ее в путешествие по реке времени.

Пережили они с господином Кампа и мгновения ужаса — о чем Блау потом рассказывал одной первокурснице, удовлетворенно отметив, что глаза у девушки раскрываются от изумления все шире, а зрачки становятся матово-черными — как утверждают социобиологи, признак эротического интереса.

В одном из коридоров-тупиков они обнаружили деревянные ящики с чучелами-мумиями, очень плохо сохранившимися. Кожа совершенно почернела, высохла, потрескалась, из надорванных швов сыпалась морская трава. Тела скорчились, ссохлись, кружева и воротники некогда безусловно богатых и красочных одежд теперь приобрели одинаковый пыльный цвет. Украшения, фижмы и оборочки разлохматились, превратились в клубок полуистлевшей ткани, из которой кое-где торчала какая-нибудь жемчужная пуговица. Из растянутых, раскрывшихся при высыхании ртов лезли сухие водоросли.

Блау с господином Кампа нашли две такие мумии — небольшие фигурки, на вид детские; однако после тщательного осмотра Блау понял, что это чучела — слава богу — шимпанзе, очень плохо, совершенно непрофессионально препарированные; в XVIII и XIX веке такие можно было купить повсеместно. Впрочем, торговали тогда и человеческими мумиями, и даже собирали из них довольно обширные коллекции. Как правило, человек пытался сохранить удивительное, уникальное: людей других рас, людей с явными уродствами, больных.

— Изготовление чучела — простейший способ консервации тела, — витийствовал Блау, демонстрируя временную подземную экспозицию двум очередным студенткам, которые — к неудовольствию господина Кампа — с энтузиазмом приняли приглашение. Блау рассчитывал, что по крайней мере одна из девушек согласится затем выпить с ним бокал вина и в его коллекции появится новая фотография. — От тела остается, в сущности, только кожа, — продолжал он. — Это всего лишь его частичка, оболочка, натянутая на куклу из сена. Мумия — весьма несовершенный метод консервации тела. Это не более чем создание видимости. По сути, просто фокус. Цирковой трюк, обман — ведь сохранена лишь форма тела и его внешнее покрытие. На самом деле это уничтожение тела, то есть полная противоположность идеи его консервации. Варварство.

Да, они вздохнули с облегчением, поняв, что это не человеческие мумии. Иначе у них возникли бы проблемы, ведь по закону категорически запрещено хранить в государственных музеях человеческие останки целиком (если это не музей древностей, хотя и тут уже высказываются сомнения). Окажись мумии человеческими — детскими, как решили поначалу Блау и господин Кампа, — им предстояла бы сложная бюрократическая процедура.

Доктор уже не раз слышал о подобных обременительных открытиях при упорядочивании коллекций медицинских академий и университетов.

Такого рода коллекцией владел император Иосиф I.

В своей венской кунсткамере он задумал показать все редкости, каждое проявление аберрации мира, всякую ошибку материи. Его наследник, император Франц I, не постыдился сделать чучело из своего покойного чернокожего слуги, некоего Анджело Солимана. Теперь гости монарха могли лицезреть его мумию, облаченную только в набедренную повязку из травы.

Первое письмо Йозефины Солиман Францу I, императору Австрии

Я обращаюсь к Вашему Величеству, скорбя и глубоко недоумевая в связи с несправедливой участью, которая постигла моего отца Анджело Солимана, мир его праху, верного слугу дяди Вашего Величества, милосердно правившего нами императора Иосифа, — в надежде, что это не более чем чудовищная ошибка.

История жизни моего отца хорошо известна Вашему Величеству, я знаю, что Вы были лично с ним знакомы и ценили за проверенную годами преданность и службу (он был не только верным слугой, но и прекрасным партнером по шахматной игре); также и многие другие, подобно Вашему дяде, светлой памяти императору Иосифу, оказывали моему отцу почет и уважение. У него было много прекрасных друзей, ценивших его душевные качества и ум, огромное чувство юмора и доброе сердце. На протяжении долгих лет его связывала дружба с господином Моцартом, у которого дядя Вашего Величества изволил заказать оперу. Отец проявил себя также как дипломат и снискал широкую известность своей рассудительностью, прозорливостью и мудростью.

Позволю себе все же кратко изложить историю жизни отца, дабы освежить его образ в любезной памяти Вашего Величества. Ведь то, что делает каждого из нас человеком, — это наша неповторимая, уникальная судьба, следы, оставляемые нами в мире. Но даже тот, кто ничем не сумел услужить ни другим людям, ни своему владыке, ни своей родине, все же имеет право на достойные похороны — акт возвращения Создателю Его творения, человеческого тела.

Мой отец родился примерно в 1720 году на севере Африки, но первые годы его жизни окутаны мраком неведения. Он не раз упоминал, что не слишком хорошо запомнил раннее детство. В памяти запечатлелся лишь тот момент, когда малым ребенком его продали в рабство. Отец с ужасом рассказывал нам о картинах, которые так и не изгладились из его памяти. О долгом морском путешествии в темном трюме, о сценах дантовского ада, которые разыгрывались перед глазами малыша, разлученного с матерью и родными. Его родители, вероятно, попали в Новый Свет, он же — негритенок, черная игрушка-талисман вроде мальтийской болонки или персидского кота — переходил из рук в руки. Почему отец так редко говорил об этом? Почему, уже достигнув достойного положения, не рассказывал о своем пути всем и каждому? Полагаю, что молчание его объясняется твердым убеждением, верой, в которой отец, быть может, не признавался даже самому себе: если поскорее стереть из памяти болезненные факты, они поблекнут и перестанут мучить нас, а мир сделается лучше. Что, если люди не узнают, на какую чудовищную жестокость способен человек по отношению к ближним своим, они сумеют сохранить душевную чистоту. Однако то, что произошло с телом моего отца после его смерти, свидетельствует о том, насколько он ошибался.

После множества печальных и драматических перипетий, благодаря добросердечию супруги князя Лихтенштейна, мой отец был выкуплен из рабства на Корсике и оказался при дворе. Так он попал в Вену, где Ее Высочество княжна прониклась к ребенку большой симпатией, а быть может, даже — осмелюсь употребить это слово — любовью. Она дала отцу прекрасное образование и воспитание. Отец почти забыл о своем экзотическом происхождении, и я, единственная дочь, не слышала, чтобы он вспоминал о своих корнях. Не думаю, что он тосковал по родине. Всем сердцем отец был предан служению дяде Вашего Величества.

Ведь его знали как искусного политика, мудрого посла и обаятельного человека. Он всегда был окружен друзьями. Его любили и уважали. Отец удостоился особой привилегии — дружбы с императором Иосифом, называемым Иосифом II, дядей Вашего Величества, не раз изволившим поручать отцу миссии, требовавшие незаурядного ума.

В 1769 году он женился на моей матери, Магдалене Кристиани, вдове голландского генерала, в браке с которой счастливо прожил более десяти лет, до самой ее смерти. Я — единственное дитя этого союза. После многих лет плодотворной службы отец принял решение уйти в отставку со службы при дворе своего благодетеля князя Лихтенштейна, но связи с ним не терял.

Я прекрасно понимаю, сколь многим обязан мой отец человеческой добросердечности и естественному желанию оказать поддержку. Многие, чья жизнь начиналась столь же несчастливо, как у отца, сгинули в хаосе мира. Мало кто из чернокожих детей рабов получил возможность достичь в жизни столь высокого и значительного положения, как мой отец. Но именно поэтому судьба его столь показательна: она свидетельствует, что, будучи творениями Божественной длани, все мы являемся Его детьми, а друг другу приходимся братьями.

Вместе с многочисленными друзьями моего отца — мир его праху, — которые уже осмеливались обратиться к Вашему Величеству по этому поводу, я умоляю отдать нам тело и позволить похоронить его по-христиански.

С надеждой,

Йозефина фон Фейхтерслебен.

Племена маори

мумифицировали головы умерших родственников, хранили и почитали их. Процесс мумификации включал в себя несколько стадий: выпаривание, копчение и промасливание. Подвергнутые этим операциям головы прекрасно сохранялись, включая волосы, кожу и зубы.

Путешествия доктора Блау II

Теперь он выбирался из тела самолета по длинным переходам, повинуясь стрелкам и светящимся табличкам, которые осторожно разделяли пассажиров на тех, что достигли цели, и тех, что все еще были в пути. В огромном аэропорту людские потоки сливались и снова растекались в разные стороны. Эта безболезненная селекция привела Блау к эскалатору, а затем к длинному и широкому коридору, где людей подхватывал траволатор. Тот, кто спешил, мог воспользоваться достижениями техники и оказаться при помощи ленты в другом измерении — неспешно переставляя ноги, с легкостью обгонять остальных. Он миновал застекленную курительную, где постившиеся во время долгого перелета любители никотина блаженно предавались пороку. Доктор воспринимал их как особый подвид, имеющий специфическую среду обитания: не воздух, а смесь дыма и двуокиси углерода. Через стекло Блау с некоторым удивлением разглядывал курильщиков, точно диковинных тварей в террариуме:

в самолете их было не отличить от него самого, а здесь, на земле, они обнаружили свою — отличную — биологическую природу.

Блау подал свой паспорт для контроля, служащий смерил его коротким профессиональным взглядом, сравнивая два лица — на фотографии и за стеклянной перегородкой. Видимо, никаких подозрений Блау не вызывал, а потому через мгновение оказался на территории чужого государства.

Он взял такси, добрался до железнодорожного вокзала, предъявил в кассе электронный билет. Поскольку до отхода поезда оставалось два с лишним часа, Блау зашел в бар, откуда несло пережаренным маслом, и, заказав рыбу, принялся рассматривать публику.

Вокзал был самый обыкновенный. Экран над расписанием поездов показывал знакомые рекламы — шампуня и кредитных карт. Благодаря узнаваемым логотипам, чужой мир казался безопасным. Доктору хотелось есть. Его тело, можно сказать, проигнорировало пластиковую самолетную еду — Блау казалось, что блюда, которыми кормили авиапассажиров, нематериальны, обладают лишь формой и запахом — так, наверное, питаются в раю. Пища для голодного духа. Но теперь худощавое тело доктора могло подкрепиться куском жареной рыбы — белой мякотью с золотистой корочкой — и салатом. Еще он заказал вино, которое подавали здесь в маленьких удобных бутылках, объемом с большой бокал.

В поезде Блау уснул. Потерял он немного: поезд тащился по туннелям и окраинам города, совершенно неотличимым от окраин любого другого мегаполиса, — дизайн граффити на виадуках и гаражах один и тот же. Проснувшись, доктор увидел море — узкую светлую полоску между портовыми кранами, уродливыми зданиями складов и верфей.

«Уважаемый господин Блау, — писала она, — должна признаться, что Ваши вопросы — их содержание и форма — возбуждают мое глубокое доверие. Человек, который знает, о чем спросить, — это человек, способный дать ответ. Быть может, вам требуется всего лишь пресловутая щепотка, что склонит чашу весов».

Блау задумался: что за щепотку она имела в виду? Заглянул в словарь. Он не знал ни одной пословицы о щепотке и весах. Вдова носила фамилию мужа, а имя было довольно экзотическим — Таина; так что, возможно, она родом из какой-нибудь далекой страны, и в ее экзотическом языке благополучно функционируют и щепотка, и весы. «Конечно, лучше всего было бы встретиться. К этому времени я постараюсь просмотреть ваше резюме и все ваши статьи. Приезжайте! Это место, где мой муж работал до конца своих дней, где по-прежнему ощущается его присутствие. Здесь нам наверняка будет легче понять друг друга».

Небольшой, окаймленный асфальтовым шоссе приморский городок тянулся вдоль берега. Такси свернуло в сторону перед самым указателем окончания населенного пункта — вниз, к морю, и теперь мимо проносились радовавшие глаз деревянные домики с террасами и балконами. Дом, который искал Блау, оказался большим и самым элегантным на этой проселочной улице. Его окружала невысокая изгородь, густо увитая каким-то местным растением. Ворота были открыты, но Блау попросил таксиста не заезжать внутрь, вышел и зашагал по дорожке, волоча за собой чемодан на колесиках. За воротами, в аккуратном дворике, царило пышное дерево, явно хвойное, но имевшее форму лиственного, похожее на дуб, чьи листья по какой-то причине измельчали и заострились. Блау никогда такого не видел. Белесая кора напоминала слоновью кожу.

Он постучал, но никто не отозвался. Доктор нерешительно постоял на деревянном крыльце, потом нажал на ручку двери. Та открылась, и Блау оказался в просторной светлой гостиной. Окно на противоположной стене было по самые края наполнено морем. Мимо доктора проскользнул большой рыжий кот — мяукнул и вышел на улицу, полностью проигнорировав гостя. Блау решил, что в доме никого нет, и, оставив чемодан в гостиной, вышел на крыльцо — ждать хозяйку. Он постоял там минут пятнадцать, любуясь мощным деревом, затем начал медленно обходить дом, который, согласно здешней моде, опоясывала деревянная терраса с легкой мебелью и горами подушек (как повсюду на свете). Позади дома обнаружился сад с ухоженным газоном, обсаженным по периметру буйно цветущим кустарником. Блау узнал в нем душистую жимолость; доверившись выложенной галечником дорожке, он обнаружил проход, который явно вел к морю. Профессор мгновение поколебался и направился туда.

Песок на пляже казался почти белым — мелкий, чистый, с редкими вкраплениями белых ракушек. Доктор подумал, что, наверное, надо разуться — не слишком вежливо ходить по частному пляжу в ботинках.

Вдалеке Блау увидел фигуру, выходившую из воды, — он смотрел против солнца, уже клонившегося к закату, но еще яркого. На женщине был темный закрытый купальник. Оказавшись на берегу, она наклонилась, взяла полотенце и закуталась в него. Одним концом вытерла волосы. Потом взяла в руки сандалии и зашагала по направлению к смущенному доктору. Теперь он не знал, как поступить. Вернуться домой или, наоборот, пойти ей навстречу? Блау предпочел бы встретиться в тиши кабинета, более официально. Но она уже стояла рядом. Протянула доктору руку и с вопросительной интонацией произнесла его фамилию. Среднего роста, лет шестидесяти, загорелое лицо безжалостно исчерчено морщинами — хозяйка явно не берегла его от солнца, иначе, безусловно, выглядела бы моложе. Короткие светлые волосы намокли, липли к лицу и шее. Полотенце, в которое она закуталась, прикрывало ее до колен, дальше были видны покрытые ровным загаром ноги и изуродованные шпорами ступни.

— Идемте в дом, — сказала она.

Хозяйка оставила Блау в гостиной, предложив ему сесть, а сама на несколько минут исчезла. Доктор нервничал, краснел, чувствовал себя так, словно застиг ее за туалетом, за подстриганием ногтей. Это знакомство с ее почти обнаженным старым телом, с ее ступнями, мокрыми волосами совершенно выбило Блау из колеи. А хозяйка, похоже, ничуть не смутилась. Она вернулась через пару минут — в светлых брюках и футболке, ероша ладонью еще влажные волосы; плотная женщина с дряблыми мышцами рук, кожей, испещренной родинками и пятнышками. Блау не так ее себе представлял. Он думал, что жена такого человека, как Моул, должна выглядеть иначе. Как? Высокая, более скромная, более элегантная. В шелковой блузке с жабо и камеей у шеи. А не купальщица в полотенце.

Она села напротив, поджала под себя ноги и пододвинула поближе к доктору пиалу с шоколадными конфетами. Сама тоже взяла одну; жуя, она втягивала щеки. Блау оглядел ее: под глазами мешки, гипофункция щитовидки или просто возрастная дряблость musculus orbicularis oculi[1].

— Итак, вы приехали, — сказала вдова. — Напомните, пожалуйста, чем именно вы занимаетесь.

Блау поспешно проглотил конфету — ничего, потом возьмет еще. Снова представился и коротко рассказал

[1] Круговая мышца глаза (*лат.*).

о своей работе и публикациях. Упомянул недавно вышедшую «Историю консервации тел», которую посылал ей вместе с резюме. Сделал комплимент покойному мужу. Сказал, что профессор Моул произвел революцию в области анатомии. Хозяйка дома внимательно смотрела на него своими голубыми глазами, с едва заметной довольной улыбкой, которую можно было принять и за дружескую, и за ироничную. Вопреки имени, в ней не было ничего экзотического. Доктор подумал: а вдруг это не она, вдруг он говорит с кухаркой или горничной? Закончив, Блау невольно потер руки, хотя ему не хотелось столь явно показывать, что он нервничает; доктор не успел переодеться и чувствовал себя несвежим, и тут хозяйка, словно прочитав его мысли, внезапно поднялась на ноги.

— Идемте, я покажу вам вашу комнату.

Она повела его по лестнице на темный второй этаж, указала дверь. Вошла первой, отдернула красные занавески. Окна выходили на море, солнце заливало комнату оранжевым светом.

— Пожалуйста, устраивайтесь, а я приготовлю что-нибудь поесть. Вы, должно быть, устали, верно? Как долетели?

Профессор что-то пробормотал в ответ.

— Жду вас внизу, — бросила хозяйка и вышла.

Блау не мог понять, что произошло: эта невысокая женщина в светлых брюках и старой футболке каким-то незаметным жестом, а может, всего лишь движением брови перестроила все окружающее пространство, все ожидания и представления доктора. Она словно бы отменила его долгое утомительное путешествие и заготовленные заранее речи, возможные сценарии. У нее имелись свои. Условия здесь диктовала она. Доктор сдался, не успев и глазом моргнуть. Он поспешно и как-то отрешенно принял душ, переоделся и спустился вниз.

На ужин она подала салат с ржаными гренками и запеченные овощи. Вегетарианка. Хорошо, что на вокзале он съел рыбу. Госпожа Моул сидела напротив — локти на столе, пальцы крошат кусочек гренка — и рассуждала о здоровом питании, о вреде пшеничной муки и сахара, о фермах по соседству, где она покупает экологически чистые продукты: овощи, молоко и кленовый сироп, который использует вместо сахара. А вот вино здесь хорошее. Доктор, уставший и непривычный к алкоголю, после двух бокалов почувствовал, что его повело. Он выстраивал в уме фразы, но никак не успевал вставить их в разговор. Когда бутылка опустела, госпожа Моул рассказала ему о гибели мужа. Столкнулись моторные лодки.

— Ему было всего шестьдесят семь. С телом ничего не удалось сделать. Оно было в чудовищном состоянии. Совершенно изуродовано.

Блау думал, что вдова сейчас расплачется, но она взяла еще один гренок и покрошила его в остатки салата.

— Он не был готов к смерти, а впрочем, кто из нас готов? — она на мгновение задумалась. — Но я знаю, что муж мечтал о достойном ученике, о человеке не просто компетентном, но полностью преданном своей работе, как он сам. Муж был великим одиночкой, вы знаете. Он не оставил завещания, не отдал никаких распоряжений. Следует ли передать препараты в музей? Ко мне уже обращались. Может быть, вы порекомендуете какой-нибудь достойный доверия музей? В последнее время пластинаты окружает такая темная аура... хотя ведь сегодня анатомам вовсе нет нужды охотиться за висельниками, — вдова вздохнула, свернула лист салата в изящный рулончик и сунула в рот. — Но я знаю: муж мечтал, чтобы кто-нибудь продолжил его дело. Некоторые проекты он только начал, я пытаюсь работать дальше сама, но мне недостает его энергии и энтузиазма... Знаете, я ведь по образованию ботаник. Вот, например, есть такая проблема... — начала госпожа Моул и вдруг умолкла. — Ну неважно, об этом мы еще успеем поговорить.

Сдерживая любопытство, Блау несколько раз кивнул.

— Вы в основном занимаетесь историей проблемы, верно?

Блау дал ей договорить, выдержал небольшую паузу, после чего быстро сходил наверх и, взволнованный, принес свой ноутбук.

Они отодвинули тарелки, и уже в следующее мгновение экран озарился холодным свечением. Доктор с тревогой пытался припомнить, что у него делается на «рабочем столе», не осталось ли каких-нибудь компрометирующих ссылок... впрочем, он ведь недавно наводил там порядок... Блау надеялся, что вдова прочитала те материалы, которые он ей прислал, просмотрела его книги. Теперь они вдвоем склонились к монитору.

Когда они смотрели его работу, доктору показалось, что госпожа Моул взглянула на него с восхищением. Мысленно он записал себе: дважды. Запомнил, что́ именно произвело на нее такое впечатление. Вдова явно разбиралась в этом деле, вопросы задавала вполне профессиональные. Доктор не ожидал от нее таких познаний. От ее кожи слегка пахло бальзамом для тела — таким, какие любят пожилые женщины, с приятным запахом, невинным, словно тальк. Указательный палец правой руки, которым она касалась экрана, украшало странное кольцо с камнем в виде человеческого глаза. На тыльной стороне ладоней уже появились темные печеночные пятна. Руки вдовы, как и ее лицо, изуродованы солнцем. Блау задумался: интересно, как можно было бы сохранить этот эффект тонкой, сморщенной от солнца кожи?

Потом они уселись в кресла, хозяйка принесла из кухни полбутылки порто и наполнила две рюмки.

Доктор спросил:

— Вы покажете мне лабораторию?

Вдова ответила не сразу. Возможно, потому, что рот у нее был занят порто — как прежде конфетой.

Наконец она сказала:

— Это довольно далеко отсюда.

Она поднялась и начала убирать со стола:

— У вас глаза слипаются от усталости.

Блау помог ей поставить тарелки в посудомоечную машину и с облегчением отправился наверх, едва пробормотав «спокойной ночи». Сел на край застеленной кровати и упал на бок, не находя в себе сил раздеться. Сквозь сон он слышал, как хозяйка зовет с террасы кота.

Назавтра Блау принял душ, аккуратно убрал в пакет грязное белье, распаковал и сложил в шкаф вещи, развесил на плечиках сорочки. Побрился, намазал лицо увлажняющим кремом, побрызгал подмышки любимым дезодорантом, седеющие волосы смочил специальным гелем. Подумал, не надеть ли сандалии, но решил остаться в ботинках. Наконец тихонько (сам не зная почему) спустился вниз. Хозяйка, видимо, уже была на ногах, потому что в кухне на буфете стояли тостер и тарелка с хлебом. Еще банка джема, мисочка с медом и масло. Завтрак. Кофе в кофеварке. Блау съел тосты, стоя на террасе и глядя на море; он подумал, что вдова, наверное, опять пошла купаться и придет с этой стороны. Он хотел увидеть ее первым — прежде, чем она заметит его. Доктор Блау не любил, когда за ним наблюдают — предпочитал наблюдать сам.

Он гадал, согласится ли вдова показать ему лабораторию. Он очень этого хотел. Даже если госпожа Моул ничего не расскажет, о многом можно будет догадаться самому.

Методика Моула до сих пор не раскрыта. У доктора, правда, имелись некоторые предположения — быть может, он даже близок к разгадке. Он видел препараты Моула в Майнце, а затем во Флорентийском университете на международной конференции по препарированию тканей. Блау догадывался, каким образом Моул консервировал тела, но химический состав бальзамирующей жидкости и его воздействие на ткани все еще оставались тайной. Требуется ли какая-либо подготовка, предварительная обработка? Когда и как применяются химические препараты, чем заменяется кровь? Как пластинировать внутренние органы?

В любом случае препараты Моула (и его жены — Блау все более убеждался в том, что госпожа Моул приложила руку к их созданию) были безупречны. Ткани сохраняли естественный цвет и определенную пластичность. Они были мягкими на ощупь, но при этом достаточно упругими, чтобы придавать телу нужную форму. К тому же легко отделялись друг от друга, а следовательно, служили бесценными наглядными пособиями: тело можно было раскладывать на части и собирать заново. Бесконечные возможности путешествия по сохраненному от тлена организму. С точки зрения истории бальзамирования открытие Моула было поистине революционным, не имело себе равных. Пластинаты фон Хагенса — первый шаг в этом направлении, который, однако, сегодня производит все меньшее впечатление.

Она появилась — снова закутанная в полотенце (на сей раз розовое), но не со стороны моря, а из ванной. Встряхнула мокрыми волосами и подошла к плите, где в металлической кружке грелось молоко для кофе. Медленно подвигала поршнем с ситечком вверх-вниз, пока молочная пенка с шипением не полилась на раскаленную керамическую поверхность.

— Как спалось, доктор? Кофе?

— О да, с удовольствием. — Блау благодарно принял из ее рук кружку с кофе и позволил плеснуть туда пенистого молока. Он сделал вид, что с любопытством слушает рассказ о рыжем коте, который появился в день смерти своего предшественника, тоже рыжего: просто пришел в этот дом неведомо откуда, вспрыгнул на диван, словно всегда здесь жил, и — остался. Так что хозяева, в сущности, и не заметили подмены.

— Жизнь берет свое. Живые занимают опустевшие ниши, те и остыть не успеют, — вздохнула госпожа Моул.

Бедный Блау, ему не терпелось перейти к сути дела. Он вообще был не большой мастер поддерживать беседу, а реплики, произносимые лишь ради того, чтобы не стих убаюкивающий светский гул, нисколько его не занимали. Профессору хотелось молча допить кофе и отправиться в библиотеку — посмотреть, где работал Моул, что читал. Стоит ли у него на полке «История консервации тел», принадлежащая его, Блау, перу? Какие пути привели ученого к столь удивительным открытиям?

— Интересно, что муж, как и вы, начинал с анализа работ Рюйша.

Разумеется, Блау об этом знал, но не стал прерывать вдову.

— В первой своей публикации он доказывал, что Рюйш пытался бальзамировать тела целиком, извлекая из них естественные жидкости (насколько это было возможно в его время) и заменяя их смесью жидкого воска, талька и животного жира. Подготовленные таким образом тела (точно так же как ранее — их части) погружались в «воды Стикса». Кажется, идею не удалось воплотить из-за отсутствия стеклянных сосудов нужного размера.

Вдова бросила на Блау поспешный взгляд.

— Я покажу вам эту работу, — сказала она и, не выпуская из рук чашку кофе, принялась энергично дергать раздвижную дверь. Блау попросил госпожу Моул подержать его кофе и пришел ей на помощь.

За дверью находилась библиотека — красивая просторная комната, от пола до потолка обшитая книжными полками. Хозяйка дома уверенно подошла к одному из стеллажей и достала небольшую брошюру в ламинированной обложке. Блау пролистал ее, стараясь показать, что прекрасно знаком с содержанием работы. Впрочем, он никогда не интересовался проблемой влажных анатомических препаратов[1], полагая этот путь тупиковым. Англичанин, Вильям Бёркли, адмирал флота, которого таким методом забальзамировал Рюйш, интересовал Блау исключительно с точки зрения проблемы rigor mortis[2]. Это и в самом деле непостижимо — современники восторженно описывали, как прекрасно выглядел адмирал. Рюйш сумел придать телу расслабленную позу, хотя после смерти Бёркли прошло уже несколько дней. Говорили, что он нанял специальных людей, которым удалось преодолеть трупное окоченение при помощи долгого и упорного массажа.

Но сейчас Блау интересовало совершенно другое. Доктор отдал вдове брошюру и принялся жадно рассматривать комнату.

У окна стоял большой стол, напротив, у стены — застекленные витрины. Препараты! Не в силах более себя сдерживать, Блау сам не заметил, как оказался там. Кажется, вдова рассердилась, что он нарушил план экскурсии. Сорвался с поводка.

— А вот этого вы наверняка не знаете, — заметила она, слегка нахмурившись и указывая пальцем на рыжего кота. Животное спокойно взирало на них, всей своей позой показывая, что приемлет существование в подобной форме. Второй, живой, кот вбежал вслед за ними

---

[1] Анатомический препарат, сохраняемый в прозрачном сосуде, заполненном консервирующей жидкостью (спиртом, глицерином и др.).

[2] Трупное окоченение (*лат.*).

и теперь глядел на своего предшественника, словно его зеркальное отражение.

— Прикоснитесь к нему, можете даже на руки взять, — уговаривала доктора вдова, по-прежнему закутанная в розовое полотенце.

Блау дрожащими пальцами раздвинул стеклянные дверцы витрины и прикоснулся к коту. Он был холодным, но не твердым. Кончиком пальца доктор слегка надавил на шерстку. Потом осторожно подхватил животное одной рукой под грудку, другой под брюхо — как обычно поднимают кошек — и испытал странное чувство. По весу он не отличался от живого кота, и ощущения ладони были точно такие же. Фантастика. Видимо, на лице у Блау, когда он оглянулся на вдову, отразилось такое изумление, что та рассмеялась и снова тряхнула влажными волосами.

— Вот видишь, — сказала она, переходя на «ты», словно загадочный препарат сблизил их и даже породнил. — Теперь положи его сюда и переверни на спину.

Блау сделал так, как она велела, а госпожа Моул встала рядом и опустила руку коту на живот.

Под тяжестью собственного веса тело животного обмякло и теперь, расплющенное, лежало на спине, в позе, совершенно нехарактерной для живого кота. Блау снова прикоснулся к мягкой шерстке, и она показалась ему теплой, хоть он и знал, что это невозможно. Доктор заметил, что глаза у кота не стеклянные, как у обычных чучел: каким-то волшебным образом Моул сумел сохранить настоящие — они лишь слегка помутнели. Блау дотронулся до века: оно было мягким и податливым.

— Какой-то гель, — сказал доктор скорее себе, чем вдове, но тут она пальцем указала ему разрез на кошачьем брюхе: слегка потянув за край, можно было открыть все нутро.

Осторожно, кончиками пальцев, словно касаясь невероятно хрупкого оригами, Блау раскрыл брюшную полость и заглянул внутрь — оказалось, что можно пойти еще дальше, словно кот был книгой, изготовленной из ценного, экзотического материала, для которого и названия-то пока нет. Взору доктора явилась картина, которая еще в детстве наполняла его счастьем и чувством удовлетворения: безупречный порядок внутренних органов, разложенных согласно божественной гармонии; причем цвета столь естественного, что создавалась полная иллюзия, будто вскрываешь живое тело, проникаешь в его тайну.

— Теперь откройте грудную клетку! Ну же, смелее, — шепотом уговаривала вдова, все ближе склоняясь к плечу доктора. Он даже почувствовал, как пахнет у нее изо рта — кофе и чем-то приторно-затхлым.

Блау послушался; раздвинуть маленькие ребрышки оказалось легко, и доктор уже готовился увидеть бьющееся сердце — столь совершенна была иллюзия. Но тут послышался щелчок, зажглась красная лампочка, и раздались чуть потрескивающие звуки, в которых доктор узнал хит группы «Queen». «I want to live forever»[1], — доносилось из кота. Блау в ужасе отпрянул, держа его на вытянутых руках и испытывая смешанные чувства отвращения и страха, словно случайно причинил вред этому растянувшемуся перед ним зверю. Довольная шуткой, вдова захлопала в ладоши и радостно засмеялась, но, видимо, Блау выглядел столь раздраженным, что она взяла себя в руки и коснулась его спины:

— Ну-ну, не бойся, это он такую шутку придумал. Нам не хотелось, чтобы это выглядело слишком печально, — теперь госпожа Моул говорила совершенно серьезно, хотя ее голубые глаза продолжали смеяться. — Ну всё, всё, извини...

Доктор с трудом заставил себя улыбнуться в ответ и завороженно смотрел, как ткани препарата медленно, почти незаметно возвращаются в прежнее положение.

---

[1] Я хочу жить вечно (*англ.*).

Да, госпожа Моул показала ему лабораторию. Они сели в машину и по гравийной дороге, которая вела вдоль пляжа, добрались до каменных корпусов. Раньше, когда порт еще функционировал, здесь был рыбозавод, от которого осталось несколько просторных помещений со стенами, выложенными чистым кафелем, и дверьми, снабженными электронными замками, как в гараже. Без окон. Вдова зажгла свет, и Блау увидел два больших, обитых жестью стола и несколько застекленных витрин с множеством банок и инструментов. Полки, заставленные колбами из иенского стекла. «Папаин», — прочитал он на одной из этикеток и удивился. Как Моул использовал этот фермент, что́ разлагал с его помощью? «Каталаза». Гигантские шприцы для инфузий и маленькие, вроде тех, которыми делают обычные уколы. Блау не осмелился расспрашивать вдову и просто старался все запоминать. Время для вопросов еще придет. Металлическая ванна, сливное отверстие в полу — похоже одновременно на кабинет хирурга и на бойню. Вдова закрутила подтекающий кран.

— Нравится? — спросила она.

Блау погладил жестяную столешницу и подошел к письменному столу, где по-прежнему лежали распечатки с каким-то графиком.

— Я ничего не трогала, — сказала она многообещающе, словно показывала выставленный на продажу дом будущему покупателю. — Только выбросила незаконченные препараты — они уже начинали портиться.

Блау почувствовал на плече ее руку, испуганно оглянулся и тут же опустил глаза. Вдова подошла поближе и встала так, что ее грудь коснулась его рубашки. Доктор ощутил выброс адреналина и едва сумел удержать собственное тело, невольно подавшееся назад. Тут задетый Блау стол качнулся и маленькие стеклянные ампулы чуть не скатились на пол, что оказалось очень кстати: доктор поймал их в последний момент, заодно избавившись от этой неловкой близости. Он был уверен, что все вышло непреднамеренно: вдова прикоснулась к нему случайно. Одновременно Блау почувствовал себя мальчишкой — разница в возрасте вдруг показалась огромной.

Вдова явно потеряла интерес к экскурсии и пояснениям; она достала мобильник и кому-то позвонила. Обсудила вопрос с арендной платой, договорилась о встрече в субботу. Все это время Блау жадно глазел по сторонам, рассматривая каждую деталь и обещая себе все-все запомнить. Мысленно записывал план лаборатории, отмечая место каждой бутылочки, каждого инструмента.

После ланча, во время которого вдова рассказывала о покойном муже, его распорядке дня и мелких чудачествах (Блау слушал внимательно, догадываясь, что удостоился величайшей милости), госпожа Моул уговорила доктора выкупаться в море. Тот воспринял это без особого восторга: куда охотнее он просто посидел бы в библиотеке, еще раз изучил кота и саму комнату. Но отказать хозяйке Блау не посмел — попытался, правда, отговориться отсутствием плавок.

— Да ладно, — ничуть не смутилась госпожа Моул, — это мой личный пляж, там никого не будет, кроме нас. Выкупаешься голым.

Однако сама осталась в купальнике. Завернувшись в полотенце, доктор Блау снял трусы и поспешил в воду, которая оказалась такой холодной, что у него на мгновение перехватило дыхание. Плавал доктор плохо — както не довелось научиться. Он вообще не был большим поклонником физической активности. Неуверенно попрыгал, опасливо нащупывая ногами дно. Вдова же поплыла красивым кролем, но сразу вернулась. Обрызгала доктора. Тот удивленно заморгал.

— Ну, чего ждешь, плыви! — воскликнула она.

Блау долго собирался с духом, не решаясь окунуться в холодную воду, наконец послушно, словно ребенок, не желающий разочаровать родителей, проплыл немного и повернул назад. Госпожа Моул с силой шлепнула рукой по воде и поплыла дальше одна.

Блау ждал вдову на берегу, дрожа от холода. При каждом движении с нее стекали струйки воды; доктор опустил глаза.

— Что ж ты не поплавал? — спросила вдова высоким веселым голосом.

— Холодно, — коротко ответил доктор.

Женщина рассмеялась, откинув голову назад и широко открывая рот.

У себя в комнате он немного вздремнул, потом тщательно записал то, что успел увидеть. Даже набросал план лаборатории, отчего почувствовал себя немного Джеймсом Бондом. С облегчением смыл под душем соленую воду, побрился и надел чистую рубашку. Когда он спустился, вдовы в гостиной не оказалось. Дверь в библиотеку была закрыта, ключ в замке повернут, так что доктор не осмелился туда зайти... Он поиграл во дворе с котом, пока тому не наскучило. Наконец услышал в кухне шум и вошел туда прямо из сада.

Госпожа Моул стояла возле буфета и перебирала зеленый салат.

— Салат с тостами и сыр. Ты не против?

Доктор поспешно согласился, хотя вовсе не был уверен, что сумеет этим наесться. Вдова налила ему бокал белого вина, он пригубил, также неуверенно.

Она подробно рассказала Блау о несчастном случае на море, о долгих, занявших несколько дней поисках тела, о том, как оно выглядело, когда его наконец обнаружили. Есть Блау расхотелось совершенно. Еще вдова сказала, что ей удалось сохранить фрагмент наименее пострадавших тканей. На ней было длинное серое платье —

свободное, с разрезами по бокам и глубоким декольте, открывавшим ее усыпанную веснушками кожу. Доктору снова показалось, что она сейчас заплачет.

Салат и сыр они съели практически молча. Потом вдова взяла его за руку. Блау замер.

Он приобнял ее, ловко скрыв свое недоумение. Госпожа Блау поцеловала его в шею.

— Не так, — вырвалось у доктора.

Она не поняла:

— А как? Что мне сделать?

Но Блау вырвался из ее объятий и встал с дивана — весь красный, он растерянно крутил головой.

— Чего бы тебе хотелось? Скажи.

Доктор с ужасом понял, что делать вид, будто ничего не происходит, бессмысленно — ничего не попишешь, чересчур все далеко зашло; отвернувшись, он прошептал:

— Я не могу. Для меня это слишком рано.

— Просто я старше, вот и все... — сказала госпожа Моул, поднимаясь.

Блау возразил, но не очень твердо. Ему хотелось, чтобы она помогла ему выкрутиться из неловкой ситуации, только пускай, ради бога, больше не прикасается.

— Разница в возрасте не такая уж большая, но... — доктор слышал, как вдова убирает со стола. — Я несвободен, — солгал Блау.

В определенном смысле это была правда — правда ведь всегда бывает только «в определенном смысле»: он несвободен. Он обручен, женат, породнен. Со Стеклянным человеком и восковой женщиной со вскрытым животом, с Солиманом, Фрагонаром[1], Везалием[2], фон Хагенсом и Моулом — Господи, с кем еще? Зачем ему

[1] Оноре Фрагонар (1732–1799) — французский анатом.

[2] Андреас Везалий (1514–1564) — врач и анатом, лейб-медик Карла V, затем Филиппа II. Младший современник Парацельса, основоположник научной анатомии.

внедряться, ввинчиваться в это живое, теплое, немолодое тело? Чего ради? Доктор понял, что придется уехать, пожалуй, прямо сегодня. Он пригладил волосы и застегнул рубашку на все пуговицы.

Вдова глубоко вздохнула.

— Так что? — спросила она.

Блау не знал, что ответить.

Через четверть часа он уже стоял с чемоданом в гостиной, готовый к отъезду.

— Можно заказать такси?

Вдова сидела на диване и читала.

— Разумеется, — ответила она. Сняла очки, кивнула на телефонный аппарат и вновь углубилась в чтение.

Он не знал, по какому телефону вызвать такси, и решил пешком дойти до стоянки — должна же она где-нибудь здесь быть.

В результате доктор приехал на конгресс раньше, чем планировал. С трудом выпросив номер в переполненном отеле, он весь вечер просидел в баре. Выпил бутылку вина, потом поднялся к себе, лег на кровать и расплакался как маленький.

В последующие дни доктор выслушал множество чужих докладов и прочитал свой. По-английски он назывался «Preservation of pathology specimens by silicone plastination. An innovative adjunct to anatomopathology education»[1]. Это была часть кандидатской диссертации Блау.

Его выступление приняли хорошо. В последний вечер, на банкете, он познакомился с симпатичным тератологом — красавцем-венгром, который признался, что собирается воспользоваться приглашением госпожи Моул. — Навещу вдову в ее приморском доме, — венгр под-

---

[1] «Сохранение патологических проб с помощью силиконовой пластинации. Новаторское дополнение к курсу патологоанатомии» (*англ.*).

черкнул слово «приморский». — Я решил объединить две поездки, это ведь, в сущности, довольно близко, — продолжал он. — Все наследие мужа теперь в ее руках. Мне бы в лабораторию попасть... Знаешь, у меня есть своя теория относительно химического состава жидкостей Моула. Кажется, вдова ведет переговоры с каким-то музеем в Штатах — рано или поздно наверняка все отдаст, вместе с документацией. Вот если бы добраться до бумаг прямо сейчас... — размечтался венгр. — Тогда, считай, диссертация готова, а то и профессура.

«Дурак», — подумал Блау. Он бы ни за что не признался венгру, что навестил госпожу Моул первым. Потом попытался на секунду увидеть его глазами вдовы. Темные, смазанные каким-то гелем волосы, пятна пота на синей ткани рубашки. Несмотря на наметившийся живот, все еще стройная фигура, узкие бедра, чистая светлая кожа с тенью густой щетины. Глаза уже слегка туманились от выпивки и сияли от приближения триумфа.

Самолет развратников

Красные лица северян, застигнутые врасплох солнцем. Поблекшие от соленой воды и многочасового лежания на пляже волосы. Сумки, набитые грязной потной одеждой. Ручная кладь — подарки, наспех купленные в аэропорту, бутылка из магазина «Duty free». Одни мужчины: вот в молчаливой солидарности они усаживаются друг подле друга. Поудобнее устраиваются в креслах, пристегивают ремни — собираются спать. Отсыпаться. Кожа еще выделяет запах алкоголя — организм не успел переработать двухнедельную дозу, и спустя несколько часов полета это будет явственно ощущаться во всем салоне. Плюс запах пота и остатки сексуального возбуждения. Хороший криминолог обнаружил бы больше: длинный черный волос, зацепившийся за пуговицу рубашки, микроколичества органического вещества, принадлежащего человеку (ДНК чужая), под ногтями указательного и среднего пальцев, микроскопические чешуйки эпидермиса на хлопчатобумажных волокнах белья, микроколичества спермы в пупке.

Еще до взлета они обмениваются несколькими репликами с соседями справа и слева. Осторожно выражают удовлетворение поездкой — как-то неудобно вдаваться в подробности, в конце концов, все ездили за одним и тем же. Лишь некоторые, наименее тактичные, расспрашивают о ценах и ассортименте услуг, а затем — успокоенные — погружаются в дрему. Не прогадали.

Характерная черта паломника

Один старый знакомый рассказал мне, что не любит путешествовать в одиночку. Когда он видит нечто необыкновенное, новое, красивое, ему так хочется с кем-нибудь поделиться, что, если никого не оказывается рядом, он чувствует себя несчастным.

Мне кажется, паломник из него не получится.

Второе письмо Йозефины Солиман Францу I, императору Австрии

Не получив ответа на свое письмо, я позволила себе вновь обратиться к Вашему Величеству, на сей раз более смело, и да не будет это воспринято как излишняя фамильярность, — Брат мой! Ибо разве Бог, кем бы Он ни был, не создал нас братьями и сестрами? Разве не распределил справедливо между нами обязанности, дабы мы служили верой и правдой, ухаживая за Его созданиями? Он препоручил нашей опеке суши и моря, одним дал в руки ремесло, другим — власть. Одних одарил благородным происхождением, здоровьем и красотой, другие получили происхождение попроще и удачи поменьше. Своим ограниченным умом человек не в силах распознать, почему это так. Нам остается лишь уповать, что такова Его мудрость и все мы занимаем в воздвигнутом Им здании свое место, являясь элементами, предназначение которых кажется нам непостижимым, но без которых (в это следует верить) сей грандиозный мировой механизм не смог бы правильно функционировать.

Несколько недель назад у меня родился мальчик, которого мы с мужем нарекли Эдуардом. Однако бесконечную радость моего материнства омрачает тот факт, что дедушка моего сыночка до сих пор не упокоился достойно. Что его тело — так и не захороненное — выставлено Вашим Величеством на потребу любопытным взорам в княжеской вундеркамере. Нам повезло родиться в век разума, в исключительную эпоху, которая четко сформулировала: именно человеческий интеллект является наиболее совершенным творением Бога, и его мощь способна очистить мир от предрассудков и несправедливостей, сделав счастливым каждого его обитателя. Мой отец был предан этой идее душой и сердцем. Он был глубоко убежден, что человеческий ум есть величайшая сила из всех, какими наделен человек. Я, воспитанная его заботливой рукой, также верю в это: разум — самое лучшее, чем мог одарить нас Господь.

В бумагах отца, которые я разбирала после его смерти, сохранилось письмо Его Величества императора Иосифа, предшественника и дяди Вашего Величества, начертанное его собственной рукой и содержащее бесценные слова. Позволю себе привести их здесь: «Все люди равны от рождения. От родителей мы наследуем только жизнь животную, а она — как нам известно — не знает различий между королем, князем, мещанином или крестьянином. Нет такого закона — божественного или природного, — который мог бы оспорить это равенство».

Как же мне верить в эти слова?

Я уже не прошу, но умоляю Ваше Величество отдать семье тело отца, которое — оскверненное, препарированное и обращенное в чучело — выставлено на потребу людского любопытства рядом с дикими зверями. Я обращаюсь к Вам также от имени других человеческих чучел, помещенных в Камеру чудес природы Его Императорского Величества (насколько мне известно, не имея ни близких, ни родственников, они еще более беззащитны), а именно маленькой безымянной девочки и неких Йозефа Гаммера и Пьетро Микеле Анджело. Я даже не знаю, кто эти люди, и не могу хотя бы вкратце поведать историю их несчастной жизни, однако мне кажется, что я, дочь Анджело Солимана, а с недавних пор и мать человеческого существа, обязана исполнить по отношению к ним свой христианский долг.

Йозефина фон Фейхтерслебен.

Шарира[1]

Красивая лысая монахиня в одеянии цвета слоновой кости склоняется над маленькой урной, в которой на атласной подушке лежит то, что остается от сожженного тела просветленного. Я останавливаюсь рядом, и мы вместе смотрим на эту малость. Нам помогает прикрепленная к урне лупа. Человеческая сущность заключена в маленьком кристалле, камешке, крупной песчинке. Вероятно, спустя многие годы тело этой монахини также превратится в песчинку; а мое — нет, мое сгинет, ведь я не практикующая буддистка.

Однако стоит ли жалеть об этом, учитывая количество пустынь и пляжей на свете? Вдруг они состоят из посмертных сущностей тел просветленных?

[1] Тело (*санскрит*).

Дерево бодхи[1]

Как-то я познакомилась с одним китайцем. Он рассказал, как впервые поехал в Индию — это была деловая поездка, включавшая в себя множество важных встреч и совещаний. Его фирма выпускает сложные электронные устройства, позволяющие хранить кровь в течение длительного времени, а также транспортировать органы для пересадки; теперь они вели переговоры относительно открытия в Индии филиалов и рынка сбыта.

В последний вечер он признался своему индийскому контрагенту, что с детства мечтал увидеть дерево бодхи, под которым на Будду снизошло просветление. Мой знакомый воспитывался в буддистской семье, хотя о религии в Народном Китае тогда и заикаться было нечего. А когда стало можно открыто говорить о своем вероисповедании, родители вдруг перешли в христианство, дальневосточный вариант протестантизма. Им казалось, что христианский бог заботливее опекает свою паству, что он, так сказать, добивается лучших результатов, скорее поможет разбогатеть и встать на ноги. Сын, однако, не разделял их взглядов и сохранил веру предков.

Индийский контрагент все это прекрасно понимал. Он кивал и без конца наполнял рюмку моего знакомого, пока, довольные друг другом, они не напились, желая расслабиться после напряженных переговоров и подписания бумаг. Из последних сил, нетвердым шагом, покачиваясь, они спустились в сауну отеля, чтобы немного прийти в себя, — ведь завтра им предстояла работа.

---

[1] Дерево, под которым на Шакьямуни снизошло просветление (бодхи) и он стал Буддой, один из важнейших символов в буддизме, атрибут всех будд во всех мирах. Считается, что только под ним возможно достижение состояния просветления. Предполагается, что это реальное дерево, относящееся к виду Ficus religiosa. Буддистские монастыри стараются культивировать отростки дерева этого вида, служащие объектами поклонения.

На следующее утро в номер к моему знакомому принесли письмо с одним-единственным словом — «сюрприз» и визиткой контрагента. Возле отеля ждало такси, оно доставило китайца на вертолетную площадку. Не прошло и часа, как он оказался в священном месте, где под большим фиговым деревом Будда пережил свое просветление.

Элегантный костюм и белая рубашка китайца затерялись в толпе паломников. Тело еще хранило кислую память алкоголя, жар сауны и шелест молча подписываемых документов на новомодной стеклянной столешнице. Скрип пера, запечатлевшего на бумаге его имя и фамилию. Но здесь он ощутил какую-то детскую растерянность и беспомощность. Похожие на попугаев пестро одетые женщины, ему по плечо, подталкивали моего знакомого вперед — туда, куда тек этот людской поток. И он вдруг потрясенно подумал о тех обетах, которые давал несколько раз в день, когда выдавалась свободная минутка. Об обещании всеми своими молитвами и действиями стремиться вести всякое чувствующее существо к просветлению. Эта идея вдруг показалась ему совершенно безнадежной.

Увидев дерево, он — по правде говоря — испытал разочарование. В голове не было ни единой мысли, на память не приходила ни одна молитва. Китаец воздал причитающиеся этому месту почести, много раз поклонился, оставил большие пожертвования и менее чем через два часа уже сидел в вертолете. Во второй половине дня он вернулся в отель.

Стоя под душем, под струями воды, смывавшей с него пот, пыль и странный сладковатый запах людской толпы, тел, лотков, вездесущего ладана и карри, которое продавали на бумажных тарелочках и ели руками, китаец подумал: ведь он ежедневно наблюдает то, что так поразило принца Гаутаму: болезнь, старость и смерть[1]. И — ничего. В нем не совершается никакой перемены — честно говоря, он просто привык к этому. А потом, вытираясь белым пушистым полотенцем, китаец подумал, что отнюдь не уверен в том, что желает испытать просветление. Действительно ли он хочет внезапно, в долю секунды прозреть истину? Просветить мир словно рентгеном и увидеть там скелет Пустоты.

Разумеется — заверял он в тот вечер своего щедрого друга, — он чрезвычайно благодарен за этот подарок. Китаец осторожно достал чуть помявшийся в кармане пиджака листок деревца, и двое мужчин склонились над ним с набожным вниманием.

Мой дом — мой отель

Я еще раз внимательно разглядываю каждый предмет. Смотрю снова и снова, словно вижу впервые. Открываю для себя детали. Восхищаюсь хозяевами отеля, умелыми цветоводами: растения такие крупные и красивые, листья блестят, земля достаточно влажная, а эта тетрастигма просто чудесна. Какая большая спальня — белье, правда, могли бы дать и получше: белое, полотняное, хорошо накрахмаленное. А то — застиранный жатый ситец, не требующий глажки. Но зато библиотека на первом этаже — довольно интересная и, в общем, как раз в моем вкусе: есть все, что мне бы понадобилось, реши я здесь поселиться. Возможно, я даже задержусь тут, именно из-за книг.

И, по странному стечению обстоятельств, в шкафу обнаруживается одежда моего размера, большей частью —

---

[1] В возрасте двадцати девяти лет Гаутама Будда увидел четыре знамения, которым предстояло определить его судьбу: старость (дряхлого старика), затем болезнь (человека, изнуренного болезнью), смерть (мертвое тело) и истинную безмятежность (бродячего нищенствующего монаха).

любимых мною темных тонов. Все сидит на мне идеально, черная толстовка с капюшоном такая мягкая и удобная. И — вот уж и впрямь чудо — на тумбочке у кровати я нахожу свои витамины и беруши любимой фирмы; это даже чересчур.

Еще мне нравится, что хозяев не видно, по утрам горничные не стучатся в дверь, да и вообще никто здесь не мелькает. Никакой стойки портье. Даже кофе по утрам я варю себе сама, по своему вкусу. Эспрессо, со вспененным молоком.

Да, я подыскала вполне приличный отель по доступной цене, правда, несколько на отшибе, вдали от шоссе, которое зимой засыпает снег, но если есть машина, это не так уж важно. Нужно свернуть с автострады в городе С. и проехать десятка полтора километров по грунтовке, потом за Г. свернуть на каштановую аллею, которая приведет к гравийной дороге. Зимой приходится оставлять машину у последнего гидранта и дальше идти пешком.

Психология путешествия Lectio brevis II

— Дорогие дамы и господа, — начала женщина, на сей раз совсем молоденькая, в камуфляжных штанах, с забавной прической; небось, вчерашняя студентка. — Как уже говорилось в предыдущих лекциях (которые вы, возможно, имели возможность прослушать в одном из аэропортов или на одном из вокзалов, принимающих участие в нашем просветительском проекте), время и пространство мы переживаем в значительной степени неосознанно. Эти категории нельзя назвать внешними или объективными. Наше ощущение пространства обусловлено способностью к передвижению, ощущение же времени порождено тем, что, будучи существами биологическими, мы переживаем различные, сменяющие друг друга состояния. Время как раз и является не чем иным, как чередой этих изменений.

Место как аспект пространства есть пауза во времени, краткий миг концентрации нашего восприятия на конфигурации объектов. В отличие от времени, это понятие статическое.

Согласно данной концепции, человеческое время делится на этапы, подобно тому, как передвижение в пространстве разделено паузами географических точек. Это наши якоря в потоке времени. Спящий человек, теряя ощущение места, в котором находится, утрачивает также и ощущение времени. Чем больше пауз в пространстве, то есть чем больше географических точек мы переживаем, тем субъективно больше времени тратим. Этапы времени, разделяемые паузами, называют эпизодами. Они не образуют последовательной цепочки и в определенном смысле разрывают временной поток, не становясь его частью. Это события самодостаточные: каждое из них начинается с нуля, каждое начало и каждый конец абсолютны. Можно сказать: продолжения не будет.

Продолжения-то, может, и не будет, зато наблюдается некоторое волнение в первом ряду: в шорохе сообщений об опаздывающих пассажирах кто-то распознал свою фамилию и теперь, толкая соседей, поспешно собирал ручную кладь и пакеты с надписью «Duty free». Я принялась судорожно проверять номер своего выхода на посадку и потеряла нить сюжета, поэтому мне было трудно разобраться в выводах лекторши, которая говорила теперь о практической стороне психологии путешествий. Хватит, мол, с нас этой причудливой теории.

— Практическая психология путешествий исследует метафорическое значение мест. Взгляните на эти светящиеся табло с названиями пунктов назначения. Вы когда-нибудь задумывались: что означает слово «Исландия»? Что такое «Соединенные Штаты»? С какими чувствами вы произносите эти названия? Особенно полезно задавать себе подобные вопросы во время сеанса топографического психоанализа, который при помощи глубокого проникновения в значения топонимов позволяет расшифровать так называемый итинерарий[1] — индивидуальный путь путешественника, глубинный смысл его странствия.

Вопреки видимости, топографический психоанализ, психоанализ путешествия не уподобляется служащему отдела иммиграции и не спрашивает, зачем мы приехали туда, куда приехали. Нет, наши вопросы связаны со смыслами и значениями. Согласно принципу: я — это то, в чем я участвую. Я — это то, на что я смотрю.

Таков был смысл паломничеств в древности. Стремление к священному месту и посещение его просветляло нас, очищало от грехов. Происходит ли то же, когда мы отправляемся в места не святые, грешные? А в места пустынные и печальные? А радостные и окрыляющие?

— Не следует ли сделать вывод, — продолжала женщина, но тут у меня за спиной остановились четверо, среднего возраста; они вполголоса переговаривались, и это на мгновение отвлекло меня от рассуждений лекторши.

Я догадалась, что это две супружеские пары, делившиеся впечатлениями от поездки. Одни супруги уговаривали других:

— Обязательно поезжайте на Карибы, прежде всего на Кубу, пока там правит Фидель. После его смерти Куба станет такой же, как все остальные страны. А сейчас там еще можно увидеть островки подлинной нищеты... а уж машины, на которых они ездят!.. Не тяните — говорят, Фидель очень болен.

[1] Путеводитель, дорожник (*лат.*).

Соотечественники

Тем временем женщина в аэропорту закончила первую часть лекции, и пассажиры принялись робко задавать вопросы, однако совсем не те, которые должны бы. Так мне, во всяком случае, казалось. Но сама я не решилась спросить. И отошла к ближайшему бару — выпить кофе. Там уже стояла группа людей, разговаривавших, как выяснилось, на моем родном языке. Я взглянула подозрительно — они были похожи на меня. Да, эти женщины могли бы быть моими сестрами. Поэтому я села подальше от них и заказала кофе.

Меня ничуть не радовала встреча с соотечественниками на чужбине. Я делала вид, что не понимаю родного языка. Мне хотелось анонимности. Я рассматривала их со стороны и наслаждалась тем, что они не подозревают: их речь кому-то понятна. Понаблюдала краем глаза и ушла.

В этом задумчиво признался мне и усталый британец, который, меряя входящих взглядом, пил уже не первую кружку пива. Мы немного поболтали, но говорить, в общем-то, было не о чем.

— Меня ничуть не радует встреча с соотечественниками на чужбине.

Я допила кофе и вернулась к лекции, притворившись, будто мне пора идти. Хотя на самом деле мне не было пора. Я успела услышать конец дискуссии — женщина что-то горячо объясняла троице обступивших ее слушателей, наиболее терпеливых.

Психология путешествия. Окончание

— Дорогие слушатели, мы видим, как на наших глазах растет человеческое «я», как оно становится все более выраженным и все более болезненным. В прошлом едва очерченное, постоянно размываемое, подчиненное коллективному, в корсете ролей и условностей, под спудом традиций и правил — теперь оно разбухает, подчиняя себе мир.

Когда-то боги жили вовне, недоступные, пришельцы из иного мира, как и их посланники — ангелы и демоны. Но вспыхнув, человеческое эго увлекло богов вовнутрь, уготовило им место где-то между гиппокампом[1] и мозговым стволом, между эпифизом[2] и полем Брока[3]. Для богов это был единственный шанс уцелеть — в тихих темных уголках человеческого тела, извилинах мозга, пустом пространстве между синапсами[4]. Этим феноменом занялась нарождающаяся область знаний — психотеология путешествий.

Процесс роста, о котором идет речь, постоянно набирает силу — влияние на реальность оказывает как придуманное нами, так и не придуманное. Кто из нас может сказать, что обитает в реальности? Каждому знакомы люди, путешествующие по Марокко Бертолуччи, по Дублину Джойса, по Тибету из фильма о Далай-ламе.

Существует один важный синдром, названный именем Стендаля: человек приезжает в то место, которое знает по литературе или другим видам искусств, и переживает его с такой полнотой, что испытывает дурноту, теряет сознание. Люди порой хвастаются, что открыли

---

[1] Участок мозга, который находится под теменными долями; участвует в запоминании новой информации.

[2] Небольшое образование, расположенное у позвоночных под кожей головы или в глубине мозга, функционирующее либо в качестве воспринимающего свет органа, либо как железа внутренней секреции, активность которой зависит от освещенности.

[3] Моторный центр речи, включающий задний отдел нижней лобной извилины и прилежащую часть префронтальной области, основная функция которого — преобразование нейронных кодов слов в последовательность артикуляций, обеспечение правильного порядка слов и их допустимых сочетаний, т.е. синтаксис высказываний.

[4] Место контакта между двумя нейронами или между нейроном и получающей сигнал эффекторной клеткой.

места совершенно неизведанные, — и мы им завидуем: они хоть на несколько мгновений получают возможность пережить подлинную реальность. Прежде чем это место, вслед за всеми прочими, будет поглощено нашим разумом.

Поэтому мы все обязаны вновь и вновь упорно задавать один и тот же вопрос: куда мы направляемся, в какие края, какие места? Чужие страны обратились во внутренний комплекс, клубок смыслов, который хороший топографический психолог размотает в два счета, интерпретирует с ходу.

Наша задача — разъяснить вам идею практической психологии путешествий и убедить: наша помощь необходима. Пусть вас, дорогие слушатели, не пугают эти тихие уголки рядом с кофейными автоматами и магазинами «Duty free», эти временные кабинеты, где анализ проводится быстро и тактично, лишь изредка прерываемый информацией о рейсах по громкой связи. Это всего два стула за ширмой из географических карт.

«Стало быть — Перу?» — уточнит топографический психоаналитик. Он похож на кассира или служащего со стойки регистрации в аэропорту. Стало быть — Перу?

И предложит вам короткий ассоциативный тест, внимательно наблюдая, за какое слово можно вытянуть конец ниточки. Это моментальный анализ, без излишнего хождения вокруг да около и обращения к ни в чем не повинным матерям и отцам. Обычно хватает одного сеанса.

Перу — стало быть, куда?

Самая сильная мышца человека — язык

В некоторых странах люди говорят по-английски. Но не так, как мы, прячущие родной язык в ручную кладь, в косметичку и использующие английский только в путешествии, в чужих странах и при общении с посторонними людьми. Это трудно себе представить, но английский — в самом деле их язык! Зачастую единственный. Им не к чему вернуться или обратиться в минуты сомнений.

Какими же потерянными они, должно быть, чувствуют себя в мире, где любая инструкция, текст самой дурацкой песенки, меню в ресторане, деловая корреспонденция, кнопки в лифте — всё существует на их приватном языке. Кто угодно может в любую минуту понять их слова, а записки, вероятно, приходится специально шифровать. Где бы они ни оказались, все имеют к ним неограниченный доступ — все и вся.

Я слыхала, что уже высказывались предложения взять их под защиту, быть может, даже выделить им какой-нибудь малый язык, один из тех, вымерших, невостребованных — пусть у них будет что-то свое, личное.

Говорить! Говорить!

Мысленно и вслух, обращаясь к себе и к окружающим, рассказывать о каждой ситуации, называть каждое состояние; искать слова, примерять их — туфельку, волшебным образом превращающую Золушку в принцессу. Перебирать слова, точно жетоны в казино. А вдруг на сей раз получится? Вдруг повезет?

Говорить, дергать ближних за рукав, требовать, чтобы сели рядом и слушали. А потом самому становиться слушателем их «говорить, говорить». Разве не сказано: Я говорю, а следовательно, существую? Сказано, а следовательно, существует?

Использовать для этого все возможные средства, метафоры, параболы, запинки, незаконченные фразы, не обращать внимания, если предложение обрывается на середине, словно за глаголом внезапно открылась бездна.

Ни одну ситуацию не оставлять непроясненной, нерассказанной, ни одну дверь — закрытой; высаживать их пинком проклятия — даже те, что ведут в стыдливые и позорные коридоры, о которых нам хочется забыть. Не стесняться ни одного проступка, ни одного греха. Грех рассказанный — отпущен. Рассказанная жизнь прожита не зря. Разве не этому учат нас святые Зигмунд, Карл и Жак? Кто не научился говорить — тот навеки в ловушке.

Лягушка и птица

На мир можно смотреть двояко: с точки зрения лягушки и с высоты птичьего полета. Каждая промежуточная точка между этими двумя перспективами лишь умножает хаос.

Вот аэропорты — красивая фотография в рекламной брошюре одной авиакомпании. Смысл становится понятен, только если взглянуть с высоты птичьего полета: подобно тому, как монументальные рисунки на плоскогорье Наска[1] были созданы с мыслью о существах, способных вознестись в воздух, суперсовременный сиднейский аэропорт, например, имеет форму самолета. Идея, как мне кажется, несколько банальная: самолет садится на самолет. Путь обращается в цель, орудие — в результат. А вот токийский аэродром, имеющий форму огромного иероглифа, заставляет задуматься. Что это? Японского языка мы не знаем, а следовательно, не узнаем и что означает наше прибытие, каким словом нас тут встречают. Что за штамп поставят в наши паспорта? Огромный вопросительный знак?

Китайские аэропорты также напоминают буквы местного алфавита, их бы надо выучить, расставить по

[1] Пустынное плато на южном побережье Перу, известное своими геоглифами — загадочными рисунками огромных размеров, которые можно увидеть только с самолета или с большой возвышенности.

порядку, выложить анаграмму — быть может, тогда неожиданно выявится некая мудрость наших странствий? А может, следует рассматривать их как шестьдесят четыре гексаграммы из «Книги Перемен» — тогда каждую посадку можно было бы считать гаданием. Гексаграмма 40: Цзе — Разрешение. Гексаграмма 36: Мин-и — Поражение света. Гексаграмма 10: Люй — Наступление. Гексаграмма 17: Суй — Последование. Гексаграмма 24: Фу — Возврат. Гексаграмма 30: Ли — Сияние.

Однако оставим хитроумную восточную метафизику, которая, похоже, сделалась для нас весьма притягательна. Рассмотрим лучше аэропорт Сан-Франциско: это уже кое-что знакомое, вызывающее доверие и наполняющее чувством безопасности, — поперечный разрез позвоночника. Круглый центр аэропорта — спинной мозг, замкнутый в жесткий безопасный панцирь костей позвонка; вот расходящиеся лучи нервных связей, от них ответвляются нумерованные выходы на посадку, каждый из которых заканчивается рукавом, ведущим в самолет.

А Франкфурт? Этот огромный перевалочный пункт, государство в государстве? С чем он у вас ассоциируется? Да-да, совершенно очевидно, что это чип, тонюсенькая пластинка, извлеченная из компьютера. Вне всяких сомнений — нам, дорогие путешественники, пытаются указать, кто мы такие. Разрозненные нервные импульсы мира, доли секунды, частичка, позволяющая сменить плюс на минус, а может, наоборот, и поддерживать все в постоянном движении.

Линии, плоскости и тела

Я часто мечтала о том, как здорово было бы подглядывать, оставаясь невидимкой. Быть идеальным наблюдателем. Подобно той камере-обскуре, которую я много лет назад соорудила из обувной коробки. Она сфотографировала для меня кусок мира через черное замкнутое пространство с микроскопическим зрачком, сквозь который внутрь попадает мир. Так я упражнялась.

Идеальное место для подобных экзерсисов — Голландия, где люди, уверенные в своей стопроцентной безгрешности, не признают занавесок, и после наступления темноты окна превращаются в маленькие сцены, на которых актеры разыгрывают свои вечера. Ряд картин, залитых теплым золотистым светом, — разные акты одного и того же спектакля под названием «Жизнь». Голландская живопись. Живые натюрморты.

Вот появляется на пороге мужчина, в руках — поднос, который он ставит на стол; женщина и двое детей садятся ужинать. Едят они долго, в тишине, потому что звук в этом театре отключен. Потом перебираются на диван, внимательно вглядываются в мерцающий экран, но мне, стоящей на улице, непонятно, чтó их там так привлекло — я вижу лишь отдельные кадры, трепетание света, картинки слишком отрывочны и мелки, чтобы что-то разобрать. Чье-то лицо, взволнованно шевелящее губами, пейзаж, снова лицо... Некоторые считают, что пьеса эта скучная: ничего не происходит. Но мне нравится — например, движение ноги, машинально играющей тапочкой, душераздирающий акт зевания. Или ладонь, которая шарит по плюшевой поверхности в поисках пульта и лишь найдя его успокаивается.

Стоять в стороне. Разглядеть можно лишь фрагменты мира, и так будет всегда. Моменты, крошки, мимолетные конфигурации, рассыпающиеся, едва успев возникнуть. Жизнь? Ее не существует; я вижу линии, плоскости и тела, а также их эволюцию во времени. Время же — нехитрый инструмент для измерения мелких изменений, школьная линейка с упрощенной градуировкой: всего три деления — было, есть и будет.

Ахиллово сухожилие

Начало новой эпохе положил 1542 год, хотя, увы, никто не обратил на это внимания: не годовщина, не конец века, даже с точки зрения нумерологии — ничего интересного, всего лишь число три. Но именно в том году появились первые главы «De revolutionibus orbium coelestium»[1] Коперника и весь «De Humani corporis fabrica»[2] Везалия.

Разумеется, две книги не могли вместить в себя всё — но разве хоть что-нибудь способно вместить всё? Копернику не хватало части Солнечной системы, например, Урана, который еще только предстояло открыть, в канун Французской революции. А Везалию — многих деталей механики человеческого тела, пролетов, шарнирных соединений, к примеру, сухожилия, соединяющего икру с пяткой.

Но карты мира — внутреннего и внешнего — были вчерне начертаны, однажды замеченную гармонию просветил разум, выгравировав на ней ключевые, стержневые линии и плоскости.

Представим себе теплый ноябрьский день 1689 года. Послеполуденная пора. Филипп Ферейен[3] занят обычным делом: он сидит за столом, в пятне льющегося из окна света — это окно словно бы специально спроектировано для него, — и исследует распяленные на столешнице ткани. Вбитые в деревянную поверхность булавки удерживают серые нервы. Правой рукой Филипп, не глядя, набрасывает эскиз того, что видит.

Ибо видеть — значит ведать.

В это время кто-то стучит в дверь, звонко лает собака, и Филипп вынужден встать. Он недоволен. Тело уже

---

[1] «О вращении небесных сфер» (*лат.*).
[2] «О строении человеческого тела» (*лат.*).
[3] Филипп Ферейен (1648–1710) — голландский анатом.

приняло любимую позу, голова склонилась над препаратом; теперь придется опереться на здоровую ногу и извлечь из-под стола ту, которую заменил деревянный костыль. Прихрамывая, он идет к двери, с трудом успокаивает собаку. На пороге стоит юноша, в котором Филипп не сразу узнает своего ученика — Виллема ван Хорссена. Он вовсе не рад его визиту — впрочем, ничей визит его бы не обрадовал, — но, постукивая по каменным плитам деревяшкой, отступает в глубь прихожей и приглашает гостя войти.

Ван Хорссен высокого роста, с копной курчавых волос и веселым лицом. Он выкладывает на кухонный стол то, что купил по дороге: голову сыра, каравай хлеба, яблоки, вино. Громко хвастается тем, что достал билеты — собственно, поэтому он и пришел. Филипп едва сдерживается, чтобы лицо, на котором, того и гляди, отразится мучительная гримаса человека, тщетно мечтающего о тишине, не выдало его раздражения. Он догадывается, что причина визита этого, в общем, симпатичного юноши объясняется в письме — нераспечатанное, оно все еще лежит на столике в прихожей; пока гость накрывает на стол, хозяин ловко прячет конверт и теперь станет делать вид, будто знает, чтó там написано.

Еще Филипп будет делать вид, что не нашел служанку, хотя на самом деле вовсе не искал ее. Будет притворяться, что ему знакомы фамилии людей, которых упоминает гость, хотя на самом деле с памятью у него проблемы. Филипп — ректор университета в Лёвене, но, ссылаясь на здоровье, с самого лета носа не кажет из деревни.

Они вместе разжигают камин и усаживаются за стол. Хозяин ест нехотя, но видно, что с каждым куском у него просыпается аппетит. Вино, сыр, мясо — прекрасное сочетание... Ван Хорссен показывает билеты. Они с Филиппом молча рассматривают их, Ферейен подходит к окну и поворачивает очки так, чтобы лучше разглядеть замысловатый рисунок и шрифты. Билет — уже сам по себе шедевр: под текстом воспроизведена красивая анатомическая иллюстрация маэстро Рюйша, натюрморт из скелетиков двух человеческих плодов. Они сидят, держа в руках музыкальные инструменты: один напоминает трубу, другой — арфу, а в центре — композиция из камешков и сухих веток. Приглядевшись к сплетению линий, можно увидеть еще кости и черепа, мелкие и изящные, и внимательный наблюдатель наверняка сумеет сложить из них фигурки других плодов.

— Красиво, правда? — спрашивает гость, заглядывая хозяину через плечо.

— Что же в этом красивого? — равнодушно отвечает тот. — Человеческие кости.

— Это искусство!

Но у Филиппа нет настроения спорить, он совсем не похож на того человека, которого ван Хорссен знал по университету. Беседа не слишком клеится, такое ощущение, что мысли хозяина заняты чем-то другим — быть может, это одиночество вытянуло их в длинные полосы и приучило вести внутренний диалог.

— Она еще у тебя, Филипп? — спрашивает после долгой паузы бывший ученик.

Лабораторию Ферейен устроил в маленькой пристройке, куда специально пробили дверь из прихожей. Интерьер, напоминающий скорее гравюрную мастерскую — повсюду расставлены плиты, тазы для протравливания, комплекты резцов, на стенах развешаны для просушки готовые гравюры, на полу валяются клубки пакли, — Виллема вовсе не удивляет. Гость подходит к листам, на которых что-то напечатано: все они изображают мышцы и кровеносные сосуды, сухожилия и нервы. Тщательно прорисованные, абсолютно прозрачные, совершенные. Имеется здесь и микроскоп — предмет зависти многих, первоклассный, с отшлифованными Бенедиктом Спинозой линзами; с его помощью Филипп изучает связки кровеносных сосудов.

У единственного, но зато большого, выходящего на юг окна стоит чистый широкий стол, на нем — уже многие годы один и тот же анатомический препарат. Рядом пустой сосуд, на две трети заполненный жидкостью соломенного цвета.

— Если мы завтра собираемся ехать в Амстердам, надо все это убрать. Помоги мне, — говорит Филипп и с упреком добавляет: — Я работал.

Своими длинными пальцами он принимается осторожно отцеплять распяленные при помощи деревянных булавок ткани и сосуды. Его руки легки и проворны, словно у коллекционера бабочек, а не анатома и гравера, терзающего твердый металл, который затем кислота превратит в негатив. Ван Хорссен только держит банку с тинктурой, в которую Филипп погружает части препарата; они опускаются в прозрачную, чуть коричневатую жидкость, словно возвращаются домой.

— Знаешь, что это такое? — спрашивает Филипп, ногтем мизинца указывая на более светлый фрагмент выше щиколотки. — Дотронься.

Палец гостя тянется к мертвой ткани, но не касается ее. Повисает в воздухе. Надрез сделан так, что эта часть тела видится в совершенно новом ракурсе. Нет, Виллем не знает, что это, но догадывается:

— Это musculus soleus[1], прикрепление.

Филипп смотрит на ученика долгим взглядом, словно думает, как лучше выразиться:

— С сегодняшнего дня это chorda Achillis[2].

---

[1] Пяточная мышца (*лат.*).

[2] Медики XVI века называли chorda Achillis анатомическую структуру — общее сухожилие икроножной и камбаловидной мышц голени, прикрепленное к пяточному бугру.

Ван Хорссен повторяет эти два слова, словно заучивает на память:

— Ахиллово сухожилие.

Вытертые тряпкой ладони извлекают из стопки листков один, на котором изображена схема: четыре проекции, неправдоподобно точно прорисованные голень и стопа слагаются в единое целое, и теперь уже трудно поверить, что раньше этого соединения не было, более того, на этом месте вообще ничего не было, кроме расплывчатой картинки — теперь уже и не вспомнить, как она выглядела: тогда все существовало по отдельности, а теперь — вместе. Как можно было не заметить это сухожилие? Удивительно: собственное тело открывается человеку по частям, словно он поднимается вверх по реке в поисках истока. Точно так же он проводит скальпелем вдоль какого-нибудь кровеносного сосуда, определяя его начало. Белые пятна покрывает сетка рисунка.

Человек делает открытия и дает названия. Завоевывает и несет прогресс. С сегодняшнего дня кусочек белого хрящика будет подчиняться нашим законам — мы возьмем его в оборот.

Однако наибольшее впечатление на молодого ван Хорссена производит название. Вообще-то, он поэт и, несмотря на медицинское образование, предпочел бы писать поэмы. Лишь название порождает в воображении Виллема сказочные картины, словно он рассматривает полотна итальянских мастеров, населенные полнокровными нимфами и богами. Можно ли придумать лучшее название для этой части тела, за которую богиня Фетида схватила маленького Ахилла, собираясь искупать его в Стиксе, дабы навсегда закалить от смерти?

А может, Филипп Ферейен набрел на следы тайной гармонии — может, наше тело скрывает в себе весь мир, всю мифологию? Может, есть некое взаимное отражение великого и малого, и человеческое тело объединяет всё со всем: повествования и героев, богов и животных, систему растительного мира и гармонию минералов? Может, придумывая названия, нам следует двигаться именно в этом направлении: мышца Артемиды, аорта Афины, молоточек и наковальня Гефеста, спираль Меркурия?

Мужчины ложатся спать через два часа после наступления темноты, на одну кровать, супружеское ложе, оставшееся здесь, вероятно, от прежних хозяев — Филипп-то никогда не был женат. Ночь холодная, так что они набрасывают сверху еще несколько бараньих шкур, которые царящая в доме влага заставляет распространять запах овечьего жира и хлева.

— Ты должен вернуться в университет. Мы все тебя ждем, — начинает ван Хорссен.

Филипп Ферейен отстегивает кожаные ремни и отставляет протез в сторону. Он говорит:

— Больно.

Виллем думает, что речь идет о культе́ — Филипп как раз вытягивает ее и укладывает на табуретку, но учитель указывает на пустоту за ней, на отсутствующую часть тела.

— Шрамы болят? — уточняет Виллем. Что бы ни болело у Филиппа, безмерное сочувствие ван Хорссена к этому истощенному человеку не станет меньше.

— У меня болит нога. Болит по всей длине кости, а ступни просто доводят до умоисступления. Палец и его сустав. Они опухли и горят, кожа зудит. Вот здесь, — Филипп наклоняется и показывает маленькое углубление на постели.

Виллем молчит. Что он может сказать? Потом оба ложатся на спину и натягивают одеяла до подбородка. Хозяин задувает свечи и исчезает в темноте, откуда затем раздается:

— Мы должны изучать нашу боль.

Когда рядом с тобой человек, у которого вместо ноги протез, — ясное дело, что особенно не разбежишься, но Филипп молодец: если бы не легкая хромота да стук деревяшки по твердой, как камень, дороге, никто, пожалуй, и не догадался бы, что у этого человека ампутирована нога. Медленная прогулка хороша еще и тем, что дает возможность поговорить. Шагать приятно: прохладное утро, движение, восход солнца, диск которого царапают стройные тополя... На полпути Филиппа с Виллемом подбирает телега, которая везет овощи на лейденский рынок: теперь можно не спешить и как следует позавтракать в трактире «У императора».

Потом они идут на пристань и садятся на баржу, которую тянут идущие вдоль канала крепкие лошади; места у Филиппа и Виллема дешевые — на палубе под защищающим от солнца тентом, но погода хорошая, и плыть так — сплошное удовольствие.

На этом месте мы с ними и простимся — вот они плывут в Амстердам, сопровождаемые подвижным пятном тени, которую отбрасывает на воду полотнище тента. Виллем и Филипп в черном, у обоих крахмальные воротнички из белого батиста; ван Хорссен более представителен и аккуратен, что означает, скорее всего, только одно: у него есть или жена, которая следит за его одеждой, или деньги на служанку. Филипп сидит спиной к движению, откинувшись на спинку скамьи и согнув здоровую ногу; на черном кожаном башмаке — потрепанный темно-фиолетовый бант. Деревянная нога нашла опору — сучок в досках баржи. Филипп и Виллем смотрят друг на друга, на заднем плане перед каждым из них — проплывающие мимо пейзажи; поля, межи, обсаженные вербами, мелиорационные канавы, молы маленьких пристаней и деревянные дома под тростниковой крышей. У берега — крошечные лодочки гусиных перьев. Легкий теплый ветерок шевелит перья на шляпах.

Добавлю лишь, что, в отличие от учителя, ван Хорссен не обладает талантом рисовальщика. Он анатом и всякий раз, делая вскрытие, нанимает профессионального художника. У него своя метода: подробные записи; настолько подробные, что, перечитывая их, он словно бы снова видит все этапы вскрытия. Это тоже вариант — писать.

Кроме того, будучи анатомом, он старается прилежно следовать совету господина Спинозы, которого они увлеченно изучали, пока того не запретили: видеть в людях линии, плоскости и тела.

История Филиппа Ферейена, написанная его учеником и другом Виллемом ван Хорссеном

Мой учитель и наставник родился в 1648 году во Фландрии. Дом его родителей ничем не отличался от других фламандских домов. Из дерева, под тростниковой крышей, ровно подстриженной — точь-в-точь челка молодого Филиппа. Пол совсем недавно выложили кирпичом, и теперь члены семьи узнавали о приближении друг друга по стуку деревянных башмаков. В воскресенье башмаки сменяли кожаные ботинки, и по длинной, обсаженной тополями прямой дороге все трое Ферейенов отправлялись в Вербрук, в церковь. Там они занимали свои места и ждали пастора. Натруженные руки благодарно брали молитвенники; тоненькие странички и маленькие буковки убеждали, что они более вечны, нежели хрупкая человеческая жизнь. Свою проповедь пастор из Вербрука всегда начинал словами: «Vanitas vanitatum»[1]. Словно приветствие — так маленький Филипп их и воспринимал.

[1] Суета сует (*лат.*).

Филипп был тихим, спокойным ребенком. Помогал отцу по хозяйству, но вскоре стало ясно, что по его стопам мальчик не пойдет. Не станет каждое утро сливать молоко, а после смешивать его с порошком из телячьих желудков, чтобы затем прессовать огромные круги сыра, не будет сгребать сено в аккуратные стога. Не будет ранней весной наблюдать, собирается ли в бороздах вспаханной земли вода. Пастор из Вербрука объяснил родителям, что Филипп талантлив и его образование не должно ограничиться церковно-приходской школой. Так четырнадцатилетний мальчик оказался в лицее Святой Троицы, где обнаружил выдающиеся способности к рисованию.

Если правда, будто одни люди видят только малое, а другие — исключительно великое, то я убежден, что Ферейен относился к первой группе. Я даже думаю, что тело его самой природой было создано для этой специфической позы — так охотно оно склонялось над столом: ноги опирались о деревянные балки, позвоночник сгибался дугой, рука держала перышко, нисколько не интересующееся отдаленными целями, метящее близко, в царство деталей, в космос подробностей, полосок и точек, где рождается картина. Акваформы и меццотинта[1]... оставлять на металле мельчайшие следы и значки, царапать равнодушную гладкую поверхность пластины, старить ее, чтобы набралась ума. Филипп говорил, что аверс всегда изумлял его и подтверждал гипотезу о том, будто левое и правое представляют собой два совершенно разных измерения: в сущности, это и есть свидетельство того, насколько сомнительно то, что мы столь наивно принимаем за реальность.

Искусный рисовальщик, Ферейен был крайне увлечен работой резцом и долотом, вытравливанием, окраской

[1] Вид гравюры на металле.

и печатью, но в двадцать с небольшим он, тем не менее, отправился в Лейден изучать теологию, чтобы, подобно пастору из Вербрука, его наставнику, стать священником.

Но еще раньше — о чем Филипп рассказывал мне в связи с чудесным микроскопом, стоявшим у него на столе, — пастор порой брал его с собой в гости к одному шлифовальщику линз, дерзкому еврею, якобы про́клятому сородичами, — недалеко, всего несколько миль по разъезженной дороге. Человек этот снимал комнаты в каменном доме и производил столь необыкновенное впечатление, что каждая такая поездка становилась для Ферейена событием, хоть он и был слишком молод, чтобы участвовать в беседах, из которых, впрочем, мало что понимал. Одевался шлифовальщик экзотически и несколько чудаковато: длинное платье, а на голове — высокая шапка, которую он никогда не снимал. Он напоминал черточку, вертикальную стрелку, — рассказывал мне Филипп и шутил: мол, поставь этого чудака в поле — вышли бы отличные солнечные часы. У этого еврея собирались разные люди: купцы, студенты и профессора, — все усаживались за деревянный стол под большой вербой и вели бесконечные споры. Время от времени хозяин или кто-нибудь из гостей прочитывал лекцию, которая мгновенно порождала новые споры. По воспоминаниям Филиппа, хозяин дома говорил как по писаному — плавно, без запинок. Он виртуозно выстраивал длинные фразы, смысл которых ускользал от маленького мальчика. Пастор всегда приносил что-нибудь из еды. Хозяин угощал гостей вином, которое щедро разбавлял водой. Вот и все, что запомнилось Филиппу, а Спиноза навсегда остался для него Учителем, которого он со страстью читал и с которым со страстью же спорил. Кто знает, не это ли знакомство с силой мысли и потребностью проникнуть в суть явлений подтолкнули молодого Филиппа к изучению теологии в Лейденском университете.

Я убежден, что нам не дано постичь свою судьбу, создаваемую движениями божественного резца по ту сторону бытия. Она является нам лишь в доступной человеку форме — черным по белому. Бог же пишет левой рукой, зеркальным почерком.

На втором курсе, майским вечером 1676 года, Филипп поднимался по узкой лестнице на свой второй этаж, который снимал у одной вдовы, и напоролся на гвоздь: порвал брюки и — что обнаружилось лишь на следующий день — слегка задел голень. На коже остался красный след от острия гвоздя, полоска длиной в несколько сантиметров, царапина, инкрустированная капельками крови, — неосторожное движение гравера по нежному человеческому телу. Через несколько дней у Филиппа поднялась температура.

Когда вдова наконец вызвала врача, оказалось, что в ранку попала инфекция: края опухли и приобрели багрово-красный цвет. Врач прописал компрессы и бульон для общего укрепления организма, но назавтра стало ясно, что воспалительный процесс не остановить и ногу придется отнять под коленом.

— Всякую неделю что-нибудь кому-нибудь ампутирую. У тебя еще вторая нога есть, — якобы утешал Филиппа медик, впоследствии его друг, мой дядя Дирк Керкринк[1], для которого Ферейен недавно выполнил несколько анатомических гравюр. — Сделаем тебе деревянный протез — будешь жить как жил, разве что шуму производить немного больше.

---

[1] Томас Теодор Керкринг (иногда Дирк Керкринг, 1640–1693) — голландский анатом; получив степень доктора медицины в Лейдене, прибыл в Амстердам, где благодаря знакомству со знаменитым анатомом Фредериком Рюйшем занялся изучением анатомии, в области которой сделал много важных открытий (в частности, исследование человеческого зародыша и развития его костной системы).

Керкринк — ученик Фредерика Рюйша, лучшего анатома в Нидерландах, а может, и на всем белом свете, так что операция была сделана образцово-показательно и прошла успешно. Часть ловко отделена от целого, кость распилена ровно, кровеносные сосуды тщательно прижжены раскаленным прутом.

Но еще до операции пациент, ухватив друга за рукав, умолял сохранить отнятую ногу: Филипп всегда был очень религиозен и, видимо, буквально понимал идею воскресения, восстания человека из могилы в своем физическом обличье, в возрасте Христа. По его собственным словам, он очень боялся, что нога воскреснет отдельно от него самого, — Филиппу хотелось, чтобы его тело, когда придет час, похоронили целиком.

Будь перед ним не мой дядя, а какой-нибудь обычный медик, первый попавшийся лекаришка, простой цирюльник — из тех, что срезают бородавки да рвут зубы, — эта странная просьба, конечно, не была бы исполнена. Обычно отнятую конечность заворачивали в полотно и отправляли на кладбище, где с почтением, но без каких бы то ни было религиозных обрядов закапывали, даже никак не обозначая место захоронения. Но дядя мой, пока пациент, одурманенный спиртом, спал, всерьез занялся ногой.

Прежде всего, введя в нее вещество, состав которого он держал в тайне, очистил кровеносные сосуды и лимфатические протоки от дурной крови и гангренозных отеков. Осушив таким образом конечность, врач поместил ее в стеклянный сосуд, наполненный бальзамом из нантского бренди и черного перца, которые должны были навеки сохранить ее от порчи.

Когда Филипп проснулся от алкогольного наркоза, друг показал ему утопленную в бренди ногу — так матерям показывают новорожденных.

Ферейен медленно выздоравливал на чердаке маленького лейденского домика. Ухаживала за ним сама хозяйка. Что ж, кабы не она, кто знает, чем бы все закончилось. Ибо пациент впал в уныние — трудно сказать, из-за непрестанных ли болей в затягивавшейся ране или из-за своего состояния в целом. Ведь в двадцать восемь лет он оказался калекой, учеба на теологическом факультете потеряла смысл: без ноги он все равно не мог стать священнослужителем. Филипп не позволил известить о случившемся родителей, стыдясь, что не оправдал их надежд. Его навещали Дирк и двое его коллег, интересовавшиеся — похоже — скорее отрезанной конечностью, стоявшей в сосуде у изголовья кровати, нежели страданиями самого больного. Казалось, этот кусок человеческого тела живет теперь самостоятельной жизнью анатомического препарата — погруженный в алкоголь, в вечном дурмане, видя собственные сны о пробежках, утренней росе, теплом песке на берегу. Заходили еще студенты-теологи, и в конце концов Филипп объявил им, что в университет не вернется.

Когда гости уходили, в комнате Филиппа появлялась хозяйка — вдова, госпожа Флер, с которой я был знаком и которую считаю поистине ангелом во плоти. Филипп прожил у нее еще несколько лет, пока не купил дом в Рейнсбурге. Вдова приносила таз и медный кувшин с теплой водой. Хотя температура у пациента уже упала, а рана не кровоточила, женщина осторожно обмывала ногу и помогала Филиппу привести себя в порядок. Затем переодевала его в чистую рубашку и штаны. Еще раньше она зашила левые штанины его брюк, а все, чего госпожа Флер касалась своими искусными ручками, начинало выглядеть естественным и правильным, словно таким и было сотворено Господом — словно Филипп Ферейен так и родился, с одной правой ногой. Когда ему требовалось встать, чтобы справить нужду в ночной горшок, он опирался на крепкую руку вдовы — сперва это ужасно его смущало, но со временем также стало казаться естественным и правильным, как все, что было связано с этой женщиной. Спустя несколько недель Филипп с ее помощью уже спускался на первый этаж, в кухню, где усаживался за громоздкий деревянный стол вместе с хозяйкой и двумя ее детьми. Вдова была высокого роста, хорошо сложена. Светлые густые вьющиеся волосы она, как и большинство фламандок, убирала под полотняный чепец, но какая-нибудь упрямая прядка обязательно выбивалась — спереди или сзади. Подозреваю, что ночью, когда дети уже спали невинным сном, вдова снова навещала Филиппа и забиралась к нему в постель. И не вижу в этом ничего предосудительного, ибо считаю, что люди должны поддерживать друг друга, как только могут.

Осенью, когда рана уже совершенно затянулась, а на культé осталась лишь едва заметная краснота, Филипп Ферейен начал изучать анатомию и, постукивая деревяшкой по неровной лейденской мостовой, каждое утро шагал на лекции в университетский медицинский центр.

Вскоре Филипп прослыл одним из самых талантливых студентов: он как никто другой умел использовать свой талант рисовальщика для перенесения на бумагу того, что поверхностному взгляду непрофессионала представлялось хаосом тканей человеческого тела — сухожилий, кровеносных сосудов и нервов. Он начал копировать знаменитый столетний анатомический атлас Везалия и справился с этой задачей блестяще. Это стало прекрасной преамбулой к его собственной работе, результаты которой принесли ему славу. Ко множеству своих учеников, к числу коих я причисляю и себя, он относился по-отечески — любовно-взыскательно. Мы проводили под его присмотром вскрытия, и внимательный взгляд и умелые руки Филиппа вели нас по тропам этого сложнейшего лабиринта. Студенты ценили его упорство и поистине энциклопедические знания. Они завороженно следили за стремительными движениями грифеля. Рисование ведь никогда не является простым воспроизведением: чтобы увидеть, нужно уметь смотреть — нужно знать, на что смотришь.

Филипп вообще был достаточно молчалив, а сегодня, спустя годы, я бы даже сказал, что вид у него всегда был слегка отсутствующий, он словно бы прислушивался к чему-то внутри себя. Постепенно Ферейен отказался от чтения лекций, все больше углубляясь в работу в своей лаборатории. Я часто навещал его в Рейнсбурге. С радостью пересказывал городские новости, университетские сплетни и происшествия и с тревогой замечал, что мысли учителя все более занимает одна-единственная тема. Нога, разобранная на составные части, исследованная самым тщательным образом, всегда стояла у изголовья кровати в своей банке или пугала гостей, распяленная на столе. Обнаружив, что кроме меня Филипп ни с кем не общается, я понял: мой учитель безвозвратно перешагнул незримую границу.

Вскоре после полудня наша баржа причалила к одной из пристаней на Херенграхте[1] в Амстердаме, и мы сразу отправились к цели своего путешествия. Уже начиналась зима, каналы не воняли так немилосердно, как летом, и было приятно шагать в теплом молочном тумане, который на наших глазах поднимался вверх, открывая ясное осеннее небо. Мы свернули в одну из узких улочек

[1] Один из трех больших каналов Амстердама.

еврейского квартала, намереваясь пропустить по кружке пива. Но все трактиры, попадавшиеся нам по дороге, были переполнены — хорошо, что мы основательно подкрепились в Лейдене, иначе пришлось бы долго ждать, пока нас обслужат.

На торговой площади, заставленной прилавками, стоит Де Вааг[1], где взвешивают выгружаемые товары. В одной из башен предприимчивый Рюйш устроил свой theatrum[2], и именно сюда мы явились немного раньше времени, обозначенного в билете: хотя публику еще не пускали внутрь, у входа группками толпились люди. Я с любопытством рассматривал зрителей: облик и одеяния многих из них свидетельствовали о том, что слава профессора Рюйша уже давно перешагнула за пределы Нидерландов. Я слышал разговоры на иностранных языках, видел французские парики и английские кружевные манжеты, торчавшие из рукавов кафтана. Пришло также много студентов; у этих места, видимо, были подешевле, ненумерованные, потому что они толкались у самого входа, надеясь войти первыми и устроиться поудобнее.

К нам то и дело подходили знакомые — еще по тем временам, когда Филипп бывал более частым гостем в стенах университета: почтенные члены Городского совета, медики-хирурги, любопытствовавшие, что же покажет Рюйш на этот раз, что он еще придумал. Наконец появился — облаченный в строгий черный костюм — мой дядя, который, собственно, и раздобыл для нас билеты; он сердечно поприветствовал Филиппа.

Внутри помещение напоминало амфитеатр со скамьями, расставленными полукругом, почти до самого потол-

---

[1] Часть старых крепостных валов города. Первоначальное название — Ворота Святого Антония (1488 г.). В 1614 г. крепостной вал был расширен, и Ворота Святого Антония, оказавшиеся внутри вала, стали использовать для взвешивания товаров и взимания налогов.

[2] Театр (*лат.*); здесь — анатомический театр.

ка. Зал был хорошо освещен и специально подготовлен к представлению. У стен, при входе и в самом зале, стояли скелеты животных: соединенные проволочками кости поддерживались почти незаметными для глаза конструкциями, отчего создавалась иллюзия, будто звери вот-вот оживут. Я заметил еще два человеческих скелета: один коленопреклоненный, с ладонями, воздетыми для молитвы, второй — в задумчивой позе: голова опирается на ладонь, мелкие косточки которой тщательно связаны проволокой.

От внимания зрителей, которые, перешептываясь и шаркая, заходили внутрь и постепенно занимали указанные в билетах места, не укрылись и выставленные в витринах знаменитые анатомические композиции Рюйша, его изысканные скульптуры. «Смерть не щадит даже юность», — прочитал я подпись к одной из них: два играющих скелетика плодов — тонкие кремовые косточки и пузырчатые черепа — сидят перед холмиком из таких же хрупких косточек крошечных ладошек и ребрышек. У другой стены, симметрично по отношению к ним, стояли четырехмесячные человеческие скелетики на бугорке из (как я понял) желчных камней, поросших препарированными и высушенными кровеносными сосудами (на одной, самой толстой, ветви сидело чучело канарейки). Скелет слева держал миниатюрный серп, другой, застывший в скорбной позе, подносил к пустым глазницам платочек, сделанный из какой-то высушенной ткани — возможно, легких? Чьи-то заботливые ладони окутали скелетики нежно-розовым кружевом и подвели итог витиеватой надписью на шелковой ленточке: «Стоит ли тосковать по предметам мира сего?» — так что зритель не ужасался при виде этой картины. Я был тронут представлением еще прежде, чем оно началось: мне показалось, что я наблюдаю ласковую бухгалтерию не смерти, но некой маленькой смертишки. Как мог по-настоящему умереть тот, кто не успел родиться?

Мы заняли свои места в первом ряду, рядом с другими почетными гостями.

Люди взволнованно шептались, на столе в центре зала уже лежало тело, подготовленное для вскрытия и пока прикрытое блестящей светлой тканью, под которой едва угадывался силуэт. В наших билетах оно было описано подобно вкусному блюду, specialité de la maison[1]: «научный талант доктора Рюйша позволил специальным образом подготовить тело, так, чтобы оно сохранило естественный цвет и консистенцию, казалось свежим и почти живым». Состав сей волшебной жидкости Рюйш держал в строжайшей тайне — эта субстанция наверняка была усовершенствованным вариантом той, благодаря которой все еще существовала на свете нога Филиппа Ферейена.

Вскоре свободных мест не осталось. Наконец впустили еще десяток студентов, большей частью иностранцев — теперь они стояли вдоль стен, среди скелетов, в странной с ними гармонии, и вытягивали шеи, стараясь разглядеть хоть что-нибудь. Перед самым началом вошли несколько элегантных мужчин, платье которых выдавало иностранное происхождение, и заняли лучшие места в первом ряду.

Рюйш появился в сопровождении двух ассистентов. После краткого вступительного слова, произнесенного профессором, они — с двух сторон одновременно — подняли покрывало и открыли тело взорам публики.

Ничего удивительного, что по залу пронесся вздох.

Тело принадлежало молодой худой женщине; насколько мне известно, оно было вторым, подвергшимся публичному вскрытию (прежде для занятий по анатомии разрешалось использовать только мужские тела). Мой дядя шепотом поведал нам, что это какая-то итальянская

---

[1] Фирменное блюдо (*фр.*).

проститутка, убившая своего новорожденного ребенка. Отсюда, из первого ряда — в каком-нибудь метре от стола, — ее смуглая, идеально гладкая кожа казалась розовой и свежей. Кончики ушей и пальцы стоп чуть покраснели, словно женщина слишком долго пробыла в холодном помещении и озябла. Очевидно, тело смазали маслом, а может, оно использовалось Рюйшем для бальзамирования, потому что кожа женщины блестела. Ниже ребер живот проваливался, над хрупким смуглым телом возвышался лонный бугорок — словно самая главная и значимая кость организма. Даже меня, человека привычного, эта картина взволновала. Обычно вскрытию подвергались тела преступников, не заботившихся о себе и беспечно игравших своей жизнью и здоровьем. Совершенство этого тела будоражило, и я не мог не отдать должное запасливости Рюйша, которому удалось раздобыть тело в столь хорошем состоянии и так хорошо его подготовить.

Для начала Рюйш обратился к публике, педантично перечислив титулы всех почетных гостей — докторов медицины, профессоров анатомии, хирургов и чиновников.

— Приветствую вас, господа, и благодарю столь многочисленную публику за внимание к моей лекции. Благодаря щедрости нашего магистрата я смогу открыть вашему взору то, что природа прячет у нас внутри. Вовсе не из желания выместить на этом бедном теле свой гнев или наказать его за грешный поступок, но ради того, чтобы мы могли познать себя — такими, какими сотворила нас рука Господа.

Он также объявил собравшимся, что женщина эта умерла два года назад — то есть тело два года пролежало в морге, оставаясь, благодаря методу Рюйша, свежим. При виде этого обнаженного, беззащитного, прекрасного тела у меня сжималось горло, хотя обычно я смотрю на человеческие останки спокойно. Но я подумал, что можно добиться всего и стать кем угодно, если — говорят — очень захотеть; ведь человек — центр творения, а наш мир — это мир человеческий, а не божественный или какой бы то ни было другой. Одного только мы не можем получить — вечной жизни. Господи, Боже ты мой, ну откуда в нас это желание стать бессмертными?!

Рюйш ловким движением руки произвел первый, продольный, разрез; кому-то из сидевших справа, видимо, стало нехорошо, потому что внизу на мгновение возникла суета.

— Эта молодая женщина была повешена, — продолжил Рюйш и приподнял тело так, чтобы мы могли разглядеть шею; на ней в самом деле виднелся горизонтальный след — всего-навсего полоска: даже трудно поверить, что она могла стать причиной смерти.

Сначала Рюйш занялся органами брюшной полости. Он подробно описал пищеварительную систему и, прежде чем перейти к сердцу, позволил публике заглянуть ниже — извлек из-под лонного бугорка увеличенную после родов матку. Лекцию Рюйша даже мы, его коллеги и братья по цеху, воспринимали как магическое представление. Движения его изящных светлых ладоней были пластичны и плавны, словно у ярмарочного фокусника. Публика завороженно следила за ними. Хрупкое тело открывалось перед публикой, обнажая свои тайны — доверчиво, уповая на то, что такие ладони не могут причинить зла. Комментарии профессора были кратки, лаконичны и доступны. Он даже позволял себе шутить, но обаятельно, нисколько не роняя при этом собственное достоинство. И тогда я понял суть этого представления, причину его популярности. Своими плавными жестами Рюйш превращал человека в тело, на наших глазах разрушая его таинственность; профессор раскладывал его на составные части так, будто разбирал сложные часы. Ужас смерти исчезал. Бояться нечего. Мы представляем собой механизм — что-то вроде часов Хёйгенса[1].

Взволнованная публика молча покидала зал, останки милосердно прикрыли той же тканью. Но уже через мгновение, оказавшись на улице, где солнце окончательно разогнало тучи, зрители разговорились, а специально приглашенные — в том числе и мы — направились в магистрат на банкет по случаю лекции Рюйша.

Филипп, однако, оставался мрачен и молчалив, его, казалось, совсем не привлекали великолепные яства, вино и табак. У меня, по правде говоря, настроение тоже было не ахти. Не стоит думать, что для нас, анатомов, вскрытие — нечто обыденное. Порой, вот как сегодня, рождается нечто — я назвал бы это «правдой тела» — удивительная вера в то, что, несмотря на очевидную смерть, несмотря на отсутствие души, тело само по себе представляет некое сконцентрированное целое. Разумеется, мертвое тело — мертво; я хочу сказать, что оно сохраняет свою форму. Форма — по-своему — остается живой.

Эта лекция Рюйша открывала зимний сезон в Де Ваат: теперь здесь будут регулярно проходить лекции, дискуссии, демонстрация вивисекции животных — как для студентов, так и для широкой публики. А если обстоятельства обеспечат анатомов свежими телами — то также и публичные вскрытия. Ведь пока только один Рюйш умел заранее приготовить тело — даже (как он утверждал сегодня, хотя мне в это верилось с трудом) двумя годами ранее, — и только ему была не страшна летняя жара.

---

[1] Голландский ученый Кристиан Хёйгенс в 1656 году изобрел маятник для часов. Он усовершенствовал часы, колеса которых приходили в движение под тяжестью гирь (использовались в Италии с 1300 г.). Хёйгенс добивался того, чтобы изобретенный им механизм показывал время с погрешностью не более 10 секунд.

Если бы не наше возвращение домой на следующий день — сперва на барже, а затем пешком, — я бы никогда не узнал, чтó мучило Филиппа Ферейена. Но все равно его рассказ кажется мне удивительным и неправдоподобным. Как врачу и анатому, мне уже приходилось слышать о подобном феномене, однако я всегда считал эти странные боли порождением буйной фантазии, следствием чрезмерного нервного возбуждения. Между тем Филиппа я знал уже много лет, и мало кто мог сравниться с ним в плане дисциплины ума, скрупулезности наблюдений и оценок. Разум, избравший верный метод, может при помощи собственных четко сформулированных идей овладеть подлинными и необходимыми знаниями, касающимися мельчайших деталей мироустройства — так учил нас Филипп в университете, где полвека тому назад преподавал математику Декарт. Ведь Бог, являющийся самим совершенством, подаривший нам способность к познанию, не может быть обманщиком; следовательно, верно используя этот дар, мы обретем истину.

Боли начали мучить Филиппа спустя несколько недель после операции, по ночам, когда расслабленное тело скользило по смутной грани яви и сна, полной беспокойных и подвижных образов, бродячих обитателей дремлющего разума. Ему казалось, что он отсидел левую ногу и нужно поскорее выпрямить ее, чувствовал, как бегают по пальцам мурашки, ощущал неприятное покалывание. Ворочался в полусне. Ему хотелось пошевелить пальцами, но невозможность сделать это будила Филиппа окончательно. Он садился на постели, срывал с себя одеяло и разглядывал злосчастное место — в тридцати сантиметрах под коленом, на смятой простыне. Закрывал глаза и пытался почесать ногу, но пальцы находили один только воздух, отчаянно скребли пустоту, не принося никакого облегчения.

Однажды, в приступе отчаяния, доведенный болью и зудом до бешенства, Филипп встал и дрожащими руками зажег свечу. Подскакивая на одной ноге, он перенес на стол сосуд с ампутированной ногой, который госпожа Флер, не сумев уговорить жильца убрать жуткий препарат на чердак, накрывала пестрым платком, извлек оттуда свою конечность и при свете свечи попытался найти причину боли. Нога, казалось, немного уменьшилась, от бренди кожа потемнела, однако ногти оставались выпуклыми, перламутрового цвета, и Ферейену казалось, что они подросли. Филипп сел на пол, вытянул ноги перед собой и приложил отнятую конечность к культе, под левое колено. Закрыл глаза и на ощупь потянулся к больному месту. Рука коснулась холодного куска плоти — но не боли.

Над своим анатомическим атласом Филипп работал методично и терпеливо.

Сперва вскрытие — старательная подготовка модели для эскиза; необходимо раскрыть мышцу, связку нервов, путь кровеносного сосуда, распялить препарат в двухмерном пространстве, свести его к четырем направлениям: верх, низ, левая сторона, правая сторона. Филипп использовал тонкие деревянные шпильки, помогавшие сделать сложное абсолютно прозрачным и наглядным. Лишь после всех этих приготовлений он вставал, выходил, старательно мыл и сушил руки, менял верхнюю одежду, а затем приносил лист бумаги и графитовый грифель, чтобы воспроизвести ту или иную часть организма.

Вскрытие Филипп производил сидя, тщетно пытаясь обуздать жидкости тела, нарушавшие выразительность и точность изображения. Он запечатлевал детали при помощи торопливых эскизов, а затем уже спокойно, тщательно дорабатывал их — деталь за деталью, нерв за нервом, мышцу за мышцей.

Видимо, ампутация подорвала здоровье Филиппа — теперь на него частенько накатывали слабость и меланхолия. Беспрерывно терзавшую его боль в левой ноге Ферейен назвал «фантомной», но боялся рассказать о ней кому бы то ни было, полагая, что стал жертвой галлюцинации, сходит с ума. Узнай об этом в университете, его репутация, безусловно, оказалась бы подорвана. Вскоре Филипп начал медицинскую практику и был принят в цех хирургов. К нему чаще, чем к другим, обращались с просьбой сделать ампутацию, словно отсутствие ноги могло служить гарантией успеха, а сам безногий хирург — талисманом (если можно так выразиться) для больного. Филипп опубликовал ряд трудов, подробно описывающих анатомию различных мышц и сухожилий. Когда в 1689 году ему предложили должность ректора университета, он перебрался в Лёвен; среди багажа был тщательно укутанный в кусок полотна сосуд с ампутированной ногой.

Это я, Виллем ван Хорссен, был тем посланцем, который спустя несколько лет, в 1693 году, принес Ферейену еще влажную от типографской краски его первую книгу — огромный анатомический атлас «Corporis Humani Anatomia»[1]. Он стал итогом двадцатилетних трудов Филиппа. Каждая гравюра — безукоризненно выполненная, четкая и ясная — была снабжена комментарием, так что возникало ощущение, будто в этом труде человеческое тело каким-то неведомым образом вытравлено до самой его сути, очищено от скоропортящейся крови, лимфы, этих подозрительных жидкостей, от жизненного шума — будто оно открывает свое гармоничное устройство в полной тишине белого и черного цветов. «Анатомия...» принесла Филиппу широкую известность, через несколько лет была переиздана большим тиражом и стала учебным пособием.

---

[1] «Анатомия человеческого тела» (*лат.*).

Последний раз я навестил Филиппа Ферейена в ноябре 1710 года — меня вызвал его слуга. Своего учителя я нашел в очень плохом состоянии, с ним почти невозможно было разговаривать. Он сидел и смотрел в окно, выходившее на южную сторону, хотя я убежден: единственное, что способен был видеть этот человек, — это его внутренние образы. Он никак не отреагировал на мой приход, взглянул равнодушно и не сделал никакого жеста, вновь уставившись в окно. На столе лежала его нога, вернее, то, что от нее осталось: она была разобрана на сотни, тысячи бесконечно малых частей, сухожилий, мышц и нервов, разложенных, в свою очередь, до мельчайших составляющих, которые покрывали почти всю поверхность стола. Слуга, простой деревенский парень, был в ужасе. Он боялся заходить в комнату хозяина и все делал мне знаки за его спиной, беззвучно, одними губами комментируя его поведение. Я, как умел, осмотрел Филиппа, диагноз был неутешителен: казалось, его мозг перестал функционировать и погрузился в спячку. Я знал, что у него и раньше бывали приступы меланхолии; теперь черная желчь залила его мозг — возможно, из-за этих, как он называл их, фантомных болей. В предыдущий раз я принес ему географические карты, услыхав, что их разглядывание очень помогает при меланхолии. Я прописал Филиппу покой и жирную пищу для укрепления организма.

В конце января, узнав о его смерти, я немедленно поспешил в Рейнсбург. Я увидел Филиппа уже в гробу, обмытым, чисто выбритым, готовым к похоронам. По прибранному дому сновали какие-то лейденские родственники, а когда я спросил слугу о ноге, тот только пожал плечами. Большой стол у окна вычистили и промыли щелочью. Когда я пытался навести какие-нибудь сведения о ноге — ведь Филипп столько раз твердил, что ее следует похоронить вместе с ним, — родственники просто отмахнулись от меня. Тело похоронили одноногим.

В утешение и во избежание конфликтов мне вручили большую стопку бумаг Ферейена. Похороны состоялись двадцать девятого января в аббатстве Влирбек.

Письма к ампутированной ноге

Разрозненные листочки, которые я получил после смерти Ферейена, смутили мой покой. В последние годы жизни учитель записывал свои мысли в виде посланий к столь специфическому адресату, что, вне всяких сомнений, все сочли бы это доказательством его безумия. Однако если повнимательнее приглядеться к этим торопливым, явно не предназначенным для чужих глаз записям, можно увидеть запечатленный в них путь к неведомому материку и попытку начертать его карту.

Я долго раздумывал, как поступить с этим неожиданным наследством, и в конце концов решил отказаться от публикации. Мне, его ученику и другу, хотелось бы, чтобы Филипп остался в памяти потомков блестящим анатомом и рисовальщиком, открывшим Ахиллово сухожилие и еще несколько ранее не замеченных частей нашего тела. Чтобы мы помнили его прекрасные гравюры и осознавали, что невозможно вполне понять чужую жизнь. Но дабы избежать сплетен, которые начали распространяться в Амстердаме и Лейдене после смерти Филиппа — будто учитель сошел с ума, — хочу представить здесь несколько кратких выдержек из этих писем — в качестве доказательства того, что безумен Ферейен не был. Вне всяких сомнений, Филипп страдал специфической манией, связанной с его необъяснимой болью. Мания же является предощущением уникального, индивидуального языка, отважившись воспользоваться которым мы сможем познать истину. Нужно идти за своим предчувствием, устремляясь на территории, другим кажущиеся абсурдными и безумными. Не знаю, почему этот язык истины для одних людей звучит ангельским гласом, у других принимает обличье математических символов или нотной записи, а то проявляется и вовсе диковинным образом.

В «Письмах к моей ампутированной ноге» Филипп старался доказать — логически и объективно, — что если тело и душа, в сущности, идентичны, раз они являются двумя атрибутами бесконечного, всеобъемлющего Бога, то между ними должна существовать некая задуманная Создателем связь. Totam naturam unum esse individuum[1]. Вот что интересовало Филиппа более всего: каким образом столь разные субстанции, как тело и душа, соединяются в человеческом теле и как они воздействуют друг на друга. Каким образом материальное тело может быть связано с нематериальной душой? Как возникает боль и где ее источник?

Так, он писал:

«Что на самом деле воздействует на меня, когда я чувствую боль и страдаю, если моя нога отделена от меня и плавает в спирте? Она не испытывает никакого дискомфорта, нет никаких причин для зуда, эта боль не имеет логического основания, но тем не менее существует. Сейчас я смотрю на свою ампутированную ногу и ощущаю в ней — в пальцах — невыносимый жар, словно я погрузил ее в горячую воду, и это чувство столь реально, столь отчетливо, что, закрой я глаза, мысленным взором мог бы увидеть ушат с кипятком и собственную ступню, погруженную в него по щиколотку. Я касаюсь своей конечности, физически существующей в виде куска законсервированной плоти, — и не чувствую этого. Зато чувствую то, чего не существует, по сути — пустоту,

[1] Вся природа — индивидуум (*лат.*).

в которой нет ничего, способного вызвать какие бы то ни было ощущения. У меня болит то, чего не существует. Фантом. Это фантомная боль».

Сочетание этих слов поначалу казалось ему странным, но потом Филипп стал все охотнее пользоваться этим термином. Он также делал подробные записи в процессе вскрытия ноги. Ферейен разлагал ее на все более мелкие части и вскоре уже не мог обойтись без микроскопа.

«Тело есть непостижимая тайна, — писал Филипп. — Наши подробнейшие описания вовсе не означают, что мы познаем его. Напоминает вывод из книги Спинозы, этого шлифовальщика линз, полирующего стекло, чтобы мы могли лучше рассмотреть каждый предмет, и изобретавшего усложненный язык, чтобы точно выразить свою мысль. Ибо говорят: видеть значит ведать.

Я хочу знать, а не уповать на логику. Чтó мне внешний аргумент, заключенный в сугубо геометрической выкладке? Он дает лишь иллюзию логической последовательности и баюкающей разум гармонии. Есть «А», за «А» следует «В»; сперва определение, затем аксиомы и нумерованные теоремы, некие дополнительные выводы... такого рода доказательства напоминают мастерски раскрашенную гравюру в анатомическом атласе, где буквами обозначены отдельные части целого, и все вместе кажется ясным и прозрачным. Но по-прежнему непонятно, как все это работает». Однако Филипп верил в силу разума. А также в то, что разум тяготеет к исследованию вещей обязательных, а не случайных. Иначе он отрицал бы самое себя. Филипп неоднократно повторял, что мы должны довериться своему разуму — Божественному дару: ведь если Бог совершенен, Он не мог обмануть нас. Ведь Он не обманщик! Если мы правильно используем свои интеллектуальные способности, то рано или поздно познаем истину, узнаем все о Боге и о себе самих — Его частичке, как и все сущее.

Филипп, однако, настаивал, что разум велик не своей логикой, но своей интуицией. Познавая интуитивно, мы сразу обнаружим детерминистический закон существования всех вещей. Все, что обязательно, не может быть иным. Как следует осознав это, мы испытаем огромное облегчение и очистимся. Перестанем беспокоиться по поводу утраты имущества, преходящести всего сущего, старения и смерти. И, таким образом, обретем власть над аффектами и душевный покой.

Мы лишь должны отказаться от примитивного стремления судить о том, что хорошо и что плохо, точно так же как человеку цивилизованному следует отказаться от примитивных инстинктов — мести, жадности, вожделения. Бог, или природа, не добры и не злы; аффектами пятнает нас не во благо используемый интеллект. Филипп верил, что все наши знания о природе, по сути, являются знаниями о Боге. Они избавят нас от печали, отчаяния, зависти и тревоги, которые составляют наш земной ад.

Филипп действительно обращался к ноге как к живому, самостоятельному существу — этого я не отрицаю. Отделенная от него, нога приобрела некую демоническую автономию и одновременно сохранила с его телом болезненную связь. Согласен, эти фрагменты его писем не могут не тревожить. Но я убежден, что это всего лишь метафора, своего рода аллюзия. Филипп хотел сказать, что между частями былого целого сохраняется тесная связь — незримая, практически неизведанная. Природа этой связи туманна и явно неподвластна линзам микроскопа.

Однако совершенно очевидно, что мы можем доверять лишь физиологии и теологии. Они суть два столпа познания. То, что находится между ними, несущественно.

Знакомясь с записями Филиппа Ферейена, следует помнить, что, бесконечно страдая, человек этот не знал причин своей боли. Не будем же об этом забывать, читая его слова:

«Почему я испытываю боль? Потому ли, что — как утверждал тот шлифовальщик линз, и, возможно, только в этом он был прав — тело и душа, в сущности, являются частью чего-то большего и общего, состояниями одной и той же субстанции, подобно воде, которая может быть как жидкостью, так и твердым телом. Почему у меня болит то, чего не существует? Почему я ощущаю отсутствие, недостаток? Возможно, мы обречены на цельность, и любое дробление, четвертование — лишь видимость, происходит лишь на поверхности, подспудно же система остается невредима? Разве даже мельчайший фрагмент не относится к целому? Если мир, подобно огромному стеклянному шару, падает и разбивается на миллионы частей — не остается ли он при этом по-прежнему огромным, мощным, бесконечным и цельным?

Является ли моя боль Богом?

Я провел свою жизнь в скитаниях, продвигаясь внутрь собственного тела, по направлению к своей отнятой конечности. Я рисовал подробнейшие карты. Согласно самым совершенным методологиям, разобрал исследуемый предмет на составные части. Пересчитал мышцы, сухожилия, нервы и кровеносные сосуды. Я использовал при этом собственные глаза, помогая себе также более проницательным взглядом микроскопа. Мне кажется, я не упустил ни одной, самой мельчайшей детали.

Сегодня я могу задать себе вопрос: что же я искал?»

Рассказы для путешествия

Права ли я, что рассказываю? Не лучше ли сколоть разум скрепкой, подтянуть вожжи и изъясняться не историями, а четкой логикой лектора, чья мысль развертывается — предложение за предложением, — а затем, в последующих абзацах, сшивается с другими? Я могла бы пользоваться цитатами и комментариями, в системе пунктов или глав выразить последовательность пошагового доказательства своей идеи; я проверяла бы высказанную гипотезу и рано или поздно получала бы возможность вывесить аргументы на всеобщее обозрение, словно простыни после первой брачной ночи. Была бы хозяйкой собственного текста, могла бы честно требовать за него построчный гонорар.

А сейчас я соглашаюсь на роль акушерки, садовницы, заслуга которой в том лишь, что она посеяла семена, а затем занялась нудной прополкой.

Повесть имеет свою инерцию, которую никогда не удается полностью укротить. Ей нужны такие, как я: неуверенные в себе, нерешительные, легко обманывающиеся. Наивные.

Триста километров

Мне снилось, что я смотрю сверху на города, возведенные в долинах и на горных склонах. Отсюда было хорошо видно, что на самом деле это пни огромных деревьев — вероятно, гигантских секвой и гингко. Я размышляла, какой высоты должны были быть эти деревья, если на пне умещается целый город. Судорожно пыталась подсчитать, пользуясь простой пропорцией, усвоенной из школьной программы:

А относится к В как
С к D

A x D = C x B

Если А — площадь сечения дерева, В — его высота, С — площадь города, а D — искомая высота города-дерева, то, приняв, что среднестатистическое дерево обладает в основании площадью сечения, к примеру, один квадратный метр и достигает высоты не более тридцати метров, а город (вернее, поселок) занимает площадь 1 га (то есть 10 000 $м^2$):

1–30
10 000 – D

---

1 x D = 10 000 x 30,
в результате получаем 300 км.

Вот что у меня получилось в том сне. В высоту дерево должно достигать трехсот километров. Боюсь, что эту призрачную арифметику не стоит принимать всерьез.

30 000 гульденов

— Это не так уж много. Годовой доход купца, ведущего торговлю с колониями, — при условии, что в мире все спокойно и англичане не накладывают арест на голландские суда, из-за чего потом идут бесконечные тяжбы. Это вполне разумная сумма. Плюс крепкие, устойчивые деревянные ящики и стоимость доставки.

Именно столько заплатил Петр I, российский царь, за коллекцию анатомических препаратов, которую долгие годы создавал Фредерик Рюйш.

В 1697 году царь путешествовал по Европе с большой — двести человек — свитой. Он жадно рассматривал все вокруг, но более всего заинтересовали Петра вундеркамеры. Быть может, он тоже страдал каким-нибудь синдромом. После того как Людовик XIV отказал царю в аудиенции, Петр провел пару месяцев в Нидерландах. Несколько раз он инкогнито, в сопровождении нескольких здоровяков, посещал устраивавшийся в Де Вааг theatrum anatomicum[1], где пристально следил за плавными движениями профессорского скальпеля, вскрывавшего и открывавшего публике тела казненных. Петр довольно близко познакомился с Рюйшем, можно даже сказать, что они подружились — голландец учил русского царя препарировать бабочек.

Но больше всего Петру понравилась коллекция Рюйша: несколько сотен анатомических препаратов в стеклянных сосудах со специальной жидкостью — паноптикум человеческого тела, разобранного на составные части, механическая вселенная внутренних органов. Царь с трепетом глядел на человеческие плоды, не в силах отвести взор, — столь завораживающей была эта картина. Композиции, составленные из человеческих костей, исполненные драматизма и назидательности, успокаивали Петра и настраивали на созерцательный лад. Он во что бы то ни стало должен заполучить эту коллекцию!

Сосуды аккуратно упаковали в ящики с паклей, обвязали шпагатом и на телегах доставили в порт. Десяток матросов целый день таскали в трюм бесценный груз. Командовал сам профессор, скандаля и гневаясь: из-за одного неосторожного движения уже погиб великолепный, редчайший пример ацефалии[2] — Рюйш не стремился консервировать уродства, стремясь, напротив, сохранить красоту и гармонию человеческого тела. И вот стеклянный купол разбился, а знаменитая консервирующая жидкость вылилась на мостовую и впиталась в землю между булыжниками. Препарат же покатился по грязной улице, лопнув в двух местах. На осколке стекла виднелась аккуратная этикетка, сделанная дочерью профессора, с красивой надписью в черной рамке: «Monstrum

---

[1] Анатомический театр (*лат.*).

[2] Отсутствие головы.

humanum acephalum»[1]. Редкий экземпляр, уникальный. Жаль. Профессор завернул его в платок и, хромая, понес домой. Может, еще удастся что-нибудь предпринять.

Печальная это картина — опустевшие после продажи коллекции комнаты. Профессор Рюйш обвел их долгим взглядом и заметил на деревянных полках темные пятна — плоские проекции трехмерных банок, следы на вездесущей пыли: лишь ширина и длина, никакого намека на содержимое.

Рюйшу под восемьдесят, карьеру свою он начал достаточно рано, а коллекцию создавал на протяжении тридцати лет. На полотне некоего Беккера можно увидеть тридцатидвухлетнего тогда хирурга, уже прославившегося блестящими лекциями по анатомии. Художнику удалось передать характерное выражение лица молодого Рюйша — смесь самоуверенности и купеческой предприимчивости. А изображенное в перспективе тело — подготовленные к вскрытию останки юноши — выглядит свежим, почти живым: цвет кожи — молочно-розовый, никак не ассоциирующийся со смертью, колено согнуто так, как согнул бы его обнаженный человек, ложась на спину и инстинктивно прикрывая срам. Это тело повешенного преступника Йориса ван Иперена. Облаченные в черные одеяния хирурги создают тревожный контраст с этим мертвым телом, сконфуженным и беззащитным. На полотне запечатлено и изобретение Рюйша, на котором он тридцать лет спустя заработал состояние, — состав, надолго сохраняющий ткани. Вероятно, именно в этой жидкости Рюйш хранит свои уникальные анатомические препараты — они выглядят словно живые. Хотя он чувствует себя отменно, но в глубине души беспокоится, что уже не успеет воссоздать эту жидкость.

[1] Безголовое человеческое чудовище (*лат.*).

В это время дочь профессора, известная своей необычайной преданностью отцу, — женщина пятидесяти лет, с нежными руками, окутанными кремовыми кружевами, — договаривается с девушками об уборке комнат. Мало кто помнит ее имя — обычно все говорят о Шарлотте «дочь профессора Рюйша», а уборщицы называют ее просто «мефрау». Но мы-то знаем: это — Шарлотта. Отец дал ей право подписывать за него документы, да их подписи и не отличишь одну от другой. Несмотря на нежные ладони, кружева и серьезные познания в области анатомии, человечество ее забудет. В отличие от отца, Шарлотта не обретет бессмертия в людской памяти и учебниках. Ее переживут даже препараты, которые она с таким старанием создавала — анонимно. Переживут все эти очаровательные крошечные плоды, ведущие спокойную райскую жизнь в золотистой жидкости, водах Стикса. Некоторые, самые ценные и редкие, словно орхидеи, имеют дополнительную пару рук или ног — отец не слишком интересуется дефектами и изъянами, а Шарлотта — очень даже. Микроцефалы[1], которых удалось раздобыть путем подкупа акушерок. Или чудовищно разросшиеся кишки — выкупленные у хирургов. Провинциальные медики словно приносили на алтарь дочери профессора Рюйша жертвы, продавая ей уникальные опухоли, пятиногих телят, мертвые плоды сиамских близнецов, сросшихся головами. Но более всего она обязана городским акушеркам. Шарлотта была хорошей клиенткой, хотя умела торговаться.

Дело отец, наверное, оставит ее брату Генриху — его можно увидеть на полотне, написанном спустя тринадцать лет после того, первого, — Шарлотта смотрит на эту картину каждый день, спускаясь по лестнице на первый

[1] Человек, имеющий ненормально малую величину черепа и мозга при относительно нормальных размерах других частей тела.

этаж. Отца художник изобразил уже зрелым мужчиной, в парике, с аккуратно подстриженной испанской бородой. Рука, вооруженная хирургическими ножницами, на сей раз занесена над вскрытым телом младенца. Брюшные оболочки раскрыты достаточно, чтобы зритель мог разглядеть внутренние органы. Шарлотте младенец напоминает ее любимую куклу с бледным фарфоровым личиком и набитым опилками тряпичным торсом.

Шарлотта не замужем, но кривотолков это не вызывало — ведь все знают, как она предана отцу. Дети у нее тоже только эти — красивые, бледные, плавающие в спирту.

Шарлотта всегда сожалела, что выдали замуж ее сестру Рахиль, с которой они вместе готовили препараты. Однако ту всегда больше привлекало искусство, чем наука. Рахили не хотелось пачкать руки в формальдегиде, ее тошнило от запаха крови. Зато сестра любила украшать растительными орнаментами сосуды, в которых хранились анатомические препараты. И придумывала композиции из костей, особенно самых мелких, давала им изысканные названия. Но теперь они с мужем живут в Гааге, Шарлотта осталась одна, ведь братья не в счет.

Шарлотта проводит пальцем по деревянной полке — на слое пыли остается след. Еще мгновение — и его сотрут своими тряпками расшалившиеся девушки-уборщицы. Дочери Рюйша очень жаль коллекции, которой она посвятила всю свою жизнь. Шарлотта отворачивается к окну, чтобы служанки не заметили ее слез; на улице все как обычно. Шарлотта беспокоится: вдруг там, в далекой северной стране, препараты не сумеют правильно хранить, не сумеют в случае необходимости законсервировать? Под действием паров консервирующей жидкости лак, которым герметизируют крышки, порой истончается, и спирт начинает испаряться. Шарлотта составила подробнейшую инструкцию на латинском языке и приложила ее к коллекции. Но в ходу ли у тамошних жителей латынь?

Сегодня ей не уснуть. Шарлотта волнуется, словно мать, отправившая сыновей учиться в далекие края. Однако по собственному опыту она знает, что лучшее лекарство от всех тревог — работа, повседневный труд, являющийся одновременно удовольствием и наградой. Шарлотта утихомиривает озорных девушек — они побаиваются ее сурового облика. Вероятно, они думают, что такие, как Шарлотта, отправляются после смерти прямиком на небеса.

Но зачем ей небеса? К чему ей небеса анатомов? Они темны и скучны, там, едва различимые во мраке, стоят неподвижно над вскрытыми человеческими телами мужчины в темных одеждах. На их лицах, озаренных лишь отсветом белых воротничков, застыло выражение удовлетворения и даже триумфа. Шарлотта — одиночка, ей никто не нужен. Дочь Рюйша не угнетает поражение и не возбуждает успех. Она громко откашливается, чтобы подбодрить саму себя, и, поднимая подолом юбки облака пыли, выходит из комнаты.

Но идет не домой — нет, ее влечет в другую сторону, к морю, в порт, и вскоре Шарлотта уже видит вдалеке высокие тонкие мачты кораблей Восточно-Индийской компании; они стоят на рейде, а между ними снуют лодчонки, которые доставляют товары в порт. На бочках и ящиках видны печати VOC[1]. Полуголые, блестящие от пота загорелые мужчины таскают по трапам ящики с перцем, гвоздикой и мускатным орехом. К запаху моря — рыбному, соленому — примешивается здесь аромат корицы. Шарлотта шагает по набережной, наконец впереди появляется трехмачтовый корабль Царской Рос-

[1] Vereenigde Oostindische Compagnie — Объединенная Восточно-Индийская компания (*нидерл.*).

сии; она спешит пройти дальше, чтобы не видеть судно, не представлять себе банки, которые стоят теперь в каком-нибудь темном трюме — грязном и провонявшем рыбой, — которых касаются чужие руки и которым предстоит провести так много дней без солнечного света, без человеческих глаз.

Шарлотта ускоряет шаг и доходит до самых доков, видит, как готовятся к отплытию корабли, которые совсем скоро отправятся в датские и норвежские моря. Они совсем не похожи на суда, принадлежащие Компании. Те — нарядные, пестрые, с гальюнами в виде сирен и мифических героев. А эти — незатейливые, грубоватые...

Шарлотта видит, как набирают в команду матросов. На набережную выставлен стол, за которым сидят два чиновника в черных костюмах и коричневых париках, перед ними толпятся добровольцы — рыбаки из окрестных деревень, оборванные, заросшие, не мывшиеся с Пасхи, с яйцевидными черепами.

В голову Шарлотте приходит безумная мысль: а ведь и она могла бы переодеться в мужскую одежду, вымазать руки вонючим маслом, им же натереть лицо, чтобы казалось темнее, подстричь волосы и встать в эту очередь. Милосердное время стирает различия между женщиной и мужчиной; Шарлотта знает, что некрасива, что со своими уже немного обвисшими щеками и губами, заключенными в скобки морщинок, вполне могла бы сойти за мужчину. Новорожденные и старики выглядят одинаково. Так что же ее держит? Тяжелое платье, пышность нижних юбок, неудобный белый корнет[1], стягивающий жидкие волосы. Старый безумный отец, терзаемый приступами жадности, — случается, по деревянной столешнице скользит всего одна монетка, неохотно подталки-

---

[1] Старинный головной женский убор в виде чепчика с двумя рожками.

ваемая костлявым пальцем: дочери на домашнее хозяйство... Отец, который в своем тщательно скрываемом помешательстве уже решил начать все сначала и велел дочери браться за работу. Они воссоздадут коллекцию за несколько лет, подкупят акушерок, чтобы те не зевали и не проворонили ни одних родов, ни одного выкидыша.

Она могла бы наняться на корабль хоть завтра; говорят, Компании еще нужны матросы. Села бы в одну из этих лодок, доплыла до Тексела[1], где стоит флот. Корабли Компании приземистые, пузатые — их большие животы должны вместить в себя побольше шелка, фарфора, ковров и пряностей; им бы еще алчные губы, жадные утиные клювы. Стала бы матросом, никто бы ничего не заподозрил, Шарлотта ведь довольно высокая и крепкая, а грудь можно перетянуть полотном. Впрочем, если бы даже правда и вышла наружу — что бы они сделали ей в открытом море, на полпути в Ост-Индию? В крайнем случае высадили бы в каком-нибудь цивилизованном месте, например в Батавии[2], где якобы — она сама видела на гравюрах — стаи обезьян бегают по городу и сидят на крышах, весь год, словно в раю, плодоносят фруктовые деревья и так тепло, что люди никогда не носят чулок.

Так Шарлотта раздумывает и мечтает, но потом ее внимание привлекает крупный, грузный мужчина, вернее, его обнаженное плечо, торс, полностью покрытый татуировкой — цветными рисунками, среди которых преобладают корабли, паруса, полураздетые смуглолицые женщины: человек словно бы носит на теле историю своей жизни, ведь эти рисунки наверняка изображают его путешествия и его любовниц. Шарлотта глаз с него не сводит. Мужчина взваливает на плечо обшитые серым полотном узлы и по трапу вносит их в небольшую

---

[1] Остров в Нидерландах.

[2] Прежнее голландское название Джакарты, столицы Индонезии.

лодку. Вероятно, он чувствует на себе взгляд Шарлотты, потому что мельком смотрит на нее, то ли улыбаясь, то ли кривясь, — ведь она так непривлекательна. Дамочка в черном платье... Но Шарлотта все не может оторвать глаз от татуировки. Теперь она разглядела на плече матроса разноцветную рыбу, вернее, огромного кита, а поскольку мышцы моряка напряжены, кажется, что кит живой и сосуществует с хозяином в каком-то невероятном симбиозе — навсегда прилепившись к человеческой коже в своем вечном движении от лопатки к груди. Это крупное тело производит на Шарлотту огромное впечатление. Она чувствует, как ноги цепенеют и становятся ватными, а ее собственное тело открывается снизу (так ей кажется) — навстречу этому плечу, этому киту.

Шарлотта стискивает зубы, в ушах у нее шумит. Она идет вдоль канала, по направлению к дому, но потом замедляет ход и останавливается. На нее накатывает странное чувство — Шарлотте кажется, будто вода выплескивается на берег. Первые плавные волны обследуют территорию будущей экспансии, потом вода напирает смелее, выливается на мостовую, на камни и спустя мгновение добирается до нижних ступеней домов. Шарлотта явственно ощущает бремя стихии — ее юбки пропитываются водой, делаясь тяжелыми, как свинец, она не в силах двинуться с места. Она чувствует это наводнение каждым дюймом своего тела, видит, как бьются о деревья удивленные лодки — они ведь привыкли стоять вдоль течения и теперь совершенно растеряны.

Царская коллекция

На рассвете следующего дня русский парусник с бережно погруженной в трюм коллекцией Рюйша поднял якоря и вышел в море. Спустя несколько дней, успешно преодолев датские проливы, он был уже в Балтийском море. Капитан, пребывавший в добром расположении духа, наблюдал за погрузкой теллурия[1], ювелирно сделанного нидерландскими мастерами; собственно, он всегда больше интересовался приборами, чем собственно плаванием, в глубине души видя себя астрономом, картографом — человеком, обращенным к пространству, недоступному взгляду и кораблям.

Время от времени он спускался в трюм и проверял, на месте ли ценный груз; однако примерно на уровне Готланда[2] погода изменилась — после небольшой грозы ветер стих, воздух замер, и последнее августовское тепло гигантским янтарем застыло в атмосфере. Паруса опали и уже несколько дней оставались неподвижны. Чтобы чем-нибудь занять команду, капитан приказал сматывать и разматывать канаты, драить палубу, а по вечерам муштровал матросов. Однако с наступлением сумерек границы капитанской власти несколько размывались, а сам он забивался в уютный кокон каюты — чтобы, во-первых, отгородиться от мрачных и примитивных матросов, во-вторых, писать дневник путешествия, который он посвятил двум своим сыновьям.

На восьмой день штиля моряки начали бунтовать, поскольку закупленные в Амстердаме овощи, в особенности лук, оказались плохого качества и почти все заплесневели. Запасы спирта подходили к концу — сам капитан боялся заглядывать в трюм, где хранились бочки, но донесения первого офицера внушали тревогу. По ночам капитан с беспокойством прислушивался к звукам, доносившимся с палубы. Сначала раздавались отдельные шаги. Потом слышался топот нескольких человек, которые (такое было ощущение) начинали через некоторое время бегать в ногу трусцой, сопровождая свои движе-

[1] Прибор для наглядной демонстрации годового движения Земли вокруг Солнца и суточного вращения Земли вокруг своей оси.

[2] Принадлежащий Швеции остров в Балтийском море.

ния ритмическими возгласами (танцуют они, что ли?), позже сменявшимися хриплыми пьяными выкриками и нестройным многоголосным пением, столь жалобным и страдальческим, что капитану казалось, будто воют какие-то морские твари. Это продолжалось несколько долгих ночей, почти до самого рассвета. Днем капитан наблюдал опухшие глаза, набрякшие веки и ускользающий взгляд матросов. Однако вместе с первым офицером они решили, что в темноте да посреди неподвижного моря серьезные проблемы не решаются. Лишь на десятый день штиля, когда ночные эксцессы стало уже невозможно терпеть, при ярком солнечном свете, хорошо освещавшем знаки различия и золотые эполеты, капитан вышел на палубу и арестовал зачинщика, некоего Калукина.

С дрожью в сердце он обнаружил, что груз, увы, частично поврежден. Из сотни банок более десятка откупорены, а жидкость, в которой плавали препараты — крепкий бренди — выпита до дна. Сами препараты остались нетронуты — они валялись на полу, все в пакле и опилках. Разглядывать их капитан не стал. Когда он вернулся в каюту, его вырвало от отвращения и ужаса. На следующий день пришлось с оружием в руках защищать вход в трюм, едва удалось предотвратить бунт. Августовская жара сводила команду с ума. А тут еще недвижная морская гладь. Да и сам груз...

В конце концов капитан приказал зашить испорченные препараты в полотняный мешок и собственноручно выбросил их за борт — другого выхода не было. И словно по мановению волшебной палочки море, задобренное этой закуской, икнуло и стронулось с места. Откуда-то от шведов примчался ветер и подтолкнул царский парусник к родным краям.

После прибытия в Петербург капитану пришлось составить тайный рапорт. Калукина судили и повесили, а поредевшую коллекцию осторожно перенесли в специально подготовленные для этой цели помещения.

Капитан же, не сумевший проследить за ценным грузом, был вместе с семьей сослан на Крайний Север, где до конца своих дней занимался организацией небольших китобойных экспедиций и составлением подробных карт Новой Земли.

Иркутск — Москва

Самолет Иркутск — Москва. Вылетает из Иркутска в восемь утра, прилетает в Москву тогда же — в восемь утра того же дня. Это момент, когда восходит солнце, так что летишь все время на рассвете. Зависаешь в одном мгновении, в огромном, спокойном, просторном, точно Сибирь, Сейчас.

Это, наверное, время для исповеди всей жизни. Время плывет внутри самолета, но не вытекает наружу.

Темная материя

На третьем часу полета, когда мой сосед вернулся из туалета и мне пришлось встать, чтобы пропустить его на насиженное место, мы обменялись несколькими традиционными репликами по поводу погоды, турбулентности, обеда. На четвертом часу — наконец представились друг другу. Он физик. Читал курс лекций, теперь возвращается домой. Сосед снял ботинки, и я заметила, что у него рваный носок — огромная дыра на пятке. Физическое тело физика словно бы подмигнуло мне, и разговор стал более непринужденным. Сосед увлеченно рассказывал о китах, хотя занимался вовсе не ими.

Занимался он темной материей. Мы знаем о ее существовании, но не можем коснуться при помощи какого-либо инструмента. Доказательства явственно просматриваются в сложных расчетах и математических выкладках. Все свидетельствует о том, что космос на три четверти заполнен этой самой темной материей. Нашей материи — светлой, знакомой, из которой состоит наша вселенная, — гораздо меньше. Темная же материя — повсюду, — утверждал человек в дырявом носке, — здесь, рядом с нами, вокруг нас. Он поглядел в иллюминатор и кивнул на ослепительные облака под крылом самолета:

— И там тоже. Везде. Хуже всего, что мы не знаем, что́ это такое. И зачем оно нужно.

Мне сразу захотелось познакомить его с климатологами, летевшими на конгресс в Монреаль. Я даже поднялась и поискала их глазами, но тут же вспомнила, что это было в другом самолете.

Мобильность — это реальность

Огромный плакат на стеклянной стене аэропорта утверждает со стопроцентной уверенностью:

МОБИЛЬНОСТЬ СТАНОВИТСЯ РЕАЛЬНОСТЬЮ[1].

Спорим — это всего лишь реклама сотовых телефонов.

Бегуны

Ночью над миром восходит ад. Перво-наперво он искажает пространство; все делает плотнее, массивнее, неподвижнее. Исчезают детали, предметы теряют привычный облик, становятся приземисты и расплывчаты; странно, что днем их можно назвать «красивыми» или «полезными»; теперь они напоминают нескладные глы-

[1] В тексте по-русски.

бы, назначение которых трудно угадать. Но в аду все условно. Все это дневное разнообразие форм. Цвета и оттенки обнаруживают свою бесполезность — к чему они? Зачем кремовая обивка кресла, листики на обоях, бахрома на шторах? Какой смысл в зеленом цвете платья, висящего на спинке стула; теперь уже трудно объяснить жадный взгляд, рассматривавший его в витрине магазина. Нет больше пуговиц, крючков и петель, кнопок; пальцы в темноте нащупывают лишь шершавость, выпуклости, шероховатости жесткой материи.

Затем ад безжалостно прерывает сон. Порой подсовывает какие-то тревожные картины, жуткие или гротескные, например отрезанную голову, любимое тело, залитое кровью, человеческие кости, покрытые пеплом; да, он, пожалуй, склонен к эпатажу. Но чаще всего будит без всяких церемоний — глаза открываются в темноту, и наружу устремляется поток мыслей во главе со взглядом, устремленным в черное ничто. Ночной мозг — Пенелопа, распускающая по ночам старательно сотканный днем ковер смыслов. Порой вытягивается одна нитка, иногда больше; сложный узор распадается на составные части — уто́к и основу; уток отпадает, остаются прямые параллельные линии, штрихкод мира.

Тогда становится очевидно: ночь возвращает миру его естественный первоначальный вид, и никакая это не фантазия; день — причуда, свет — не более чем мелкое исключение, недосмотр, отступление от заведенного порядка. На самом деле мир темен, почти черен. Неподвижен и холоден.

Выпрямившись, она садится на постели, в ложбинке между грудями щекочет капля пота, ночная рубашка липнет к телу, словно готовая к линьке кожа, которую вот-вот предстоит сбросить. Аннушка прислушивается в темноте — из Петиной комнаты доносится тихое хныканье. Мгновение она нащупывает ногами тапочки, потом сдается. Босиком бежит к сыну. Краем глаза видит в сумраке силуэт, слышит вздох.

— Что? — не просыпаясь, спрашивает мужчина и отрешенно падает обратно на подушку.

— Ничего. Петя.

Аннушка зажигает маленькую лампочку в комнате ребенка и сразу видит его глаза. Они совсем не сонные, глядят на нее из темных впадин, тщательно прорисованных на лице светотенями. Аннушка касается Петиного лба — машинально, привычно. Лоб не горячий — в испарине, холодный. Она осторожно усаживает сына и массирует ему спину. Голова мальчика лежит у нее на плече, Аннушка чувствует запах Петиного пота, распознает в нем боль; она уже знает: когда Пете больно, запах меняется.

— Дотерпишь до утра? — спрашивает она шепотом, ласково — и тут же понимает, что вопрос глупый. Почему он должен терпеть? Зачем? Аннушка берет с тумбочки таблетки, выдавливает из пластинки одну и кладет мальчику в рот. Теперь стакан с теплой водой. Мальчик пьет, давится, и немного погодя она снова дает ему попить, теперь уже осторожнее. Сейчас таблетка начнет действовать, Аннушка укладывает беспомощное тело на правый бок, подтягивает Петины колени к животу — ей кажется, что так сыну будет удобнее. Ложится рядом, с краешку, и прижимается головой к его худенькой спине. Аннушка слышит, как воздух превращается в дыхание, как он входит в легкие и уходит в ночь. Дожидается, пока этот процесс не станет ритмичным, свободным, рефлекторным, а потом осторожно встает и на цыпочках возвращается в постель. Она бы предпочла спать в Петиной комнате, как делала до возвращения мужа. Аннушке было спокойнее, когда, засыпая и просыпаясь, она видела ребенка. Не раскладывать каждый вечер двуспальный супружеский диван, пускай себе стоит, заброшенный. Но муж есть муж.

Он вернулся четыре месяца назад, спустя два года. Вернулся в гражданской одежде, той же, в которой ушел, — словно бы вышедшей из моды, хотя явно неношеной. Аннушка обнюхала вещи — они ничем не пахли, разве что немного сыростью, запахом неподвижности, склада, запертого на четыре замка.

Он вернулся другим человеком — это Аннушка заметила сразу — да таким уже и остался. В первую ночь она исследовала его тело — оно тоже изменилось: стало тверже, больше, мускулистее, но и — парадоксальным образом — слабее.

Аннушка нащупала шрамы — на руке и под волосами, заметно поредевшими и поседевшими. Кисти стали массивнее, пальцы толще, словно он занимался физическим трудом. Аннушка положила их на свою обнаженную грудь, но они оставались нерешительны. Попыталась возбудить мужа рукой, но он лежал так тихо, дышал так спокойно, что Аннушке стало неловко.

Ночью муж просыпался с каким-то жутким гортанным криком, садился в темноте, через мгновение вставал и подходил к мебельной стенке, где был бар, наливал себе водки. Потом Аннушка чувствовала его фруктовое, яблочное дыхание. Тогда он просил ее: «Потрогай меня, потрогай».

— Расскажи, как там было, тебе станет легче, расскажи, — шептала Аннушка ему на ухо, соблазняла горячим дыханием.

Но он молчал.

Пока Аннушка занималась Петей, он расхаживал по квартире в полосатой пижаме, пил кофе, немилосердно крепкий, рассматривая в окно микрорайон. Потом заглядывал в комнату к мальчику, иногда присаживался перед ним на корточки и пытался пообщаться. После включал телевизор и задергивал желтые занавески, так что дневной свет делался больным, вязким, горячечным. Одевался он лишь ближе к полудню, когда к Пете должна была прийти медсестра, да и то не всегда. Порой просто закрывал дверь, и звук телевизора рассеивался, превращаясь в раздражающий шум, тщетный вызов миру.

Деньги приходили регулярно, каждый месяц. Даже вполне приличные — хватало на лекарства для Пети, новую коляску, пользовались которой нечасто, медсестру.

Сегодня мальчиком заниматься не надо, сегодня у Аннушки выходной. Сейчас появится свекровь, и трудно сказать, кого она навещает в первую очередь — сына или внука, о ком заботится нежнее. Поставит у порога клетчатую пластиковую сумку, вынет из нее нейлоновый халат и домашние тапочки. Заглянет к сыну, о чем-то спросит, тот ответит, не отрывая взгляда от телевизора: да или нет. И все, больше ничего не дождешься, так что она пойдет к внуку. Мальчика нужно умыть и накормить, сменить мокрую от пота и описанную постель, дать лекарства. Потом загрузить стиральную машину и приниматься за готовку. Еще поиграть с ребенком, а если погода хорошая, можно вынести мальчика на балкон, хотя вид оттуда не очень интересный — многоэтажки, похожие на огромные серые коралловые рифы пересохшего моря, населенные подвижными организмами, опирающиеся на туманный горизонт большого города, гигантской Москвы. Но взгляд мальчика всегда устремляется к небу, зависает на подбрюшье облаков и некоторое время плывет вместе с ними до границ поля зрения.

Аннушка благодарна свекрови за этот один раз в неделю. Уходя, она целует ее в мягкую бархатистую щеку, мимоходом. Они и видятся только в такие минуты, на пороге; сейчас Аннушка сбежит по лестнице, с каждой ступенькой делаясь все более невесомой. Впереди целый день. Но Аннушка вовсе не собирается посвятить его себе, она займется делами. Оплатит счета, купит продукты, возьмет рецепты для Пети, сходит на кладбище, а потом поедет на противоположный конец этого огромного бесчеловечного города, чтобы посидеть в темноте и поплакать. Путь неблизкий, повсюду пробки, и, зажатая со всех сторон, Аннушка глядит в окно переполненного автобуса на большие автомобили с затемненными стеклами, которые без всякого усилия, каким-то дьявольским образом продвигаются вперед, хотя все вокруг стоит. Она смотрит на скверы, заполненные молодежью, на импровизированные базарчики, где торгуют дешевыми китайскими шмотками.

Аннушка всегда делает пересадку на Киевском вокзале и там, вынырнув из-под земли, пробирается через толчею. Однако никто так не привлекает ее внимания, никто так не ужасает, как эта странная фигура, стоящая у выхода, на фоне строительных заборов, которые окружают котлован, заборов, так плотно обклеенных рекламами, что кажется, будто они кричат в голос.

Эта женщина все время топчется на полоске ничейной земли, между стеной и недавно положенными плитками тротуара, мимо течет бесконечный людской поток, а она принимает парад усталых торопливых прохожих, большинство из которых еще только на полпути с работы или на работу; сейчас они сделают пересадку, сменят метро на автобус.

Одета женщина иначе, чем другие люди, на ней куча вещей: брюки, несколько юбок, одна на другой — из-под пятницы суббота; и точно такой же верх — множество рубашек, кофт, безрукавок. А довершает все серый ватник, писк изысканной простоты, эхо далекого восточного монастыря или трудовой колонии. Вместе получается даже стильно, Аннушке нравится, ей кажется, что цвета тщательно подобраны, но, возможно, это не человеческий выбор, а haute couture[1] энтропии — блекнущих цветов, обтерханности и старения.

---

[1] Высокая мода (*фр.*).

Однако диковиннее всего выглядит голова: она плотно замотана куском ткани, который сверху еще придавлен шапкой-ушанкой; лицо закрыто, виден только рот, без устали изрыгающий проклятия. Эта картина так поражает Аннушку, что она ни разу не попыталась понять, есть ли в этих речах что-нибудь, кроме проклятий. И теперь тоже проходит мимо, ускорив шаг, — боится обратить на себя внимание, ведь тогда поток яростных слов обрушится прямо на нее.

Погожий декабрьский день, тротуары сухие, чистые, а сапоги удобные. Вместо того чтобы сесть в автобус, Аннушка переходит мост и теперь шагает вдоль широкой мостовой, ей кажется, будто это набережная большой реки, через которую забыли перекинуть мост. Аннушка радуется прогулке, плакать она начнет только в своей церкви, в темном углу, где всегда опускается на колени и стоит в этой неудобной позе, пока не затекут ноги, пока, пройдя через оцепенение, мурашки и боль, она не достигнет следующей ступени — великого ничто. Но сейчас она перекидывает сумку через плечо и крепко держит пластиковый пакет, из которого торчат цветы на могилу, тоже пластиковые. Аннушка старается ни о чем не думать, в особенности — о том месте, откуда ушла утром. Вот уже элитный район, здесь есть на что посмотреть: множество магазинов, где стройные гладкие манекены равнодушно демонстрируют баснословно дорогую одежду. Аннушка останавливается, разглядывая дамскую сумочку, расшитую миллионом бусинок, украшенную тюлем и кружевом, — просто прелесть. В конце концов добирается до специализированной аптеки — там стоит очередь. Зато она получит нужные лекарства. Бесполезные, лишь смягчающие симптомы болезни.

На лотке Аннушка покупает пакет пончиков и съедает их, присев в сквере на скамейку.

В этой небольшой церкви много людей, туристов. Молодой священник, который обычно расхаживает по храму, словно хозяин лавки, на сей раз занят — рассказывает туристам об истории церкви и иконостасе. Он певуче декламирует заученный текст, голова, венчающая высокое стройное тело, возвышается над толпой. Красивая светлая борода напоминает соскользнувший с головы на грудь чудесный ореол. Аннушка пятится и выходит — не станет же она молиться и плакать среди туристов. Она все ждет и ждет, но входит следующая группа, и тогда Аннушка решает поискать для своих слез другое место — неподалеку есть еще одна церковь, маленькая и старая, почти всегда запертая. Однажды Аннушка туда зашла, но ей не понравилось: холодно и пахнет отсыревшим деревом.

Однако на этот раз Аннушка не привередничает, надо где-нибудь наконец поплакать — чтобы было тихо, но не безлюдно; ей необходимо ощущать присутствие чего-то большего, чем она, широко распахнутых объятий, пульсирующих жизнью. Еще Аннушке нужно чувствовать на себе чей-то взгляд, чтобы кто-нибудь видел, как она плачет, чтобы слова не падали в пустоту. Пускай это будут нарисованные на дереве глаза, которые не дремлют, не знают усталости, в которых вечный покой, пусть они наблюдают за ней не моргая.

Аннушка берет три свечки и бросает монеты в банку. Одна свеча — за Петю, другая — за молчаливого мужа, третья — за свекровь в нейлоновом халате. Аннушка зажигает их от других — немногочисленных — горящих свечей и глазами выбирает себе место справа, в темной нише, чтобы не мешать молящимся старухам. Трижды размашисто крестится, с этого жеста начинается ритуал плача.

Но когда она поднимает глаза для молитвы, из мрака проступает иное лицо — огромный лик мрачной иконы.

Квадратная доска, высоко, почти под самым куполом, а на ней — бесхитростный образ Христа, написанный оттенками коричневого и серого. Темное лицо на темном фоне, ни нимба, ни венца; только горят устремленные на нее, как она и хотела, очи. Но не о таком взгляде мечтала Аннушка, она ждала ласковых глаз, исполненных любви; эти же сковывают ее, гипнотизируют. Под этим взором тело Аннушки съеживается. Он проник сюда на мгновение, стекает по сводам издалека, из глубочайшей тьмы — обители Бога, Его убежища. Этот Бог не нуждается ни в каком теле, Он имеет только лицо, с которым Аннушка оказалась теперь один на один. Этот взгляд пронзителен, он острым шурупом ввинчивается в ее голову, продырявливая мозг. Это лицо не спасителя, а утопленника, который, однако, не умер — скрылся от вездесущей смерти под водой, а теперь, вынесенный неведомыми течениями на поверхность, к сознанию, сверхсознанию, говорит: смотри, вот я. Но Аннушка не хочет смотреть на него, опускает глаза; она не хочет видеть, что Бог слаб и повержен, изгнан и прячется среди отбросов, в вонючих омутах мира. Нечего плакать, тут не место для слез. Этот Бог не поможет, не поддержит, не ободрит, не очистит, не спасет. Взгляд утопленника упирается в ее макушку, она слышит гул, далекий подземный грохот, вибрацию под церковным полом.

Аннушка сегодня почти не спала, почти ничего не ела, отсюда дурнота. Слез нет, от них остались высохшие русла.

Она вскакивает и выходит. Идет как заведенная, прямо к метро.

Аннушке кажется, будто она что-то пережила, будто что-то пронизало ее, натянуло изнутри, словно струну, чтобы звук был чист, ни для кого не различим. Этот тихий звук адресован ее телу — краткое соло в хрупкой концертной раковине. Аннушка по-прежнему прислушивается, все ее внимание направлено внутрь, в глубину, но слышит только пульсирующую в ушах кровь.

Эскалатор едет вниз, ей кажется, что это продолжается бесконечно долго: одни — вниз, другие — наверх. Обычно взгляд лишь бегло скользит по лицам, но теперь, пораженные ликом на иконе, глаза беспомощны — цепляются за каждого человека, и каждое лицо — словно пощечина, крепкая, от души. Вот уже нет сил выносить эту картину, Аннушка готова заслонить глаза, как та сумасшедшая у вокзала, и тоже начать выкрикивать проклятия.

— Помилуй, помилуй, — шепчет Аннушка и цепляется за поручень, обгоняющий ступеньки эскалатора — надо поскорее отпустить, а то она упадет.

Она видит молчаливую толпу людей, которые едут вверх и вниз, плечом к плечу, в толчее. Движутся, словно по канату, каждый к своей точке — где-то на далекой окраине, на каком-нибудь одиннадцатом этаже, где можно натянуть на голову одеяло и погрузиться в сон, слагающийся из обрывков дня и ночи. В сущности, утром этот сон не кончается, обрывки образуют коллажи, пятна; иногда получаются занятные конфигурации — можно сказать: продуманные.

Аннушка видит хрупкость плеч, нежность век, зыбкую линию губ, чуть искаженную гримасой, видит, как слабы руки, как слабы ноги — они неспособны донести до цели. Видит сердца — как мерно они бьются, одни быстрее, другие медленнее, обычное механическое движение, мешочки легких напоминают грязные пластиковые пакеты, Аннушка слышит шорох дыхания. Одежда сделалась прозрачной, так что она видит печать энтропии. Бедные, уродливые наши тела, материя, которая вся без исключения пойдет в утиль.

Эскалатор везет всех этих существ прямо в бездну, в пропасть, вот глаза церберов в стеклянных будках в конце лестницы, вот обманчивый мрамор и колонны, мощные статуи демонов — одни с серпами, другие со снопами. Мощные ноги, плечи гигантов. Тракторы — адские машины — волокут острые, зубастые орудия пыток, которыми наносят земле незаживающие раны. Везде стиснутые в толпе люди, панически, умоляюще воздетые руки, уста, открывшиеся в преддверии крика. Здесь совершается Страшный суд. В подземелье метро, освещенном хрустальными люстрами с их мертвенным желтым светом. Судей, правда, не видно, но повсюду ощущается их присутствие. Аннушке хочется вернуться, бежать наверх, против течения, но лестница не пускает, приходится ехать вниз, ничего не поделаешь. С шипением откроются перед ней пасти подземных поездов, засосут внутрь мрачные туннели. Но ведь бездна повсюду, даже на верхних этажах города, даже на одиннадцатом и семнадцатом, на верхушках шпилей, на кончиках антенн. Никуда от нее не скрыться, разве не об этом кричала, перемежая слова проклятиями, та сумасшедшая?

Аннушку шатает, она прислоняется плечом к стене. На ворсистом пальто остаются белые следы штукатурки, стенное помазание.

Теперь надо пересесть на автобус; уже темно, Аннушка выходит наугад: из окна автобуса ничего не видно, мороз успел разрисовать его серебристыми веточками, — но она знает маршрут на память и не ошибается. Еще несколько дворов — Аннушка срезает путь, — до дома рукой подать. Но она замедляет ход, ноги не желают нести ее к цели, сопротивляются, шаги становятся все короче. Аннушка останавливается. Задирает голову и видит, что в окнах их квартиры горит свет. Ее наверняка ждут, поэтому Аннушка трогается с места, но через минуту опять останавливается. Холодный ветер проникает сквозь ткань пальто, развевает полы, ледяными пальцами хватает за бедра. Его ласки — точно бритва, битое стекло. От холода по щекам текут слезы, ветру это на руку: есть повод пощипать ее лицо. Аннушка бросается вперед, к подъезду, но перед самой дверью разворачивается и, подняв воротник, торопливо идет обратно.

Относительно тепло только в большом зале ожидания на Киевском вокзале и в туалетах. Аннушка останавливается в нерешительности, когда мимо проходят дежурные милиционеры (они всегда шагают неторопливо, небрежно, чуть подволакивая ноги, словно прогуливаются по приморскому бульвару), притворяется, будто читает расписание; Аннушка сама не знает, чего боится, ведь ничего плохого она не сделала. Впрочем, милиционерам есть чем заняться — они безошибочно выуживают из толпы смуглых мужчин в кожаных куртках и их женщин в платках.

Аннушка выходит из здания вокзала и издалека видит, что закутанная по-прежнему топчется на своем месте, голос охрип от проклятий, собственно, и самих проклятий уже не разобрать. Хорошо — поколебавшись, Аннушка спокойно останавливается перед ней. Женщина замирает лишь на мгновение, похоже, она хорошо видит Аннушку сквозь тряпку, закрывающую лицо. Аннушка делает еще шаг вперед и оказывается так близко, что чувствует исходящий от женщины запах — пыли и затхлости, прогорклого масла. Та говорит все тише, наконец выходит из транса и умолкает. Теперь она не топчется, а раскачивается, словно не может остановиться. Женщины стоят друг перед другом неподвижно, мимо идут люди, но не обращают внимания, только один человек бросает взгляд в их сторону; все спешат, боятся опоздать на электричку.

— Что ты говоришь? — спрашивает Аннушка.

Закутанная цепенеет, от изумления перестает дышать, потом испуганно шарахается в сторону, к проходу вдоль забора. Аннушка идет следом, по деревянному настилу, под которым мерзлая грязь, — отстав на несколько шагов, не спуская глаз с ватника, мелко семенящих валенок. Она ее так не отпустит. Женщина оглядывается через плечо и пытается ускорить шаг, она почти бежит, но Аннушка молодая и сильная. И тренированная — столько раз приходилось стаскивать вниз и коляску, и Петю, столько раз вносить наверх, если не работал лифт.

— Эй ты! — окликает Аннушка время от времени, но женщина не реагирует.

Они минуют дворы, помойки и вытоптанные скверы. Усталости Аннушка не чувствует — обидно только, что потеряла сумку с цветами на могилу, но возвращаться не хочется, жалко времени.

Наконец женщина садится на корточки и пытается отдышаться. Аннушка останавливается в нескольких метрах от нее и ждет, пока та встанет и обернется. Ведь закутанная проиграла, ничего не поделаешь. Она и в самом деле оглядывается через плечо, Аннушка видит ее лицо — женщина стянула вниз повязку. Глаза светло-голубые, испуганные; смотрят на Аннушкины сапоги.

— Чего ты от меня хочешь? Зачем ты меня преследуешь?

Аннушка не отвечает, у нее такое ощущение, будто она поймала крупного зверя, жирную рыбу, кита, и теперь не знает, что делать со своим трофеем — бросить-то жаль. Женщина боится, видимо, от страха она растеряла все слова:

— Ты из милиции?

— Нет, — говорит Аннушка.

— Ну так что?

— Я хочу знать, что ты говоришь. Ты ведь все время что-то говоришь, я вижу тебя каждую неделю, когда еду в центр.

Теперь закутанная отвечает уже смелее:

— Ничего я не говорю. Отстань от меня.

Аннушка наклоняется и протягивает руку — помочь ей встать, но рука передумывает и гладит женщину по щеке. Щека теплая, мягкая, приятная на ощупь.

— Я ничего плохого не хотела.

Та сперва замирает, удивленная прикосновением, однако этот жест, видимо, заставляет ее сменить гнев на милость; женщина с трудом встает.

— Есть хочу, — говорит она. — Пойдем, тут недалеко есть киоск с дешевыми хот-догами, купишь мне чего-нибудь.

Они идут молча, плечо к плечу. В киоске Аннушка покупает две длинные булки с сыром и помидорами, следя, чтобы закутанная не сбежала. Самой кусок в горло не идет. Она держит бутерброд перед собой, словно флейту, на которой вот-вот заиграет зимнюю мелодию. Женщины садятся на приступочку. Закутанная съедает свой хот-дог, потом молча забирает у Аннушки второй. Она старая, старше свекрови. Щеки все в морщинках, бегущих наискосок, от лба к подбородку. Откусывает с трудом — нечем. Куски помидора выскальзывают, она еле успевает их подхватить, неуклюже, в последний момент, и старательно засовывает обратно, между двумя половинками булки. Одними губами отрывает крупные куски.

— Я не могу вернуться домой, — говорит вдруг Аннушка и опускает глаза. Она немного ошарашена собственными словами и только теперь с ужасом задумывается о том, чтó сказала. В ответ закутанная сперва что-то невнятно бормочет, затем, проглотив кусок, спрашивает:

— У тебя есть адрес?

— Есть, — отвечает Аннушка и говорит: — Кузнецкая, сорок шесть — семьдесят восемь.

— Ну так забудь его, — бросает женщина, не переставая жевать.

Воркута. Она родилась здесь в конце шестидесятых — блочные дома, которые теперь выглядят столетними, тогда только строились. Аннушка помнит их совсем новыми: шершавая штукатурка, запах бетона и асбеста, который использовали для теплоизоляции. Многообещающая гладкость плит ПВХ. Однако в холодном климате все старится быстрее, мороз разрушает плотную структуру стен, замедляет вечный круговорот электронов.

Аннушка помнит ослепительную белизну зим. Белизну и острые края затравленного света. Такая белизна призвана служить лишь контрастом для тьмы, которой явно больше.

Отец работал истопником на крупной теплостанции, мать — в столовой, откуда всегда что-нибудь приносила, так что семья не бедствовала. Теперь Аннушке приходит в голову, что всех там точила какая-то странная болезнь — огромная, скрытая глубоко внутри тела, под одеждой печаль, а возможно, нечто большее, чем печаль, просто Аннушка не может подобрать точное слово. Они жили на восьмом этаже девятиэтажной башни, одной из многих, но со временем, когда Аннушка подросла, квартиры на верхних этажах стали освобождаться. Люди уезжали в более милосердные к человеку места — обычно в Москву, да куда угодно, лишь бы подальше, а оставшиеся спускались ниже, занимали пустые квартиры — потеплее, поближе к людям, к земле. Жить на девятом этаже во время долгой полярной зимы — все равно что зависнуть под бетонным сводом мира в замерзшей капле воды, в самой сердцевине студеного ада. Когда Аннушка в последний раз навещала сестру и мать, они обитали на первом этаже. Отец давно умер.

К счастью, Аннушка сумела поступить в хороший московский пединститут; к несчастью, она его бросила. Закончи учебу — работала бы учительницей и, возможно, никогда бы не познакомилась с мужчиной, ставшим ее мужем. Их гены не соединились бы в гремучую смесь, из-за которой Петя появился на свет неизлечимо больным.

Много раз Аннушка пыталась сторговаться с кем-нибудь — с Богом, Богоматерью, святой Параскевой-мученицей, со всем иконостасом, даже с целым миром — что бы это ни значило, — с судьбой. Я пойду вместо Пети, возьму на себя его болезнь, умру, пусть только он выздоровеет. Мало того — Аннушка бросала на чашу весов и чужие жизни: молчаливого мужа (пусть его там застрелят) и свекрови (пускай ее разобьет паралич). Но, конечно, никакого ответа на свои предложения не получила.

Аннушка покупает билет и спускается вниз. Вагоны по-прежнему переполнены, люди возвращаются из центра в спальные районы. Некоторые засыпают прямо в метро. Их сонное дыхание оседает на стеклах облачками тумана, на них можно рисовать пальцем — неважно что, все равно картинка мгновенно исчезает. Аннушка добирается до конечной станции — «Юго-Западная», — выходит и останавливается на перроне, но сразу понимает, что поезд сейчас поедет обратно, тот же самый. Тогда она садится на свое место и теперь катается туда-сюда, потом, сделав несколько рейсов, переходит на кольцевую. Теперь она ездит по кругу, а ближе к полуночи возвращается на «Киевскую», словно домой. Там она сидит на перроне, пока какая-то грозная блюстительница порядка не выгоняет ее, потому что метро закрывается. Выходит Аннушка неохотно — на улице сильный мороз, но потом обнаруживает возле вокзала маленькую забегаловку: под самым потолком подвешен телевизор, за столиками несколько бесприютных пассажиров. Она заказывает стакан чаю с лимоном, потом еще один; потом борщ, невкусный, жидкий, и, подперев голову рукой, погружается в короткую дрему. Она счастлива, потому что в голове ни одной мысли, никаких тревог, никаких ожиданий или надежд. Блаженное состояние.

Первый поезд еще пуст. С каждой станцией народу становится все больше, наконец делается так тесно, что Аннушка стоит, стиснутая спинами каких-то гигантов. Поскольку она не достает до верхнего поручня, приходится позволить этим безымянным телам себя поддерживать. Потом толпа вдруг рассеивается, на следующей остановке вагон пустеет. Остается несколько человек. И Аннушка обнаруживает, что на конечных станциях выходят не все. Сама она пересаживается с поезда на поезд. Но в окно видит, что некоторые люди устраиваются в торце вагона и ставят под ноги свои пакеты или рюкзаки, обычно старые, брезентовые. Они дремлют, прикрыв глаза, или разворачивают какую-то еду и, несколько раз перекрестившись и что-то бормоча себе под нос, благоговейно жуют.

Аннушка меняет поезда, потому что боится: вдруг ее заметят, поймают за руку, начнут трясти и — самое ужасное — куда-нибудь упекут. Иногда она просто переходит на другую сторону платформы, иногда делает пересадку и тогда ездит вверх-вниз по эскалаторам, путешествует по туннелям, никогда не читая никаких надписей, совершенно свободная. Например, доезжает до «Чистых прудов», пересаживается с Сокольнической линии на Калужско-Рижскую и едет до «Медведкова» и обратно, на противоположный конец города. В туалетах Аннушка приводит себя в порядок, она хочет выглядеть аккуратно, но не потому, что испытывает в этом потребность (по правде говоря — не испытывает), а чтобы ее неопрятность не привлекла внимание одной из тех церберш, что бдят из своих стеклянных будок при эскалаторах. Аннушка подозревает, что они умеют спать с открытыми глазами. В киоске Аннушка покупает прокладки, мыло, самую дешевую зубную пасту и щетку. Всю вторую половину дня спит, катаясь по кольцевой линии. Вечером поднимается наверх — проверить, не стоит ли у вокзала закутанная — но нет, не стоит. Холодно, со вчерашнего дня еще похолодало, так что Аннушка с облегчением возвращается под землю.

На следующий день закутанная оказывается на своем месте, раскачивается на негнущихся ногах и выкрикивает невнятные проклятия. Аннушка встает так, чтобы та ее увидела, на другой стороне перехода, но причитающая женщина, похоже, ничего не замечает. Наконец Аннушка, воспользовавшись тем, что толпа на мгновение редеет, останавливается прямо перед ней.

— Пойдем, я тебе булку куплю.

Та замирает, вырванная из своего транса, потирает руки в перчатках, притоптывает, словно промерзшая до костей базарная торговка. Они вместе идут к киоску. Аннушка искренне радуется встрече.

— Как тебя зовут? — спрашивает она.

Женщина, занятая булкой, только пожимает плечами. Но потом отвечает с набитым ртом:

— Галина.

— А я — Аннушка.

Вот и весь разговор. Наконец, когда мороз снова пригоняет их к вокзалу, Аннушка задает еще один вопрос:

— Галина, а где ты ночуешь?

Закутанная велит ей после закрытия метро подойти к киоску.

Весь вечер Аннушка ездит по одной ветке метро и равнодушно рассматривает собственное лицо, отражающееся в окне на фоне темных стен подземных туннелей. Она уже узнаёт по крайней мере двоих. Заговорить с ними не решается. С одним человеком она проехала несколько остановок — высокий худой мужчина, не старый, может, даже молодой, трудно сказать. Лицо скрыто редкой светлой бородой, доходящей до груди. Кепка — обычная потертая «ленинка»; длинное серое пальто с оттопыренными карманами и выцветший рюкзак. Из высоких шнурованных ботинок торчат вязаные носки, плотно обхватывающие штанины коричневых брюк. Он, похоже, ни на что не обращает внимания, погружен в свои мысли. Энергично выскакивает на платформу, словно устремлен к какой-то далекой, но конкретной цели. Еще Аннушка дважды видела его с перрона; один раз он спал в совершенно пустом поезде, который, кажется, уже ехал на ночь в депо; в другой — тоже дремал, прижавшись лбом к стеклу; его дыхание наколдовало туман, наполовину скрывший лицо.

Второй человек, которого Аннушка запомнила, — старик. Он ходит с трудом — с палкой или, скорее, посохом, толстой клюкой с загнутой ручкой. Входя в вагон, пытается за что-нибудь схватиться; обычно кто-нибудь ему помогает. Люди неохотно, но все же уступают место. Он похож на нищего. Старика Аннушка пытается поймать, как поймала закутанную. Но единственное, что ей удается, — это проехаться с ним в одном вагоне, простоять рядом около получаса, досконально изучив его лицо, одежду. Но заговорить Аннушка не смеет. Мужчина сидит, опустив голову, не обращая внимания на то, что происходит вокруг. Потом толпа возвращающихся с работы людей увлекает Аннушку за собой. Она плывет в теплом потоке запахов и прикосновений. Освобождается только за турникетом, словно подземелье выплюнуло ее, как инородное тело. Теперь, чтобы вернуться обратно, надо купить билет, а она знает, что деньги вот-вот кончатся.

Почему эти двое ей запомнились? Вероятно, потому, что они обладают некоторой устойчивостью, отчего словно и двигаются иначе, медленнее. Все остальные — река, поток, вода: текучая, образующая буруны и волны, но то формы изменчивые, мимолетные, и река о них забывает. А эти люди движутся против течения, потому и видны так отчетливо. Законы реки на них не распространяются. Думаю, именно это привлекло Аннушку.

После закрытия метро она ждет закутанную у бокового входа — та появляется, когда Аннушка уже теряет надежду. Глаз не видно, в своей многослойной одежде женщина напоминает бочонок. Закутанная велит Аннушке идти следом, и та послушно идет. Аннушка очень устала, по правде говоря, сил у нее совсем не осталось, больше всего хочется остановиться и присесть — все равно где. Женщины переходят по мосткам ров, минуют оклеенный плакатами железный забор, потом спускаются в подземный переход. Вскоре попадают в какой-то тесный коридор, здесь блаженно тепло. Женщина указывает место на полу, Аннушка ложится, не раздеваясь, и тут же засыпает. И уже погружаясь в сон — такой, о каком она всегда мечтала, бездумный и глубокий, — на мгновение видит картину, которую только что разглядела в узком коридоре.

Темная комната, из нее открыта дверь в другую, освещенную. Там стоит стол, вокруг него люди. Руки лежат на столе, спины прямые. Люди сидят и молча, не шевелясь, глядят друг на друга. Аннушке кажется, что один из них — мужчина в ленинской кепке.

Спит Аннушка крепко. Ничто не тревожит ее сон — ни шорохи, ни стоны за стеной, ни скрип кровати, ни шум телевизора. Она спит, словно утес, о который упорно бьются волны, словно упавшее дерево, обрастающее мхом и грибами. Лишь перед самым пробуждением ей снится смешной сон — будто она забавляется разноцветной косметичкой, разрисованной слониками и кошечками, вертит ее в руках. Потом вдруг отпускает, но вещица не падает, зависает в воздухе, между ладонями, и Аннушка понимает, что может двигать косметичку, не касаясь ее. Одной силой воли. Это чувство очень приятное, подобной радости она давно не испытывала — пожалуй, с самого детства. Так что Аннушка просыпается в хорошем настроении и теперь видит, что она вовсе не в заброшенном рабочем общежитии, как ей показалось вчера, а в обычной котельной. Вот почему здесь так тепло. А спит она на картонке, возле кучи угля. Рядом на обрывке газеты лежит четвертушка довольно черствого хлеба и шмат сала, посыпанного острой паприкой. Она догадывается, что еду оставила Галина, но не притрагивается к ней, пока не справит нужду в отвратительном туалете без дверей и не помоет руки.

Ах, до чего же приятно влиться в постепенно нагревающуюся толпу людей. От пальто и дубленок пахнет чужими домами: подсолнечным маслом, стиральным порошком, сладкими духами. Аннушка проходит через турникет и погружается в первую волну. На сей раз она оказывается на Калининской линии. Стоит на перроне, чувствуя, как подъезжающий поезд толкает перед собой теплый подземный воздух. Двери открываются, и вот Аннушка уже внутри, сдавленная телами, даже нет нужды цепляться за поручень. На поворотах она поддается движению поезда, колышется, словно травинка среди трав, колосок среди колосьев. На следующей станции входят еще люди, хотя уже не осталось ни миллиметра свободного пространства. Аннушка прикрывает глаза: такое ощущение, будто ее укачивают, нежно обнимают со всех сторон и баюкают успокаивающе добрые руки. Вдруг на какой-то остановке почти все выходят, и теперь приходится удерживать равновесие самостоятельно.

Когда, ближе к конечной, вагон почти совсем пустеет, Аннушка находит газету. Сперва смотрит на нее чуть недоверчиво: может, она вообще уже разучилась читать, — но потом берет в руки и с тревогой просматривает. Читает, что умерла от анорексии фотомодель, и власти подумывают запретить выходить на подиум слишком худым девушкам. Читает о террористах — предотвращен очередной теракт. В квартире обнаружены тротил и взрыватели. Дезориентированные киты выплывают на отмель и там умирают. Полиция выследила через Интернет шайку педофилов. Ожидается похолодание. *Мобильность становится реальностью*.

Какая-то эта газета неправильная, наверное, фальшивая, поддельная. Каждая прочитанная фраза причиняет невыносимую боль. Аннушкины глаза наполняются слезами, и крупные капли начинают падать на газету. Плохая бумага тут же впитывает их, словно промокашка.

Там, где метро выходит на поверхность, Аннушка приникает к окну и смотрит. Город пепельного цвета, всех оттенков, от грязно-белого до черного. Он состоит из прямоугольников и фигур неправильной формы, из квадратов и пучков прямых линий. Аннушка провожает глазами высоковольтные провода и кабельные сети, потом переводит взгляд на крыши и считает антенны. Закрывает глаза. А когда открывает, оказывается, что мир уже не там, где прежде. Почти в сумерках Аннушка, в очередной раз оказавшись в знакомом месте, видит, как низкое солнце на мгновение, на несколько секунд, пробивается из-за белых клубов туч и освещает дома красным заревом — только верхушки, верхние этажи; кажется, будто вспыхивают гигантские факелы.

Потом Аннушка сидит на скамейке на перроне под большой рекламой. Съедает остатки завтрака. Моется в туалете и возвращается. Сейчас начнется час пик. Те, кто утром ехали туда, теперь поедут обратно. Остановившийся перед Аннушкой поезд ярко освещен и почти пуст. В вагоне только один человек — тот мужчина в кепке. Он стоит, вытянувшись как струна. Когда поезд тронется, мужчину слегка качнет; потом он исчезнет, поглощенный черной пастью подземелья.

— Я куплю тебе булку, — говорит Аннушка закутанной, и та на миг снова замирает, перестает раскачиваться, словно только будучи неподвижной она способна переваривать услышанное. В следующую минуту она уже направляется к киоскам.

Женщины едят, прислонившись к задней стенке киоска, но сперва закутанная несколько раз крестится и кланяется.

Аннушка спрашивает ее о людях, которые молча сидели вчера в котельной, и женщина снова цепенеет, на сей раз с куском булки во рту. Произносит какую-то бессмысленную фразу, вроде «Как это?». А потом бросает зло:

— Да отстань ты от меня!

И уходит. До часу ночи Аннушка ездит на метро, потом, когда его закрывают, и церберши выгоняют людей на улицу, кружит вокруг того места, где — как ей кажется — был вход в теплую котельную, но ничего не находит. Тогда она идет на вокзал и там, выгребая оставшиеся копейки, коротает ночь за чаем и борщом в одноразовой посуде, из последних сил упираясь локтями в ламинированную столешницу.

Едва заслышав, как со скрежетом открывается решетка, Аннушка покупает в автомате билет и спускается в метро. Смотрится в окно вагона и замечает, что волосы жирные, от прически не осталось и следа, а другие пассажиры стараются держаться от нее подальше. Порой у Аннушки мелькает мысль: вдруг она столкнется с кем-нибудь из знакомых? — хотя по этой линии они обычно не ездят, но лучше сесть в углу, у стенки. Впрочем, какие у нее знакомые? Почтальонша, продавщица из магазина на первом этаже, сосед из квартиры напротив; Аннушка даже имен их не знает. Ей хочется закрыть лицо, как у закутанной; в сущности, это неплохая мысль — прикрыть глаза, чтобы и видеть поменьше, и самой быть понезаметнее. Аннушку толкают, но человеческие прикосновения ей даже приятны. Рядом садится пожилая женщина, вынимает из пакета яблоко и с улыбкой подает ей. Когда на станции «Парк культуры» Аннушка останавливается перед киоском с пирожками, молодой коротко стриженный парень покупает ей несколько штук. Она догадывается, что выглядит не лучшим образом. Благодарит, не отказывается, хотя деньги еще есть. На глазах у Аннушки происходят разные сцены: милиционеры хватают какого-то человека в кожаной куртке. Громко переругиваются супруги, оба пьяные. Молоденькая девушка, почти подросток, садится в поезд на «Черкизовской» и, всхлипывая, твердит: «Мама, мама», — и никто не решается к ней подойти, а потом уже поздно, потому что на «Комсомольской» девушка выходит. Аннушка видит, как кто-то убегает, расталкивая пассажиров, — низкорослый смуглый мужчина, — но толпа на ступеньках слишком плотная, и двое настигают его, хватают, выкручивая руки. Какая-то женщина со слезами кричит, что ее обокрали — всё, всё украли! — ее голос отдаляется, затихает и, наконец, умолкает. И дважды в этот день Аннушка видит старика с прямой спиной и отсутствующим взглядом — он проносится мимо нее в освещенном вагоне. Аннушка даже не знает, что уже давно стемнело, наверху зажглись все фонари и лампы, из которых сочится в густой морозный воздух желтое свечение; в этот день она вообще разминулась с солнечным светом. На «Киевской» Аннушка выходит на поверхность и идет к забору вокруг стройки в надежде встретить закутанную.

Та оказывается на месте и ведет себя как обычно — похожая на комок мокрых тряпок, топчется, описывая круги и восьмерки, выкрикивая свои ругательства. Аннушка стоит перед ней и ждет, пока закутанная заметит ее и умолкнет. Потом — словно договорившись заранее — они трогаются в путь, вместе, бодро, словно у них есть какая-то цель, которая — если не поторопиться — ускользнет навеки и без предупреждения. На мосту ветер колотит женщин почем зря.

В киоске на Арбате они покупают вкусные блины — недорогие, сверху политы маслом и еще сметаной. Закутанная кладет монеты на стеклянное блюдце и берет дымящиеся порции. Женщины устраиваются в уголке, собираясь спокойно полакомиться. Аннушка, словно загипнотизированная, глядит на молодых людей, которые, несмотря на холод, сидят на скамейках, играют на гитаре и пьют пиво. Больше шумят, чем поют. Перекрикиваются, дурачатся. Появляются две молоденькие девушки, верхом; да, картина необычная, кони высокие, ухоженные, вероятно прямо с манежа; одна из амазонок здоровается с гитаристами, изящно спешивается и, держа коня на короткой узде, заговаривает с парнями. Вторая пытается выцыганить у припозднившихся туристов денег на корм для лошади — во всяком случае, так она уверяет, — но те догадываются, что на пиво. Вид у лошади не голодный.

Закутанная толкает Аннушку локтем:

— Ешь.

Но Аннушка не может оторвать глаз от этой сцены, жадно смотрит на молодежь; от блинов в ее руке идет пар. В каждом парне она видит своего Петю, они ровесники. Петя возвращается в ее тело, словно Аннушка никогда не производила его на свет. Сидит там, скорчившись, тяжелый как камень, причиняет ей боль, распухает внутри, растет — наверное, она должна родить его снова, на этот раз каждой по́рой кожи, чтобы он вышел вместе с по́том. Пока же он подступает к горлу, вязнет в легких и может выбраться наружу только одним путем — вместе с рыданиями. Нет, не станет она есть блины, в ней совсем не осталось места. Петя застрял у нее в горле, хотя мог бы сейчас сидеть вон там — в это мгновение он бы как раз поднимал руку с банкой пива, подавая ее наезднице, откидывался всем телом назад и разражался хохотом. Мог бы двигаться, наклониться к самой земле, взмахнуть руками, мог бы сунуть ногу в стремя и перекинуть другую через спину этого животного. Вскочить на коня, проехаться по улице, держась прямо, улыбаясь из-под усиков, постепенно затеняющих верхнюю губу. Мог бы взбегать по лестнице, мчаться опрометью, ведь ему столько же лет, сколько этим парням, а она, мать, беспокоилась бы, что ему грозит двойка по химии, что он не поступит в институт и кончит, как его отец, безработным, и невестка Аннушке тоже не понравится, и ребенка они заведут слишком рано.

Невыносимая свинцовая волна поднимается в ней, сливается с жестом девушки, которая бранит нетерпеливого коня — тянет узду вниз, пригибая его голову: мол, стой спокойно. А когда конь вырывается, девушка бьет его по крупу хлыстом и кричит:

— Стой, черт тебя возьми! Стой, ирод!

Аннушка роняет блины со сметаной и набрасывается на пытающуюся усмирить коня девушку с кулаками, лупит наотмашь.

— Оставь его! Оставь! — хрипит Аннушка, у нее перехватывает горло.

Изумленные парни реагируют не сразу; теперь они пытаются оттащить внезапно обезумевшую женщину в клетчатом пальто, но к ней уже спешит на помощь другая, вся замотанная в какое-то тряпье, вдвоем они пытаются отобрать у девушки вожжи, а саму ее оттолкнуть. Та визжит, заслоняя голову руками, она не ожидала этой яростной атаки. Конь лягается, фыркает, вырывается и, перепуганный, скачет по середине Арбата (к счастью, пешеходная улица в эту пору почти пуста); стук копыт, эхом отражаясь от стен, навевает мысли о каких-то уличных боях, забастовках, в домах начинают открываться окна. Но вот в конце улицы появляются двое милиционеров — они лениво шагали, обсуждая компьютерные игры, все ведь было спокойно, но теперь, заметив непорядок, в полной готовности, схватившись за дубинки, бегут к месту происшествия.

— Раскачивайся, — говорит закутанная. — Двигайся.

Они сидят в отделении милиции и дожидаются своей очереди — их должен допросить противный красномордый милиционер.

— Раскачивайся, — она уже несколько часов балабонит как заведенная, видимо, от страха. Адреналин разбудил язык закутанной. Она шепчет Аннушке на ухо, так, чтобы никто не слышал — ни этот мужик, которого обокрали, ни две молодые смуглые бляди, ни тот, с разбитой головой, придерживающий рукой повязку. А Аннушка плачет, слезы все текут и текут по ее лицу, скоро, наверное, уже иссякнут.

Потом, когда очередь доходит до них, красномордый милиционер кричит через плечо кому-то в другую комнату:

— Это та бегунья.

В ответ раздается:

— Выпусти ее, а вторую оформи, за нарушение общественного порядка.

И милиционер говорит закутанной:

— Гражданка, в следующий раз вывезем за черту города, за сотый километр, ясно? Сектанты нам тут ни к чему.

После чего забирает у Аннушки документы и, словно сам не умеет читать, велит ей назвать имя, отчество, фамилию и адрес — адрес тоже. Аннушка упирается в столешницу кончиками пальцев и, прикрыв глаза, словно декламирует стихи, перечисляет свои данные. Адрес она повторяет дважды:

— Кузнецкая, сорок шесть, квартира семьдесят восемь.

Их выпускают по одной, с интервалом в час, закутанную первой, так что когда выходит Аннушка, той уже и след простыл. Ничего удивительного — страшный мороз. Аннушка топчется возле отделения милиции, ноги подгоняют, им не терпится понести ее по этим широким улицам куда-то к истоку всех улиц, туда, где они вытекают из холмистого пригорода, а дальше открывается уже другая картина — огромная равнина, забавляющаяся собственным дыханием. Но подходит Аннушкин автобус, она едва успевает вскочить.

Люди уже тронулись в путь, и на улице царит утреннее оживление, хотя солнце еще не взошло. Аннушка долго колесит на автобусе по окраинам, потом, подойдя к дому, останавливается и разглядывает свои окна, высоко наверху. Они еще темные, но когда небо начинает проясняться, Аннушка видит, что в кухне ее квартиры зажигается свет, и направляется к входной двери.

Что говорила закутанная бегунья

Раскачивайся, двигайся. Только так ты ускользнешь от него. Тот, кто управляет миром, не властен над движением и знает, что в движении наше тело свято, — ты сумеешь ускользнуть, только когда двигаешься. Ему подвластно лишь то, что недвижно и омертвело, что безвольно и бессильно.

Так что двигайся, раскачивайся, шевелись, иди, беги, убегай, стоит забыться и остановиться — тебя подхватят его ручищи и превратят в марионетку, овеет его дыхание, смердящее дымом, и выхлопными газами, и гигантскими городскими свалками. Он превратит твою разноцветную душу в маленькую плоскую душонку, вырезанную из бумаги, из газеты, и станет грозить тебе огнем, болезнями и войной, запугивать, пока не лишит покоя и сна. Он пометит тебя и впишет в свои анналы, выдаст свидетельство о твоем падении. Займет твои мысли всякой чепухой: купить-продать, дешевле-дороже. Ты станешь беспокоиться по пустякам: сколько стоит бензин и как это отразится на выплате кредитов. Каждый день будет причинять боль, словно жизнь дана тебе в наказание, но кто совершил преступление, какое и когда — ты вовек не узнаешь.

Когда-то давно Господь пытался изменить мир, но был разгромлен, и мир канул в объятия антихриста. Бог, подлинный, добрый, был изгнан, сосуды с божественной мощью разбиты, и земля впитала ее, укрыла в своих недрах. Но когда Бог шепотом говорил из своего укрытия, Его услышал один праведный человек, солдат по имени Евфимий, и слова эти запечатлелись в его разуме. Ночью он отбросил ружье, скинул форму, размотал портянки и снял сапоги. Он стоял под небом голый, каким его создал Господь, а потом бежал в леса и, кое-как прикрыв наготу, странствовал по деревням, провозглашая мрачную весть. Бегите, покиньте дома, уходите, бегуны, ибо только так избежите вы силков антихриста. Любая открытая борьба будет неизбежно проиграна. Оставьте все, что имеете, бросьте землю и отправляйтесь в путь.

Ибо все, что имеет на этом свете постоянное место, каждое государство, Церковь, человеческая власть, все, что сохранило в этом аду форму, служит ему. Все, что очерчено, измерено, разделено по рубрикам, записано в реестры, пронумеровано, учтено, нотариально заверено; все, что собрано, выставлено на обозрение, снабжено этикеткой. Все, что удерживает человека на месте: дома, кресла, кровати, семьи, земля, посевы, насаждения, уход за ними. Планирование, ожидание результатов, вычерчивание графиков, соблюдение порядка. Поэтому вырасти своих детей, раз уж неосмотрительно родила их, и — в путь; похорони родителей, раз уж они легкомысленно произвели тебя на свет, — и иди. Уезжай далеко, куда он не доберется, подальше от его кабелей и проводов, антенн и волн, и да не засечет тебя его чувствительная аппаратура.

Прекративший движение — окаменеет, остановившегося пришпилят, словно насекомое, сердце его пронзят деревянной иглой, руки и стопы — продырявят и прибьют к порогу и притолоке.

Именно так погиб восставший. Его изловили, а тело распяли на кресте — обездвижили, словно насекомое, выставили на обозрение взглядам человеческим и нечеловеческим — нечеловеческим в особенности, ибо им только и подавай зрелища; неудивительно, что его повторяют ежегодно и поклоняются, вознося молитвы мертвому телу.

Поэтому у тиранов всех мастей, слуг ада, ненависть к кочевникам в крови — поэтому они преследуют цыган и евреев, поэтому принуждают к оседлой жизни всех свободных людей, клеймят адресом, подписывающим нам приговор, и клеймо это несмываемо.

Они хотят сотворить нерушимый порядок, остановить течение времени — пусть только кажется, что оно движется. Хотят, чтобы дни стали одинаковы, неразличимы, хотят построить махину, в которой каждое существо займет свое место и создаст видимость действия. Там будут институты и офисы, печати, циркуляры, карьеры, чины и звания, заявления и отказы, паспорта, номера, регистрационные карточки, результаты выборов, презентации и подсчет баллов, коллекционирование, обмен одних предметов на другие.

Они хотят обуздать мир с помощью штрихкодов, на каждую вещь наклеить этикетку — пусть все знают, что это за товар и сколько стоит. Но да не будет этот чуждый язык внятен людям, пусть читают его машины и автоматы, пусть устраивают по ночам праздники собственной штрихкодовой поэзии в больших подземных магазинах.

Двигайся, двигайся! Благословен идущий.

Третье письмо Йозефины Солиман Францу I, императору Австрии

Ваше Величество хранит молчание — очевидно, занято более важными государственными проблемами. Я, однако, не оставляю усилий и вновь обращаюсь к Вашему Величеству, умоляя проявить милосердие. Последнее письмо я послала Вам более двух лет назад, но до сей поры не удостоилась ответа от Вашего Величества.

Итак, повторяю свою просьбу.

Я — единственный потомок Анджело Солимана, слуги Вашего Величества, признанного дипломата Империи, человека просвещенного и пользовавшегося всеобщим уважением. Заклинаю Вас: сжальтесь надо мною, ибо нет мне покоя, пока я знаю, что тело отца до сих пор не предано земле по христианскому обычаю, а, препарированное и превращенное в чучело, служит экспонатом в Императорской Камере чудес природы.

С самого рождения сына меня неотступно терзает болезнь. Боюсь, что дело, с которым я обращаюсь к Вам, столь же безнадежно, как мои страдания, — мне ничего не удастся выбить. Слово «выбить» я употребляю намеренно, ведь — позволю себе напомнить — после смерти мой отец был *набит* морской травой, став одним из экспонатов коллекции Вашего Величества. Ваше Величество отказало в милости молодой матери, но, может быть, не откажет умирающей женщине?

Я посетила это страшное место перед отъездом из Вены. Дело в том, что я вышла замуж за подданного Вашего Величества, господина фон Фейхтерслебена, военного инженера, которого служба забросила на северные рубежи Империи — в Краков. Я побывала в Камере чудес и все видела своими глазами. Можно сказать, навестила отца в аду, ибо, будучи католичкой, верю, что, лишенный тела, он также лишен и возможности воскреснуть на Страшном суде. Я также полагаю, что — вопреки распространенному мнению — тело есть величайший и священный дар.

Бог стал человеком, навсегда освятив человеческое тело и заключив в нем весь мир. Ведь другого человека, как и все, что нас окружает, мы можем познать только через тело. Не обладай Христос человеческим телом, наши души не были бы спасены.

Отец освежеван, словно зверь, набит морской травой и вместе с чучелами других людей выставлен рядом с останками единорогов, уродливых жаб, двухголовых плодов, плавающих в спирту, а также прочих диковинок. Я смотрела на зевак, что мечтали попасть туда и собственными глазами увидеть Твою, Повелитель, коллекцию, лица их выражали возбуждение, когда они дивились цвету кожи моего отца. Я слышала, как они превозносят до небес Твою фантазию и смелость.

Когда Ты в очередной раз захочешь навестить свои экспонаты, подойди к нему, Повелитель! Подойди к Анджело Солиману, Твоему слуге, чья кожа продолжает служить Тебе и после смерти. Эти ладони, которые теперь не слишком аккуратно набиты морской травой, когда-то прикасались ко мне, брали на руки. Щека, теперь высушенная и запавшая, ласкала мое лицо. Это тело любило и было любимо, прежде чем его доконали приступы ревматизма. Из этой руки Твой медик пускал отцу кровь. Эти человеческие останки, сегодня снабженные этикеткой с именем и фамилией моего отца, были когда-то живым существом!

Я часто размышляю об этом, и мысли не дают мне спокойно спать по ночам: каковы на самом деле причины столь жестокого отношения к телу моего светлой памяти отца?

Возможно ли, чтобы все объяснялось цветом кожи? Темным, черным? Вероятно, с белокожим человеком, окажись он среди дикарей, поступили бы точно так же: набили травой и выставили на потеху зевакам... На человека, отличного от нас — внешне ли, внутренне ли, хоть в чем-то, — уже не распространяются общепринятые законы и обычаи. Неужели они были придуманы и утверждены лишь для людей одинаковых? Но ведь мир так разнообразен. Далеко на юге живут люди, не похожие на тех, что осели на севере. Жители востока отличаются от обитателей запада. Какой смысл в законе, который распространяется только на избранных? Там, куда способны добраться наши суда и наши деньги, законы должны соблюдаться по отношению ко всем и каждому. Разве Вы, Ваше Величество, превратили бы в чучело своего придворного, будь он белокожим? Человек самого низкого происхождения имеет право быть похороненным, и если Вы отказываете в этом праве моему отцу, значит, оспариваете его человеческую сущность?

Считается, что правители стремятся к власти над душами, но я убеждена, что это не так. «Душа» в наши дни сделалась понятием чересчур отвлеченным и расплывчатым. Если Бог (да простится мне моя горечь) — это тот, кто завел часы, Часовщик или поистине Дух Природы, являющийся неисповедимо и безлично, то душа лишь мешает, смущает покой. Какой правитель захочет владычествовать над столь эфемерной и изменчивой материей? Какой просвещенный владыка станет мечтать о власти над тем, чье существование не доказано в лабораториях?

Подлинная человеческая власть, Ваше Величество, вне всяких сомнений, распространяется лишь на человеческое тело — и посредством его же реализуется. Учреждение государств и разделяющих их рубежей вынуждает человеческое тело оставаться в четко ограниченном пространстве; визы и паспорта контролируют естественную потребность человека в движении и перемещении. Вводя налоги, правитель определяет, чтó станут есть его подданные, на чем будут спать и во что одеваться — в лен или в шелка. Ты, Повелитель, решаешь также, какое тело более важно, а какое — менее. Грудь кормилицы разделяет молоко несправедливо. Ребенок из дворца на холме будет сосать досыта, оставляя младенцу из деревни в долине лишь капли. Подписывая декрет о войне, Ты, Повелитель, готовишься утопить в крови тысячи человеческих тел.

Иметь власть над телом воистину означает быть королем жизни и смерти — это больше, чем править величайшей из империй. Поэтому я обращаюсь к Тебе именно так — как к властителю жизни и смерти, тирану и узурпатору — и не прошу, но требую. Отдай мне тело моего отца, чтобы я могла похоронить его. Я не оставлю тебя, Повелитель, и после смерти, мой голос станет нашептывать тебе из мрака, лишая покоя.

Йозефина Солиман фон Фейхтерслебен.

Предметы, не созданные человеком

После того как я побывала на выставке шарир, меня уже не удивляет экспозиция предметов, возникших без человеческого участия. Это книги, которые сами собой вырастают во влажных горных пещерах и лишь праведникам позволяют время от времени себя обнаруживать (тогда их торжественно переносят в храмы). Или иконы. Возьмите чистую загрунтованную доску и наберитесь терпения. Возможно, однажды ночью на ней возникнет божественный лик — выглянет из-под изнанки, всплывет из глубочайшего мрака, высунется из подмокших фундаментов мира. Ведь нельзя исключить, что мы обитаем в гигантской камере-обскуре, запертые в темную коробку, и как только в ней возникает крошечное отверстие, как только проникает к нам чья-нибудь игла, внешняя картинка вместе с лучом света попадает внутрь, оставляя след на изнаночной, светочувствительной поверхности мира.

Еще рассказывают про одну фигурку Будды, появившуюся якобы ниоткуда — совершенную, сделанную из драгоценного металла. Ее оставалось только очистить от земли. Будда изображен сидящим. Он подпирает голову ладонью и едва заметно улыбается — осторожно, чуть иронически, как человек, только что услышавший тонкую шутку. Шутку, смысл которой заключается не в последней фразе, но в самих интонациях рассказчика.

Чистота крови

Островитянка, обитающая на другом полушарии (мы познакомились в пражской гостинице), рассказывала:

Люди распространяют множество бактерий, вирусов и болезней — этот процесс неостановим. Но кое-что предпринять все-таки можно. После глобальной паники по поводу «коровьего бешенства» некоторые государства ввели новые законы. Например, побывав в Европе, житель этого острова уже не имел права становиться донором, то есть, можно сказать, официально и пожизненно считался инфицированным. Это ждет и мою новую знакомую — она больше никогда не сможет отдать другому свою кровь. Такова не включенная в цену билета цена путешествия. Утраченная чистота. Утраченная невинность.

Я спросила, стоило ли это делать — имело ли смысл жертвовать чистотой крови ради нескольких городов, соборов и музеев.

Женщина серьезно ответила, что за все надо платить.

Кунсткамера

Цель паломничества — другой паломник, и на сей раз я сразу узнала нежную руку Шарлотты. В удлиненном сосуде под фигурной крышкой плавал подвешенный на двух конских волосках маленький плод с закрытыми глазками. Его крошечные ступни касались красных остатков последа. А сверху был пейзаж морского дна — ведь все мы оттуда, в том числе и плод, главный герой этого шоу. Мы произошли из воды, поэтому, наверное, Шарлотта поместила на сланцевую крышку ракушки, морские звезды, кораллы и губки, а в центре радовал глаз засушенный морской конек — гиппокамп.

Еще один препарат мне запомнился — сохраненные в воде Стикса тела сиамских близнецов, а рядом — их высушенный скелет. Свидетельство исключительной экономии — два препарата из одного удвоенного тела.

La mano di Constantino[1]

Первое, что бросилось мне в глаза после приезда в Вечный Город, — красивые чернокожие продавцы сумок и кошельков. Я купила маленькое красное портмоне — старое у меня украли в Стокгольме. Второе — прилавки со множеством открыток: в сущности, можно было бы ими и ограничиться, а оставшееся до отъезда время провести на набережной Тибра, сидя в тени в одном из маленьких дорогих ресторанчиков и потягивая вино. Пейзажи и панорамы древних руин, стремление побольше втиснуть в двухмерный лоскуток пространства постепенно вытесняются пристальным интересом к детали. Это прекрасно, поскольку разгружает наш утомленный интеллект. Мира слишком много, лучше сосредоточиться на частности, чем пытаться объять целое.

---

[1] Ладонь Константина (*ит.*).

Вот красивый элемент фонтана, вот сидящий на римском карнизе котенок, гениталии Давида Микеланджело, гигантская ступня каменной скульптуры, выщербленный торс, глядя на который начинаешь гадать, каким лицом обладало это тело. Одинокое окно в охряной стене и, наконец, — ладонь с устремленным в небо указательным пальцем! Жуткая, отсеченная по запястье от некоего небывалого целого рука императора Константина.

Дальше я ходила по Риму, уже зараженная этой открыткой. Вот уж правда: надо следить за своими первыми впечатлениями! Теперь мне повсюду виделись указывающие куда-то руки, эта деталь пленила и поработила меня.

Обнаженный — только в парадном шлеме — воин: в одной руке пика, вторая указывает куда-то вверх. Два младенца, пухлыми пальчиками привлекающие внимание публики к чему-то у них над головой — но к чему именно? И еще: две корчащиеся от смеха туристки, их пальцы, толпа перед роскошным отелем, откуда как раз выходят Ричард Гир и Николь Кидман; на площади Святого Петра таких указующих перстов — многие сотни.

На Кампо деи Фиори я заметила женщину, оцепеневшую от жары у крана с водой: ее палец застыл возле уха, словно она пыталась припомнить мелодию своей молодости и уже почти расслышала первые такты.

Потом я увидела старика-инвалида в коляске, которую толкали две девушки. Мужчина был парализован, из носа торчали две прозрачные пластиковые трубочки, исчезавшие в недрах черного рюкзака. На его лице застыло выражение глубокого ужаса, а правая рука хищным когтистым пальцем указывала куда-то за спину, за левое плечо.

Картография пустоты

Джеймс Кук[1] отправился в южные моря, чтобы наблюдать прохождение Венеры по Солнцу. Венера, однако, подарила ему не только свою красоту, но и землю, в свое время уже обнаруженную голландцем Тасманом[2]. Из его записей моряки знали, что она должна быть где-то здесь. Каждый день они высматривали ее на горизонте и каждый день совершали одну и ту же ошибку — принимали облака за сушу. По вечерам они обсуждали таинственный остров, которому покровительствует сама Венера: каким он должен быть красивым и какими удивительными свойствами обладать. Каждый представлял его по-своему.

Старший помощник был с Таити; он полагал, что земля Венеры ничем не отличается от его Гавайев: теплый тропический остров, залитый солнцем, окаймленный

---

[1] Джеймс Кук (1728–1779) — английский военный моряк, исследователь, картограф и первооткрыватель, член Королевского общества и капитан Королевских ВМС. Возглавлял три экспедиции по исследованию Мирового океана, две из которых были кругосветными. Во время этих экспедиций совершил ряд географических открытий. Обследовал и нанес на карту малоизвестные и редко посещаемые до него части Ньюфаундленда и восточного побережья Канады, Австралии, Новой Зеландии, западного побережья Северной Америки, Тихого, Индийского и Атлантического океанов. Официальная цель экспедиции Джеймса Кука 1768–1871 годов — исследование прохождения Венеры через диск Солнца, однако в секретных приказах, полученных Куком, ему предписывалось незамедлительно после завершения астрономических наблюдений отправляться в южные широты на поиски так называемого Южного материка (также известен как Terra Incognita).

[2] Абел Тасман (1603–1659) — голландский мореплаватель, исследовавший Океанию и Австралию. Экспедиция Тасмана 1642–1643 годов стала одним из наиболее выдающихся заморских предприятий XVII века (открытие Тасмании, Новой Зеландии и др.). Современники не использовали важных открытий Тасмана, однако их должным образом оценил Джеймс Кук, успехами своих первых двух плаваний во многом обязанный голландскому мореплавателю.

бесконечными пляжами, усыпанный цветами и целебными травами, населенный красивыми полуобнаженными женщинами. Капитан был родом из Йоркшира (чем очень гордился) и, пожалуй, предпочел бы, чтобы на острове все напоминало родные края. Ему даже приходило в голову, что между территориями, находящимися на разных сторонах земного шара, может существовать некая связь, своего рода планетарная дружба, сродство — если не очевидное и тривиальное, то подспудное и глубинное. Юнге по имени Нильс Юнг грезилась гористая земля: он мечтал о скалах, чьи заснеженные вершины прячутся в тучах, о плодородных долинах с огромными стадами овец, о прозрачных ручьях, в которых плещется форель (кажется, он происходил из Норвегии).

Именно Нильс 6 октября 1769 года увидел Новую Зеландию.

«Индевор»[1] поплыл прямо к острову, и суша миля за милей проступала из облаков. По вечерам капитан Кук взволнованно переносил ее на бумагу — рисовал карты.

Карты они составляли несколько лет и пережили множество приключений, уже не раз красочно описанных. На следующий день после того, как кто-то заметил, что столь необыкновенная земля непременно должна быть обитаема, путешественники увидели поднимающийся над бушем дымок. В то самое утро, когда они представили себе агрессивных дикарей и испугались, что добыть пищу может оказаться непросто, жуткие аборигены высыпали на берег. На лицах у дикарей была татуировка, они высовывали языки и грозно потрясали копьями. Дабы самым решительным образом продемонстрировать свое превосходство, нескольких застре-

[1] «Endeavour» (*англ.* «Усердие») — первый корабль, которым командовал Джеймс Кук.

лили, — и тогда первооткрыватели подверглись нападению.

Новая Зеландия была, кажется, последней землей, которую люди себе нафантазировали.

Еще один Кук

Летом 1841 года Томас[1] отправился пешком в Лестер, лежавший в одиннадцати милях от его родного Лоуборо, — на собрание Общества трезвости, за которую он ратовал чрезвычайно. Вместе с Томасом по дороге шагали еще несколько джентльменов. Путь их был долог и непрост, и Куку пришло в голову (даже удивительно, что никто раньше до этого не додумался — ах, эта пресловутая простота гениальных идей!), что в следующий раз следует нанять вагон железной дороги.

Через месяц ему удалось подготовить первую поездку (неизвестно, впрочем, все ли путешественники направлялись именно на собрание Общества трезвости...). Так возникли на свете туристические агентства.

Эти два Кука-кулинара — одни из тех, кто стряпает нашу с вами реальность.

Киты. Утопиться в воздухе

Узнав, что очередной растерявшийся кит заплыл на мель, все жители австралийского побережья высыпали на пляж. Люди самоотверженно дежурили при ките, поливали его нежную кожу водой и уговаривали вернуться в море. Престарелые хиппи уверяли, что знают, как это сделать. Якобы достаточно повторять: иди же, иди, брат

[1] Томас Кук (1808–1892) — британский предприниматель, прославившийся тем, что изобрел организованный туризм и в 1841 г. открыл первое в истории туристическое агентство, сейчас известное как Thomas Cook Group.

мой (или сестра). И, прикрыв глаза, поделиться с ним своей энергией.

Целый день крошечные фигурки сновали по пляжу в ожидании прилива: пусть бы вода забрала кита обратно в глубину. Люди цепляли к лодкам сети, пытались вытолкать кита в воду. Но гигантское животное лежало бессильным грузом, равнодушным к жизни телом. Ничего удивительного, что человек воспринимал это как самоубийство. Прибыла небольшая группа активистов, которые считали, что киту надо позволить умереть. Почему самоубийство должно быть сомнительной привилегией человека? Возможно, жизнь каждого живого существа имеет свои незримые границы и, переступив их, исчерпывается сама собой. Это следует учесть в создаваемой в Сиднее или Брисбене «Всемирной декларации прав животных». Дорогие братья, мы даем вам право на добровольную смерть.

Возле умирающего кита собирались какие-то подозрительные шаманы, которые совершали над ним ритуалы, съезжались фотолюбители и охотники за сенсациями. Учительница из деревенской школы привела на экскурсию свой класс, а дети потом рисовали «Прощание с китом».

Обычно кит умирал несколько дней. За это время жители побережья свыкались с присутствием спокойного величественного существа, обладающего неведомой человеку волей. Кто-то придумывал для него имя, обычно человеческое. Приезжали местные телевизионщики, в смерти кита принимала участие вся страна, да что там страна — весь мир (благодаря спутниковому телевидению). Информацией об этом персонаже заканчивались все последние известия на трех континентах. По этому случаю показывали фильмы о глобальном потеплении и экологии. В телестудиях собирались для дискуссий ученые, а политики включали вопрос охраны природы в свои предвыборные программы. Почему так происходит? На этот вопрос отвечали ихтиологи и экологи, каждый выдвигал свою гипотезу.

Нарушение системы эхолокации. Загрязнение воды. Подводные ядерные испытания, в которых не признается ни одно государство. А может, это добровольная смерть — как бывает у слонов? Старость? Разочарование в жизни? На мозг млекопитающих оказывает воздействие темнота. Недавно ученые обнаружили, как мало отличаются друг от друга мозг кита и человека; более того, мозг кита имеет области, которых homo sapiens лишен, — причем преимущества касаются лучшей, наиболее развитой части лобных долей.

Наконец смерть становилась фактом, и мертвое тело следовало убрать с пляжа. Это происходило уже не на глазах у толпы — без свидетелей. Специальная команда в ярко-зеленых куртках резала тело, погружала на прицепы и вывозила в неизвестном направлении. Возможно, существуют специальные кладбища для китов.

Касатка Билли утопился в воздухе.

Безутешные люди.

Но порой кита удавалось спасти. После долгих усилий и самоотверженного труда десятков добровольцев животное делало глубокий вдох и возвращалось в открытый океан. С берега было видно, как кит радостно выстреливает в небо своим знаменитым фонтаном и уходит на глубину. Пляж ликовал.

Через несколько недель кита отлавливали у японского побережья и превращали его нежное красивое тело в собачьи консервы.

Зона Господа Бога

Она собирается уже несколько дней. В комнате на ковре кучками разложены вещи. Чтобы подойти к кровати, ей приходится пробираться между ними, и она бродит среди стопочек маек, трусов, носков, свернутых клубочками, брюк, аккуратно сложенных по шву, и нескольких книг на дорогу — всяких там модных романов, на которые дома никогда не хватает времени. Еще теплый свитер и зимние ботинки, купленные специально для этой поездки, — она ведь угодит в самый разгар зимы.

Вещи как вещи — непостижимые мягкие личиночные шкурки многоразового использования, защитные футляры для хрупкого тела пятидесяти с лишним лет, комбинезоны, оберегающие от солнечных лучей и любопытных взглядов. Вещи, без которых не обойдешься во время долгого или очень далекого, как сейчас — на край света, — путешествия. Она раскладывала их на полу, сверяясь со списком, который — в редкие свободные минуты — начала составлять уже давно, как только поняла, что поездки не избежать. Дал слово — держи.

Аккуратно пакуя вещи в красный чемодан на колесиках, она была вынуждена признать: нужно ей немного. С каждым годом все меньше. Постепенно отпадала необходимость в платьях, шампунях, лаке для ногтей и всех маникюрных принадлежностях, сережках, дорожном утюге, сигаретах. В этом году она обнаружила, что может не брать с собой прокладки.

— Не провожай меня, — сказала она мужчине, повернувшему к ней заспанное лицо. — Я возьму такси.

Тыльной стороной ладони она провела по его нежным бледным векам и поцеловала в щеку.

— Позвони, когда будешь на месте, а то я с ума сойду, — пробормотал мужчина и уронил голову на подушку. Он пришел из больницы, после ночного дежурства, что-то там у них случилось, и пациент умер.

Она надела черные брюки и черную льняную блузку. Натянула ботинки, перекинула через плечо ремень сумки. И теперь неподвижно стояла в коридоре, сама не зная зачем. В ее семье была традиция: перед дорогой на мгновение присесть — давний польский обычай, еще с Кресов; но здесь, в этой маленькой прихожей, сидеть негде — нет ни одного стула. Так что она стояла и подводила внутренние часы, форматировала таймер, можно сказать, в мировом масштабе, настраивала великое «сейчас» — мясистый хронометр, глухо тикающий в такт ее дыханию. И вдруг, как бы решившись, схватила чемодан за ручку, словно зазевавшегося ребенка, и настежь распахнула дверь. Всё. Старт. Она в пути.

Смуглый таксист аккуратно поставил сумку в багажник. Некоторые его жесты показались лишними, чересчур фамильярными — ей привиделось, что, укладывая в машину чемодан, таксист нежно его погладил.

— Итак, в путь? — спросил он с улыбкой, обнажив крупные белые зубы.

Она ответила утвердительно. Таксист улыбнулся еще шире — в этом ему любезно помогло зеркало заднего вида.

— В Европу, — коротко пояснила она, и водитель полувосклицанием-полувздохом выразил свой восторг.

Они ехали по шоссе вдоль залива — как раз начался отлив, и вода медленно обнажала каменистое, усеянное ракушками дно. Солнце слепило и обжигало — нужно беречь кожу. Она с тревогой подумала о растениях в своем саду: станет ли муж поливать их, как обещал, о мандаринах (дождутся ли они ее возвращения — тогда можно будет сделать мармелад), о финиках, которые как раз поспевают, и о травах, изгнанных в самое засушливое место, поближе к камням, но, кажется, ничего не имевших против — эстрагон вырос в этом году небывалых размеров. Его терпким и свежим ароматом пропиталось даже висевшее в саду белье.

— *Десять*, — сказал таксист. Она заплатила.

В местном аэропорту она показала билет девушкам за стойкой регистрации, и ее багаж немедленно отправился к цели. Сама она осталась, вместе со своим рюкзаком, и сразу не спеша направилась к самолету, в который уже карабкались сонные люди — с детьми, собаками, набитыми едой пакетами.

Когда маленький самолет поднялся в воздух, чтобы перенести ее в центральный аэропорт, из иллюминатора открылся такой чудесный вид, что на мгновение она испытала подъем. «Испытать подъем» — смешное устаревшее выражение, сейчас особенно забавное, ведь она и в самом деле поднялась — к самым облакам. Островки, песчаные пляжи были ее в не меньшей степени, чем ладони и ступни; это ей принадлежали море, сворачивавшееся у берега в пенистые рулончики, пятнышки кораблей и лодок, плавная волнистая береговая линия. God's Zone — так называли свой остров его обитатели. Зона Господа Бога. Он перебрался сюда, прихватив с собой всю красоту мира. И теперь раздает ее местным жителям даром, ничего не требуя взамен.

В центральном аэропорту она пошла в туалет и умылась. Потом долго наблюдала за короткой нетерпеливой очередью к стойкам с бесплатным выходом в Интернет. В своих странствиях люди на мгновение останавливались здесь, чтобы дать близким и дальним знакомым сигнал: я существую. Она даже подумала, что тоже могла бы подойти к монитору, набрать название своего сервера, логин, пароль и посмотреть новые письма — впрочем, и так ведь известно, что там обнаружится. Ничего интересного: сообщения, касающиеся проекта, над которым она сейчас работает, анекдоты от австралийской подружки, редкие весточки от детей. Адресат, из-за которого она отправилась в путь, с некоторых пор не давал о себе знать.

Ее удивили многочисленные ритуалы безопасности — она давно не летала. Ее саму и рюкзак просветили насквозь. Отобрали щипчики для ногтей — жаль, еще вполне приличные, она к ним привыкла. Служащие мерили пассажиров профессиональным взглядом, пытаясь определить, не является ли на самом деле кто-нибудь из них бомбой, в особенности обладатели смуглой кожи или вот эти веселые болтушки — девушки в мусульманских платках. Казалось, миром, куда она направлялась и на границе которого — у желтой линии — сейчас стояла, управляют иные законы: у нее было ощущение, что она уже слышит гул его мрачного безумия.

После регистрации она зашла в «Duty free», купила какую-то мелочь. Нашла свой выход — номер *девять*, села так, чтобы его видеть, и открыла книгу.

Самолет вылетел вовремя, минута в минуту: очередное чудо — огромная, словно дом, машина изящно выскользнула из земных объятий и плавно воспарила.

После пластикового самолетного ужина все одновременно принялись готовиться ко сну. Лишь кто-то, надев наушники, смотрел фильм о фантастическом путешествии самоотверженных ученых, уменьшенных при помощи некоего «акселератора» до размера бактерии, чтобы изнутри исследовать тело пациента. Она глядела на экран, не надевая наушники, восхищаясь фантастическими съемками: пейзаж, словно со дна морского, карминные коридоры кровеносных сосудов, пульсирующие сужения артерий, а внутри них — агрессивные лимфоциты, напоминающие космических пришельцев, и мягкие лоханкообразные кровяные шарики, невинные овечки. Стюард ненавязчиво предлагал пассажирам воду — на целый кувшин один ломтик лимона. Она выпила стаканчик.

Когда шел дождь, по тропинкам парка текла вода, промывая их и нанося мелкий светлый песок, на котором потом можно было писать палочкой — песчаные лоскутья словно сами на это напрашивались. Они рисовали на них клетки для игры в классики и принцесс в шарообразных платьях с осиными талиями, а спустя несколько лет — ребусы, признания, любовную алгебру всех этих МБ=БЛ, означавших, что некий Марек или Мачек любит некую Басю или Божену, а БЛ — это Большая Любовь. Вечно с ней так в самолете: с высоты птичьего полета вдруг видится вся жизнь, моменты, которые на земле казались давно позабытыми. Банальный механизм флешбэка, механическая реминисценция.

Когда по электронной почте пришло это письмо, она не сразу поняла, от кого оно — кто скрывается за этим именем и фамилией и почему обращается к ней так фамильярно. Амнезия продолжалась секунд десять — стыдно... Письмо притворялось — как она потом поняла — рождественским, поздравительным. Оно пришло в середине декабря, у них тут как раз начиналась жара. Но содержание явно выходило за рамки обычных праздничных формул. Оно показалось ей зовом через обратный конец рупора — далеким, приглушенным, неясным. Она не все поняла, некоторые фразы ее встревожили, например, такая: «Жизнь кажется отвратительной привычкой, над которой я уже давно не властен. Ты когда-нибудь бросала курить?» Да, она бросала. И это было непросто.

Она несколько дней обдумывала это странное послание от человека, которого знала более тридцати лет назад и с тех пор ни разу не видела, которого совершенно забыла, но которого когда-то — на протяжении двух ярких юношеских лет — любила. Она ответила вежливо, по-дружески, совершенно другим тоном, и письма стали приходить ежедневно.

Эти послания лишили ее покоя. Видимо, они разбудили дремавший участок мозга, в котором хранились те годы, раздробленные на отдельные картинки, на обрывки диалогов, на ленточки запахов. Теперь каждый день, когда, собираясь ехать на работу, она садилась в машину и поворачивала ключ в замке зажигания, в ней включались эти записи, фильмы, снятые любительской камерой, выцветшие или даже черно-белые, жанровые сценки, мгновения — бессистемно, бессмысленно, беспорядочно, и что с ними делать, было совершенно непонятно. Вот, например: они едут за город (хотя скорее это можно было назвать городком), на холмы, туда, где проходит линия высоковольтных передач, и разговаривают под аккомпанемент низкого и однообразного жужжания: напряжение не нарастает и не спадает, и эти звуки словно бы образуют аккорд, подчеркивающий важность момента. Они держатся за руки; это время первых поцелуев — странных поцелуев, иначе не скажешь.

Их лицей располагался в старом холодном здании — два этажа широких коридоров, от которых отпочковывались классы. Все кабинеты выглядели практически одинаково: три ряда парт да учительский стол. Доски с темно-зеленым резиновым покрытием — их можно было поднимать и опускать. Дежурному по классу вменялось в обязанность смачивать перед уроком губку. На стенах висели черно-белые мужские портреты; женское лицо было только одно, в кабинете физики — Мария Склодовская-Кюри[1], свидетельство равенства полов. Эти ряды лиц над головами учеников, видимо, были призваны напомнить им, что каким-то неведомым образом провинциальный лицей является членом огромной научной семьи, продолжателем великих традиций и частью мира, в котором все можно описать, объяснить, доказать, продемонстрировать на наглядном примере.

---

[1] Мария Склодовская-Кюри (1867–1934) — физик и химик польского происхождения, дважды лауреат Нобелевской премии: по физике (1903) и химии (1911).

В седьмом классе она заинтересовалась биологией. Где-то раздобыла статью (возможно, отец подсунул) о митохондриях[1]. О том, что, вероятно, в глубокой древности, в праокеане они были самостоятельными существами, которых затем захватили другие одноклеточные и на протяжении всей последующей истории заставляли трудиться на благо кормильцев. Это рабство санкционировала эволюция — и вот появились мы с вами. Именно так все это описывалось, такими терминами — «захватили», «заставили», «рабство». Честно говоря, это всегда ее тревожило. Предположение, что все началось с насилия.

В лицее она уже твердо решила стать биологом и увлеченно занималась биологией и химией. На уроках русского языка сплетничала и обменивалась записочками с одноклассницами. На польском отчаянно скучала, пока в десятом классе не влюбилась в мальчика из параллельного класса, который носил те же имя и фамилию, что и автор письма, и лицо которого она теперь пыталась припомнить. Так что, пожалуй, о позитивизме и «Молодой Польше»[2] она узнала немного.

Ее ежедневный маршрут — это путь маятника по плавной дуге, *восемь* километров по берегу, туда и обратно, из дома на работу и с работы домой. Море — неизменный участник этих поездок, так что путешествие ее вполне можно назвать морским круизом.

---

[1] Органелла, присутствующая в различном количестве в клеточной цитоплазме; митохондрии участвуют в процессах клеточного дыхания и преобразования энергии в клетках. В соответствии с теорией симбиогенеза, митохондрии появились в результате того, что примитивные клетки, содержащие ядро, не смогли сами использовать кислород, чтобы генерировать энергию, и захватывали бактерии, которые могли это делать. Современные митохондрии больше не являются самостоятельными организмами.

[2] Неоромантическое течение в польской культуре, сформировавшееся в 1890–1918 годах.

Однако на работе она забывала о письмах, занималась только своими делами, которые не оставляли времени для туманных воспоминаний. Отъезжая от дома и вливаясь в поток автомобилей на шоссе, всегда испытывала легкое возбуждение — столько всего предстояло сделать в лаборатории и в офисе. При виде знакомых очертаний низкого застекленного здания ее сознание переключалось, мозг начинал работать более продуктивно и сосредоточенно, словно хорошо смазанный мотор, верный и надежный.

Она участвовала в большом проекте по борьбе с вредителями — ласками и опоссумами, легкомысленно завезенными сюда человеком и теперь уничтожавшими эндемические популяции птиц (главным образом животные поедали птичьи яйца).

Она работала в группе, тестировавшей яды для этих мелких млекопитающих. Отраву вводили в яйца — приманку, которую оставляли в специальных деревянных клетках в лесах и в буше; яд должен быть быстродействующим, гуманным и к тому же мгновенно распадаться, чтобы падалью не отравились популяции насекомых. Кристально чистый яд, совершенно безопасный для окружающего мира, нацеленный только на вредителей, на один тип организма, самонейтрализующийся после выполнения задания. Джеймс Бонд экологии.

В этом и заключалась ее работа. Она создала такое вещество — разрабатывала его уже *семь* лет.

Откуда-то он про это знал. Наверняка вычитал в Интернете, там все есть. Если тебя нет в Интернете, ты, можно сказать, не существуешь. Должно быть хотя бы одно краткое упоминание — ну хоть в списке выпускников лицея. А ее найти труда не составляет — она ведь даже не меняла фамилию. Так что, вероятно, он просто набрал ее в «гугле», и компьютер тут же выдал несколько страниц результатов: статьи, расписание занятий со студентами, экологическая деятельность. Сначала она думала, что поэтому он ей и написал. И простодушно вступила в виртуальную дискуссию.

Спалось в огромном трансконтинентальном самолете плохо. Ноги немели и отекали. Она погружалась в короткую дрему, еще больше дезориентировавшую ее во времени. Может ли ночь быть такой длинной? — удивляется человеческое тело, растерянное, оторванное от земли. От привычной среды обитания, где солнце всходит и заходит, а эпифиз, этот сокровенный третий глаз, тщательно фиксирует его движение по небосклону. Когда в конце концов начинает светать, голос самолетных двигателей меняется. Ухо уже привыкло к тенору, теперь начинают звучать более низкие регистры, баритоны и басы; наконец, неожиданно проворно, большая машина ловко опускается на землю. По рукаву она идет в здание аэропорта и чувствует, какой горячий здесь воздух — протискивается в щели, липкий, влажный, легкие отказываются его зачерпывать. Как хорошо, что ей не придется иметь с ним дело. Следующий самолет улетает почти через *шесть* часов, она собирается провести все это время в аэропорту, поспать и подремать, пытаясь осознать себя во времени. После этого ее ждет еще полсуток полета.

Она часто размышляла о мужчине, который прислал ей по электронной почте это неожиданное послание. А потом еще одно, после чего завязалась переписка, полная недомолвок и домыслов. О таких вещах не пишут напрямик, но по отношению к людям, с которыми мы когда-то состояли в тесной физической связи, действует принцип своеобразной лояльности. Так ей показалось. Потому ли он к ней обратился? Естественно. Утрата девичества — событие одноразовое и необратимое, неповторимое; это делает его значимым, хочешь ты того или нет, несмотря на все логические доводы. Она хорошо помнила, как это произошло: мгновенная острая боль, разрыв, даже странно, что причиной тому столь нежное и совсем не остроконечное орудие.

Еще она помнит большие, бежево-серые университетские корпуса, мрачную аптеку, где всегда горел свет, вне зависимости от погоды и времени года, и старинные коричневые банки с педантично описанным на этикетках содержимым. Желтые пластинки таблеток от головной боли, связанные резинкой по шесть штук. Она помнит приятную обтекаемую форму телефонных аппаратов — эбонитовых, обычно черных или цвета красного дерева, без диска, с ручкой, звонок которых напоминал маленький торнадо, зарождающийся где-то в длинных туннелях кабелей и призывающий нужный голос.

Ее удивляет, что она так отчетливо это видит — впервые в жизни. Наверное, начинает стареть — говорят, в старости пробуждаются те закоулки мозга, которые всю жизнь тщательно фиксировали все события. Прежде у нее не было времени задуматься над прошлым, казавшимся ей размытой кинопленкой. Теперь эта пленка крутится медленнее, и можно различить детали: все-таки человеческий мозг — потрясающая машина. В нем сохранилась даже маленькая коричневая сумочка, довоенная, доставшаяся от матери, с мягкими перегородками из прорезиненного материала и прелестным металлическим замочком, похожим на драгоценную брошку. Внутри сумочка была гладкой и прохладной, и когда она засовывала туда руку, ей казалось, что там находится некий временной тупик, мертвое русло.

Другой самолет, тот, что должен перенести ее в Европу, — еще больше, двухэтажный. В нем летят отдохнувшие загорелые туристы. Они пытаются втиснуть на полки для ручной клади экзотические сувениры: высокий бубен, покрытый этническим орнаментом, шляпу из морской травы, деревянного Будду. Она сидит в середине ряда, зажатая между двумя женщинами, — очень неудобно. Откидывается на спинку кресла, хотя знает, что все равно не уснет.

Они приехали учиться из одного городка: он изучал философию, а она — биологию. Они встречались каждый день после занятий, немного ошарашенные мегаполисом. Растерянные. Порой тайком проникали друг к другу в общежитие, однажды — теперь она это вспомнила — он даже залез на второй этаж по водосточной трубе. Она помнит номер комнаты: 321. Но жизнь в большом городе и учеба в университете продолжались всего год, сразу после сессии ее семья уехала. Отец продал свой кабинет за гроши: стоматологическое кресло, застекленные металлические витрины, автоклавы и инструменты. Кстати, интересно, где теперь все это? На помойке? По-прежнему ли облупливается кремовая краска? Мать продавала мебель. Не то чтобы отчаянно или печально, но была в этом избавлении от имущества некая тревога — все-таки начало новой жизни... Родители были младше, чем она теперь (а тогда они казались ей совсем стариками), готовы к приключениям, все равно где — в Швеции, Австралии, да хоть на Мадагаскаре, где угодно, лишь бы подальше от этого северного, промозглого, отдающего клаустрофобией существования в абсурдной, неприветливой коммунистической стране конца шестидесятых. Отец твердил, что человек здесь жить не может, хотя потом всю оставшуюся жизнь сходил с ума от ностальгии. А ей хотелось уехать, в самом деле, хотелось, как любой девятнадцатилетней девчонке — шагнуть в открытый мир.

Человек здесь жить не может — только мелкие млекопитающие, насекомые и мотыльки. Она спит. Самолет завис в прозрачном морозном воздухе, убивающем бактерии. Каждый рейс нас дезинфицирует. Каждая ночь — очищает. Она видит картину, которую помнит с детства, только названия не знает: молодая женщина касается век старика, который стоит перед ней на коленях. В отцовской библиотеке был альбом, и не один, она точно помнит, где они стояли — внизу справа. Можно закрыть глаза — и окажешься в этой комнате с полукруглым эркером, выходящим в сад. Справа, на уровне лица, — черный эбонитовый выключатель, его поворачивали большим и указательным пальцами. Он щелкал не сразу, немного сопротивлялся. Зажигалась люстра — вращающееся кольцо из пяти рожков в форме высоких бокалов. Но этот свет с потолка был слабым и слишком далеким, она его не любила. Лучше зажечь торшер с желтым абажуром, в котором утоплены — каким образом, она до сих пор не понимает — стебельки травы, и сесть в старое протертое кресло. В детстве она думала, что в нем живут страшноватые и загадочные существа — «бобоки». Книга, которую она раскрывает у себя на коленях — она помнит, — это альбом Мальчевского[1]. Он распахивается как раз на той странице, где молодая красивая женщина с косой спокойно и нежно закрывает глаза старику, стоящему перед ней на коленях.

Терраса ее дома выходит на просторный луг, за которым виднеется лазурная бухта; прилив играет красками, смешивает их, покрывает волны серебристым лаком. Вечером, после ужина, она всегда выходит на террасу — эта привычка осталась с той поры, когда она еще не бросила курить. Теперь она стоит там и разглядывает людей, со страстью предающихся развлечениям и всевозможным удовольствиям. Если бы все это нарисовать, получился

[1] Яцек Мальчевский (1854–1929) — польский художник, представитель модернизма и символизма в живописи. Речь идет о картине «Смерть».

бы радостный, солнечный, быть может, немного инфантильный Брейгель. Южный вариант. Люди запускают змеев. Один — в виде большой разноцветной рыбы, длинные и тонкие плавники которой плывут по воздуху грациозно, как у вуалехвостки. А вот другой змей — панда, большая, обтекаемая — тоже взмывает над маленькими человеческими фигурками. Третий — огромный белый парус — тянет по земле приземистую коляску своего хозяина. Какой полезный воздушный змей! Какой полезный ветер! Какой добрый!

Люди играют с собаками — кидают им яркие мячики. Собаки с неиссякаемым энтузиазмом приносят их обратно. Человечки бегают, катаются на велосипедах, на роликах, бросают летающие диски, играют в волейбол и бадминтон, занимаются йогой. Неподалеку по шоссе мчатся разноцветные машины, везут на прицепах лодки, катамараны, велосипеды, вагоны-дома. Дует легкий ветер, светит солнце, маленькие птички ссорятся под деревом из-за каких-то крошек.

Так ей это видится: источник жизни на планете — некая могучая сила, заключенная в каждом атоме живой материи. Физически эту силу пока не удалось зафиксировать, ее невозможно уловить даже с помощью самого совершенного микроскопа, запечатлеть на спектрограммах. Она расширяет границы, толкает вперед, заставляет постоянно выбиваться за пределы себя самого. Мотор, который движет изменениями, слепая, мощная энергия. Не стоит приписывать ей какие бы то ни было цели или устремления. Дарвин попытался ее интерпретировать, но ошибся. Никакого естественного отбора, никакой борьбы, никакой победы и адаптации сильнейших. Конкуренция — чепуха. Чем больше она работала как биолог, чем дольше и внимательнее наблюдала за сложными взаимоотношениями и связями в биосистемах, тем больше убеждалась, что интуиция ее не обманула: в этом движении вперед и вширь все живое помогает друг другу, поддерживает. Одни живые организмы позволяют использовать себя другим. Если соревнование и существует, то это явление локальное — случайное нарушение равновесия. Да, действительно, ветки деревьев отталкивают друг друга на пути к свету, их корни обгоняют друг друга на пути к источнику воды, животные поедают друг друга, но во всем этом есть пугающая человека гармония. Такое ощущение, что мы участвуем в театре великого тела, и войны, которые ведем, могут быть только гражданскими. «Это» — другого слова не подберешь — живет, обладает миллионами черт и свойств, все заключено в нем, и нет ничего, что могло бы находиться вовне, каждая смерть есть элемент жизни, так что смерти — в определенном смысле — не существует. Ошибка исключена. Не бывает ни правых, ни виноватых, ни грехов, ни праведных поступков, ни добра, ни зла: тот, кто изобрел эти понятия, ввел людей в заблуждение.

Она возвращается в комнату и читает его письмо, которое возникло на экране, послушное движению компьютерной мыши; ей вспоминается — очень-очень давнее — отчаяние, связанное с этим адресатом. Отчаяние, что он остается, а она уезжает. Он пришел тогда на вокзал, но на перроне она его не помнит, хотя знает, что какое-то время память хранила этот образ; вспоминается только окно поезда и все стремительнее уносящиеся назад варшавские пейзажи, а еще мысль, начинающаяся со слов: никогда больше... Теперь это звучит очень сентиментально — честно говоря, она не понимает, почему испытывала такую боль. Эта боль была необходима, как во время месячных. Свидетельство того, что происходит нечто — заканчивается некий внутренний процесс и ненужное будет отринуто навсегда. Больно, да, но это — боль очищения.

Какое-то время они переписывались; его письма приходили в голубых конвертах с марками цвета ржаного хлеба. Разумеется, они планировали: когда-нибудь он к ней приедет. Но — разумеется — он не приехал; да и кто станет верить подобным обещаниям? Не приехал по нескольким причинам, которые теперь кажутся туманными и непонятными: отсутствие паспорта, политика, бесконечность зим, в которых можно застрять, словно в ледяной трещине, намертво.

Когда они только переехали, на нее порой накатывала странная тоска. Странная, потому что касалась вещей слишком незначительных, чтобы тосковать по ним: вода, собирающаяся в лужи в неровностях тротуара, разлитый в ней неоновый спектр бензиновых пятен; тяжелая и скрипучая старая дверь темного подъезда. Еще она тосковала по фаянсовым тарелкам с коричневым орнаментом и надписью «Сполем»[1] — в студенческом буфете на них подавали ленивые вареники, политые растопленным маслом и посыпанные сахаром. Потом, со временем, тоска впиталась в новую землю, точно разлитое молоко, ушла бесследно. Она окончила университет, получила специальность. Путешествовала по миру. Вышла замуж — они до сих пор вместе; родила близнецов, у которых скоро уже появятся собственные дети. Так что память напоминает ящик стола, набитый бумагами, — некоторые из них не имеют никакой ценности, документируют одноразовые события: квитанции из прачечной, чек от зимних ботинок или тостера, о котором уже и думать забыли. Но есть и другие, многоразовые — запечатлевшие не события, а целые процессы: карта детских прививок, студенческий билет со страничками, наполовину заполненными печатями, аттестат зрелости, свидетельство об окончании курсов кройки и шитья.

---

[1] Союз потребительских кооперативов, основанный в Варшаве в 1908 г.

В очередном письме он написал, что сейчас, правда, находится в больнице, но на праздники его точно отпустят домой — насовсем. Все, что можно, сделали, обследовали и спрогнозировали, так что теперь он будет дома, а живет он под Варшавой, в деревне. И что у них снег и во всей Европе сильные морозы, случается даже, что люди замерзают насмерть. Он упомянул свою болезнь, но по-польски, так что она не поняла, что это такое, — просто не знала польского термина. «Помнишь, что́ мы обещали друг другу? — писал он. — Помнишь ночь накануне отъезда? Мы сидели в парке на газоне, было очень жарко, июнь, экзамены сданы на *пять*, от нагретых за день улиц исходило тепло, смешиваясь с запахом бетона, словно город потел. Помнишь? Ты принесла бутылку водки, но мы не сумели ее выпить. Мы обещали друг другу, что увидимся. Что бы ни случилось, мы обязательно встретимся. И еще кое-что — помнишь?»

Да, конечно, она это помнила.

Он носил с собой маленький ножик с костяной ручкой, и вот острием штопора, которым только что была открыта бутылка (водка тогда продавалась в бутылках с пробкой), он царапает себе ладонь — кажется, между большим и указательным пальцами; потом она берет у него острую металлическую спираль и делает то же самое. Затем они касаются друг друга пятнышками крови, соединяют ранки. Этот юношеский романтический жест называется кровным братством и наверняка позаимствован из какого-нибудь модного тогда фильма, а может, и из книги — очередного «Виннету»[1].

Она внимательно разглядывает свои ладони, одну и другую — не помнит, была ли это правая или левая

[1] Знаменитый цикл романов о благородном индейце Виннету (1893–1910) Карла Фридриха Мая (1842–1912), немецкого писателя, поэта, композитора.

рука, — но ничего не находит. Со временем и не такие раны затягиваются.

Конечно, она помнит ту июньскую ночь — с возрастом память постепенно приоткрывает свои голограммные бездны: одни дни, словно на веревочке, тянут за собой другие, а те, в свою очередь, — новые часы и минуты. Неподвижные картины сдвигаются с места, сперва медленно, раз за разом прокручивая одни и те же сцены, это напоминает извлечение из песка древнего скелета: сначала появляется одна косточка, но вскоре метелка открывает и другие, и вот наконец вся сложная структура извлечена на свет божий — суставы, связки... костяк тела времени.

Из Польши они уехали в Швецию. 1970-й, ей девятнадцать. Через два года они решили, что это слишком близко, что с противоположного берега Балтийского моря доносятся некие флюиды, тоска, миазмы, в общем, висит в воздухе какая-то тяжесть. Отец был хорошим стоматологом, мать — зубным техником: таких эмигрантов охотно примет любая страна. Шансы на успех рассчитать нетрудно — надо умножить количество жителей на количество зубов. И чем дальше, тем дело идет лучше.

На это письмо она тоже ответила — удивленно подтвердила, что помнит свое странное обещание. И уже на следующее утро пришел ответ, словно там, по ту сторону, он нетерпеливо ждал с заранее приготовленным, припрятанным на рабочем столе текстом.

«Представь себе постоянную боль и неподвижность, с каждым днем прогрессирующую. Но даже это можно было бы вынести, если бы не мысль, что за этой болью ничего нет, никакое вознаграждение тебя не ждет, каждый следующий час окажется хуже предыдущего, то есть ты продвигаешься к какой-то невообразимой тьме, к аду, выстроенному из мóроков. Девять кругов страданий.

И никакого проводника, никто не возьмет тебя за руку и не объяснит, почему, ибо и причин никаких нет — ни наказания, ни награды».

В другом письме, жалуясь, что писать очень трудно, он говорил — намеками, не называя вещи своими именами: «Знаешь, тут об этом и думать нечего. Традиции не те, плюс врожденное отсутствие у моих (или все еще твоих?) соотечественников склонности к какой бы то ни было рефлексии. Обычно все объясняют превратностями истории, которая, мол, никогда нас не щадила и всегда лишь исПОЛЬзовала — может, отсюда название страны? После всплеска энтузиазма неизменно наступал коллапс — поэтому нормой стали некоторое опасение и недоверие к миру, вера в спасительную мощь четких правил и одновременно нежелание подчиняться тому, что сами же и придумали.

Моя ситуация такова: я разведен и с женой не общаюсь, ухаживает за мной сестра, но она ни за что не согласится выполнить мою просьбу. Детей у меня нет, и я очень об этом сожалею: они нужны — хотя бы для этого. Я человек не слишком популярный и, увы, публичный. Ни один врач не рискнет оказать мне подобную услугу. В одном из многочисленных политических скандалов меня скомпрометировали, и так называемое доброе имя я потерял — знаю, наплевать. В больницу ко мне приходили люди, но — подозреваю — не из искреннего желания увидеться или посочувствовать (так я думаю), а ради (возможно, даже не вполне осознанного) злорадства. Чтобы покачать у моей постели головой: вот, мол, как наказала его судьба! Я понимаю эти чувства, такова уж человеческая натура, ничего не поделаешь. Я тоже не могу сказать, будто кристально чист, — много чего в жизни наворотил. Достоинство у меня только одно — я всегда был человеком организованным. Хотелось бы напоследок воспользоваться этим преимуществом».

Она понимала его с трудом — многие слова оказались напрочь забыты. Например, она не знала, что значит «публичный человек», — пришлось поломать голову; теперь, пожалуй, она понимает. А что значит «наворотить»? Устроить хаос? Навредить себе?

Она пыталась представить себе, как он пишет это письмо — сидя или лежа, как выглядит, надета ли на нем пижама, но в ее воспоминаниях фигурировал лишь пустой, незаполненный контур, набросок, сквозь который проступали луга и залив. Получив то длинное письмо, она достала картонные коробки, где хранила старые снимки времен жизни в Польше, и в конце концов нашла его — молодой парень, аккуратно причесанный, с тенью юношеской щетины, в смешных очках и каком-то вытянутом гуральском[1] свитере. Рука поднесена к лицу — должно быть, он что-то говорил в тот момент, когда была сделана эта черно-белая фотография.

Удивительная синхронность — несколько часов спустя пришло письмо с фотографией. «К сожалению, пишу я все с большим трудом. Поспеши, пожалуйста. Посмотри, как я выгляжу. Тебе следует это знать, хотя фотография сделана год назад». Массивный мужчина с седым ежиком волос, гладко выбритый, с мягкими, чуть расплывшимися чертами лица, сидит в какой-то комнате, вокруг полки, заваленные бумагами. Редакция? Ни малейшего сходства между этими двумя фотографиями — такое ощущение, будто на них совершенно разные люди.

Она не знает, что это за болезнь. Набирает польский термин в «гугле» и все понимает: ах, вон оно что... Вечером она расспрашивает мужа. Тот подробно объясняет, как работает механизм этого неизлечимого недуга — прогрессирующей неподвижности.

---

[1] Этнокультурные группы поляков, живущие в горных областях на юге Польши, на северо-западе Словакии и северо-востоке Чехии.

— А почему ты спрашиваешь? — спрашивает он наконец.

— Да просто так. У знакомого приятель болен, — отвечает она уклончиво, а потом, словно бы невзначай — к собственному изумлению — сообщает мужу, что ее неожиданно, в последнюю минуту, пригласили на конгресс в Европу.

Этот последний рейс можно уже и не считать: всего час — от Лондона до Варшавы. Она и не заметила, как долетела. Много молодых людей — работали в Англии, теперь возвращаются домой. Какое странное чувство: все вокруг говорят по-польски. Сначала она была потрясена, словно повстречала древних греков. Все тепло одеты: шапки, перчатки, шарфы, пуховики, в каких катаются на горных лыжах, — только теперь она понимает, что это значит — угодить в самый разгар зимы.

Измученное тело, напоминающее распяленное на кровати сухожилие. Он явно не узнал ее, когда она вошла. Смотрел внимательно, знал, что это она, но не узнавал — так ей, во всяком случае, казалось.

— Привет, — сказала она.

Тогда он слабо улыбнулся и долго лежал с закрытыми глазами:

— Ты просто гений.

Женщина — видимо, сестра, о которой он писал, — отодвинулась и уступила ей место у постели брата, так что она смогла накрыть своей ладонью его руку — исхудавшую, пепельно-серую; в его крови уже не осталось огня — один пепел.

— Смотри, — сказала сестра, словно разговаривала с ребенком, — к тебе пришли. Видишь, кто приехал тебя навестить? Садитесь, пожалуйста.

Окна комнаты, где он лежал, выходили на заснеженный двор с *четырьмя* огромными соснами; в глубине — забор и дорога, а дальше — настоящие виллы: она поразилась пышности их архитектуры. Память ее сохранила другое. Колонны, веранды, освещенные дорожки. С улицы доносились хрипы мотора: кто-то из соседей тщетно пытался завести двигатель. В воздухе чувствовался едва заметный запах огня и дыма от хвойных дров.

Он посмотрел на нее и улыбнулся, одними губами — уголки их едва заметно приподнялись, но глаза остались серьезными. Слева от кровати стояла капельница. Из голубоватой, набухшей, почти исчерпавшей себя вены торчал катетер. Когда сестра вышла, он спросил:

— Это ты?

Она улыбнулась.

— Ну вот, я приехала, — она заранее приготовила эту простую фразу. Получилось неплохо.

— Спасибо. Я не надеялся, — сказал он и сглотнул, словно вот-вот заплачет.

Она испугалась, что придется стать свидетелем какой-нибудь неловкой сцены.

— Да ладно, — сказала она. — Я ни минуты не колебалась.

— Ты хорошо выглядишь, молодо. Только волосы перекрасила, — попытался он пошутить.

Губы у него запеклись, она увидела на столике у кровати стакан, а в нем — обернутую марлей палочку.

— Хочешь пить?

Да, он хочет.

Она смочила марлю и склонилась над лежащим мужчиной, почувствовала запах его тела — сладковатый, тошнотворный. Когда она осторожно смачивала ему губы, он прикрыл глаза.

Они пытались поболтать, но разговор не клеился. Он по нескольку минут лежал с закрытыми глазами, и она не знала, здесь ли он еще или куда-то уплыл. Она завела что-то вроде «а помнишь, как...», но он не отреагировал. Когда она замолчала, он коснулся ее руки и попросил:

— Расскажи мне что-нибудь. Поговори со мной.

— Сколько это еще... — она пыталась подобрать подходящее слово, — продлится?

Он сказал, что, возможно, несколько недель.

— Что там? — спросила она, глядя на капельницу.

Он снова улыбнулся:

— Три в одном. Обед, завтрак и ужин. Отбивная с тушеной капустой, шарлотка на десерт и кружка пива.

Она тихонько повторила за ним: «отбивная», и это — совершенно забытое — слово напомнило ей, что она голодна. Она взяла его за руку и осторожно растерла холодные пальцы. Чужие ладони, чужой человек, в котором она ничего не узнавала, чужое тело, чужой голос. Она вполне могла ошибиться, перепутать дом.

— Ты действительно меня узнаешь? — спросила она.

— Конечно. Ты не так уж и изменилась.

Однако она видела, что это неправда — ничуть он ее не узнает. Может, будь у них возможность побыть вместе подольше, будь у них время развить все эти гримасы, жесты, привычные движения... Только зачем? Ей казалось, что он снова уплыл надолго — прикрыл глаза и словно бы уснул. Она не мешала ему. Смотрела на пепельное лицо и запавшие глаза, на совершенно белые ногти, словно сделанные из воска, впрочем, не слишком аккуратно, — они сливались с кожей пальцев.

Потом он вернулся, взглянул на нее, словно прошло всего мгновение.

— Я нашел тебя в Интернете, уже давно. Читал твои статьи, но мало что понял. — Он слабо улыбнулся. — Терминология слишком сложная.

— Ты правда читал? — спросила она удивленно.

— Ты, должно быть, счастлива. Во всяком случае, так ты выглядишь.

— Да.

— Как долетела? Сколько часов занимает дорога?

Она рассказала ему про пересадки и аэропорты. Попыталась посчитать часы, но запуталась — она ведь летела на запад, и время словно бы разрасталось. Она описала свой дом и вид на залив. Рассказала об опоссумах и о сыне, который на год уехал в Гватемалу — преподавать английский язык в деревенской школе. О родителях, которые недавно умерли, один за другим — довольные жизнью, седые, перешептывающиеся по-польски. О своем муже, хирурге-неврологе, который делает сложнейшие операции.

— Ты убиваешь животных, да? — спросил он вдруг.

Она посмотрела на него удивленно. Не сразу поняла, о чем он.

— Это больно, но необходимо, — ответила она. — Хочешь пить?

Он покачал головой.

— Зачем?

Она неопределенно махнула рукой. Раздраженно. И так ведь понятно зачем. Затем, что люди завезли на остров сельскохозяйственных животных, к которым не была готова местная экосистема. Одних — не подумав о последствиях — еще давно, более двухсот лет назад, другие (казалось бы, совершенно безобидные) просто сбежали из клеток. Кролики. Опоссумы или ласки с меховых ферм. Из садов выскользнули растения — недавно она видела обочину, заросшую кроваво-красными пеларгониями. Удрал и одичал на безлюдье чеснок. Его цветы чуть поблекли — кто знает, может, спустя тысячелетия он мутирует и здесь появится какая-нибудь местная разновидность. Ученые — подобно ей — затрачивали массу усилий, пытаясь не допустить, чтобы мир испортил этот остров: чтобы из случайных карманов не выпали случайные семена, чтобы на банановых шкурках не прибыли сюда какие-нибудь чужеродные споры, которые обрушат всю экосистему. Чтобы рифленые подошвы ботинок не принесли еще каких-нибудь непрошеных иммигрантов — бактерии, насекомых, водоросли. За всем этим приходится следить, хотя подобная борьба изначально обречена на неудачу. Надо смириться с фактом, что замкнутые экосистемы скоро перестанут существовать. Мир слился в единое месиво.

Нужно соблюдать таможенные правила. На остров запрещено ввозить какие бы то ни было биологические вещества, на семена нужно получать разрешение.

Она заметила, что он слушает очень внимательно. Но подходящая ли это тема для такой встречи? — подумала она и умолкла.

— Ты говори, рассказывай, — попросил он.

Она поправила у него на груди пижаму, которая распахнулась и обнажила почти белую кожу с редкими седыми волосками.

— Смотри, это мой муж, а это дети, — сказала она и вынула из сумки портмоне — в прозрачном окошечке лежало несколько фотографий. Показала ему детей. Он не мог шевелить головой, пришлось помочь ему, немного приподнять. Он улыбнулся.

— Ты уже бывала здесь?

Она покачала головой.

— Только в Европе, на научных конгрессах. Всего *три* раза.

— Не хотелось?

Она задумалась.

— Знаешь, столько всего происходило в жизни... учеба, дети, работа. Мы строили дом на берегу океана, — начала она рассказывать, но мысленно слышала голос отца: «...могут жить мелкие млекопитающие, ночные бабочки и насекомые...». — Я просто забыла.

— Ты уже решила, как это сделать? — спросил он после долгой паузы.

— Да, — ответила она.

— Когда?

— Когда захочешь.

Он с трудом отвернулся к окну.

— Как можно скорее. Завтра?

— Хорошо. Завтра.

— Спасибо тебе, — сказал он и посмотрел на нее так, словно признавался в любви. У входной двери ее обнюхал старый раскормленный пес. Сестра стояла на крыльце, на морозе, курила.

— Закурите?

Она поняла, что сестра хочет поговорить, и, к своему удивлению, согласилась. Сигарета была тоненькая, ментоловая. Первая затяжка ее ошеломила.

— Ему дают морфий — в пластырях, — поэтому сознание спутанное, — сказала женщина. — А вы издалека приехали?

Только тогда она поняла, что сестру он в свои планы не посвятил. Она не знала, что ответить.

— Да нет. Мы одно время вместе работали, — сказала она уверенно; кто бы мог подумать, что она умеет так ловко врать. — Я — заграничный корреспондент, — придумала она еще, объясняя свой, уже чужой здесь, акцент.

— Бог несправедлив. Несправедлив и жесток. Так мучить человека... — произнесла его сестра, и на ее лице появилось выражение какого-то ожесточения. — Хорошо, что вы его навестили, он так одинок. По утрам приходит медсестра из поликлиники. Она говорит, что лучше бы положить его в хоспис, но он не хочет.

Женщины одновременно загасили окурки в снегу, те даже не зашипели.

— Я зайду завтра, — сказала она, — попрощаться, перед отъездом.

— Завтра? Так скоро? Он так радовался встрече с вами... А вы только на *два* дня, — сестра сделала такое движение, словно хотела схватить ее за руку, словно хочет добавить:

— Не бросай нас.

Пришлось перенести дату отъезда — она не ожидала, что все произойдет так быстро. Основной рейс, из Европы домой, поменять не удалось, получилось, что у нее в запасе целая неделя. Но она решила не оставаться здесь, а уехать сразу, тем более что чувствовала себя чужой в этом снегу и мраке. На завтра были билеты в Амстердам и Лондон, после обеда; она выбрала Амстердам. Погуляет недельку по городу.

Она в одиночестве поужинала, потом зашагала по главной улице в Старый город. Рассматривала витрины маленьких магазинчиков — в основном сувениры и бижутерия из янтаря, которая ей не нравилась. Да и сам город показался неосязаемым, слишком большим и слишком холодным. Люди закутанные, лица почти полностью скрыты воротниками и шарфами, изо рта вылетают облачка пара. На тротуарах груды замерзшего снега. Она не поехала в общежитие, где когда-то жила. Честно говоря, все ее здесь отталкивало. Она вдруг удивилась: и почему люди так охотно, по собственной воле, никем не принуждаемые, навещают места своей молодости? Что можно там найти, в чем убедиться? Что они здесь были? Или что правильно поступили, уехав? А может, они надеются, что педантичная память о местах юности уподобится замку «молнии», соединит прошлое с будущим в единую устойчивую плоскость — металлическим швом, зубчик к зубчику.

Видимо, она тоже вызывала в местных жителях отторжение; они избегали смотреть на нее, отводили глаза. Такое ощущение, что сбылась детская мечта: стать невидимой. Сказочный предмет — шапка-невидимка, которую надевают на голову, чтобы на время исчезнуть с горизонта других людей.

В последние годы она поняла, что сделаться невидимой очень просто — достаточно быть женщиной среднего возраста без особых примет. Не только для мужчин, но и для женщин, которые перестают воспринимать ее как конкурентку. Это был новый удивительный опыт — она чувствовала, как чужие взгляды, не касаясь, проскальзывают по ее лицу, по щекам, по носу. Эти взгляды проходили через ее тело — вероятно, прохожие видели сквозь нее рекламы, пейзажи, расписания. О да, похоже, она сделалась прозрачна; она подумала, что, в сущности, это здорово, надо только научиться использовать эти возможности. В случае чего никто ее не запомнит, свидетели скажут: «какая-то женщина...» и «тут еще кто-то стоял...». Мужчины в этом смысле более беспощадны, чем женщины, которые изредка обращают внимание хотя бы на сережки; мужчины же смотрят на нее не дольше секунды и не скрывают этого. Порой только ребенок по какой-то неведомой прихоти присосется к ее глазам, подробно и равнодушно исследует ее лицо, а потом отвернется — в будущее.

Вечер она провела в отеле, в сауне, потом заснула — быстро, устав от смены часовых поясов, сама не своя, словно одинокая карта, вытащенная из родной колоды и засунутая в другую, экзотическую. Утром проснулась слишком рано и вдруг перепугалась. Она лежала на спине, было еще темно; ей вспомнился муж — как он, сонный, прощался с ней. В панике подумалось: вдруг она больше его не увидит? Представила, как оставляет сумку у двери, раздевается и ложится рядом с ним — так, как он любит, прижавшись к его голой спине, уткнувшись носом в затылок. Она позвонила домой — там был сейчас вечер, муж только что вернулся из больницы. Мельком упомянула о конгрессе. Рассказала про погоду: сильный мороз, он бы, пожалуй, не выдержал. Напомнила о цветах в саду — их обязательно надо поливать, особенно эстрагон, растущий среди камней. Поинтересовалась, не звонили ли с работы. Потом приняла душ, тщательно подкрасилась и первой спустилась на завтрак.

Вынула из косметички ампулу, похожую на пробный флакончик духов. По дороге купила в аптеке шприц. Получилось забавно: она забыла это странное слово «шприц», сказала сначала «спринцовка» — слова звучали похоже.

Она ехала по городу на такси и постепенно осознавала, откуда это ощущение чужести: город стал совершенно другим, он ничем не напоминал тот, что хранился в ее сознании, памяти не за что было зацепиться. Она ничего не узнавала. Дома слишком тяжелые, приземистые, улицы слишком широкие, двери слишком массивные, новые машины ехали по новым улицам, да еще и не по той стороне, к которой она привыкла. Поэтому ей все время казалось, что она попала в зазеркалье, в сказочную страну, где все ненастоящее, а стало быть, в определенном смысле все возможно. Никто не может поймать ее за руку, удержать. Она двигается по этим замерзшим улицам, словно пришелец из другого измерения, существо высшего порядка; ей приходится съеживаться, чтобы уместиться в этом пространстве. Единственное, что она должна выполнить, — эту миссию, очевидную и стерильную, любовную.

Таксист немного поблуждал по этому поселку вилл, носившему сказочное название «Залесье Горное» — за горами, за лесами. Она велела ему остановиться за углом, возле маленького бара, расплатилась.

Быстрым шагом прошла несколько десятков метров до калитки, с трудом пробралась к дому по знакомой, заваленной снегом тропинке. Когда она тронула калитку, с нее упала шапка снега, открыв номер дома: *один*.

Дверь снова открыла сестра, глаза у нее были заплаканные.

— Он ждет вас, — сказала она, исчезая в глубине дома. — Даже попросил меня его побрить.

Он лежал в чистой постели, в полном сознании, голова повернута к двери — действительно ждал. Она присела к нему на постель и, взяв его руку в свою, удивилась: ладонь была мокрой от пота, даже сверху. Она улыбнулась:

— Ну как?

— Нормально.

Он лгал. Какое уж тут нормально...

— Наклей мне пластырь, — сказал он и глазами показал на плоскую коробочку, лежавшую на столике. — Больно. Придется подождать, пока подействует. Я не знал, когда ты придешь, хотел увидеть тебя, пока что-то соображаю. А то бы не узнал. Подумал: вдруг это не ты? Такая молодая и красивая.

Она погладила его по запавшему виску. Пластырь прильнул к пояснице, словно вторая, милосердная, кожа. Вид его тела, измученного и истощенного, поразил ее. Она закусила губу.

— Я что-нибудь почувствую? — спросил он, но она сказала, чтобы он не беспокоился.

— Скажи, чего тебе хочется. Хочешь немного побыть один?

Он покачал головой. Лоб был сухим, точно бумага.

— Я не буду исповедоваться. Только положи мне руку на лицо, — попросил он и улыбнулся — слабо, словно бы озорно.

Она сделала это не колеблясь. Ладонь ощутила тонкую кожу и мелкие кости, впадины глазных яблок. Под пальцами что-то пульсировало, вздрагивало, словно от напряжения. Череп — ажурная конструкция из костей, совершенной формы, мощная и в то же время хрупкая. У нее сжалось горло, и это был единственный момент, когда она чуть не заплакала. Она знала, что ее прикосновения приносят ему облегчение, чувствовала, как стихает под пальцами эта подкожная дрожь. Наконец она убрала руку, а он продолжал лежать с закрытыми глазами. Она медленно нагнулась над ним и поцеловала в лоб.

— Я был порядочным человеком, — прошептал он, впиваясь в нее взглядом.

Она кивнула.

Он попросил:

— Расскажи что-нибудь.

Она откашлялась, не зная, что сказать.

Он поторопил:

— Расскажи, как там у тебя...

Она начала:

— Середина лета, созревают лимоны...

Он прервал ее:

— Из окна виден океан?

— Да, — сказала она. — Во время отлива вода оставляет на песке ракушки.

Но это, конечно, была уловка: он и не собирался слушать, уже через мгновение его взгляд помутнел, потом снова сделался четким, он глядел на нее откуда-то издалека, наконец она поняла, что они уже находятся в разных измерениях. Она не могла понять, что там было — страх и паника, а может, наоборот, облегчение. Он невнятно прошептал какие-то неловкие слова благодарности, потом уснул. Тогда она вынула из сумки ампулу и наполнила шприц. Отсоединила капельницу от катетера и медленно ввела каплю жидкости. Ничего не произошло, он просто перестал дышать — неожиданно и естественно, словно прежние движения грудной клетки вверх и вниз как раз и были странной аномалией. Она провела ладонью по его лицу, снова подсоединила капельницу и пригладила на постели то место, где сидела. Вышла.

Его сестра снова стояла на крыльце и курила.

— Сигарету?

На этот раз она отказалась.

— Вы еще придете? — спросила женщина. — Он так вас ждал.

— Я сегодня уезжаю, — объяснила она и, спускаясь по ступенькам, добавила: — Берегите себя.

Самолет взлетел, и память ее захлопнулась. Больше она об этом не думала. Никакие воспоминания ее не тревожили. Она провела несколько дней в Амстердаме, в это время года ветреном и холодном, сведенном к комбинации трех цветов — белого, серого и черного; шаталась по музеям, ночевала в гостинице. Гуляя по главной улице, наткнулась на выставку анатомических препаратов. Заинтригованная, вошла внутрь и провела там два часа, разглядывая сохраненное при помощи современных технологий человеческое тело во всех возможных видах. А поскольку разум ее пребывал в странном состоянии и она очень устала, то видела все это сквозь туман, нечетко, только очертания. Кружева нервов и семенников, напоминающие странные растения, ускользнувшие от ножниц садовника, клубни, орхидеи, оборочки и мережки тканей, сеточки иннервации, пестики и тычинки, щупальца и усы, грозди, ручейки, складочки, волны, дюны, кратеры, холмы, горы, долины, плоскогорья, меандры кровеносных сосудов...

Уже в воздухе, над океаном, она достала из сумочки цветной буклетик, который взяла на выставке, — человеческое тело без кожи, в позе скульптуры Родена: рука опирается о колено, подпирает голову, тело озабоченное, почти рефлексирующее, и хотя оно лишено кожи и лица (лицо — одна из наиболее поверхностных черт тела), видно, что глаза у него узкие, черты экзотические. Потом, в полусне, погрузившись в мрачно-сдержанный гул двигателей, она представляла, что уже скоро, когда эта технология подешевеет, каждый человек сможет позволить себе пластинацию. Тела близких можно будет ставить вместо надгробий, снабжая, к примеру, такой надписью: «Этим телом путешествовал на протяжении многих лет XY, покинув его в таком-то возрасте». При посадке ее вдруг охватили страх, паника. Она вцепилась в ручки кресла.

Когда, усталая, она наконец добралась до своей страны, до этого красивого острова, и проходила таможенный контроль, служащий задал ей несколько традиционных вопросов: контактировала ли она там, где была, с какими-нибудь животными, посещала ли сельскую местность, могла ли подвергнуться какому-либо биологическому заражению.

Она вспомнила, как стояла на крыльце и стряхивала с ботинок снег, вспомнила раскормленного пса, который бежал по лестнице и терся о ее ноги. Потом еще свои руки, вскрывающие ампулу, похожую на пробный флакончик духов. И спокойно ответила:

— Да.

Таможенник велел ей отойти в сторону: ее тяжелые зимние ботинки тщательно промыли дезинфицирующим раствором.

Не бойся

Однажды в Чехии я подвезла на машине молодого серба, которого звали Небойша. Всю дорогу он рассказывал мне о войне, и в конце концов я уже сама была не рада, что подобрала его.

Он говорил, что иные места смерть метит, словно пес, задирающий лапу, чтобы обозначить свою территорию. Некоторые люди понимают это сразу, другие через некоторое время просто начинают ощущать некий дискомфорт. Застряв где-нибудь надолго, обязательно почувствуешь едва заметное присутствие умерших. Он сказал:

— Сначала всегда видишь все живое, красивое. Восхищаешься природой, соборами, фресками, запахами и так далее. Но постепенно обаяние этих вещей блекнет. Ты начинаешь задумываться: кто жил до тебя в этом доме, в этой комнате, чьи это вещи, кто поцарапал стену над кроватью, из какого дерева сделаны подоконники? Чьи руки выстроили и искусно украсили камин, вымостили двор? Где они теперь? В какой форме существуют? Чья мысль протоптала тропинки вокруг пруда, и кто придумал посадить под окном вербу? Все дома, аллеи, парки, сады, улицы пропитаны смертью других людей. Как только начинаешь это чувствовать, сразу хочется уехать — понимаешь, что пора двигаться дальше.

Еще он сказал, что движение не позволяет нам заниматься подобного рода бесплодными медитациями. Поэтому путешественникам все кажется свежим и чистым, невинным и в определенном смысле бессмертным.

В Микулове он вышел, а я все повторяла про себя это странное имя: Не-бойша. Не бойся.

Праздник умерших

В путеводителе сказано, что он длится три дня. Если он выпадает на середину недели, власти округляют количество праздничных дней, и тогда школы и учреждения отдыхают целую неделю. По радио все время передают музыку Шопена: считается, что она помогает сосредоточиться и способствует серьезной рефлексии. Предполагается, что каждый в эти дни посетит могилы своих близких. Поскольку в последние два десятилетия наблюдался невиданный расцвет экономики и страна переживала бурную индустриализацию, практически все жители нескольких мегаполисов двинутся в провинцию, откуда они родом. Загодя, за несколько месяцев раскуплены билеты на самолеты, поезда и автобусы. Тому, кто спохватился слишком поздно, придется воспользоваться личным автомобилем. В канун праздника выездные автострады уже полностью забиты. Праздник в августе, жарко, и стоять в пробке не слишком приятно, поэтому люди, предвидя возможные неудобства, берут с собой портативные телевизоры с плазменным экраном и дорожные холодильники. Закрыв затемненные окна и включив кондиционер, можно переждать эти несколько часов в обществе родственников или друзей, угощаясь взятой в дорогу снедью. В эти дни люди наконец обзвонят всех своих знакомых. Почти у каждого уже есть мобильный телефон и видеосвязь, так что можно ликвидировать пробелы в общении. Можно даже, стоя в пробке, устроить видеоконференцию с приятелями, посплетничать и условиться о реальной встрече по возвращении домой.

Духам предков приносят дары: специально испеченные для этой цели пирожки, фрукты, молитвы, написанные на лоскутках ткани.

Оставшиеся в городе испытывают очень странные ощущения: крупные торговые центры не работают, отключены даже огромные рекламные мониторы на улицах. Увеличены интервалы движения поездов метро, а некоторые станции вообще закрыты (например, «Университет» и «Биржа»). Закрываются рестораны фастфуд и дискотеки. Город настолько пустеет, что в этом году власти решили отключить управляемую с помощью электроники систему городских фонтанов, что позволит сэкономить довольно большую сумму.

Рут

После смерти супруги муж составил список мест, которые носят ее имя — Рут.

Их оказалось довольно много — кроме населенных пунктов, еще и ручей, деревня, холм и даже остров. Вдовец сказал, что делает это в память о покойной жене, кроме того, его утешает, что так она каким-то загадочным образом продолжает жить — хотя бы благодаря своему имени. Когда он стоит у подножия горы под названием Рут, у него возникает ощущение, что жена не умерла — просто существует теперь в ином обличье.

Деньги на свое путешествие он взял из тех, что получил по страховке жены.

Ресепшен больших и элегантных отелей

Я вхожу туда торопливо, приветствуемая вежливой улыбкой портье. Встревоженно оглядываюсь, словно договорилась с кем-то о встрече. Я играю на публику. Нетерпеливо смотрю на часы, потом опускаюсь в кресло и закуриваю.

Ресепшен лучше, чем кафе. Не надо ничего заказывать, обсуждать с официантами и жевать. Отель демонстрирует мне ритм своей жизни, подобной водовороту, в центре которого — вращающиеся двери. Поток людей приостанавливается, закручивается вокруг своей оси на одну-две ночи, а затем устремляется дальше.

С кем бы я ни договорилась, он не придет, но разве это оспаривает этос моего ожидания? Это занятие сродни медитации: время течет, не внося практически ничего нового, сцены повторяются (подъезжает такси, выходит новый постоялец, портье вытаскивает из багажника чемодан, они вместе идут к стойке ресепшен, берут ключ и направляются к лифту), порой удваиваются (симметрично, с двух сторон, подъезжают два такси, выходят двое постояльцев, двое портье вытаскивают из двух багажников чемоданы...) или умножаются — тогда образуется толпа и возникает напряжение, грозящее хаосом, но на самом деле это просто сложная фигура, чью причудливую гармонию не сразу разглядишь. А то холл вдруг пустеет, и портье принимается флиртовать с девушкой за стойкой ресепшен, но вполсилы, вполголоса, оставаясь в полной гостиничной готовности.

Так я сижу около часа, не больше; вижу тех, кто выскакивает из лифта и устремляется туда, где назначил встречу, опаздывая с самого рождения, порой постояльцы торопливо кружатся во вращающихся дверях, словно в кофемолке, которая вот-вот превратит их в порошок. Вижу тех, кто волочит ноги, словно бы заставляя себя сделать следующий шаг, замирает перед каждым движением. Женщины, ожидающие мужчин, мужчины, ожидающие женщин. Первые — со свежим макияжем, который наступающий вечер сотрет напрочь, в облаке ду́хов, божественном ореоле. Вторые — разыгрывают из себя победителей, но на самом деле напряжены, живут нижним — ниже пояса — этажом тела.

Порой ожидание бывает вознаграждено — вот, например, мужчина провожает женщину к такси. Они выходят из лифта. Она — миниатюрная, темноволосая, в короткой обтягивающей юбочке, но не вульгарная. Элегантная проститутка. Он следует за ней — высокий, с проседью, в сером костюме, руки в карманах брюк. Они не разговаривают и держат дистанцию; трудно поверить, что еще мгновение назад их слизистые терлись друг о друга, что его язык тщательно исследовал изнанку ее рта. Они идут рядом, он пропускает ее вперед, запускает в кофемолку вращающихся дверей. Такси уже ждет. Женщина садится молча, разве что едва заметно улыбается. Ни «до свидания», ни «было хорошо» — ничего такого. Он еще слегка склоняется к окну автомобиля, но, кажется, ничего не произносит. Может, «до свидания» — совершенно излишнее, вероятно, по привычке. Она уезжает. Мужчина возвращается в отель — свободный и довольный, руки в карманах, на лице тень улыбки. Он уже строит планы на вечер, вспоминает электронные адреса и телефоны, но пока не станет ни писать, ни звонить — еще понаслаждается легкостью... может, просто пойдет в бар, выпьет коктейль.

Точка

Проезжая эти города, я уже знаю, что в одном из них мне рано или поздно придется задержаться, а может, даже поселиться. Я мысленно взвешиваю их, сравниваю и оцениваю, и всегда оказывается, что все они расположены или слишком далеко, или слишком близко.

Так что, похоже, существует некая постоянная точка, вокруг которой я вращаюсь. Вот только от чего слишком далеко и к чему слишком близко?

Сечение как метод познания

Познание слоями; каждый слой лишь в общих чертах напоминает последующий или предыдущий; как правило, это вариация, модифицированная версия, дополнение к гармонии целого, — но рассматривая их по отдельности, не соотнеся с целым, этого не заметишь.

Каждый пласт — часть целого, подчиняющаяся собственным законам. Трехмерный порядок, обездвиженный и урезанный в двухмерном слое, кажется абстракцией. Можно даже подумать, что никакого целого не существует, что его никогда не было.

Сердце Шопена

Практически все знают, что Шопен умер 17 октября, в два часа ночи («in small hours»[1], как гласит англоязычная версия «Википедии»). У смертного одра присутствовали несколько ближайших друзей, в том числе сестра Людвика, которая самоотверженно ухаживала за Фредериком до самого конца, а также ксендз Еловицкий: потрясенный безмолвным звериным умиранием истощенного тела, бесконечной борьбой за каждый глоток воздуха, он сначала упал в обморок на лестнице, а потом — из чувства противоречия, не вполне, впрочем, осознанного, — нарисовал в своих дневниках более эстетичную версию смерти великого музыканта. В частности, ксендз писал, что последними словами Фредерика были: «Я пребываю у источника всяческого счастья» — явная ложь, хотя, безусловно, красивая и трогательная. На самом деле, по воспоминаниям Людвики, Шопен ничего не сказал, тем более что уже несколько часов был без сознания. Единственное, что в конце концов исторгли его уста, — это струйка темной густой крови.

Теперь Людвика, усталая и замерзшая, едет в почтовом дилижансе. Они уже подъезжают к Лейпцигу. Влажная зима, с запада их догоняют тяжелые чернобрюхие тучи — наверное, вот-вот пойдет снег. Похороны состоялись много месяцев назад, но Людвику ждут еще одни, в Польше. Фредерик все время повторял, что хочет быть похоронен на родине, а поскольку хорошо знал, что умирает, старательно спланировал и свою смерть, и похороны.

Сразу после его кончины приехал муж Соланж[2]. Он появился сразу, словно заранее подготовился и — надев пальто и ботинки — ждал только стука в дверь. Он при-

[1] Первые часы после полуночи (*англ.*).
[2] Соланж Санд (1828–1899) — дочь Жорж Санд (1804–1876).

нес кожаный саквояж с хирургическими инструментами. Сперва натер жиром безвольную ладонь умершего, аккуратно и почтительно уложил ее в деревянную ванночку и залил гипсом. Потом с помощью Людвики снял посмертную маску — пока черты не слишком застыли, пока не проникла в них смерть, что лепит все лица по одному образцу.

Потихоньку, без лишнего шума, было исполнено и другое желание Фредерика. На второй день после смерти рекомендованный графиней Потоцкой[1] медик велел обнажить тело до пояса, затем, разложив вокруг грудной клетки простыни, ловким движением острого скальпеля вскрыл ее. Присутствовавшей при этом Людвике показалось, что тело вздрогнуло и словно бы даже вздохнуло. Когда простыни окрасились почти черными сгустками крови, она отвернулась к стене.

Медик ополоснул сердце в тазу, и Людвика удивилась, какое оно большое, бесформенное и бесцветное. Сердце брата с трудом умещалось в банку со спиртом, и медик посоветовал заменить ее на бóльшую. Ткани не должны сдавливаться и не должны касаться стеклянных стенок.

Сейчас Людвика дремлет, убаюканная мерным постукиванием колес, а в дилижанс напротив нее, рядом со спутницей Людвики Анелей, садится какая-то дама — посторонняя, но вроде бы знакомая, еще по Польше. В запыленном траурном платье, какие носили вдовы повстанцев, с большим крестом на груди. Лицо опухшее, потемневшее от сибирских морозов, ладони в серых прелых перчатках сжимают банку. Людвика со стоном просыпается и проверяет содержимое корзинки. Все в порядке. Она поправляет сползший на лоб чепец. Бранится

[1] Дельфина Потоцкая (1807–1877) — светская львица, красавица, подруга художников и писателей, в юности была ученицей Шопена.

по-французски: шея совершенно одеревенела. Анеля тоже пробуждается, раздвигает занавески. Плоский зимний пейзаж пронзительно печален. Вдали видны деревеньки, погруженные в серую влагу людские колонии. Людвике кажется, будто она движется по огромному столу — словно насекомое под внимательным взглядом какого-то монстра-энтомолога. Она вздрагивает и просит у Анели яблоко.

— Где мы? — спрашивает Людвика, выглядывая в окно.

— Осталось несколько часов, — успокаивает ее Анеля и подает спутнице прошлогоднее сморщенное яблочко.

Отпевание должно было состояться в церкви Мадлен, служба уже заказана, а пока на Вандомскую площадь шли толпы друзей и знакомых, желающих проститься с композитором. Несмотря на зашторенные окна, солнце пыталось проникнуть вовнутрь и поиграть с теплыми красками осенних цветов: фиолетовых астр и медовых хризантем. Внутри царило мерцание свечей, отчего все оттенки казались глубокими и сочными, а лицо умершего — не таким бледным, как при дневном свете.

Оказалось, что желание Фредерика — чтобы на его похоронах был исполнен «Реквием» Моцарта — трудновыполнимо. Друзьям умершего удалось, задействовав все свои связи, собрать превосходных музыкантов. Согласился выступить лучший бас Европы Луиджи Лаблаш[1] — забавный итальянец, в совершенстве подражавший любому голосу. Действительно, в один из вечеров перед похоронами, на неофициальном приеме, он изображал Фредерика так точно, что публика хохотала — несколько смущенно, поскольку тело умершего еще не было предано земле. Но в конце концов кто-то заметил, что это не

[1] Луиджи Лаблаш (1794–1858) — оперный певец (бас).

что иное, как свидетельство памяти и любви. Так, мол, Фредерик дольше пребудет среди живых. Все помнили, как ловко и язвительно пародировал окружающих он сам. Да, Фредерик обладал многими талантами.

В общем, все оказалось не так просто. В церкви Мадлен не разрешалось петь женщинам — ни в хоре, ни соло. Такова вековая традиция: никаких женщин. Только мужские голоса, в крайнем случае кастраты (в глазах церкви, даже мужчина без яиц предпочтительнее женщины, — прокомментировала это исполнительница партии сопрано, итальянская певица Грациелла Панини), но где в наши дни, в 1849 году, найти кастратов? Однако как же петь «Tuba mirum»[1] без сопрано и альта? Священник из церкви Мадлен сказал, что обычай не нарушит даже ради Шопена.

— Сколько нам держать тело? Господи, Боже мой, неужто в Рим с этим вопросом обращаться? — воскликнула выведенная из себя Людвика.

Поскольку октябрь был довольно теплым, тело перенесли в морг. Под свежими цветами его почти не было видно. Оно лежало в полумраке, маленькое, истощенное, лишенное сердца; белоснежная рубашка скрывала грубые швы, которыми стянули грудную клетку.

Тем временем шли репетиции «Реквиема», а высокопоставленные друзья умершего осторожно вели переговоры со священником. В конце концов решили, что женщины — солистки и хор — будут находиться за черной ширмой, невидимые для прихожан. Возмущалась одна только Грациелла, все остальные согласились, что в данной ситуации лучше так, чем никак.

В ожидании похорон друзья Фредерика каждый вечер собирались у его сестры или у Жорж Санд, вспоминали

---

[1] «Трубный глас» — часть «Реквиема» Моцарта (сопрано, альт, тенор, бас).

умершего. Ужинали, делились городскими сплетнями. Это были странно спокойные дни, словно бы выпавшие из рамок обычного календаря.

Грациелла, миниатюрная и смуглая, с гривой вьющихся волос, была знакомой Дельфины Потоцкой, и обе они несколько раз навещали Людвику. Потягивая ликер, Грациелла подшучивала над баритоном и дирижером, но больше всего любила поговорить о себе. Как и все художники. Она хромала на одну ногу — получила травму в минувшем году, во время уличных беспорядков в Вене. Толпа перевернула ее экипаж, полагая, видимо, что в нем разъезжает богатая аристократка, а не актриса. Грациелла питала слабость к дорогим экипажам и нарядным туалетам, наверное, потому, что родилась в Ломбардии, в семье сапожника.

— Неужели артист не имеет права ездить в богатом экипаже? Если кто-то в жизни чего-то добился, разве не может он немного себя побаловать? — говорила Грациелла с итальянским акцентом, отчего казалось, будто она слегка заикается.

Ей не повезло оказаться в неподходящем месте в неподходящее время. Революционно настроенная толпа, не решаясь напасть на охраняемый гвардейцами дворец, принялась грабить императорские коллекции. Грациелла видела, как из залов вытаскивали все, что казалось народу аристократическим декадансом, роскошью и признаком барского жестокосердия. Разъяренные люди выкидывали в окна кресла, распарывали диваны, сдирали со стен дорогие панели. С грохотом лопались красивые хрустальные зеркала. Крушили они и витрины с археологическими коллекциями. Выбивая стекла, швыряли на мостовую окаменелости. Моментально растащили коллекцию полудрагоценных камней, после чего взялись за скелеты и чучела. Какой-то народный трибун призывал по-христиански похоронить чучела людей и прочие мумии или же раз и навсегда уничтожить эти свидетельства узурпации власти над человеческим телом. Люди развели огромный костер, в который бросали все, что подворачивалось под руку.

Экипаж перевернулся так неудачно, что каркас кринолина поранил Грациелле ногу и, видимо, перерезал нерв — сохранился небольшой парез. Рассказывая об этих драматических событиях, Грациелла приподняла юбку и продемонстрировала женщинам ногу, поддерживаемую обручами кринолина и облаченную в плотную кожаную штанину, укрепленную китовым усом.

— Кринолин может и пригодиться.

Идею подала именно Грациелла, голос и виртуозность которой Людвика смогла вполне оценить во время отпевания. Подала в тот самый миг, когда приподняла колокол платья и обнажила то, что скрывал причудливый купол, натянутый на каркас из китового уса и спиц.

На похороны пришло несколько тысяч людей. Пришлось остановить движение по всему маршруту похоронной процессии и направить экипажи по другим улицам. Весь Париж встал. Когда зазвучало с такой самоотверженностью подготовленное «Introitus» и голоса хористов вознеслись к сводам церкви, собравшиеся заплакали. Мощный «Requiem aeternam»[1] тронул всех до глубины души, но Людвика ощущала вовсе не печаль — та была выплакана и исчерпана, — а гнев. В каком несчастном и жалком мире мы обитаем, что́ это за хаос, почему люди умирают такими молодыми, почему они вообще умирают? Почему именно Фредерик? Почему? Людвика поднесла платочек к глазам, но не для того, чтобы утереть

---

[1] «Покой вечный» (*лат.*) — католическая молитва об освобождении душ верующих из Чистилища.

слезы, а чтобы сжать кулак, заодно скрыв от окружающих глаза, в которых была не вода, но пламя.

Tuba mirum spargens sonum
Per sepulcra regionum,
Coget omnes ante thronum, —

начал бас, Луиджи Лаблаш, так нежно и тепло, что Людвика немного успокоилась.

Затем вступили из-за ширмы тенор и альт:

Mors stupebit et natura,
Cum resurget creatura,
Judicanti responsura.
Liber scriptus proferetur,
In quo totum continetur,
Unde mundus judicetur.
Judex ergo cum sedebit,
Quidquid latet apparebit:
Nil inultum remanebit[1].

И наконец Людвика услышала возносящийся к куполу чистый голос Грациеллы — точно фейерверк, обнажение искалеченной ноги, ничем не прикрытой правды. Грациелла пела лучше всех, это было совершенно очевидно, и ширма лишь слегка заглушала ее голос. Людвика представляла себе миниатюрную итальянку такой, какой

---

[1] Трубный глас, разносящийся
над смертью во всех землях,
созывает всех к трону.
Смерть оцепенеет и природа,
когда предстанет тварное,
чтобы держать ответ судье.
Возглашается предписанное,
в котором предсказывалось все,
откуда мир будет судим.
Когда судья воссядет,
всё тайное станет явным,
ничто не останется без отмщения (*лат.*).

видела ее на репетициях: взволнованная, натянутая, как струна — голова обращена к сводам церкви, вены на шее набухли — Грациелла издает эти волшебные звуки, поет кристально прозрачно, и никакая ширма, никакая нога не могут ей помешать, и будь проклят этот чертов мир:

Quid sum miser tunc dicturus?
Quem patronum rogaturus...[1]

За какие-нибудь полчаса до границы с Познанским княжеством[2] дилижанс остановился возле трактира. Сперва путешественницы освежились и немного подкрепились — поели холодного запеченного мяса, хлеба и фруктов, — а затем отошли в сторону и, подобно другим пассажирам, скрылись в придорожных зарослях. Полюбовавшись цветами и перелесками, Людвика извлекла из корзины большую банку с коричневой мышцей и поместила ее в хитроумную конструкцию из ремешков на высоте лона. Анеля тщательно привязала их концы к каркасу кринолина. Людвика опустила платье, и теперь уже невозможно было догадаться, что под ним скрыта такая драгоценность. Людвика повернулась туда-сюда, взмахнула подолом и направилась к экипажу.

— Далеко с этим не уйдешь, — заметила она своей спутнице. — По ногам бьет.

Но далеко идти и не требовалось. Людвика уселась на свое место — прямо, возможно, чересчур прямо, но ведь она была дамой, сестрой Фредерика Шопена. Полькой.

На границе прусские жандармы велели женщинам выйти из экипажа и принялись тщательно проверять,

---

[1] Чем оправдаться мне, несчастному,
к какому заступнику обращусь... (*лат.*).

[2] Княжество, учрежденное по решению Венского конгресса 1814–1815 гг. на отошедшей к Пруссии части территории Варшавского герцогства.

не провозят ли те в Царство Польское[1] нечто, могущее разжечь тлеющие в польском обществе вольнолюбивые настроения, — но, разумеется, ничего не обнаружили.

По другую сторону границы, в Калише, уже ждал экипаж из Варшавы и несколько друзей, свидетелей печальной церемонии. В черных фраках и высоких шляпах они выстроились в два ряда, бледные печальные лица с трепетом обращались к каждому вынимаемому свертку. При помощи ловкой Анели Людвике удалось на мгновение удалиться и незаметно извлечь банку из теплого нутра платья. Нырнув в кружева, Анеля осторожно вынула сосуд и подала Людвике жестом, каким подают матери новорожденного. Людвика расплакалась.

В сопровождении нескольких экипажей сердце Шопена прибыло в столицу.

Сухие препараты[2]

Цель паломничества — другой паломник. На сей раз разобранный на части, разложенный на дубовых полках, над которыми реет красивая, каллиграфически выведенная надпись:

Eminet in Minimus
Maximus Ille Deus[3].

Здесь собраны так называемые сухие препараты внутренних органов. Часть тела или орган очищают, затем набивают хлопковой ватой и высушивают. После этого поверхность покрывают лаком — таким же, каким

---

[1] Часть Польши, присоединенная к России на Венском конгрессе в 1815 г.

[2] Препарат, сохраняемый в высушенном виде или в герметически закрытом прозрачном сосуде без жидкости.

[3] В самых малых — Величайший Бог (*лат.*).

пользуются художники. Эту процедуру повторяют несколько раз. Потом вынимают вату и покрывают лаком внутреннюю поверхность препарата.

Увы, лак не уберегает ткани от старения, поэтому со временем все сухие препараты приобретают схожий цвет — бурый, коричневый.

Вот, например, прекрасно сохранившийся человеческий желудок, увеличенный, шарообразный, тончайший, словно сделанный из пергамента; дальше кишки, тонкая и толстая, — интересно, какие деликатесы перерабатывала эта пищеварительная система, сколько прошло через нее животных, просыпалось семян, прокатилось фруктов.

Публике также предлагаются — в качестве бонуса — черепаший пенис и дельфинья почка.

Государство Сеть

Я — гражданка государства Сеть. Перемещаясь во всевозможных направлениях, я перестала ориентироваться в животрепещущих политических проблемах моей родины. Тем временем проводились беседы и переговоры, совещания, сессии и встречи на высшем уровне. На столы выкладывались огромные карты, на них флажками обозначались завоеванные позиции, вычерчивались векторы очередного похода.

Еще несколько лет назад при нечаянном пересечении какой-нибудь, ставшей совсем уж прозрачной и условной, границы экзотические названия чужих, ныне забытых сотовых сетей тут же рапортовали о себе на экране моего телефона. Мы проворонили ночные перевороты, не узнали о содержании актов о капитуляции. До сведения подданных империи не довели информацию о передвижениях армий любезных и предупредительных чиновников.

Как только я выхожу из самолета, мой — столь же предупредительный — телефон немедленно сообщает, в какой провинции государства Сеть я нахожусь. Предоставляет нужную информацию, обещает помочь в случае необходимости. Предлагает полезные номера, а время от времени, по случаю Дня святого Валентина или Пасхи, уговаривает поучаствовать в рекламных акциях и лотереях. Сердце мое тает, от анархических настроений не остается и следа.

Со смешанными чувствами припоминаю одно далекое путешествие, когда я оказалась вне действия какой бы то ни было сети. Сначала телефон отчаянно искал хоть какую-нибудь зацепку, но тщетно. Его сообщения выглядели все более истеричными. «Не найдена ни одна сеть», — повторял он. Наконец сдался и бессмысленно таращил на меня квадратный зрачок — бесполезный предмет, кусок пластика.

Очень хорошо помню старинную гравюру, изображавшую путешественника, добравшегося до края света. Взволнованный, он отбрасывает вещевой мешок и выглядывает наружу, за пределы Сети. Тот путник может считать себя счастливчиком — он видит аккуратно разложенные на небосводе звезды и планеты. И слышит музыку небесных сфер.

Мы же лишены этого дара в конце пути. Вне Сети — тишина.

Свастики

В одном дальневосточном городе вегетарианские рестораны принято обозначать красной свастикой, древним солярным знаком, символом жизненной силы. Это очень облегчает жизнь вегетарианца на чужбине — достаточно поднять голову и двигаться к нужной вывеске. Там подают овощное карри (масса вариантов), покоры, самосы и корму, пилав[1], котлеты, а также мои любимые рисовые палочки, завернутые в сушеные водоросли.

Через несколько дней я начинаю напоминать собаку Павлова — при виде свастики у меня выделяется слюна.

Продавцы имен

Я видела на улице маленькие лавочки, где продаются имена для детей, которым скоро предстоит появиться на свет. Заказ следует делать заранее. Нужно знать точную дату зачатия, требуются также результаты УЗИ, поскольку пол младенца при выборе имени играет большую роль. Продавец записывает эти данные и велит прийти через несколько дней. За это время он составит для будущего ребенка гороскоп и помедитирует. Порой имя появляется легко, материализуется на кончике языка в виде двух-трех звуков — слюна склеивает их в слоги, а опытная рука мастера запечатлевает красными чернилами на бумаге. Но случается, что имя рождается с трудом, оно туманно, расплывчато; капризничает. С трудом укладывается в слова. На этот случай у продавцов имен припасены разные хитрости, которые они, однако, держат в тайне.

Склонившихся над листом бумаги с нацеленной на него кисточкой, их можно увидеть в раскрытые двери лавочек, заваленных рисовой бумагой, фигурками Будды и ручной работы свитками с мантрами. Порой имя кляксой падает с неба — удивленно, явно, сразу в десятку. Словно откровение — тут уж ничего не попишешь. Родители далеко не всегда остаются довольны — им бы нежное и светлое имя для девочки (вроде Лунного Сияния или Доброй Реки), а мальчика, например, можно было

[1] Блюда индийской кухни: покора — кусочки овощей (цыпленка, рыбы, креветок) в тесте; самоса — пирожок с овощами; корма — жаркое из барашка с йогуртом; пилав — разновидность плова.

бы назвать Всегда Движущимся Вперед, Неустрашимым или Достигшим Цели. Напрасно продавец объясняет, что сам Будда нарек своего сына Путами. Клиенты уходят недовольные и, ворча, отправляются к конкурентам.

Драма и приключение

Будучи за границей, я захожу в видеопрокат и, шаря по полкам, чертыхаюсь по-польски. Вдруг рядом останавливается невысокая женщина, на вид лет пятидесяти, и неуклюже произносит на моем родном языке:

— Это по-польски? Ты говоришь по-польски? Добрый день.

Этим, к сожалению, ее словарный запас исчерпывается.

Перейдя на английский, она рассказывает, что приехала сюда в семнадцать лет, вместе с родителями. Вспоминает слово «мамочка», чем очень горда. Потом вдруг, приводя меня в замешательство, начинает плакать, показывает свою руку, предплечье и говорит что-то про кровь — там, мол, находится душа, а кровь в ней течет польская.

Этот неловкий жест напоминает жест наркомана — указательный палец женщины указывает на вену, как раз на то место, куда обычно вводят иглу. Она говорит, что вышла замуж за венгра и забыла польский. Обнимает меня и уходит, исчезает между полками с надписью «Драма» и «Приключения».

Мне трудно поверить, что можно забыть язык, которым ты когда-то рисовал карту мира. Наверное, она просто куда-то его засунула. Может, он лежит, свернутый и покрывшийся слоем пыли, в ящике с лифчиками и трусиками, в дальнем углу, как сексуальные стринги, купленные невесть когда в приступе энтузиазма, но так ни разу и не надетые.

Доказательства

Однажды я повстречалась с ихтиологами; они — креационисты[1], но их работе это совершенно не мешает. Мы сидим за одним столиком, лакомимся овощным карри. До следующего рейса еще масса времени, так что потом мы идем в бар, где парень с восточными чертами лица и длинными, связанными в хвост волосами играет на гитаре шлягеры Эрика Клэптона.

Они рассказывают, как Бог сотворил их великолепных рыб — всех этих форелей, щук, тюрбо и камбалу вместе со всей очевидностью их филогенетического[2] развития. Одновременно с рыбами, которые создавались, кажется, в третий день творения, Бог заготовил их ископаемые скелеты, смелые оттиски в песчанике, всякие окаменелости.

— А зачем? — спросила я. — К чему эти фальшивые доказательства?

Ихтиологи были готовы к моим сомнениям, потому что один из них тут же сказал:

— Пытаться опиcàть Бога и его намерения — это как если бы рыба пыталась опиcàть воду, в которой плавает.

Второй, помолчав, добавил:

— А также своего ихтиолога.

Девять

В городе Х., в одном маленьком недорогом отеле (над рестораном, располагавшимся на первом этаже) я поселилась в девятом номере.

[1] Креационизм — теологическая и мировоззренческая концепция, в рамках которой основные формы органического мира (жизнь), человечество, планета Земля, а также мир в целом рассматриваются как непосредственно созданные Богом.

[2] Филогенетика — область биологической систематики, которая занимается идентификацией и прояснением эволюционных взаимоотношений среди разных видов жизни на Земле, как современных, так и вымерших.

Вручая мне ключ (обычный, серебристый, патентованный, с колечком и номерком), портье предупредил:

— Не потеряйте. Девятка вечно теряется.

Моя рука застыла над рубриками незаполненной анкеты.

— Что вы хотите этим сказать? — спросила я, внутренне делая стойку. Портье попал точно в десятку: я ведь доморощенный детектив, частный следователь случайностей и мистических знаков.

Очевидно, он заметил мое волнение, потому что успокаивающе, почти ласково пояснил, что ничего особенного этим сказать не хочет. Просто согласно вечному закону случайности ключ от комнаты номер девять рассеянные путешественники теряют чаще других. Портье точно знает, потому что каждый год обновляет запасы ключей, и девятки вечно не хватает. Даже слесарь удивляется.

Все четыре дня в городе Х. я помнила о ключе. Возвращаясь в отель, каждый раз клала его на видное место, а уходя, отдавала — для верности — портье. Однажды случайно унесла с собой, но обнаружив это, переложила в самый надежный карман и весь день проверяла: там ли он.

Интересно, какому закону подчинялся ключ от комнаты номер девять, какие тут работали причины и какие следствия. Может, портье был прав со своей спонтанной интуицией — это не более чем случайность. А может, совсем наоборот — все дело именно в портье: он подсознательно подбирает для комнаты номер девять личностей рассеянных и недостойных доверия, внушаемых.

Через несколько дней мои планы изменились, и мне пришлось довольно поспешно уехать; в кармане брюк я с изумлением обнаружила ключ — оказывается, я по рассеянности увезла его. Я хотела отослать ключ по почте, но, честно говоря, не сумела вспомнить адрес. Меня радовало только одно: таких, как я, много — целая группа людей, покинувших город X. с девяткой в кармане. Возможно, мы подсознательно образуем некое сообщество, хоть и не в состоянии разгадать его цель. Быть может, когда-нибудь в будущем она прояснится. Однако от пророчеств портье никуда не денешься, факт остается фактом: ему снова придется заказать ключ для девятого номера — к бесконечному изумлению слесаря.

Опыт стереометрии путешествия

Человек пробуждается от беспокойного сна в большом межконтинентальном самолете и смотрит в иллюминатор. Видит внизу огромную темную сушу; из этой тьмы изредка проглядывают скопления огоньков — крупные города. Судя по карте, которая высвечивается на мониторах, это Россия, Центральная Сибирь. Человек закутывается в плед и снова засыпает.

В это время внизу, в одном из этих темных пятен, другой человек выходит из деревянного дома и поднимает глаза к небу, пытаясь определить, какая будет завтра погода.

Если мы проведем от центра Земли гипотетическую прямую, то окажется, что на протяжении доли секунды этот луч пересекает обе фигуры: быть может, в него на мгновение попадает их взгляд, быть может, луч нанизывает на себя их зрачки.

На короткий миг они становятся соседями по вертикали — ведь что такое одиннадцать тысяч метров? Чуть больше десяти километров, ничего особенного. Гораздо меньше, чем расстояние, отделяющее того человека на Земле от ближайшего населенного пункта. Меньше, чем расстояние между районами большого города.

Даже

По дороге я вижу рекламные плакаты, черным по белому провозглашающие: «Jesus loves even you»[1]. Эта неожиданная поддержка вызывает во мне душевный подъем, вот только слово «even»[2] тревожит...

Свебодзин[3]

Прошагав несколько часов по крутому океанскому берегу, продираясь через остроконечные листья юкки, отбрасывающие пятнистые тени, мы спускаемся к воде. На камнях — маленький навес с источником пресной воды. Огромное пустое пространство — и вдруг три стены под крышей. Внутри — скамейки, на которых можно посидеть или поспать. На одной из них — вот ведь удивительно — тетрадь в черной ламинированной обложке и желтая ручка «Бик». Книга отзывов. Я бросаю рюкзак, атлас и принимаюсь жадно читать — с самой первой страницы. Рубрики, почерки, чужие слова, лаконичные данные всех тех, кто по прихоти таинственной судьбы побывал здесь до меня. Номер по порядку, дата, имя и фамилия, Три Вопроса Паломника: страна, откуда ты родом, отправной пункт, пункт назначения. Оказывается, я тут сто пятьдесят шестая. До меня здесь были норвежцы, ирландцы, американцы, двое корейцев, австралийцы, больше всего немцев, но есть и швейцарцы, и даже — вот, пожалуйста — словаки. Тут мой взгляд выхватывает одно имя: Шимон Поляковский, Свебодзин, Польша. Как загипнотизированная, я рассматриваю эту торопливую запись. Громко произношу вслух: Свебодзин — и мне начинает казаться, что океан, юкки и крутая тропка покрываются

[1] Иисус любит даже тебя (*англ.*).
[2] Даже (*англ.*).
[3] Город в Польше.

матовой пленкой. Это забавное название, которое трудно произнести, которому сопротивляется избалованный язык, извращенно-мягкое «с», ассоциирующееся с холодом клеенки на кухонном столе, корзинкой только что собранных помидоров, запахом газовой колонки... Свебодзин вдруг заполняет собой всю реальность. Так до конца дня и висит над океаном — огромная фата-моргана. И хотя я никогда не была в этом городке, смутно различаю его улочки, автобусную остановку, магазин «Мясо», костел. Ночью меня охватывает ностальгия, неприятная, словно желудочный спазм, в полудреме мерещатся чужие губы, ловко складывающиеся в это неслыханное «св».

Куницкий. Земля

Лето закрылось за Куницким, захлопнулось. Он обустраивается в осени: меняет сандалии на туфли, шорты — на брюки, точит карандаши, разбирает счета. Прошлое тает, это всего лишь обрезки жизни, не стоящие сожаления. И чувства его, должно быть, тоже — фантомная боль, нереальная, страдание неполной, ущербной формы, инстинктивно тоскующей по целому. Чем еще это объяснить?

В последнее время ему не спится. Вернее, он засыпает вечером, буквально падает от усталости, но около трех-четырех утра просыпается — как было много лет назад после наводнения. Но тогда он понимал, в чем дело: его мучил страх перед стихией. Теперь все иначе, ведь ничего страшного он не пережил. Однако образовалось отверстие, пауза. Куницкий знает, что ее можно было бы заштопать словами; найди он нужное количество верных, подходящих слов для объяснения того, что произошло, дыру можно было бы залатать, и следа бы не осталось, а он безмятежно спал бы до восьми. Порой, изредка, ему мерещится чей-то голос, громко, пронзительно произносящий пару слов. Слов, оторванных и от бессонной ночи, и от хлопотного дня. Что-то искрит в нейронах, какие-то импульсы перескакивают с места на место. Разве не так происходит процесс мышления?

Это стоящие на пороге разума готовые призраки — как бывает готовая, не на заказ сшитая одежда. Совсем не страшные — это не библейский потоп, и дантовских сцен там не увидишь. Просто чудовищная неотвратимость воды, ее вездесущесть. Ею пропитываются стены квартиры. Куницкий ковыряет пальцем размякшую больную штукатурку, на коже остается след влажной краски. Пятна образуют на стенах географические карты, он не знает этих стран, ни одно название к ним не подходит. Капли просачиваются сквозь оконные рамы, промывают ковер. Забиваешь гвоздь — брызгает тоненький ручеек, открываешь ящик стола — раздается хлюпанье воды. Подними камень, и ты найдешь меня там, — шепчет вода. Она захлестывает клавиатуру, заливает монитор, монитор гаснет. Куницкий выбегает из дому и видит, что исчезли песочницы и клумбы, исчезли низкие живые изгороди. По щиколотку в воде он бредет к машине, чтобы попробовать пробраться в более высокие районы города, но уже не успевает. Они окружены, они в ловушке.

Радуйся, что все так обошлось, уговаривает себя Куницкий, вставая ночью в туалет. Да-да, я радуюсь, — тут же соглашается он. Но на самом деле вовсе не радуется. Он снова ложится в теплую постель и уже до утра не смыкает глаз. Ноги беспокоятся, куда-то шагают, самостоятельно отправляются в фантастическую прогулку по складкам одеяла, зудят изнутри. Порой Куницкий погружается в короткую дрему и просыпается от собственного храпа. Он лежит и видит, как за окном светает; начинают грохотать мусорщики и первые автобусы; из депо выезжают трамваи. На рассвете трогается с места лифт:

раздается его отчаянный визг, визг существа, запертого в двухмерном пространстве, где можно перемещаться только вверх и вниз, никогда — наискосок или в сторону. Мир двигается вперед, с этой прорехой, которую невозможно залатать, изувеченный. Хромает.

И Куницкий хромает вместе с ним — в ванную, потом в кухню; стоит возле буфета, пьет кофе. Будит жену. Сонная, она молча скрывается в ванной.

Оказывается, бессонница имеет свои преимущества: можно слушать, что бормочет жена сквозь сон. Так открываются величайшие тайны. Они вырываются невольно, словно ленточки дыма, и сразу исчезают, приходится ловить их у самых губ. Так что Куницкий размышляет и прислушивается. Она спит тихо, на животе, дышит почти неслышно, порой только вздыхает, но вздохи — это ведь не слова. Переворачиваясь с боку на бок, инстинктивно ищет рукой другое тело, пытается его обнять, кладет ногу ему на бедро. Тогда Куницкий на мгновение замирает: что бы это могло значить? Наконец решает, что это жест неосознанный, и успокаивается: пускай...

Такое ощущение, что ничего не изменилось, разве что волосы ее выгорели на солнце и на носу прибавилось веснушек. Но когда он касается жены, проводит ладонью по голой спине, ему кажется, что он что-то обнаружил. Он и сам не уверен. Кожа теперь не такая гладкая, она затвердела, уплотнилась, словно брезент.

Куницкий не решается продолжить поиски, испуганно убирает руку. В полусне представляет, как его ладонь наталкивается на какую-то чужую территорию. На что-то не замеченное за семь лет брака, постыдное, пятнающее: волосатую полоску кожи, рыбью чешую, птичий пух, необычную структуру, аномалию.

Поэтому он отодвигается на край кровати и оттуда смотрит на фигуру, являющуюся его женой. В тусклом уличном свете ее лицо кажется бледным контуром. Он разглядывает это пятно и засыпает, а проснувшись обнаруживает, что в спальне уже почти светло. Всем краскам рассвет придает металлический, пепельный оттенок. На мгновение Куницкого охватывает ужас: она умерла, он видит ее труп, пустое высохшее тело, давно покинутое душой. Он не то чтобы испуган, скорее удивлен — касается ее щеки, чтобы прогнать видение. Жена вздыхает и поворачивается к нему, кладет руку на грудь, душа возвращается. Теперь она дышит ровно, но Куницкий боится даже шелохнуться. Ждет, пока неловкую сцену прервет будильник.

Куницкого беспокоит его собственная пассивность. Возможно, следует записать все изменения, чтобы чего-нибудь не проглядеть? Тихонько встать, выбраться из постели, усевшись за кухонный стол, разделить листок бумаги пополам и написать: раньше и теперь. Что бы он отметил? Кожа стала более шершавой — но, может, она просто стареет, или это от солнца. Спит в ночной рубашке, а не в пижаме? Может, в комнате стало теплее. Запах? Купила новый крем.

Ему вспоминается помада, которой жена пользовалась на острове. Теперь у нее другая! Та была светлой, бежевой, нежной, телесной. Эта — красная, карминная, он не знает, как точно обозначить цвет, никогда в этом не разбирался, никогда не понимал, какая разница между карминным и красным — о пурпурном и говорить нечего.

Куницкий осторожно выбирается из постели, касается босыми ногами пола и в темноте, чтобы не будить жену, идет в ванную. Только там он ослепляет себя ярким светом. На полке под зеркалом лежит ее расшитая бусинками косметичка. Куницкий осторожно открывает ее, чтобы проверить свое предположение. Да, помада другая.

Утром ему удается разыграть задуманный спектакль в совершенстве — именно эти слова приходят ему в голову: в совершенстве. Он, мол, что-то забыл, придется задержаться минут на пять:

— Ты иди, не жди меня.

Он притворяется, будто поспешно разыскивает какие-то документы. Жена надевает перед зеркалом куртку, повязывает на шею красный шарф и берет малыша за руку. Хлопает дверь. Куницкий слышит, как они бегом спускаются по лестнице. Он замирает над бумагами, звук хлопнувшей двери несколько раз мячиком подпрыгивает в его голове — бум-бум-бум, — наконец наступает тишина. Он делает глубокий вдох и выпрямляется. Тихо. Куницкий чувствует, как со всех сторон к нему липнет тишина, действия его становятся неторопливыми и точными. Он подходит к шкафу, отодвигает зеркальную створку и оказывается лицом к лицу с одеждой жены. Протягивает руку к светлой блузке, которую она ни разу не надевала — слишком элегантная. Щупает пальцами, потом проводит по шелку ладонью, погружает руку в его складки. Однако блузка безмолвствует, и он двигается дальше; узнает кашемировый костюм, тоже почти ненадеванный, летние платья, несколько рубашек, висящих одна поверх другой; зимний свитер, еще в пакете из химчистки, и длинное черное пальто. Пальто она тоже редко надевает. Тогда ему приходит в голову, что вся эта одежда висит тут, чтобы ввести его в заблуждение, обмануть, надуть.

Они стоят в кухне, рядом. Куницкий режет петрушку. Ему не хочется начинать все сначала, но он не может удержаться. Чувствует, как слова подступают к горлу, он уже не в состоянии их сглатывать. Итак, в который уже раз:

— Ну так что там произошло?

Она отвечает усталым голосом, подчеркивая интонацией, что уже сто раз это говорила, что он зануда и тиран:

— Пожалуйста, объясняю еще раз: мне стало нехорошо, я, видимо, отравилась, я же тебе говорила.

Но так легко он не сдается:

— Ты не чувствовала себя плохо, когда выходила из машины.

— Да, но потом мне стало нехорошо, да, нехорошо, — повторяет она удовлетворенно. — Наверное, я на секунду потеряла сознание, малыш заплакал, и я очнулась. Он испугался, я тоже испугалась. Мы пошли к машине, но из-за этого всего перепутали направление.

— Куда вы пошли? В Вис?

— Да, в Вис. Нет, я не знаю, в Вис или нет, откуда я могла знать. Если бы я знала, то вернулась бы, я же тебе тысячу раз говорила, — жена повышает голос. — Когда я поняла, что заблудилась, мы присели отдохнуть в лесочке, и малыш уснул, а я все еще плохо себя чувствовала...

Куницкий знает, что она лжет. Он режет петрушку, не поднимает глаз от доски и говорит замогильным голосом:

— Никакого лесочка там не было.

Жена почти кричит:

— Был!

— Нет, не было. Были отдельные оливковые деревья и виноградники. Какой еще лесочек?

Наступает молчание, а потом она вдруг произносит очень серьезно:

— Ну хорошо. Ты обо всем догадался. Молодец. Нас похитили инопланетяне, они проводили над нами эксперименты и вживили чипы, вот сюда, — она приподнимает волосы и показывает затылок, взгляд ее холоден.

Куницкий игнорирует эту иронию.

— Ладно, рассказывай дальше.

Она говорит:

— Я нашла каменный домик. Мы заснули, стемнело...

— Так быстро? А весь день, куда он подевался? Что ты делала весь день?

Она продолжает свое:

— ...А наутро нам все это даже понравилось. Я подумала: ты немного поволнуешься — хоть вспомнишь о нашем существовании. Что-то вроде шоковой терапии. Мы ели виноград и купались...

— Три дня без еды?

— Я же говорю — мы ели виноград.

— А пили что? — допытывается Куницкий.

Тогда она морщится:

— Морскую воду.

— Почему бы тебе просто не сказать правду?

— Это правда.

Куницкий старательно режет мясистые стебельки.

— Ну хорошо, а дальше что было?

— Ничего. В конце концов мы вернулись на шоссе и остановили машину, и водитель подвез нас...

— Три дня прошло!

— Ну и что?

Он бросает нож на петрушку. Доска падает на пол.

— Ты вообще понимаешь, что́ устроила? Вас с вертолетом искали. Весь остров на ноги подняли!

— Ну и зря. Бывает, что люди ненадолго исчезают, разве нет? Нечего было поднимать панику. Считай, что я потеряла сознание, а потом пришла в себя.

— Да что случилось, черт возьми? Что с тобой происходит? Объясни!

— Нечего тут объяснять. Я сказала тебе правду, но ты не хочешь слушать.

Она кричит, но потом понижает голос:

— Скажи, а ты что думаешь? Ты решил, что было — что?

Но Куницкий молчит. Они обсуждают это уже не первый раз. Похоже, обоим надоело.

Порой, прислонившись к стене и прищурившись, жена начинает над ним издеваться:

— Подъехал автобус с альфонсами, меня увезли в бордель. Малыша держали на балконе на хлебе и воде. За три дня я обслужила шестьдесят клиентов.

Тогда Куницкий вцепляется в столешницу, едва удерживаясь, чтобы ее не ударить.

Он никогда не задумывался и не беспокоился о том, что не помнит отдельных дней. Не знает, что делал в такой-то понедельник, даже в последний, предпоследний... Не знает, чем занимался позавчера. Он пытается вспомнить четверг перед отъездом из Виса — тщетно. Впрочем, как следует сосредоточившись, он все же припоминает, как они шли по тропинке, под подошвами шуршали и крошились кустики сухой травы. Вспоминает низкую каменную ограду — наверное, только потому, что там они увидели змею. Она уползла. Жена велела ему взять малыша на руки. Так что дальше, в горку, Куницкий его нес, а она сорвала листик какого-то растения, растерла в пальцах и сказала: рута. Тогда он вспомнил, что все здесь ею пахнет, этой травкой, даже ракия — хорваты кладут в бутылку целые веточки. Но как они возвращались домой и что делали вечером, он сказать уже не может. И других вечеров не помнит. Ничего не помнит, все прошло мимо. А если чего-то не помнишь, значит, этого и не было.

Детали, значение деталей: раньше он не воспринимал их всерьез. Теперь Куницкий уверен, что если выстроить их в четкую логическую цепочку — причина плюс следствие, — все разъяснится. Надо будет спокойно сесть, взять бумагу — лучше всего большой лист, самого большого формата, у него в офисе как раз есть подходящий, от бандероли с книгами, — и все расписать по пунктам. Где-то ведь есть эта правда...

Итак, он вскрывает бандероль — разрезает пластиковые ленты, не глядя, вынимает книги, складывает стопкой. Очередной бестселлер, фиг с ним. Вытаскивает серую бумагу и разглаживает на столе. Огромное, чуть помятое, серое пространство пугает его. Черным фломастером Куницкий пишет: граница. Там они поругались. А может, надо вспомнить то, что было до отъезда? Да нет, хватит и границы. Вероятно, он подал паспорт в окно машины. Это было между Словенией и Хорватией. Потом он вспоминает, как они ехали по шоссе через обезлюдевшие деревни. Каменные дома без крыш, со следами пожаров или взрывов. Явные признаки войны. Заросшие поля, сухая бесплодная земля, не знающая заботливой руки. Ее хозяев изгнали прочь. Умершие тропки. Сжатые челюсти. Ничего не происходит, совершенно ничего, это и есть ад. Они едут на машине, молча разглядывая этот поразительный пейзаж. Но про жену Куницкий ничего не помнит — она сидела слишком близко, рядом. Не помнит, останавливались они там или нет. Ах да, заправлялись на какой-то маленькой бензоколонке. Кажется, купили мороженое. Еще он помнит погоду — было душно. Небо словно залито молоком.

Работа у Куницкого хорошая. Он сам себе хозяин. Куницкий — торговый представитель крупного столичного издательства, то есть он продает книги. В городе у него есть несколько точек, в которые он время от времени наведывается — что-нибудь рекламирует, рекомендует новинки, соблазняет скидками.

Он подъезжает к маленькому книжному магазину на окраине и достает из багажника заказанные книги. На вывеске значится «Книжный магазин. Писчебумажные товары»: магазин слишком мал, чтобы иметь имя, — впрочем, лучше всего раскупаются как раз тетради и учебники. Книги Куницкий привез в пластиковом ящике — справочники, два экземпляра шестого тома энциклопедии, воспоминания знаменитого актера и последний бестселлер с ничего не говорящим названием «Созвездия», аж три штуки. Надо будет почитать. Куницкого угощают кофе, домашним кексом, его тут любят. Запивая кекс кофе, Куницкий показывает новый каталог издательства. — Вот это хорошо продается, — говорит он. И они послушно заказывают. Такая у него работа. Перед уходом он еще покупает уцененный календарь.

Вечером, в своем маленьком офисе, Куницкий вносит новые позиции в бланки коллективных заказов; высылает по электронной почте. Завтра он получит книги.

Куницкий облегченно вздыхает, затягивается сигаретой: работа окончена. Он ждал этого момента с самого утра — хотел спокойно просмотреть фотографии. Подключает к компьютеру фотоаппарат.

Снимков шестьдесят четыре. Он ни одного не стер. Фото высвечиваются на экране автоматически, с интервалом в несколько секунд. Ничего интересного. Единственная их заслуга — они сохранили мгновения, которые в противном случае пропали бы навсегда. Но вот стоило ли это делать? Тем не менее Куницкий записывает фотографии на флешку, выключает компьютер и отправляется домой.

Он все делает на автомате: поворачивает ключ в замке зажигания, отключает сигнализацию, пристегивается, пальцем легонько касается кнопки радиоприемника, включает первую скорость, вторую, и вот автомобиль медленно выезжает со стоянки на оживленную улицу. По радио передают прогноз погоды: ожидаются осадки. В самом деле начинается дождь, словно капли только и ждали этого радиозаклятия; включаются «дворники».

И вдруг что-то происходит. Дело не в погоде, не в дожде, не в том, что за окном едут машины, — просто в какое-то мгновение все вдруг видится по-новому.

У Куницкого такое ощущение, будто он снял темные очки или «дворники» стерли нечто большее, чем обычная городская пыль. Его бросает в жар, он невольно отпускает педаль газа. Сзади гудят. Куницкий берет себя в руки и жмет на газ, догоняет черный «Фольксваген». У него потеют ладони. Хорошо бы съехать на обочину, но некуда, надо двигаться дальше.

Он видит удивительно отчетливо: на дороге, казалось бы, выученной наизусть, — масса совершенно очевидных знаков. Информация, адресованная ему одному. Кружки, желтые треугольники, синие квадраты, зеленые и белые таблицы, стрелки, указатели. Светофоры. Линии, нарисованные на асфальте, информационные табло, предостережения, напоминания. Улыбка на рекламном щите — она тоже имеет значение. Куницкий видел все это сегодня утром, но тогда еще ничего не понимал, утром он мог игнорировать эти знаки, а теперь уже нет. Они зовут его тихим непреклонным голосом, их очень много, они заполонили все вокруг. Вывески магазинов, почтовых отделений, аптек, банков, рекламы, флажок, поднятый воспитательницей детского сада, — она переводит детей через дорогу; знак накладывается на знак, знак ложится поперек знака, знак указывает на другой знак, чуть поодаль, знак перехватывает знак и передает его дальше, заговор знаков, сеть знаков, союз знаков — за его спиной. Ничего безобидного и незначительного, повсюду — бесконечная головоломка.

В панике Куницкий ищет место, где бы припарковаться, он должен закрыть глаза, иначе с ума сойдет. Что с ним такое? Его бросает в дрожь. Наконец он видит автобусную остановку, с облегчением подъезжает к ней и останавливается. Пытается взять себя в руки. Может, у него инсульт? Он боится посмотреть по сторонам. Может, он открыл какое-то новое зрение, другую Перспективу, большими буквами, все большими буквами?

Через несколько секунд дыхание возвращается к норме, но руки по-прежнему дрожат. Куницкий закуривает: да, надо немного потравить себя никотином, отуманить дымом, отогнать кадилом демонов — ясно, что дальше ехать нельзя, он не в силах справиться с этой новой удручающей информацией. Куницкий кладет голову на руль и старается дышать ровно.

Он оставляет машину на тротуаре — наверняка влепят штраф — и осторожно выходит. Асфальт кажется ему вязким.

— Господин Недотрога, — говорит жена.

Она специально его дразнит. Куницкий не реагирует. Жена хлопает дверцей кухонного шкафчика, достает коробку с чаем, выжидает, дает ему возможность ответить.

— Что с тобой происходит? — спрашивает она. На этот раз агрессивно. Куницкий знает, что если и теперь промолчит, она нападет в открытую, поэтому спокойно говорит:

— Ничего не происходит. А что должно происходить?

Она фыркает и монотонно перечисляет:

— Ты со мной не разговариваешь, не позволяешь к себе прикасаться, отодвигаешься на другую сторону кровати, не спишь по ночам, не смотришь телевизор, возвращаешься домой поздно, неизвестно откуда, от тебя пахнет алкоголем...

Куницкий раздумывает, как лучше себя вести. Он знает: как ни поступи — всё плохо. Поэтому он замирает. Уставившись в стол, выпрямив спину. У него такое ощущение, будто что-то застряло в горле. Куницкий чувствует, как в кухне зарождается торнадо. Он делает еще одну попытку:

— Нужно называть вещи своими именами... — начинает Куницкий, но жена прерывает его:

— Разумеется, только хорошо бы еще знать, как они называются.

— Ладно. Ты не сказала, что́ на самом деле...

Он умолкает на середине фразы, а она швыряет коробочку с чаем на пол и выбегает из кухни. Через секунду Куницкий слышит, как хлопает входная дверь.

Ему приходит в голову, что жена — прекрасная актриса. Могла бы сделать карьеру.

Он всегда знал, чего хочет. А теперь не знает. Ничего не знает, не знает даже, что́ именно должен знать. Куницкий выдвигает каталожные ящики и рассеянно просматривает нанизанные на стержень карточки. Не знает, как искать и что именно искать.

Всю ночь он просидел в Интернете. И что обнаружил? Не очень подробную карту Виса, сайт департамента хорватского туризма, расписание паромов. Стоило вписать в поисковик слово «Вис» — и сразу нашлись десятки сайтов. Правда, только несколько из них касалось острова. Расценки отелей и достопримечательности. А дальше — Visible Imaging System[1] со спутниковыми фотографиями, насколько он понял. Еще — Vaccine Information Statements. Victorian Institute of Sport[2]. И, наконец, — System for Verification and Synthesis[3].

Интернет сам вел его от одного слова к другому, выдавал адреса, тыкал пальцем. Если сам чего-то не знал, то тактично умолкал или упорно, до тошноты показывал одни и те же сайты. Тогда Куницкому казалось, что он уперся в границу познанного мира, в некую стену, оболочку небесного свода. Его не пробить головой, не выглянуть наружу.

---

[1] Система наблюдения, установленная на научном спутнике «Полар» агентства НАСА.

[2] Информация о вакцине. Спортивный институт штата Виктория (*англ.*).

[3] Система верификации и контроля (*англ.*).

Интернет — обманщик. Он столько всего обещает: выполнить твое задание, найти потерянное; задача — действие — награда. Но, в сущности, обещание это — не более чем приманка, потому что ты моментально впадаешь в транс и гипноз. Очень скоро тропинки начинают расходиться, двоиться и множиться, ты идешь по ним, гонишься за целью, очертания которой то и дело расплываются и деформируются. Почва уходит из-под ног, исходная точка забывается, а цель окончательно исчезает из виду, тонет в мерцании все новых и новых сайтов, визиток, неизменно обещающих больше, чем это на самом деле возможно, бесстыдно притворяющихся, будто под поверхностью монитора живет целая вселенная. Тебя дурачат, милый мой Куницкий. Что ты ищешь? К чему стремишься? Хочешь развести руками и очертя голову кинуться в эту пропасть? Но это сплошной обман: пейзаж обратится в обои на рабочем столе, дальше хода нет.

Офис у него маленький, всего одна комната, которую он снимает за гроши на пятом этаже облупившегося офисного здания. Рядом — агентство недвижимости, чуть дальше — тату-салон. Стол и компьютер. На полу лежат посылки с книгами. На подоконнике — электрический чайник и банка кофе.

Куницкий включает компьютер и ждет, пока машина очнется. Закуривает первую сигарету. Просматривает фотографии еще раз, однако теперь разглядывает каждую долго и внимательно, пока не доходит до тех, последних: разбросанное на столе содержимое ее сумки и билет с надписью: «Kairos», да, он даже запомнил это слово: καιροξ. Разумеется, вот ключ ко всему.

Наконец-то он нашел то, чего не заметил прежде. Куницкий снова закуривает, от волнения. Рассматривает таинственное слово, теперь оно станет его проводником, он пустит его по ветру, словно воздушный змей, и пойдет следом. — Кайрос, — читает Куницкий. — Кайрос, — повторяет он, не совсем уверенный, что правильно произносит это слово. — Наверное, по-гречески, — думает он радостно. — Ага, по-гречески... — И бросается к книжным полкам, но греческого словаря у него нет, только «Полезные латинские пословицы», на самом деле ни разу не пригодившиеся. Теперь он знает, что напал на след. И не может остановиться. Раскладывает фотографии вещей, найденных в ее сумке, — хорошо, что он тогда их снял. Раскладывает ровными рядами, словно пасьянс. Закуривает еще одну сигарету и ходит вокруг стола, точно детектив. Останавливается, затягивается, рассматривает снимок с помадой и карандашом.

И вдруг чувствует: смотреть можно по-разному. Одни люди видят просто предметы, полезные вещи, достойные и конкретные, сразу понятно, как ими пользоваться, чему они служат. А можно смотреть панорамно, в целом, тогда замечаешь связи между вещами, сеть взаимных отражений. Предметы перестают быть предметами, их назначение утрачивает значение, это лишь видимость. Вещи превращаются в знаки, указывают на то, что отсутствует на фотографии, отсылают за рамки снимка. Нужно хорошенько сосредоточиться, чтобы выдержать этот взгляд, эту, по сути, милость, этот божий дар. Сердце у Куницкого колотится все сильнее. Красная ручка с надписью «Септолете» глубоко врастает в темный непостижимый смысл.

Это место ему знакомо, в последний раз он был здесь сразу после наводнения, когда вода уже почти сошла. Библиотека, почтенный «Оссолинеум»[1], стоит на берегу

[1] В 1817 г. граф Юзеф Максимилиан Оссолиньский основал частную библиотеку, фонды которой были дополнены книгами из других частных собраний. В 1827 г. было основано польское научно-исследовательское общество «Оссолинеум». В 1947 г. большую часть фондов «Оссолинеума» перевезли во Вроцлав, где была основана Народная библиотека им. Оссолиньских.

реки, обратив к ней свой лик, — это была ошибка: книги следует хранить на холмах.

Куницкий помнит эту картину: показалось солнце, вода спала. После наводнения осталось много ила и грязи, но кое-где уже убрали, и теперь библиотекари выкладывали на эти пятачки книги для просушки. Ставили полуоткрытыми прямо на пол — сотни, тысячи томов. В таком неестественном положении те напоминали живых существ — полуптиц-полуактиний. Руки в тонких латексных перчатках терпеливо разъединяли мокрые страницы, чтобы высушить отдельные фразы и слова. К сожалению, страницы увяли, потемнели от ила и воды, сморщились. Люди осторожно бродили между ними, женщины в белых халатах, словно в больнице, поворачивали фолианты к солнцу: пускай и оно почитает. На самом деле это была жуткая картина, какой-то поединок стихий... Куницкий стоял и смотрел, ужасаясь, а потом, последовав примеру кого-то из посетителей, принялся взволнованно помогать.

Сегодня в этой библиотеке в центре города, прекрасно отремонтированной после наводнения, упрятанной в корпуса, стоящие вокруг двора-колодца, он чувствует себя неловко. Войдя в большой просторный читальный зал, видит ровные ряды столиков, расставленных на корректном расстоянии друг от друга. Почти за каждым — склоненная, сгорбленная спина. Дерево над могилой. Кладбище.

Книги на полках демонстрируют людям только корешки: все равно как если бы людей, — думает Куницкий, — можно было увидеть только в профиль. Книги не манят цветными обложками, не хвастаются бандеролями, каждая фраза на которых начинается со слова «самый»; нет, они дисциплинированно, словно солдаты, показывают только свои знаки различия: название и автор, ничего больше.

Вместо буклетов, плакатов и рекламных брошюрок — каталоги. Эгалитарность маленьких, втиснутых в ящики карточек вызывает уважение. Минимум информации, номера, короткая опись, никакого бахвальства.

Он никогда здесь не был. Во время учебы пользовался только современной университетской библиотекой. Подавал библиотекарше листок с названием книги и фамилией автора и через пятнадцать минут получал искомое. Но и туда ходил не слишком часто, честно говоря, только в виде исключения, потому что большую часть текстов студенты ксерили. Это новое поколение литературы — эфемерная ксерокопия, текст без корешка, что-то вроде бумажного платочка, пришедшего к власти после отречения от трона платочков из ткани. Бумажные платочки совершили скромную революцию, ликвидировали классовые различия. Их используют только раз, после чего выбрасывают в мусорную корзинку.

Перед ним три словаря. «Греческо-польский словарь». Составитель — Сигизмунд Венцлевский, Львов, 1929. Книжный магазин Бодека, ул. Батория, 20. «Настольный греческо-польский словарь». Тереса Камбурели, Танасис Камбурелис, издательство «Ведза Повшехна», Варшава, 1999. И четыре тома «Греческо-польского словаря», под редакцией Зофьи Абрамович, 1962, Польское научное издательство. Там, с трудом, пользуясь табличкой с алфавитом, Куницкий находит нужное слово: καιροξ.

Он читает только то, что написано по-польски, латиницей: 1. «О мере» — подходящий размер, сообразность, умеренность; разница; значение. 2. «О месте» — живое, чувствительное место в теле. 3. «О времени» — критическое время, подходящее время, удобный момент, оказия, подходящий момент быстротечен; появившиеся нежданно; не использовать шанс; когда подоспел момент, помогать в беде, вовремя, если подвернется оказия, слишком рано, критические периоды, периодические состояния, хронологическая последовательность фактов, ситуация, положение вещей, обстоятельства, крайняя опасность, польза, прок, с какой целью? зачем тебе это нужно? где выгоднее?

Так утверждает один словарь. Теперь второй, постарше. Куницкий пробегает глазами мелкие строчки, пропуская греческие слова и спотыкаясь об устаревшую орфографию: «хорошая мера, умеренность, справедливая мера, дойти до цели, сверх меры, подходящий момент, благоприятный момент, удачный момент, мн. ч. обстоятельства, меры, моменты, времена, происшествия, революционные моменты, опасности; этот момент благоприятен, в нужный момент, вовремя. Говорили также: что-то происходит в свое время». В самом новом словаре дано в квадратных скобках произношение: [kieros]. Кроме того: «погода, время, пора, какая погода? Теперь пора винограда, тратит время, время от времени, однажды, как долго? Давно уже нужно было».

Куницкий в отчаянии оглядывается. Видит макушки склоненных над книгами голов. Возвращается к своим словарям, читает предыдущее слово, очень похожее — отличающееся, собственно, всего одной буквой: καιριοξ. Здесь тоже много вариантов: «сделанный вовремя, меткий, результативный, смертельный, фатальный, решающий вопрос и — место на теле, где раны особенно опасны, всегда актуальное, вечное».

Куницкий собирается и идет домой. Ночью он находит в «Википедии» статью о Кайросе, из которой узнает, что это бог, древнегреческий, не из первостепенных, полузабытый[1]. И что это открытие было сделано

---

[1] Древнегреческий бог счастливого мгновения, покровительствующий удачным возможностям, шансам и благоприятным моментам. У древних греков было два слова для времени: хронос — касается хронологической последовательности или время прошедшего и все пожирающего (имеет количественный характер); кайрос — неуловимый миг удачи, который всегда наступает неожиданно, и поэтому им

в Трогире[1]. В тамошнем музее есть его изображение, поэтому жена и записала это слово. Вот и все, ничего больше.

Когда сын был маленьким, совсем крошечным, Куницкий не думал о нем как о человеке. И хорошо — поэтому они могли быть вместе. Человек же всегда далек. Куницкий научился ловко менять памперсы — пара движений, треск застежек-липучек, и готово. Он опускал его тельце в ванну. Мылил животик, потом нес его, закутанного в полотенце, в комнату, натягивал ползунки. Это было легко. Когда у тебя крошечный ребенок, можно ни о чем не задумываться, все очевидно и естественно. Прижимаешь младенца к груди, ощущаешь его вес, запах — родной и трогательный. Но младенец — не человек. Человеком он становится, когда вырывается из рук и говорит «нет».

Теперь Куницкого беспокоит тишина. Что делает сынишка? Куницкий останавливается на пороге и видит, что ребенок сидит на полу среди кубиков. Он присаживается рядом и берет пластмассовую машинку. Катит ее по нарисованной дороге. Может, надо придумать сказку: вот, мол, однажды машинка заблудилась. Он уже собирается открыть рот, но тут мальчик вырывает у него игрушку и дает другую — деревянный грузовик, нагруженный кубиками.

очень трудно воспользоваться (имеет качественный характер). Хронос — время старое, а Кайрос — время новое, юное и вечно возобновляющееся. Кайрос обращает внимание человека на тот благоприятный момент, когда нужно действовать, чтобы достичь успеха. Этот бог был очень почитаем у древних греков. Он изображался с чубом на голове — только за него и можно ухватить крылатого Кайроса. В руках он обычно держит весы, что символизирует справедливость судьбы, посылающей удачу тем, кто ее заслужил.

[1] В Трогире (древнеримский Трагириум), в Хорватии, в монастыре монахов-бенедиктинцев находится мраморный барельеф III века до н.э. с изображением Кайроса.

— Будем строить, — говорит малыш.

— Что ты хочешь строить? — подхватывает Куницкий.

— Домик.

Домик так домик. Они делают из кубиков квадрат. Грузовик подвозит материал.

— А может, построим остров? — спрашивает Куницкий.

— Нет, домик, — говорит сын и ставит кубики друг на друга, как попало. Куницкий осторожно поправляет их, чтобы постройка не рухнула.

— А море помнишь?

Ребенок отвечает утвердительно, грузовик выгружает новую порцию строительного материала. Больше Куницкий не знает, что сказать, о чем спросить. Может, показать на ковер, сказать, что это остров, что они на острове, и мальчик потерялся, а папа беспокоится, куда подевался его сынок? Куницкий так и делает, но получается не очень убедительно.

— Нет, — упрямится мальчик. — Будем строить домик.

— Ты помнишь, как потерялся вместе с мамочкой?

— Нет, — восклицает малыш и радостно сбрасывает кубики из грузовика на стройку.

— Ты когда-нибудь терялся? — снова спрашивает Куницкий.

— Нет, — отвечает ребенок, и грузовик со всего маху въезжает в только что возведенную постройку, стены рушатся. — Бум-бум, — смеется мальчик.

Куницкий терпеливо строит все заново.

Когда жена возвращается домой, Куницкий смотрит на нее с ковра, словно ребенок. Она большая, румяная от холода, подозрительно возбужденная. У нее красные губы. Она бросает на спинку стула красный (или, может, карминный, пурпурный) шарф и обнимает малыша. «Голодные?» — спрашивает она. Куницкому кажется, что вместе с ней в комнату ворвался ветер, холодный порывистый ветер с моря, бриз. Ему хочется спросить ее: «Где ты была?» — но он сдерживается.

Утром у него эрекция, и ему приходится отвернуться; ему приходится скрывать эти постыдные желания своего тела, чтобы она не увидела в них приглашения, попытки помириться, притяжения. Он отворачивается к стене и священнодействует с этой своей эрекцией — бесцельной готовностью, напряженным побегом, — ни с кем ею не делится.

Кончик пениса, словно вектор, указывает вверх, в окно, в мир.

Ноги. Стопы. Даже когда он останавливается, садится, они идут дальше, двигаются виртуально, не в силах сдержаться, мерят пространство мелкими, торопливыми шажками. Сопротивляются, когда он хочет их остановить. Куницкий боится, что его ноги рассердятся и кинутся наутек, понесут его в каком-нибудь не согласованном с ним направлении, примутся притоптывать против его воли или заведут в мрачные дворы среди обветшалых домов, поднимутся по чужим ступенькам, выведут через какие-то лазы на крутые скользкие крыши и заставят его, точно лунатика, прогуливаться по их чешуйчатой черепице.

Наверное, эти беспокойные ноги виноваты в том, что у Куницкого бессонница: от пояса вверх он спокоен, расслаблен и сонлив; от пояса вниз — неутомим. Видимо, он состоит из двух человек. Тот, что сверху, жаждет покоя, справедливости; тот, что снизу, — порочен и попирает все законы. Верхний имеет имя, фамилию, адрес и ИНН; нижнему о себе сказать нечего, да, в сущности, он и сам себе надоел.

Куницкому хочется угомонить свои ноги, смазать их успокаивающей мазью; эта внутренняя щекотка так неприятна... Наконец он принимает снотворное. Призывает ноги к порядку.

Куницкий пытается совладать со своими конечностями. Придумывает всякие хитрости: разрешает им — даже пальцам в ботинках — двигаться сколько угодно, самостоятельно, пока остальное тело стоит спокойно. Усаживаясь, тоже отпускает их на волю: пускай себе бесятся. Он смотрит на носки ботинок и видит, как кожа едва заметно шевелится — это ступни начинают свое навязчивое топотание. Куницкий много гуляет. Он уже, кажется, прошел по всем мостам через Одру и каналы. Ни одного не пропустил.

Третья неделя сентября дождливая и ветреная. Пора доставать с антресолей осенние вещи, куртки и резиновые сапоги для ребенка. Куницкий забирает его из детского сада, и теперь они торопливо идут к машине. Мальчик прыгает в лужу, летят брызги. Куницкий ничего не замечает, он придумывает, что сказать, выстраивает фразы. Например, так: «Я опасаюсь, что ребенок мог пережить шок». Или более уверенно: «Мне кажется, сын пережил шок». Ему приходят на ум слова «травма», «пережить травму».

Они едут по мокрому городу, дворники работают вовсю — собирают воду с окон, раз за разом приоткрывая мир — погруженный в дождь, размазавшийся.

Четверг — его день. По четвергам он забирает сына из детского сада. Жена после обеда занята, у нее какие-то кружки, возвращается она поздно, так что у Куницкого есть возможность пообщаться с ребенком.

Они подъезжают к отремонтированному дому в самом центре города и некоторое время ищут, где бы припарковаться.

— Куда мы идем? — спрашивает малыш, а поскольку Куницкий не отвечает, мальчик повторяет снова и снова:

— Куда мы идем? Куда мы идем? Куда мы идем?

— Тихо, — говорит отец, но потом, помолчав, объясняет: — К одной тете.

Малыш не протестует — наверное, ему любопытно.

В приемной никого нет, и к ним сразу выходит высокая женщина лет пятидесяти, приглашает в кабинет. Кабинет светлый, приятный: в центре большой пестрый ковер с мягким ворсом, на нем — игрушки и кубики. Дальше диван и два кресла, стол и стул. Ребенок осторожно садится на краешек кресла, а сам разглядывает игрушки. Женщина улыбается и подает Куницкому руку, здоровается с мальчиком. Она заговаривает с ребенком, словно бы подчеркнуто не обращая внимания на отца. Поэтому он начинает первым, предупреждая ее возможные вопросы.

— С некоторого времени мой сын плохо спит, он сделался нервным и... — выдумывает Куницкий, но женщина прерывает его.

— Давайте сначала поиграем, — предлагает она.

Это звучит абсурдно. Куницкий не понимает: с ним она тоже собирается играть? Он замирает, удивленный.

— Сколько тебе лет? — спрашивает женщина ребенка.

Малыш показывает три пальчика.

— В апреле исполнилось три, — говорит Куницкий.

Женщина садится рядом с мальчиком на ковер, протягивает ему кубики и говорит:

— Папа посидит в коридоре и почитает, а мы поиграем, ладно?

— Нет, — не соглашается ребенок, встает и бежит к отцу. Куницкий уже понимает, в чем дело. Он уговаривает малыша остаться.

— Дверь будет открыта, — обещает женщина.

Дверь прикрывают так, чтобы осталась щелка. Куницкий сидит в приемной и слышит их голоса, но неразборчиво, непонятно, что они говорят. Он ожидал множества вопросов, даже взял с собой медицинскую карту — и теперь читает: роды в срок, естественные, 10 пунктов по шкале Апгар, вес 3750 граммов, длина 57 сантиметров, сделаны такие-то прививки. О взрослом говорят «высокий», а ребенок, получается, имеет «длину». Куницкий берет со столика иллюстрированный журнал, машинально открывает и сразу натыкается на рекламу книжных новинок. Увидев знакомые названия, он сравнивает цены. У него дешевле — он доволен, чувствует выброс адреналина.

— Расскажите мне, что случилось. В чем дело? — спрашивает женщина.

Ему становится стыдно. Что он может сказать? Что жена с ребенком пропали, их не было три дня — сорок девять часов, он специально подсчитал. Он не знает, где они были. Всегда все о них знал, а теперь не знает самого главного. Потом Куницкий вдруг представляет себе, что просит врача:

— Помогите мне, пожалуйста. Прошу вас, загипнотизируйте ребенка, пусть он воспроизведет эти сорок девять часов — минута за минутой. Я должен знать.

А она, эта высокая и прямая — будто аршин проглотила — женщина, подходит к нему так близко, что он чувствует исходящий от ее свитера запах стерильности (так когда-то, в детстве, пахло от медсестер), берет его голову большими теплыми ладонями и прижимает к груди.

На самом деле все не так. Куницкий продолжает сочинять:

— В последнее время он стал беспокойным, просыпается по ночам, плачет. В августе мы ездили в отпуск, я подумал, может, он пережил что-то, чего мы не заметили, может, испугался...

Куницкий сомневается, что женщина ему поверит. Она берет авторучку, крутит ее в руках. Говорит с обаятельной улыбкой:

— У вас исключительно развитый, контактный, умный сын. Порой дети реагируют таким образом на обычный мультик. Пусть поменьше смотрит телевизор. На мой взгляд, с ним все в полном порядке.

И с тревогой — так ему кажется — смотрит на него самого.

Когда они выходят, когда малыш перестает махать тете доктору — «пока-пока!», — Куницкий начинает думать о ней: «девка». Ее улыбка кажется ему фальшивой. Она тоже что-то скрывает. Что-то она от него утаила. Ну конечно, не надо было идти к женщине. Но есть ли в городе детские психологи-мужчины? Или у женщин какая-то монополия на детей? С ними никогда не бывает ясности; с первого взгляда не поймешь, слабые они или сильные, почему так ведут себя, чего хотят, — нужно держать ухо востро. Ему вспоминается авторучка, которую держала женщина. Желтый «Бик», точно такой же, как на той фотографии.

Вторник, у жены выходной. С самого утра Куницкий возбужден, не спит, притворяется, что не замечает ее утренней суеты — из спальни в ванную, из кухни в прихожую, опять в ванную. Короткий нетерпеливый возглас ребенка — наверное, мать зашнуровывает ему ботинки. Шипение дезодоранта. Свисток чайника.

Когда они наконец выходят, Куницкий останавливается на пороге и прислушивается: приехал ли лифт. Считает до шестидесяти — столько времени им понадобится, чтобы спуститься на первый этаж. Потом быстро обувается и вынимает из пакета куртку, купленную в секонд-хенде. Для маскировки. Тихонько захлопывает за собой дверь. Лишь бы не пришлось слишком долго ждать лифта.

Да, все идет гладко. Он следует за ними, на безопасном расстоянии, в чужой куртке. Взгляд Куницкого цепляется за ее спину, интересно, ощущает ли жена какой-нибудь дискомфорт, но, видимо, нет, потому что она шагает быстро, размашисто, можно даже сказать — радостно. Они с малышом перепрыгивают через лужи, не обходят, а именно перепрыгивают — почему? Откуда в ней столько энергии в это дождливое, уже осеннее утро — кофе, что ли, так действует? Другие прохожие выглядят медлительными и сонными, жена кажется какой-то разноцветной, ее розовый шарф ярким пятном выделяется на фоне дня, Куницкий держится за него как за соломинку.

Так они доходят до детского сада. Он наблюдает, как жена прощается с ребенком, но это его ничуть не умиляет. Может, нежно обнимая сына, она как раз в эти мгновения что-то шепчет мальчику на ухо — какое-то слово, то самое, которое Куницкий так отчаянно ищет. Знай он его, можно было бы открыть космический поисковик и моментально получить простой и исчерпывающий ответ.

Теперь Куницкий видит, как она останавливается у перехода в ожидании зеленого света, вынимает мобильник и набирает номер. Какое-то мгновение Куницкий еще надеется, что в кармане у него раздастся сигнал — для звонков жены у него в телефоне есть свой звук, голос цикады: да, он наделил ее голосом цикады, тропического насекомого. Но карман молчит. С кем-то разговаривая, жена переходит через улицу. Теперь Куницкому приходится ждать, пока загорится зеленый, это опасно — она как раз заворачивает за угол и исчезает, поэтому, как только появляется возможность, он ускоряет шаг. Куницкому начинает казаться, что он ее упустил, он злится на себя и на этот светофор. Что ж такое: потерять ее в двухстах метрах от дома... Но нет — вот она; шарф входит во вращающиеся двери магазина. Это большой магазин, торговый центр, недавно открытый, почти пустой, так что Куницкий колеблется, стоит ли заходить туда вслед за ней, сумеет ли он спрятаться между стойками.

Но приходится войти — там ведь есть второй выход, на другую улицу; Куницкий накидывает капюшон — в конце концов, это выглядит совершенно естественно, ведь идет дождь, — и входит внутрь. Он сразу видит жену — она идет между стойками медленно, словно ее что-то сдерживает, рассматривает косметику, духи, останавливается перед одной из полок и протягивает руку. Держит в ладони какой-то флакончик. Куницкий копается в уцененных носках.

Когда она задумчиво отходит к витрине с сумками, Куницкий тоже берет этот флакончик. «Carolina Herrera» — читает он. Запомнить это имя или сразу выбросить из головы? Запомнить — подсказывает ему что-то. Все имеет значение, просто мы не знаем, какое именно, — твердит он себе.

Он видит ее издалека: жена стоит перед зеркалом, держа в руке красную сумку, рассматривает свое отражение с разных сторон. Потом идет к кассе, прямо навстречу Куницкому. Он в панике отшатывается, прячется за полками с носками, наклоняет голову. Жена проходит мимо. Словно привидение. Но потом вдруг оборачивается, словно что-то забыла, и ее взгляд падает прямо на него — съежившегося, в надвинутом на лоб капюшоне. Куницкий видит широко раскрытые от изумления глаза жены, чувствует ее взгляд — прикасающийся к нему, обшаривающий, ощупывающий.

— Что ты тут делаешь? Что у тебя за вид?

Потом эти глаза вдруг смягчаются, их затягивает каким-то туманом, она моргает:

— Господи, что с тобой происходит, что случилось?

Странно, Куницкий ждал совсем другой реакции. Скандала. А жена обнимает его, прижимает к себе, прячет лицо в этой его странной куртке из секонд-хенда. Из груди Куницкого вырывается вздох, маленькое круглое «ох», он не уверен, от удивления ли, вызванного ее неожиданным поведением, или от желания уткнуться лицом в ее душистый пуховик и расплакаться.

Куницкий вынимает мобильник, вызывает такси, они молча ждут. Только в лифте жена спрашивает:

— Как ты себя чувствуешь?

— Хорошо, — отвечает Куницкий, но знает, что впереди — последнее сражение. Кухня превратится в арену борьбы, а они займут стратегические позиции: он наверняка за столом, она — как всегда, спиной к окну. Куницкий знает: к этому важному моменту нельзя относиться легкомысленно — возможно, это последний и единственный шанс узнать, что же произошло. Какова на самом деле правда. Но он также знает, что это минное поле. Каждый вопрос — неразорвавшаяся бомба. Он не трус и не оставит попыток установить факты. Когда лифт начинает подниматься, Куницкий чувствует себя террористом, прячущим под одеждой взрывное устройство: как только откроется дверь в их квартиру, оно сработает и разнесет все в клочья.

Он придерживает ногой дверь, сначала ставит сумки с продуктами, потом протискивается сам. Ничего странного Куницкий не замечает, он зажигает свет и на кухонном столе разбирает покупки. Наливает в стакан воду, ставит в нее увядший пучок петрушки. Это приводит его в чувство — петрушка.

Куницкий передвигается по своей квартире, словно привидение, у него такое ощущение, что он проходит сквозь стены. Комнаты пусты. Куницкий — это глаз, который разгадывает загадку: «Найди десять отличий». Куницкий ищет. Он не сомневается, что они разные — квартира сейчас и квартира раньше. Это игра для малонаблюдательных людей. Ведь отсутствуют и пальто жены на вешалке, и шарф, и детская курточка, и шеренга ботинок (остались только его осиротевшие тапочки), и зонтик. Детская кажется совсем пустой, да здесь и в самом деле нет ничего, кроме мебели. На ковре лежит одинокая машинка, словно обломок загадочной космической катастрофы. Но Куницкий должен знать точно — поэтому, заранее вытянув руку, он направляется в спальню, к шкафу с зеркалом и раздвигает тяжелые створки; они трогаются с места неохотно, с печальным урчанием. Осталась только шелковая блузка, слишком элегантная. Она одиноко висит на плечиках. Створка слегка задевает рукав — такое ощущение, что блузка этому рада: наконец-то ее обнаружили — всеми забытую. Куницкий рассматривает пустые полочки в ванной. В самом углу — его бритвенные приборы. И электрическая зубная щетка.

Смысл этой картины доходит до него далеко не сразу. Для этого требуются вечер, ночь и еще утро.

Около девяти он варит себе крепкий кофе, потом бросает в сумку туалетные принадлежности, достает из шкафа несколько рубашек, брюки. Перед самым уходом, уже на пороге, проверяет портмоне: документы и кредитные карты. Потом бегом спускается вниз, к машине. Ночью шел снег, приходится почистить стекла. Он делает это кое-как, руками. Планирует вечером быть уже в Загребе, а на следующий день — в Сплите. Завтра он увидит море.

Куницкий трогается в путь по прямому, как стрела, шоссе — на юг, к чешской границе.

Симметрия островов

Психология путешествий гласит, что ощущение сходства двух мест прямо пропорционально расстоянию между ними. В том, что находится близко, мы не видим сходства, воспринимаем как чужое. Наибольшее сходство — утверждают психологи путешествий — зачастую обнаруживается на краю света.

Вот, к примеру, удивительное явление симметрии островов. Неразгаданное, непонятное, феномен, достойный специальной монографии. Готланд и Родос. Исландия и Новая Зеландия. Каждый из этих островов, если рассматривать его отдельно, без пары, кажется неполным, несовершенным. Поросшие мхом горы Готланда дополняют голые известняковые скалы Родоса; ослепительное солнечное сияние становится реальнее в сопоставлении с мягким, холодным послеполуденным светом севера. Средневековые городские стены представлены в двух вариантах: драматическом и меланхолическом. Об этом хорошо знают шведские туристы, основавшие на Родосе свою неформальную, не имеющую представительства в ООН колонию.

Гигиенический пакет

В самолете из Варшавы в Амстердам я машинально вертела в руках бумажный пакет, на котором позже заметила выведенные авторучкой слова:

«12.10.2006. Летим наудачу в Ирландию. Пункт назначения — Белфаст. Студенты Политехнического института в Жешове».

Надпись обнаружилась на донышке пакета, на единственном свободном месте — окруженная печатным текстом. Он на нескольких языках повторял одно и то же: do you want air sickness bag... sac pour mal de l'air... Spuckbeutel... bolsa de mareo[1]. Между этими словами чья-то рука вписала фразу, единичка была толще других цифр, словно автор на секунду усомнился, имеет ли смысл оставлять это анонимное выражение беспокойства. Надеялся ли он, что надпись на пакете найдет своего

---

[1] Здесь: в случае воздушной болезни воспользуйтесь гигиеническим пакетом (*англ.*, *фр.*, *нем.*, *исп.*).

читателя? Что я, таким образом, окажусь свидетелем чужого путешествия?

Меня растрогал этот односторонний акт коммуникации: интересно, какая рука это писала, какими были глаза, что вели ее между строками напечатанного на пакете текста. Интересно, повезет ли им там, в Белфасте, этим студентам из Жешова. Пожалуй, мне бы хотелось когда-нибудь, уже в другом самолете, получить ответ на свой вопрос. Чтобы они написали: «Все отлично. Мы возвращаемся домой». Но я знаю, что на пакетах пишут только от волнения и неуверенности. Ни поражение, ни грандиозный успех этому не способствуют.

Соски земли

Эта пара — девушка лет девятнадцати, не больше, студентка, изучающая скандинавскую филологию, и ее молодой человек, блондин небольшого роста, с дредами — твердо решили добраться автостопом из Рейкьявика в Исафьордюр[1]. Им очень не советовали это делать — по двум причинам: во-первых, движение на этом маршруте не слишком оживленное, особенно на севере, они запросто могут где-нибудь застрять; во-вторых — температура в это время года порой внезапно и резко падает. Но молодые люди не послушались. Оба предупреждения, как потом оказалось, сбылись на сто процентов: они застряли в безлюдном месте, там, где перед съездом к какой-то глухой деревне их высадила предыдущая машина, а больше ни одна не прошла, через час погода резко ухудшилась, пошел снег. Впадая во все большую панику, они стояли на обочине дороги, прорезавшей покрытую окаменевшей лавой равнину, и пытались согреваться сигаретами, в надежде, что рано или поздно кто-нибудь

[1] Исландский город, столица региона Западных фьордов.

здесь проедет. Но этого не произошло. Видимо, люди в тот вечер решили не ездить в Исафьордюр.

Костер развести было не из чего — вокруг только влажный холодный мох да редкие кустики, которые огонь не желал даже в рот брать, не говоря уж о том, чтобы переварить. Они улеглись в спальных мешках среди камней, на мох, а когда снежные тучи расступились, открыв морозное звездное небо, молодые люди увидели, что камни ожили, все зашептало, забормотало и зашелестело. Еще оказалось, что, если сунуть ладонь под мох, под камни, прикоснуться к земле — почувствуешь ее тепло. Ладонь ощущала осторожную далекую вибрацию, какое-то отдаленное движение, дыхание: вне всякого сомнения, земля — живая.

Потом исландцы объяснили, что ничего плохого с ребятами и не могло произойти: заблудившимся путникам вроде них земля протягивает свои теплые соски. Нужно благодарно присосаться к ним и пить ее молоко. Говорят, на вкус оно напоминает магниевое молочко — какое покупают в аптеке против повышенной кислотности и изжоги.

Пого

Завтра — шабат. На главной улице молодые неоперившиеся хасиды танцуют пого[1] в такт модным бравурным южноамериканским ритмам. «Танцуют» — не совсем подходящее слово. Они совершают дикие экстатические прыжки, вертятся волчком, тела их шарахаются в разные стороны — танец, вытаптываемый всеми подростками мира на концертах, у самой сцены. Здесь музыка раздается из колонок, стоящих на машине, в которой сидит присматривающий за порядком раввин.

[1] Танец панков, представляющий собой прыжки на одном месте с характерным размахиванием руками и ногами, толканием. Часто танцующие пого встают в круг, в который постепенно втягивается все больше и больше народу из окружающей толпы.

Какие-то веселые скандинавские туристки присоединяются к парням и неумело, держась за плечи, пытаются сплясать канкан. Но один из подростков одергивает их:

— Если женщины хотят танцевать — пожалуйста, но в сторонке.

Стена

Кое-кто полагает, что мы уже подошли к концу нашего путешествия.

Город совершенно бел, словно кости, брошенные в пустыне, обглоданные зноем, отполированные песком. Он напоминает обызвествленную колонию кораллов, которыми поросли холмы в эпоху древнего моря.

Говорят также, что этот город — неровная взлетная полоса, представляющая трудность даже для опытного пилота: здесь некогда отрывались от земли боги. Те, кто немного разбирается в той эпохе, утверждают, к сожалению, взаимоисключающие вещи. И теперь невозможно выработать единую версию.

Будьте внимательны, все паломники, туристы и бродяги, которым удалось сюда добраться: вы прибыли на пароходах, самолетах, прошли пешком через ущелья и мосты, военные заставы и засеки. Ваши машины и караваны не раз останавливали, паспорта тщательно проверяли, заглядывали в глаза. Будьте внимательны, передвигаясь по этому лабиринту улочек с помощью знаков, стояний крестного пути, да ведет вас указательный палец вытянутой руки, нумерация строк в книге, римские цифры, нарисованные на стенах домов. Да не обманут вас прилавки, заваленные бусами, ковриками, кальянами, монетами — якобы древними, выкопанными из песков, — острыми приправами, что насыпаны разноцветными пирамидками; да не отвлекут внимания живописные толпы вам подобных, всевозможных мастей, оттенков кожи, разнообразие лиц, причесок, одежды, головных уборов и рюкзаков.

В центре лабиринта нет ни сокровищ, ни минотавра, которого предстоит одолеть; путь заканчивается внезапно, стеной — белой, как и весь город, высокой, непреодолимой. Говорят, это стена незримого храма, но факт остается фактом: мы достигли конца, дальше ничего нет.

Поэтому не удивляйтесь, когда увидите здесь людей, застывших в недоумении, прижимающихся разгоряченным лбом к холодному камню, или присевших от усталости и разочарования на землю и теперь по-детски прильнувших к стене.

Пора в обратный путь.

Амфитеатр во сне

В первую ночь в Нью-Йорке мне снилось, что я кружу по улицам ночного города. У меня, правда, есть карта, и время от времени я заглядываю в нее в поисках выхода из этого клетчатого лабиринта. Внезапно оказываюсь на просторной площади и вижу огромный античный амфитеатр. В изумлении останавливаюсь. Подходит пара японских туристов и показывает амфитеатр на моей карте. Да, действительно, он там обозначен, вздыхаю я с облегчением.

В гуще перпендикулярных и параллельных улиц, сплетающихся, словно основа с утком, в центре этой монотонной сети я вижу устремленный в небо огромный круглый глаз.

Карта Греции

напоминает большое Дао. Если присмотреться внимательно, можно заметить огромное Дао, состоящее из воды и земли. Но ни одна стихия не берет верх над другой — земля и вода повсюду дополняют друг друга. Дарданеллы — это то, что земля отдает воде, а Крит — то, что вода отдает земле.

Но мне кажется, что наиболее красивой формой обладает Пелопоннес. Он подобен огромной материнской ладони — безусловно не человеческой, — опущенной в воду, проверяющей, подходящая ли температура для купания.

Кайрос

— Мы — те, кто идет навстречу, — сказал профессор, когда они вышли из большого здания аэропорта и ждали такси. Он с наслаждением вдохнул мягкий, теплый греческий воздух.

Ему восемьдесят один, жене — двадцатью годами меньше: профессор благоразумно обвенчался с ней, когда первый брак был уже на последнем издыхании, а взрослые дети покинули дом. И правильно сделал: та жена теперь сама беспомощна, угасает в приличном доме так называемой достойной старости.

Перелет он перенес хорошо, несколько часов разницы во времени не имели особого значения; ритмы сна у профессора уже давно напоминали какофоническую симфонию, рулетку, в которой моменты внезапной сонливости чередуются с удивительной бодростью. Перелет лишь сдвинул эти сумбурные аккорды бодрствования и сна на семь часов.

Такси с кондиционером доставило их в отель; там Карен, та самая молодая жена профессора, энергично распорядилась, чтобы багаж отнесли в номер, получила на стойке ресепшен информацию, оставленную для них организаторами круиза, взяла ключ и с большим трудом, с помощью любезного портье, доставила мужа на третий этаж. Там она осторожно уложила его в постель, сняла ему ботинки и расслабила фуляровый платок. Профессор сразу задремал.

Вот они и в Афинах! Подойдя к окну и с трудом открыв хитроумный шпингалет, она ощутила радость. Афины в апреле! Весна в самом разгаре, листья лихорадочно рвутся вперед. На улицах, правда, уже пыльно, но еще не слишком мучительно; а что до шума, так здесь всегда было шумно. Карен закрыла окно.

В ванной она пригладила свои короткие седые волосы, встала под душ. И сразу почувствовала, как напряжение стекает вместе с пеной и навсегда исчезает в сливном отверстии.

— Не стоит волноваться, — убеждала она себя, — каждое тело вынуждено приспосабливаться к окружающему миру, ничего не поделаешь.

— Мы уже подходим к финишу, — сказала она вслух, застыв под струей теплой воды. А поскольку она всю жизнь мыслила образами (что, по ее мнению, как раз и помешало научной карьере), то увидела нечто вроде греческого гимнасия[1] с мраморной плитой стартового упора и бегунов — их с мужем, неуклюже финиширующих сразу после старта. Карен закуталась в пушистое полотенце и тщательно намазала лицо и шею увлажняющим кремом. Знакомый запах окончательно успокоил ее, она прилегла на застеленную кровать рядом с мужем и незаметно уснула.

За ужином, в ресторане отеля (вареный морской язык и брокколи на пару для него и тарелка салата с брынзой для нее) профессор допытывался, не забыли ли они дома его записи, книги, блокнот; среди этих обычных вопросов в конце концов прозвучал и тот, которого Карен уже давно ждала, — последняя сводка с линии фронта:

— Дорогая, а где мы, собственно, находимся?

Карен отреагировала спокойно. В нескольких простых фразах изложила ситуацию.

---

[1] Архитектурно оформленная площадка для гимнастических упражнений с банями, портиками и другими помещениями для отдыха и духовного общения в Древней Греции.

— Ах да! — радостно воскликнул муж. — Пожалуй, я несколько рассеян, верно?

Карен заказала себе бутылку рецины и огляделась. В этом ресторане обычно бывали богатые туристы — американцы, немцы, англичане, утратившие характерные национальные черты в своем свободном плавании вслед за денежными потоками. Одинаково красивые и здоровые, легко и естественно переходящие с языка на язык.

За соседним столиком сидела, например, симпатичная компания — пожалуй, чуть помладше нее, лет пятидесяти, веселые, бодрые и румяные. Трое мужчин и две женщины. Оттуда то и дело доносились взрывы хохота (официант принес очередную бутылку греческого вина), и Карен наверняка почувствовала бы себя там в своей тарелке. Она подумала, что могла бы оставить мужа, терзавшего дрожащей вилкой бледное рыбье тело, прихватить свою рецину и естественно, словно пушинка одуванчика, опуститься на стул рядом с этими людьми, поддержав последние аккорды смеха своим матовым альтом.

Но, разумеется, она этого не сделала. Собрала со скатерти брокколи — капуста, возмущенная неловкостью профессора, в знак протеста покинула тарелку.

— О, боги, — воскликнула она, потеряв терпение, и позвала официанта, чтобы он принес, наконец, травяной чай. — Помочь тебе?

— Я не позволю себя кормить! — заявил муж, и его вилка с удвоенной силой атаковала рыбу.

Карен часто злилась на мужа. Этот человек во всем зависел от нее, а вел себя так, словно все было с точностью до наоборот. Она подумала, что мужчины (наиболее ловкие из них), подчиняясь, возможно, некоему инстинкту самосохранения, тянутся к значительно более молодым женщинам, неосознанно, отчаянно, но вовсе не по тем причинам, в каких подозревают их социобиологи. Нет, дело здесь совсем не в стремлении к репродукции, генах, заталкивании своего ДНК в узенькие канальцы материи, по которым течет время. Причина скорее в предчувствии, которое — тщательно замалчиваемое и скрываемое — живет в них от рождения до смерти: что, предоставленные сами себе, в спокойной и малоинтересной компании уходящих лет, они подвергнутся ускоренной атрофии. Словно мужчины спроектированы в расчете на интенсивное использование в течение короткого времени, на увертюру, волнующую гонку, победу и сразу после — исчерпание. Они чувствуют, что на плаву их удерживает возбуждение, а эта жизненная стратегия весьма энергоемка — ресурсы рано или поздно заканчиваются, и тогда приходится жить в кредит.

Они познакомились на вечеринке в доме одного общего знакомого, у которого заканчивался двухгодичный курс лекций в их университете. Пятнадцать лет назад. Профессор принес ей вино, и, когда он протянул Карен бокал, она заметила, что его давно вышедший из моды вязаный жилет рвется по шву и на бедре болтается длинная темная нитка. Карен только приехала, собираясь занять место преподавателя, уходившего на пенсию; в это время она была занята тем, что обставляла недавно снятый дом и приходила в себя после развода, который мог оказаться более болезненным, будь у них с мужем дети. После пятнадцати лет брака супруг ушел к другой женщине. Карен было за сорок — профессор, автор нескольких монографий. Специалист по малоизученным античным культам греческих островов. Религиовед.

Они поженились только через несколько лет после этой встречи. Из-за серьезной болезни первой жены профессору сложно было получить развод. Но даже его дети приняли их с Карен сторону.

Карен часто размышляла о своей жизни и приходила к выводу, что это совершенно очевидно: мужчины нуждаются в женщинах больше, чем женщины в мужчинах. В сущности, — думала Карен, — женщины вполне могли бы обойтись без мужчин. Они спокойно переносят одиночество, заботятся о своем здоровье, более выносливы, умеют поддерживать дружеские отношения... Карен мысленно перебирала другие характерные черты и вдруг поняла, что описывает женщин как особо полезную породу собак. Она удовлетворенно продолжила: женщины хорошо обучаемы, не агрессивны, любят детей, умеют дружить, привязаны к дому... В них, особенно в молодости, легко пробудить таинственный обезоруживающий инстинкт, который лишь периодически оказывается связан с материнством. На самом деле это нечто большее, охват мира, протаптывание тропок, расстилание дней и ночей, формирование успокаивающих ритуалов. Разбудить этот инстинкт при помощи простых упражнений нетрудно. Потом женщины словно бы слепнут, алгоритм сбивается, и тогда можно с удобством расположиться в их доме, забраться в гнездо, выбросив оттуда все ненужное, а те даже не заметят, что птенец слишком велик, да и вообще чужак.

Профессор ушел на пенсию пять лет назад, получив на прощанье несколько премий и наград; кроме того, его внесли в реестр наиболее заслуженных деятелей науки, выпустили посвященный ему сборник статей учеников и устроили в его честь несколько приемов. Один из приемов посетил популярный комик, любимец телезрителей, и, по правде говоря, это оказалось для профессора лучшим подарком. Потом они поселились в небольшом, комфортном доме в университетском городке, где муж занялся «упорядочиванием бумаг». Утром Карен заваривала ему чай и готовила легкий завтрак. Она занималась его корреспонденцией, отвечала на письма и приглашения (как правило, вежливым отказом). Утром старалась встать пораньше — вместе с ним, и, сонная, варила себе кофе, а ему овсянку. Следила, чтобы у него была чистая одежда. Около полудня приходила домработница, так что несколько часов, пока он дремал, Карен могла заниматься своими делами. После обеда — снова чай, на этот раз травяной, ежедневная прогулка в одиночестве. Чтение вслух Овидия, ужин и отход ко сну. Разнообразие вносил прием разнообразных таблеток и капель. За эти пять безмятежных лет только на одно приглашение она каждый год отвечала: «Да!» Это был летний круиз по греческим островам на роскошном пароходе, пассажирам которого профессор ежедневно, за исключением выходных, читал лекции. Итого десять лекций, темы на усмотрение профессора, каждый год — новый цикл.

Пароход назывался «Посейдон» (греческие буквы четко выделялись на белом туловище: ΠΟΣΕΙΔΟΝ) и состоял из двух палуб, ресторана, бильярдной, кафе, сауны, массажного кабинета, солярия и комфортных кают. Профессор и Карен занимали всегда одну и ту же каюту, с большой двуспальной кроватью, ванной, столиком, двумя креслами и микроскопическим письменным столом. На полу — мягкий ковер кофейного цвета: Карен всегда надеялась найти в его длинном ворсе потерянную четыре года назад сережку. Из каюты можно было выйти прямо на палубу первого класса, и по вечерам, когда профессор засыпал, Карен охотно пользовалась этой привилегией — она любила постоять у бортика и, глядя на проплывающие вдалеке огоньки, выкурить единственную за день сигарету. Палуба, нагретая за день солнцем, теперь отдавала тепло, а от воды уже поднимался темный холодный воздух, и Карен казалось, что граница дня и ночи проходит по ее телу.

— Песня — о боге великом, владыке морей Посейдоне. Землю и море бесплодное он в колебанье приводит, на Геликоне царит и на Эгах широких. Двойную честь, о земли Колебатель, тебе предоставили боги: Диких коней укрощать и спасать корабли от крушенья. Слава тебе, Посейдон, — черновласый, объемлющий землю!

Милостив будь к мореходцам и помощь подай им, блаженный![1] — произносила она вполголоса, а затем бросала богу едва начатую сигарету, свою дневную пайку; эпатаж чистой воды.

Маршрут круиза все пять лет оставался неизменным.

Из Пирея корабль направляется в Элефсис, затем в Коринф, а оттуда снова на юг, на остров Порос, где туристы осматривали руины храма Посейдона и гуляли по городку. Потом они плыли на Киклады. Круиз был задуман неторопливым и даже ленивым, чтобы пассажиры успели впитать в себя солнце и море, виды городов, их белые стены и оранжевые крыши, благоухающие на островах лимонные рощи. Сезон еще не начался, так что отсутствовали толпы туристов, о которых профессор всегда говорил с неприязнью, даже не скрывая своего раздражения. Он говорил, что туристы смотрят, но ничего не видят, а лишь скользят взглядом, замечая только то, о чем пишет путеводитель, выпущенный миллионным тиражом, этакий книжный «Макдоналдс». Затем они остановятся на Делосе, где осмотрят храм Аполлона, и, наконец, через архипелаг Додеканес двинутся на Родос — там круиз закончится, и пассажиры разлетятся из местного аэропорта по домам.

Карен очень любила эту послеобеденную пору, когда они причаливали в каком-нибудь маленьком порту и, переодевшись для прогулки (профессор непременно повязывал свой фуляровый платок), отправлялись в город. Здесь нередко останавливались и большие паромы, и тогда местные купцы сразу открывали свои лавочки, предлагая пассажирам полотенца с названием острова, наборы ракушек, губки, смеси сушеных трав в изящных корзиночках, узо[2] или хотя бы мороженое.

---

[1] Гомер. Гимн к Посейдону. Пер. В. В. Вересаева.

[2] Греческий алкогольный напиток.

Профессор бодро шагал, палкой указывая на достопримечательности — ворота, фонтаны, руины, отделенные простенькой загородкой, — и рассказывая то, чего его слушателям нипочем не найти в самых лучших путеводителях. Однако в контракте эти прогулки не значились. В обязанности профессора входила только одна лекция в день.

Он начинал:

— Полагаю, что для существования человеку и цитрусовым необходимы примерно одни и те же климатические условия.

Профессор устремлял взгляд в потолок, усеянный маленькими круглыми лампочками, и делал паузу — чуть длиннее, чем нужно.

Карен стискивала руки так, что белели костяшки пальцев, но ей, кажется, удавалось изобразить заинтересованную, чуть озорную улыбку: приподнятые брови, ироническое выражение лица.

— Из этого и будем исходить, — продолжал тем временем ее муж. — Неслучайно территория греческой цивилизации в целом совпадает с ареалом произрастания цитрусовых. За исключением этого солнечного животворного пространства все подвергается медленной, но неизбежной дегенерации.

Это напоминало длинный неспешный старт. Карен всегда преследовал этот образ: самолет профессора качнулся, колеса увязли в рытвинах, может, даже съехали со взлетной полосы — теперь придется стартовать с газона. Однако в конце концов машина взмывает в воздух — колеблясь и раскачиваясь, но уже нет сомнений, что полет состоится. Украдкой Карен облегченно вздыхает.

Она знала темы лекций, знала их план, расписанный на карточках мелким профессорским почерком, имелись у нее и собственные заметки, которые она делала ему в помощь; в сущности, случись что-нибудь, она могла бы подняться со своего места в первом ряду и продолжить любую его фразу, двинуться по утоптанной тропке дальше — однако ее речь, безусловно, была бы менее яркой, лишенной мелких чудачеств, которыми профессор подсознательно удерживал внимание публики. Она всегда ждала момента, когда муж встанет и начнет прохаживаться взад-вперед: для Карен это означало, что (возвращаясь к тому образу) самолет профессора набрал необходимую высоту и полет проходит нормально, а она может спокойно выйти на верхнюю палубу и с наслаждением пробежать взглядом по поверхности воды, останавливая его на мачтах встречных яхт, на горных вершинах, виднеющихся в легкой молочной дымке.

Она рассматривала сидевших полукругом слушателей: те, что в первом ряду, поспешно записывали слова профессора, разложив блокноты на складных столиках. Те, кто сидел сзади, возле окон, расслабленные и демонстративно равнодушные, — слушали тоже. Карен знала, что именно среди них обнаруживались наиболее любознательные, которые потом терзали профессора вопросами, и ей приходилось защищать мужа от желающих получить дополнительную — бесплатную — консультацию.

Муж поражал Карен. Казалось, он знал о Греции все — все, что написано, раскопано, сказано. Его знания были не то что огромны, они были грандиозны, включали в себя тексты, цитаты, ссылки, комментарии, с трудом расшифрованные слова на выщербленных вазах, невнятные рисунки, находки археологов, парафразы, обнаруженные в более поздних текстах, пепел, корреспонденции и конкорданции[1]. В этом было уже даже нечто пугающее: чтобы вместить в себя всю эту информацию, профессор должен был произвести некую биологическую операцию, позво-

---

[1] Книга, в которой собраны из одного или нескольких сочинений места, состоящие из одних и тех же слов или содержащие один и тот же смысл.

лить знаниям врасти в свои ткани, открыть перед ними свое тело, стать мутантом. Другого пути нет.

Разумеется, такое количество информации невозможно систематизировать; знания профессора напоминали скорее губку, морской коралл, растущий на протяжении многих лет и образующий совершенно фантастические конфигурации. Они достигли некой критической массы и теперь, казалось, переходили в другое состояние — размножались, разрастались, организовывались в сложные и причудливые фигуры. Пути ассоциаций неповторимы, сходство можно обнаружить в самых неожиданных версиях — словно родственные связи в бразильских сериалах, где любой персонаж может оказаться ребенком, мужем, сестрой любому другому. Протоптанные тропинки утрачивают значение, те же, которые казались непроходимыми, превращаются в проезжие тракты. Что-то, чему годами не придавалось никакого значения, вдруг — в голове профессора — становилось отправной точкой для великого открытия, для радикальной смены парадигм. Карен не сомневалась, что ее супруг — великий человек.

Когда профессор говорил, лицо его менялось, словно бы омытое словами, очищенное от старости и усталости. Открывалось другое — тусклые глаза начинали блестеть, запавшие щеки приобретали упругость. Тягостное впечатление маски, какой это лицо казалось еще мгновение назад, рассеивалось. Удивительная перемена — словно профессору вводили наркотик, дозу амфетамина. Карен знала, что когда действие этого вещества — чем бы оно ни было — закончится, лицо мужа вновь помертвеет, глаза будто затянет пленка, тело рухнет на ближайший стул и обретет знакомый беспомощный вид. Вот это тело ей и придется взять под руку, осторожно приподнять, слегка подтолкнуть и — переминающееся с ноги на ногу, пошатывающееся — отвести в каюту: вздремнуть и восстановить силы.

Карен хорошо знала план лекций. Но каждый раз ей доставляло удовольствие наблюдать за мужем: такое ощущение, будто в воду опускают розу пустыни[1], будто он рассказывает не о Греции, а о себе самом. Им и были все упомянутые персонажи. Его проблемами, причем глубоко интимными, оказывались все освещенные в лекциях политические вопросы. Ему принадлежали — не давая сомкнуть глаз — философские идеи. Что касается богов, нет никаких сомнений, что он был знаком с ними лично, ужинал вместе с ними в соседнем ресторанчике: там они проболтали не одну ночь, а вина выпили — так просто целое Эгейское море. Профессор знал их адреса и номера телефонов, мог позвонить в любой момент. В Афинах он ориентировался как в собственной комнате, но, конечно, не в том городе, который они только что покинули (и который, по правде говоря, мужа не интересовал вовсе), а античном, скажем эпохи Перикла: карта его накладывалась на современную и делала сегодняшний мегаполис иллюзорным, нереальным.

Карен составила себе мнение о пассажирах еще утром, когда в Пирее они садились на корабль. Все, даже французы, говорили по-английски. Приезжали на такси прямо из афинского аэропорта или из гостиниц. Вежливые, красивые, интеллигентные. Вот пара, лет пятидесяти, худые, наверняка старше, чем кажутся на первый взгляд, в светлой одежде из натуральных материалов, льна и хлопка, он крутит авторучку, она — сидит выпрямив спину, но при этом расслабившись: явно хорошо изучила технику релаксации. Дальше — молодая женщина, чьи глаза из-за контактных линз кажутся стеклянными; левша, пишущий большими округлыми буквами и рисующий на полях восьмерки. За ней два гея, приличных, ухоженных, один

---

[1] Идиоморфные кристаллы гипса различного размера, образующие подобие соединенных лепестков розы, окраска обычно розово-желтая. Возникают в результате природных процессов в пустыне.

в забавных очках a la Элтон Джон. У окна — отец с дочерью (о чем он информирует всех и каждого, видимо, опасаясь, что его заподозрят в романе с несовершеннолетней); девушка, всегда в черном, стриженная почти наголо, с красивыми губами — полными, темными, демонстративно-неприязненно надутыми. Еще одна пара — созвучно седовласая — шведы, кажется, ихтиологи (Карен обратила внимание, когда просматривала список слушателей, который им с мужем предоставили заранее), спокойные, очень похожие друг на друга — не врожденным сходством, а таким, которое пóтом и кровью вырабатывается в многолетнем браке. Несколько молодых людей — в этом круизе они впервые и еще не уверены, нужна ли им эта античная Греция: может, загадки орхидей или ближневосточные орнаменты рубежа веков интереснее? Хорошо ли им на этом корабле, рядом с этим стариком, начинающим свою лекцию с цитрусовых? Карен задерживает взгляд на рыжем светлокожем мужчине в свободных, низко сидящих джинсах: он задумчиво потирает модную светло-желтую щетину. Наверное, немец. Красивый. И еще человек десять или чуть больше, с молчаливой сосредоточенностью вглядывающихся в лектора.

Новый тип интеллекта, — подумала Карен. — Не доверяющий цитатам из книг, из самых лучших учебников, исследований, монографий и энциклопедий — отравленный учебой и теперь страдающий отрыжкой. Развращенный легкостью разложения на составные части любой, даже самой сложной конструкции. Сведением к абсурду любой непродуманной аргументации, меняющейся каждые несколько лет модой на «самый современный» дискурс, который — подобно последней разрекламированной модели перочинного ножика — умеет делать всё со всем: открывать консервы, чистить рыбу, интерпретировать романы и предсказывать развитие политической ситуации в Центральной Африке. Это интеллект любителя шарад, интеллект, с легкостью, словно ножом и вилкой, оперирующий сносками и комментариями. Интеллект рациональный и дискурсивный, одинокий и стерильный. Всё осознающий — в том числе и то, как мало он способен постичь; но удивительно мобильный — ловкий, умный электронный импульс, не знающий ограничений, объединяющий всё со всем, убежденный, что всё вместе имеет некий — неведомый нам — смысл.

Профессор принялся вдохновенно рассуждать об этимологии имени Посейдон, и Карен отвернулась к морю.

После каждой лекции ему требовалось, чтобы она подтвердила: да, все прошло великолепно. У себя в каюте, когда они переодевались к ужину, Карен обняла мужа; его волосы нежно пахли ромашковым шампунем. Готовые к выходу — муж в легком темном пиджаке, на шее любимый старомодный фуляровый платок, она в зеленом шелковом платье, — они остановились посреди тесной каюты и поглядели в окно. Карен подала профессору его чарку с вином, он сделал глоток, прошептал несколько слов, потом опустил в нее пальцы и сбрызнул вином каюту — осторожно, чтобы не испачкать пушистый палас кофейного цвета. Капли впитались в темную обивку кресла, нырнули в промежутки между мебелью, не оставив после себя и следа. Карен последовала его примеру.

За ужином к их столику, который они делили с капитаном, подсел тот золотистый мужчина, и она заметила, что мужу это очень не понравилось. Однако незнакомец оказался воспитанным и приятным. Представился программистом, сказал, что работает в Бергене, у самого Полярного круга. Норвежец. При мягком искусственном свете его кожа, глаза и тонкая металлическая оправа очков казались золотыми. Белая льняная рубашка напрасно пыталась скрыть золотистый торс.

Мужчина спрашивал об одном слове, которое прозвучало во время лекции и которому, впрочем, профессор тогда же дал пояснение.

— Контуиция, — сказал профессор, изо всех сил скрывая раздражение, — это, как я уже говорил, вид знакомства с чем-либо, спонтанно обнаруживающий присутствие некой силы, большей, нежели человеческая, некоего единства поверх различий. Завтра я разовью эту тему, — добавил он с полным ртом.

— Да, — согласился норвежец растерянно. — Но что это значит?

Профессор на мгновение задумался: видимо, пролистывал каталог своей безграничной памяти; наконец, помогая себе рукой — ладонь его описывала в воздухе маленькие круги, — произнес:

— Следует оставить все это и, будто закрыв глаза, заменить телесное зрение и пробудить умное зрение, которое имеется у всех, но пользуются которым немногие[1].

Он даже покраснел от гордости.

— Плотин.

Капитан с пониманием покивал головой и поднял тост — это был их пятый совместный рейс:

— За нашу небольшую круглую дату.

Странно, но у Карен тогда мелькнула мысль, что — и последнюю.

— За то, чтобы мы снова встретились в будущем году, — добавила она.

Профессор оживленно рассказывал капитану и рыжеволосому мужчине (назвавшемуся Оле) о своем новом проекте.

— Путешествие по следам Одиссея, — профессор сделал паузу, чтобы дать собеседникам возможность осоз-

---

[1] Фрагмент «Эннеад» Плотина (204/205–270) — античного философа-идеалиста, основателя неоплатонизма (Плотин. Эннеады. Киев, 1995–1996).

нать услышанное. — Разумеется, в общих чертах. Нужно только подумать, как это организовать логистически, — он взглянул на Карен, и та сказала:

— Одиссею понадобилось двадцать лет.

— Ничего страшного, — весело возразил профессор. — Сегодня этот путь можно проделать за две недели.

Именно тогда Карен с Оле невольно обменялись взглядами.

В эту, а может, в следующую ночь Карен испытала оргазм — сама по себе, во сне. Он был как-то связан с рыжеволосым Оле, но не напрямую — Карен мало что запомнила из своего сна. Она просто впитала в себя золотистого мужчину. Проснувшись, Карен явственно ощутила спазмы внизу живота — удивленная, изумленная, смущенная, наконец. Машинально принялась их считать и поймала последние четыре.

Назавтра, когда они плыли вдоль побережья, Карен осознала, что во многих местах стало нечего смотреть.

Дорога в Элефсис — асфальтовое шоссе, по которому мчатся машины; тридцать километров уродства и банальности, иссохшие обочины, бетонные дома, рекламы, автостоянки и земля, которую невыгодно возделывать. Склады, погрузочные платформы, огромный грязный порт, теплоцентраль...

Они вышли на берег, и профессор повел большую группу к руинам храма Деметры, имевшим сейчас довольно плачевный вид. Пассажиры не скрывали своего разочарования, поэтому он велел им пофантазировать — представить, будто время отступило назад.

— Эта дорога из Афин была тогда узкой и лишь слегка присыпана камнями. Взгляните — в сторону Элефсиса тянется вереница людей, они идут, поднимая пыль, которая наводит страх на величайших правителей мира. Эта плотная толпа кричит в сотни глоток.

Профессор остановился, немного расставил ноги, оперся о палку и сказал:

— Возможно, это звучало вот так, — он сделал короткую паузу, чтобы набрать в легкие воздуха, а потом вдруг закричал во всю мощь своего старческого горла. Голос у него оказался неожиданно звучным и чистым. Крик профессора пронзил раскаленный воздух, заставив удивленно поднять головы и бродивших среди камней туристов, и продавца мороженого, и рабочих, устанавливавших ограждения (поскольку начинался сезон), и малыша, трогавшего палочкой перепуганного жука, и двух ослов, пасшихся в отдалении, по ту сторону холма.

— Якхос! Якхос! — кричал он, прикрыв глаза.

Этот возглас, казалось, продолжал висеть в воздухе, даже когда профессор умолк. Все вокруг затаило дыхание — на полминуты, на несколько десятков странных секунд. Потрясенные эксцентричным поведением лектора слушатели опустили глаза, а Карен в смущении залилась краской, словно это она кричала. И отошла в сторону, чтобы успокоиться.

Но старик вовсе не выглядел сконфуженным.

— ...а может, мы способны, — услышала Карен, — заглянуть в прошлое, бросить туда взгляд, как в некий паноптикум, или же, друзья мои, трактовать прошлое так, словно оно продолжает существовать и лишь перемещено в иное измерение. Может, достаточно всего-навсего изменить угол зрения, увидеть все это со стороны. Ведь если будущее и прошлое бесконечны, то, в сущности, не существует никакого «когда-то». Разные моменты времени парят в пространстве, словно простыни или экраны, на которых высвечивается определенный момент; весь мир состоит из таких неподвижных мгновений, грандиозных метаснимков; а мы лишь перескакиваем из одного в другой.

Тут профессор сделал маленькую паузу, чтобы перевести дух — дорога шла немного в гору, — потом Карен снова услышала, как он выдавливает из себя слова, перемежая их свистящим дыханием:

— На самом деле никакого движения не существует. Подобно черепахе из апории Зенона, мы никуда не движемся, а лишь смещаемся к изнанке мгновения; нет ни конца, ни цели. Вероятно, это относится и к пространству: если все мы одинаково удалены от бесконечности, то не существует также никакого «где-то» — никто не находится в каком бы то ни было времени или месте.

Вечером Карен мысленно подсчитала цену этой поездки: обгоревшие нос и лоб, стертая в кровь нога. Под ремешок сандалии попал острый камешек, а профессор ничего не почувствовал. Явный признак прогрессирующего артериосклероза, которым муж страдает уже многие годы.

Карен хорошо, даже слишком хорошо знала это тело — изможденное и хрупкое, с сухой кожей, испещренной коричневыми пятнами. Редкие седые волосы на груди, тощая шея, с трудом удерживающая дрожащую голову, хрупкие кости под тонкой оболочкой кожи да скелет — можно подумать, что алюминиевый, до того легкий. Как у птицы.

Случалось, муж засыпал прежде, чем Карен успевала его раздеть и постелить постель, тогда ей приходилось осторожно снимать с него пиджак и ботинки и, сонного, уговаривать перебраться на кровать.

Каждое утро они мучились с одной и той же проблемой: ботинки. Профессор страдал неприятной болячкой — у него врастали ногти. Пальцы воспалялись, распухали, ногти поднимались, рвали носки и, причиняя боль, терлись о свод ботинок. Заталкивать больные ноги в черные кожаные туфли — бессмысленная жестокость... Так что обычно профессор носил сандалии, а закрытую обувь для него заказывали у единственного оставшегося в их районе сапожника: за бешеные деньги тот тачал профессору прекрасные мягкие ботинки, с высоким, свободным сводом.

К вечеру у него поднялась температура — видимо, от солнца, — так что Карен попросила принести ужин в каюту.

Утром, когда корабль подплывал к Делосу, профессор, почистив зубы и тщательно побрившись, вышел вместе с женой на палубу. Взяв печенье от вчерашнего полдника, они крошили его и бросали в море. Рано, наверняка все еще спят. Солнце уже не красное, оно светлеет и с каждой минутой набирает силу. Вода сделалась золотой, словно густой мед, волны утихли, и огромный солнечный утюг разглаживал их, не оставляя ни малейшей складочки. Профессор обнял Карен за плечи — а каким еще жестом можно отреагировать на столь очевидную эпифанию?[1]

Оглядеться еще раз, словно рассматриваешь картинку, на которой в хаосе миллиона деталей скрыта фигура. Однажды разглядев ее, уже никогда не забудешь.

Не стану описывать каждый день этого круиза, пересказывать каждую лекцию — впрочем, возможно, Карен когда-нибудь их и опубликует. Корабль плывет, каждый вечер на палубе устраиваются танцы, пассажиры лениво беседуют друг с другом, держа в одной руке рюмку, а другой облокотившись о перила, или просто вглядываются в ночное море, в холодную кристальную тьму, время от времени освещаемую огоньками больших пароходов — тех, что рассчитаны на тысячи пассажиров и каждый день пристают в новом порту.

---

[1] Эпифания — литературный жанр, миниатюра, отличающаяся глубокой лиричностью. В традиционном понимании — зримое или слышимое проявление некой силы, прежде всего божественной или сверхъестественной, внезапное озарение.

Упомяну лишь одну лекцию, мою любимую. Идея принадлежала Карен. Это она предложила рассказать о тех богах, которых не найдешь на страницах известных и популярных книг, тех, о которых умолчал Гомер и которых затем проигнорировал Овидий; которые не прославились скандалами и любовными интригами; недостаточно страшных, недостаточно хитрых, недостаточно загадочных, известных лишь по осколкам, по упоминаниям, каталогам исчезнувших библиотек. Но благодаря этому они сохранили то, что те — прославленные — утратили навеки: божественную изменчивость и неуловимость, текучесть формы, туманность генеалогии. Эти боги являлись из тени, из аморфности, а после их вновь окутывал мрак. Как, например, Кайрос, который всегда действует в точке пересечения человеческого линейного времени и божественного — циклического. А также в точке пересечения места и времени, в момент, который открывается на краткий миг, чтобы вместить в себя эту единственную и неповторимую возможность. Это точка, в которой прямая, идущая из ниоткуда в никуда, на мгновение соприкасается с окружностью.

Профессор вошел бодрым шагом, остановился, переступая с ноги на ногу и посапывая, у кафедры — которой служил принесенный сюда из ресторана столик — и извлек из-под мышки узелок. Карен знала его фокусы. Полотенце это муж только что взял в их ванной. Профессор был уверен: как только он примется его разворачивать, в зале воцарится тишина, а шеи тех, что сидят в последнем ряду, потянутся вперед. Люди, все равно что дети. Под полотенцем был красный шарф Карен, а дальше сверкало что-то белое — кусок мрамора. На вид — обломок скалы. Напряжение в зале росло, а профессор, понимая, насколько заинтригованы слушатели, наслаждался — криво усмехаясь, он все делал нарочито медленно, словно в кино. Наконец он поднял этот фрагмент светлой плиты почти на уровень глаз, протянул руку вперед, подражая Гамлету, и начал:

Откуда приехал скульптор, твой творец?
Из Сикиона.

Скажи его имя.

Лисипп.

А ты кто?

Я Кайрос. Бегу впереди всех и всех обгоняю.

Почему ты бежишь на цыпочках?

Потому что я всегда спешу.

У тебя крылья даже на ступнях?

Я же быстрее ветра.

Почему ты так сильно сжимаешь бритву правой рукой?

Чтобы предупредить людей, что я острее бритвы.

Почему прядь твоих волос падает спереди, на лицо?
Чтобы каждый, кто встречается на моем пути,
мог схватить ее.

А сзади почему ты лысый?

Кого я перелечу, тот меня не поймает,
каким бы сильным ни было его желание.

А почему скульптор сотворил тебя?
Чтобы напоминать людям обо мне, паломник.
Я вечное напоминание для всех.

Он начал лекцию с этой красивой эпиграммы Посидиппа[1], которую, вообще-то, следует использовать как эпитафию. Подошел к первому ряду и передал доказа-

---

[1] Посидипп (ок. 265 г. до н.э.) — греческий драматург, один из представителей так называемой новой комедии. *Пер. Л. В. Блуменау.*

тельство существования бога публике. Девушка с презрительно надутыми губками взяла рельеф преувеличенно осторожно, от волнения слегка высунув язык. Передала его дальше; профессор молча дожидался, пока миниатюрное божество пройдет половину пути, а затем невозмутимо произнес:

— Пожалуйста, не беспокойтесь, это гипсовая копия из музейной лавочки. Пятнадцать евро.

Карен услышала, как слушатели тихонько засмеялись, задвигались, кто-то скрипнул стулом — явный признак, что напряжение спало. Хорошее начало. Пожалуй, у профессора сегодня удачный день.

Она тихонько вышла на палубу и закурила, глядя на приближающийся остров Родос, большие паромы, пляжи, в это время года еще почти безлюдные, и город, который поднимался по крутому склону к ослепительному солнцу подобно колонии насекомых. На Карен вдруг неведомо откуда снизошел покой, и она стояла, словно окутанная им.

Она видела берега острова и его гроты. Галереи и нефы, выдолбленные в скалах водой, напоминали ей диковинные храмы. Какая-то сила усердно возводила их для себя на протяжении миллионов лет — очевидно, та же, что подгоняла теперь их маленький кораблик, покачивала его. Густая прозрачная мощь, у которой и на суше имеются мастерские.

Вот прообраз костелов, стройных колоколен и катакомб, — думала Карен. — Эти ровными слоями выложенные на берегу скалы, идеально округлые, обтесанные веками камни, песчинки, овалы пещер. Жилы гранита в песчанике, их асимметричный интригующий узор, ритмичная линия берега острова, оттенки песка на пляжах. Монументальные постройки и мелкие украшения. Что же тогда такое — эти маленькие веревочки домов, нанизанные на линию побережья, эти маленькие порты, кораблики, эти человеческие лавочки, где самонадеянно распродаются старые идеи — в упрощенном виде, в миниатюре?

Теперь ей вспомнился водный грот, который они когда-то видели на Адриатике. Грот Посейдона, куда через отверстие в своде раз в день падал солнечный луч. Она помнила собственное потрясение при виде острого, словно игла, столба света, пронзившего зеленую воду и на мгновение обнаружившего песчаное дно. В следующий момент солнце чуть сдвинулось, и все погасло.

Сигарета с шипением исчезла в огромной пасти моря.

Он спал на боку, подложив под щеку ладонь и приоткрыв рот. Штанина подвернулась, открыв серый хлопчатобумажный носок. Карен осторожно присела рядом, обняла его за пояс и поцеловала спину в вязаной жилетке. Ей пришло в голову, что, когда мужа не станет, ей придется задержаться на этом свете — хотя бы ради того, чтобы привести в порядок бумаги и позаботиться о продолжателях их дела. Она соберет его записи, обработает и, наверное, издаст. Договорится с издательствами; несколько его книг уже стали учебниками. На самом деле она вполне могла бы продолжить курс его лекций — впрочем, неизвестно, предложит ли ей это университет. А вот что она точно хотела бы унаследовать — так это плавучий Посейдонов семинар (если, опять-таки, ее пригласят). Она, пожалуй, кое-что добавила бы от себя, и немало. Карен подумала, что мы не умеем стареть — нас этому не учат. В молодости кажется, что эта болезнь нас минует. Стареют другие, а мы, по каким-то неведомым причинам, останемся молодыми. К старикам мы относимся, словно они сами виноваты в том, что с ними произошло, — словно сами довели себя до такого состояния, подобно диабетикам или склеротикам. А ведь этой болезнью — старением — заболевают даже праведники. И, уже совсем засыпая, Карен пришло в голову, что ее спина останется незащищенной. Кто прижмет ее к себе?

Утром море было таким спокойным, а небо таким безоблачным, что все пассажиры высыпали на палубу. Кто-то уверял, что в такую погоду в глубине турецкого побережья можно увидеть гору Арарат. Но виден был только высокий скалистый берег. С моря массив, испещренный светлыми пятнами голых, похожих на кости скал, выглядел грандиозно. Профессор стоял, ежился и кутал шею черным шарфом, жмурился. Карен привиделось, что они плывут под водой: вода стоит высоко, как во времена потопа, они двигаются в светлом зеленоватом пространстве, замедляющем движения и приглушающем слова. Шарф уже не трепещет и не шуршит, а развевается бесшумно, и темные глаза мужа смотрят на нее мягко, нежно, размытые вездесущими солеными слезами. Еще ярче сияют золотисто-рыжие волосы Оле, и вся его фигура напоминает каплю смолы, которая только что упала в воду и вот-вот застынет навеки. В вышине чьи-то ладони выпускают на поиски суши голубя, и вот уже ясно, куда надо плыть; ладонь указывает на верхушку горы — безопасное место нового начала начал.

В этот самый миг с носа корабля донеслись возгласы, а затем предостерегающий, истерический свист, капитан, обычно невозмутимый, бежал к мостику. Карен перепугалась. Потом пассажиры закричали, замахали руками; те, кто выглядывали за борт, округлившимися глазами смотрели не на мифический Арарат, а на воду. Карен почувствовала, как большой корабль резко останавливается, палуба вдруг выскальзывает из-под ног, она сама в последний момент цепляется за железный поручень и пытается схватить за руку мужа, видит, как тот мелкими шажочками пятится назад, словно на прокручиваемой назад кинопленке. На лице у него не испуг, а веселое удивление. Глаза говорят что-то вроде «поймай меня». Потом Карен видит, как он ударяется спиной и головой о железную лестницу и, отброшенный ею, падает на колени. В это мгновение спереди слышится грохот и крики, затем плеск спасательных кругов и мощный удар о воду спасательной лодки: корабль протаранил какую-то маленькую яхту — Карен догадывается об этом по возгласам пассажиров.

Люди поднимаются на ноги, все целы, а она стоит возле мужа на коленях и пытается осторожно привести его в чувство. Он моргает — слишком долго — потом очень отчетливо произносит: «Подними меня!» Но сделать это не удается, тело отказывается повиноваться, Карен укладывает голову мужа к себе на колени и ждет помощи.

У них была хорошая медицинская страховка, поэтому в тот же день профессора на вертолете перевезли из Родоса в афинскую больницу, где провели полное обследование. Томограмма показала инсульт, обширное повреждение левого полушария. Процесс остановить нельзя. Карен была с мужем до самого конца, сидела рядом, поглаживая его безвольную ладонь. Правая сторона тела полностью парализована, глаз прикрыт. Карен позвонила детям — вероятно, они уже в пути. Она не отходила от профессора всю ночь, что-то шептала ему на ухо, уверенная, что он слышит и понимает. Всю ночь она вела его по пыльной дороге, среди реклам, складов, платформ, грязных гаражей, по обочине автострады.

А в голове мужа поднимался из притоков кровеносных рек внутренний багровый океан, постепенно захватывая все новые территории — сперва низинную Европу, где профессор родился и вырос. Исчезли под водой города, мосты и плотины, возводившиеся трудами многих поколений его предков. Океан подошел к порогу их дома под камышовой крышей и решительно проник внутрь.

Накрыл красным ковром каменные полы, доски на кухне, которые драили по субботам, наконец загасил огонь в камине, добрался до буфетов и столов. Потом выплеснулся на вокзалы и аэропорты, когда-то открывавшие профессору большой мир. В нем потонули города, где он бывал, а в них — улицы, где он снимал комнаты; дешевые отели, где он останавливался, рестораны, куда заходил поужинать. Алая сверкающая поверхность моря достигла нижних полок его любимых библиотек, разбухали страницы в книгах — в том числе и в тех, где его имя значилось на титульной странице. Багровый язык лизал буквы, размазывая черный текст. Красным набухали полы и лестницы, по которым он проходил, получая школьные аттестаты своих детей, и дорожка, по которой торжественно шагал, когда ему присваивали профессорское звание. Красные пятна проступили на постели, на которую они с Карен впервые упали, развязывая торока своих зрелых неловких тел. Липкая жидкость навечно запечатывала отделения кошелька, в котором он хранил кредитные карты, авиабилеты и фотографии внуков. Карминный поток заливал вокзалы, железнодорожные пути, аэропорты и взлетные полосы — с них больше не стартует ни один самолет, не отправится ни один поезд.

Уровень моря поднимался неотвратимо, захватывая слова, понятия, воспоминания; под его поверхностью гасли светофоры и лопались лампочки; провода замыкало, целая сеть связей обращалась в мертвую паутину, бесполезную, увечную, в испорченный телефон. Гасли экраны. Наконец этот неспешный бескрайний океан подобрался и к больнице, и вот в крови тонут Афины — храмы, священные дороги и рощи, безлюдная в эту пору агора, светлая статуя богини и ее оливковая ветвь.

Карен была рядом, когда отключили ставшую бесполезной аппаратуру и нежные ладони медсестры-гречанки одним движением прикрыли лицо мужа простыней.

Тело кремировали, а прах они с детьми развеяли над Эгейским морем — такие похороны, безусловно, пришлись бы профессору по душе.

Я есть

Я повзрослела. Когда-то, просыпаясь не дома, я не сразу это осознавала. Лишь спустя некоторое время замечала незнакомые детали, которые обнажал день. Тяжелые гостиничные шторы, очертания телевизора, мой растерзанный чемодан, аккуратные стопки белых полотенец. Чужое место возникало из-за занавесок, закрытое чадрой, таинственное, обычно бело-кремовое или желтое в свете уличных фонарей.

Но потом я достигла уровня, который психология путешествий именует «Не знаю, где нахожусь». Я просыпалась совершенно дезориентированная. Пыталась — словно запойный алкоголик — вспомнить, что́ делала накануне вечером, где была, куда вели меня пути, воспроизводила все детали, чтобы разобраться в настоящем. Чем больше времени занимал этот специфический процесс, тем бо́льшая меня охватывала паника — состояние весьма неприятное, тошнотворное, напоминающее воспаление внутреннего уха, при котором теряешь равновесие. Где я, черт возьми, нахожусь? Но милосердные детали окружающего мира рано или поздно наводили меня на правильный след. Я — в X. Я — в Y. Это отель, а это — квартира моей подруги, комната для гостей в доме семьи Н. Диван в квартире приятелей.

Такое пробуждение напоминало компостирование билета на пересадочной станции.

Однако затем, как гласит психология путешествий, наступает третий этап — венец всему, ключевой момент, конечная цель; куда бы мы ни направлялись, мы всегда устремлены к нему. «Неважно, где я». Все равно, где я. Я — есть.

О происхождении видов

Мы стали свидетелями появления на Земле новых существ, уже распространившихся по всем континентам и занявших большинство экологических ниш. Стайные и ветроопыляемые, они с легкостью перемещаются на большие расстояния.

Сейчас я вижу их в окно автобуса — целые стаи этих воздушных актиний, кочующие по пустыне. Отдельные особи судорожно цепляются за редкую растительность, шумно трепещут — возможно, так они общаются друг с другом.

Специалисты говорят, что полиэтиленовые пакеты — новая глава бытия, что они выворачивают наизнанку извечные привычки природы, поскольку имеют только поверхность, пустотелы, и этот эпохальный отказ от какого бы то ни было содержания неожиданно дает им огромные преимущества в процессе эволюции. Они мобильны и невесомы; цепкие «ручки» позволяют им хвататься за предметы или органы других существ и таким образом расширять свой ареал. Начав с городских предместий и свалок, они всего за несколько ветреных сезонов добрались до провинции и отдаленных пустошей. Завладели огромными пространствами — от крупных развязок на автострадах до пляжей и бухт, от пустых стоянок перед супермаркетами до скалистых склонов Гималаев. На первый взгляд они нежны и слабы, но это иллюзия: они долговечны, практически неуничтожимы; их эфемерные тела подвергнутся разложению лет через триста, не раньше.

Нам никогда не приходилось иметь дело со столь агрессивной формой бытия. Кое-кто, впадая в метафизический экстаз, твердит, что она направлена на завоевание мира, захват всех континентов; что это чистая форма в поисках содержания, которое ей моментально приедается, заставляя вновь и вновь пускаться в полет. Что это блуждающее око, принадлежащее некому ирреальному «там», таинственный наблюдатель, участвующий в земном паноптикуме. Другие, более приземленные, утверждают, что эволюция в наши дни лоббирует формы эфемерные, заселяющие мир временно, но взамен обретающие вездесущесть.

Окончательное расписание

Целью этого паломничества был другой паломник, сегодня наконец погруженный в плексиглас или (как в других залах) подвергнутый пластинации. Чтобы увидеть это, мне пришлось отстоять очередь и лишь затем вместе с другими посетителями двинуться вдоль великолепно освещенных и на двух языках описанных экспонатов. Разложенные перед нами, они напоминали драгоценные товары, которые привозят из заморских стран и выставляют на потеху публике.

Сначала я рассматривала тщательно сделанные анатомические препараты, погруженные в плексиглас мельчайшие фрагменты тела — можно сказать, выставку винтиков, пролетов, соединений и шарниров, тех мелких деталей, недооцененных обычными частями тела, существование которых мы даже не осознаем. Это хороший метод: нет доступа воздуха, ничего не испаряется, нет опасности повредить ткани. Разразись теперь война, эта нижняя челюсть, на которую я сейчас смотрю, имеет шансы выжить даже под развалинами, в пепле. Если бы извергся вулкан, излилось море, осыпалась земля — будущие археологи были бы рады такой находке.

Но это лишь начало. Паломники двигались молча, гуськом, задние осторожно подгоняли передних. Что у нас тут, что сейчас будет, какую часть тела продемонстрируют хитроумные пластинаторы, наследники бальзамистов, таксидермистов, анатомов и скорняков?

Вот позвоночник, извлеченный из тела и разложенный в стеклянной витрине. Сохранивший естественную кривизну, он напоминал Чужого — пассажира, путешествующего в человеческом теле по своим надобностям, гигантского многонога. Грегор Замза, состоящий из щупалец, нервных сплетений, смастеренный из бусин косточек, переплетенных кровеносными сосудами. Над ним можно бесконечно читать «Вечный покой» — пока кто-нибудь в конце концов не смилостивится и не позволит ему упокоиться навеки.

Дальше был выставлен уже целый человек, тело (лучше сказать: корпус): разрезанное пополам вдоль, позволявшее любоваться удивительной гармонией внутренних органов. Потрясала своей красотой почка, огромное бобовое зерно, священное зерно богини подземелий.

Еще дальше — в следующем зале — человек, мужское тело, стройное и узкоглазое, несмотря на отсутствие век и кожи демонстрировало нам, паломникам, начала и концы мышц. Известно ли вам, что мышцы всегда начинаются ближе к центру тела, а заканчиваются на периферии? Что dura mater[1] — вовсе не порноактриса из экзотической страны, а оболочка мозга? Что мышцы имеют головку и хвост? Что, наконец, самая сильная мышца человеческого тела — язык?

Перед экспонатом, состоящим из одних мышц, паломники невольно начинали проверять информацию на этикетке — напрягали свои полосатые, послушные нашей воле мышцы. К сожалению, существуют также мышцы непослушные, над которыми мы не властны. Они населяют нас с давних времен и управляют нашими инстинктами.

Потом мы многое узнали о работе мозга и о том, что именно миндалевидному телу[2] человек обязан обоня-

---

[1] Твердая мозговая оболочка, служащая одновременно внутренней надкостницей черепных костей и позвоночника и внешней оболочкой головного и спинного мозга.

[2] Область мозга, имеющая форму миндалины и расположенная внутри височной доли головного мозга. Миндалины играют ключевую роль в формировании эмоций.

нием, эмоциональностью и способностью к борьбе или бегству. Гиппокамп же, этот морской конек, заведует краткосрочной памятью.

Септальная область — крошечный сегмент миндалевидного тела, который регулирует связь между удовольствием и зависимостью. Об этом следует помнить, начиная бороться с дурными привычками. Надо же знать, к кому обращаться с молитвой о помощи и поддержке.

Следующий экспонат — мозг и периферические нервы, аккуратно разложенные на белой плоскости. Этот красный рисунок на белом фоне напоминал схему метро: вот главная станция и вытекающая из нее главная коммуникационная артерия, от нее отпочковываются остальные. Нельзя не признать: отличная идея!

Современные препараты были разноцветными, яркими: кровеносные сосуды, артерии и вены погружены в жидкость, подчеркивающую их объемные сетки. Раствор, в котором они спокойно плавают, наверняка «Kaeserling III» — оказывается, он лучше всего сохраняет ткани.

Мы еще потолкались возле Человека-сделанного-из-одних-кровеносных-сосудов. Он напоминал анатомическую версию духа. Духа, предпочитающего места ярко освещенные, выложенные кафелем, полубойни-полулаборатории. Мы вздыхали: кто бы мог подумать, что в нас столько жилок, ничего удивительного, что стоит немного нарушить целостность кожи — и сразу выступает кровь.

Видеть значит ведать — это не подлежит сомнению. Больше всего нам понравились всевозможные поперечные разрезы.

Один такой человек-тело лежит перед нами, нарезанный ломтиками. Благодаря этому можно увидеть его с совершенно неожиданных точек зрения.

Полимерная консервация тел, пошаговая инструкция:

– сначала тело готовят для вскрытия обычным образом, в частности откачивают кровь;

– при вскрытии открывают то, что намереваются показать публике. Если, к примеру, речь идет о мышцах, следует убрать кожу и жировой слой. На этом этапе телу нужно придать желаемую позу;

– подготовленный таким образом препарат погружают в ацетоновую ванну для дегидратации;

– затем обезвоженный препарат погружают в ванну из силиконовых полимеров и вакуумную камеру;

– в вакууме ацетон испаряется и заменяется силиконовым полимером, достигающим глубинных слоев тканей;

– силикон затвердевает, сохраняя упругость.

Я прикоснулась к препарированным таким образом почке и печени — они напоминали резиновую игрушку из твердого каучука, мячик, который бросают дрессированной собаке. Грань между искусственным и подлинным здесь весьма расплывчата. Меня тревожило ощущение, что эта техника навсегда превращает оригинал в копию.

Boarding[1]

Он снял ботинки, рюкзак поставил себе в ноги и теперь ждет, когда нас начнут запускать в самолет. Густая темная щетина, почти лысый, возраст — между сорока и пятьюдесятью. Он похож на человека, недавно осознавшего, что не слишком отличается от других,

[1] Посадка (*англ.*).

то есть, можно сказать, на него снизошло своего рода озарение. Лицо еще хранит следы этого шока: глаза опущены — он смотрит только на собственные ботинки, вероятно, чтобы не скользить взглядом по окружающим; мимика и жесты отсутствуют — они больше не требуются. Посидев так, он достает тетрадь, красивый блокнот, ручной работы, вероятно, купленный в одной из тех лавочек, которые дорого продают дешевую продукцию стран третьего мира; на обложке из ресайклинговой бумаги видны черные буквы Traveller's Log Book[1]. Блокнот заполнен на треть. Человек кладет его на колени, и черная гелевая ручка выводит первую фразу.

Тогда я тоже вынимаю свой бортовой журнал и заношу туда этого пишущего мужчину. Вполне возможно, что и он в эту минуту пишет: «Женщина, которая записывает. Сняла ботинки, рюкзак поставила себе в ноги...»

Не стесняйтесь, думаю я о других, о тех, что ждут посадки, достаньте свои дневники и пишите. Ведь нас много — записывающих. Мы не сводим глаз с собственной обуви, не подаем виду, что наблюдаем друг за другом. Давайте записывать друг друга — это наиболее безопасный способ коммуникации, давайте обменивать друг друга на буквы и инициалы и запечатлевать на листочках бумаги, подвергать друг друга пластинации, погружать в формалин фраз.

Вернувшись домой, положим заполненный дневник рядом с остальными — в коробку за шкафом, в нижний ящик письменного стола, на полку в тумбочке. Там описаны наши прежние путешествия. Подготовка к ним и счастливое возвращение. Восхищение закатом на грязном пляже, усеянном пластиковыми бутылками, и вечер в душном отеле. Экзотическая улица, где больная

[1] Журнал учета путешественника (*англ.*).

собака выпрашивала еду, но у нас не было ни крошки, и дети, обступившие нас в городке, где шофер автобуса охлаждал перегревшийся радиатор. Есть там и рецепт арахисового супа, по вкусу напоминавшего отвар половой тряпки, и глотатель огня с обожженными губами. И как мы тщательно подсчитывали расходы и безуспешно пытались срисовать орнамент, на мгновение привлекший наше внимание в метро. Странный сон, приснившийся в самолете, и красота буддийской монахини в серых одеждах, за которой мы стояли в какой-то очереди. Тут будет все, даже моряк, отбивающий чечетку на пустой набережной, откуда раньше уходили пассажирские корабли.

Кто это прочтет?

Сейчас объявят посадку. Вот уже хлопочут у стойки стюардессы, а пассажиры, прежде погруженные в летаргический сон, встают, подхватывают ручную кладь. Ищут посадочный талон, без сожаления откладывают недочитанные газеты. Каждый мысленно подводит безмолвный итог: всё ли на месте, паспорт, билет, кредитные карточки, не осталось ли наличности. Куда летим. И — зачем. Найдем ли там то, что ищем, правильное ли выбрано направление.

Стюардессы, красивые, словно ангелы, проверяют, насколько мы готовы к путешествию, и плавным движением руки позволяют нам погрузиться в мягкую, устланную ковровой дорожкой округлость туннеля, который приведет нас на борт самолета, а после, студеными воздушными путями, — к новым мирам. В улыбке девушек, как нам кажется, скрыто некое обещание: возможно, мы родимся вновь, и на сей раз — в нужную минуту, в нужном месте.

Итинерарий

1. Вена — Наррентурм — Патолого-анатомический государственный музей, Шпитальгассе, 2.
2. Вена — Йозефинум, Музей Института истории медицины, Верингерштрассе, 25.
3. Дрезден — Немецкий музей гигиены, Лингнерплатц, 1, Стеклянная мануфактура.
4. Берлин — Берлинский медико-исторический музей клиники Шарите, Шуманштрассе, 20–21.
5. Лейден — Музей Бурхаве, Хоспис св. Цецилии, Ланге Синт-Агнитенстрат, 10.
6. Амстердам — Музей Фролика, Академический медицинский центр, Мейбергдреф, 15.
7. Рига — Музей истории медицины им. Паула Страдыня, Антонияс, 1, а также Музей анатомии имени Екабса Приманиса, Кронвальда бульварис, 9.
8. Санкт-Петербург — Музей антропологии (Кунсткамера), Университетская набережная, 3.
9. Филадельфия — Музей медицинской истории Мюттера, 19 South 22nd Street.

Оглавление

Оглавление

Литературно-художественное издание

Ольга Токарчук

БЕГУНЫ

Ответственный редактор *Д. Обгольц*
Младший редактор *М. Петрова*
Художественный редактор *М. Коняева*
Технический редактор *Г. Романова*
Компьютерная верстка *Е. Беликова*
Корректор *Ю. Иванова*

ООО «Издательство «Эксмо»
123308, Москва, ул. Зорге, д. 1. Тел.: 8 (495) 411-68-86.
Home page: www.eksmo.ru E-mail: info@eksmo.ru
Өндіруші: «ЭКСМО» АҚБ Баспасы, 123308, Мәскеу, Ресей, Зорге көшесі, 1 үй.
Тел.: 8 (495) 411-68-86.
Home page: www.eksmo.ru E-mail: info@eksmo.ru.
Тауар белгісі: «Эксмо»
Интернет-магазин : www.book24.ru

Интернет-магазин : www.book24.kz
Интернет-дүкен : www.book24.kz
Импортёр в Республику Казахстан ТОО «РДЦ-Алматы».
Қазақстан Республикасындағы импорттаушы «РДЦ-Алматы» ЖШС.
Дистрибьютор и представитель по приему претензий на продукцию, в Республике Казахстан: ТОО «РДЦ-Алматы»
Қазақстан Республикасында дистрибьютор және өнім бойынша арыз-талаптарды қабылдаушының өкілі «РДЦ-Алматы» ЖШС,
Алматы қ., Домбровский көш., 3«а», литер Б, офис 1.
Тел.: 8 (727) 251-59-90/91/92; E-mail: RDC-Almaty@eksmo.kz
Өнімнің жарамдылық мерзімі шектелмеген.
Сертификация туралы ақпарат сайтта: www.eksmo.ru/certification

18+

Сведения о подтверждении соответствия издания согласно законодательству РФ о техническом регулировании можно получить на сайте Издательства «Эксмо»
www.eksmo.ru/certification
Өндірген мемлекет: Ресей. Сертификация қарастырылмаған

Подписано в печать 15.10.2019. Формат 84×108 $^1/_{32}$.
Гарнитура «Newton». Печать офсетная. Усл. печ. л. 20,16.
Доп. тираж 8 000 экз. Заказ №10377.

Отпечатано с готовых файлов заказчика
в АО «Первая Образцовая типография»,
филиал «УЛЬЯНОВСКИЙ ДОМ ПЕЧАТИ»
432980, Россия, г. Ульяновск, ул. Гончарова, 14

Москва. ООО «Торговый Дом «Эксмо»
Адрес: 123308, г. Москва, ул. Зорге, д.1.
Телефон: +7 (495) 411-50-74. **E-mail:** reception@eksmo-sale.ru

По вопросам приобретения книг «Эксмо» зарубежными оптовыми покупателями обращаться в отдел зарубежных продаж ТД «Эксмо»
E-mail: **international@eksmo-sale.ru**

International Sales: International wholesale customers should contact Foreign Sales Department of Trading House «Eksmo» for their orders.
international@eksmo-sale.ru

По вопросам заказа книг корпоративным клиентам, в том числе в специальном оформлении, обращаться по тел.: +7 (495) 411-68-59, доб. 2261.
E-mail: **ivanova.ey@eksmo.ru**

Оптовая торговля бумажно-беловыми и канцелярскими товарами для школы и офиса «Канц-Эксмо»:
Компания «Канц-Эксмо»: 142702, Московская обл., Ленинский р-н, г. Видное-2, Белокаменное ш., д. 1, а/я 5. Тел./факс: +7 (495) 745-28-87 (многоканальный).
e-mail: **kanc@eksmo-sale.ru**, сайт: www.**kanc-eksmo.ru**

Филиал «Торгового Дома «Эксмо» в Нижнем Новгороде
Адрес: 603094, г. Нижний Новгород, улица Карпинского, д. 29, бизнес-парк «Грин Плаза»
Телефон: +7 (831) 216-15-91 (92, 93, 94). **E-mail**: reception@eksmonn.ru

Филиал ООО «Издательство «Эксмо» в г. Санкт-Петербурге
Адрес: 192029, г. Санкт-Петербург, пр. Обуховской обороны, д. 84, лит. «Е»
Телефон: +7 (812) 365-46-03 / 04. **E-mail**: server@szko.ru

Филиал ООО «Издательство «Эксмо» в г. Екатеринбурге
Адрес: 620024, г. Екатеринбург, ул. Новинская, д. 2щ
Телефон: +7 (343) 272-72-01 (02/03/04/05/06/08)

Филиал ООО «Издательство «Эксмо» в г. Самаре
Адрес: 443052, г. Самара, пр-т Кирова, д. 75/1, лит. «Е»
Телефон: +7 (846) 207-55-50. **E-mail**: RDC-samara@mail.ru

Филиал ООО «Издательство «Эксмо» в г. Ростове-на-Дону
Адрес: 344023, г. Ростов-на-Дону, ул. Страны Советов, 44А
Телефон: +7(863) 303-62-10. **E-mail**: info@rnd.eksmo.ru

Филиал ООО «Издательство «Эксмо» в г. Новосибирске
Адрес: 630015, г. Новосибирск, Комбинатский пер., д. 3
Телефон: +7(383) 289-91-42. E-mail: eksmo-nsk@yandex.ru

Обособленное подразделение в г. Хабаровске
Фактический адрес: 680000, г. Хабаровск, ул. Фрунзе, 22, оф. 703
Почтовый адрес: 680020, г. Хабаровск, А/Я 1006
Телефон: (4212) 910-120, 910-211. **E-mail**: eksmo-khv@mail.ru

Филиал ООО «Издательство «Эксмо» в г. Тюмени
Центр оптово-розничных продаж Cash&Carry в г. Тюмени
Адрес: 625022, г. Тюмень, ул. Пермякова, 1а, 2 этаж. ТЦ "Перестрой-ка"
Ежедневно с 9.00 до 20.00. Телефон: 8 (3452) 21-53-96

Республика Беларусь: ООО «ЭКСМО АСТ Си энд Си»
Центр оптово-розничных продаж Cash&Carry в г. Минске
Адрес: 220014, Республика Беларусь, г. Минск, проспект Жукова, 44, пом. 1-17, ТЦ «Outleto»
Телефон: +375 17 251-40-23; +375 44 581-81-92
Режим работы: с 10.00 до 22.00. **E-mail:** exmoast@yandex.by

Казахстан: «РДЦ Алматы»
Адрес: 050039, г. Алматы, ул. Домбровского, 3А
Телефон: +7 (727) 251-58-12, 251-59-90 (91,92,99). E-mail: RDC-Almaty@eksmo.kz

Украина: ООО «Форс Украина»
Адрес: 04073, г. Киев, ул. Вербовая, 17а
Телефон: +38 (044) 290-99-44, (067) 536-33-22. **E-mail:** sales@forsukraine.com

Полный ассортимент продукции ООО «Издательство «Эксмо» можно приобрести в книжных магазинах «Читай-город» и заказать в интернет-магазине: www.chitai-gorod.ru.
Телефон единой справочной службы: 8 (800) 444-8-444. Звонок по России бесплатный.

Интернет-магазин ООО «Издательство «Эксмо»
www.book24.ru
Розничная продажа книг с доставкой по всему миру.
Тел.: +7 (495) 745-89-14. E-mail: **imarket@eksmo-sale.ru**

ISBN 978-5-04-098520-3

9 785040 985203 >